三國風雲之

曹賊

第二部

卷之捌

老將怒威野望

庚新（風回）著
超合金叉雞飯 繪

二部
卷捌

目錄

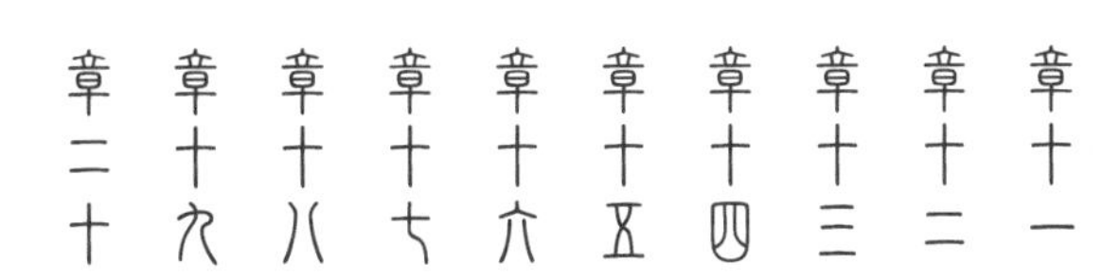

人物

曹朋

曹朋

甘寧

龐統

龐德

黃忠

曹操

魏延

典韋

許褚

陳群

劉備

諸葛亮

趙雲

馬超

呂布

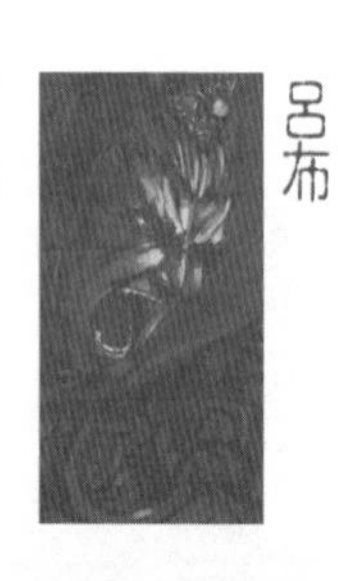

貂蟬

袁紹

章一 怎忘記此人？

黃忠年五十四歲，比曹操還要大兩歲。

如果他是一軍統帥，這個年齡正合適。

五十四歲，不論是在經驗和智力上，都處於一個巔峰。可如果說到上陣搏殺，明顯有些不太合適。

俗話說得好，老不以筋骨為能。這搏殺於兩陣之間，在百萬軍中取上將首級，和那種單對單的技擊不一樣。在亂軍中，很大程度上需要依靠氣血之勇，五十四歲，絕比不得青壯的氣血剛強。一般來說，這個年紀在軍中，就是老卒。

黃忠官拜中郎將，聽上去很威風。

可問題是，黃巾之後的中郎將過於氾濫，早就不值錢了，州郡皆可委任中郎將，官職不復出於朝堂之上。也正因此原因，黃忠這個中郎將，更多的是一種類似於榮譽的職位，其權力甚至比不上一個校尉。畢竟校尉可直接統兵，而黃忠這中郎將，手中卻無一兵一卒。

之前在長沙時，劉磐對黃忠非常倚重，曾多次襲擾江東，令孫權頭疼不已。後來孫權派出了太史慈，才算是抵住了黃忠的攻擊……不過這些，龐德並不清楚。

「一老卒爾，伯平未免有些長他人志氣，滅自己威風。」

龐德言語之中透著些許不屑，連帶著對李嚴的態度也隨之變得有些輕視。

龐德對李嚴，算不得友善。此人清高自矜，讓龐德極為不喜，之前在曹朋跟前拿捏架子，更使得龐德對他又幾分厭惡。

只不過，曹朋對李嚴的能力倒是非常讚賞。

任他為湖陽統兵校尉，手下兵馬不算多，卻擔負著曹朋南面屏障的責任。

龐德抵達湖陽之後，和李嚴接觸了幾次。這個人確實有本事，但卻有些好高騖遠。總體而言，說不上喜歡，也算不得太過於輕視。可現在，他竟然被一老卒偷襲得手，讓龐德如何不惱？

蒯正道：「令明，切勿小覷黃漢升。」

「伯平何須為一老卒慮？他如今方去唐子鄉，想來立足未穩。德即領兵，於今夜偷襲，復奪唐子鄉，取那老卒項上人頭。」

蒯正還要勸說，卻感覺到身後有人輕輕扯了一下他的衣袍。

扭頭看去，見李嚴輕輕搖頭，示意他不要再說下去。

龐德說罷，朝蒯正一拱手，大步流星而去。蒯正心中焦急，忙抬腳想要追上去攔住龐德，卻再一次被李嚴阻攔。

「正方，何故攔我？」蒯正惱了，厲聲道：「令明非南陽人，不曉漢升厲害，可你應該很清楚黃漢升之勇。他雖已年過五旬，卻可比趙國上將軍廉頗。令明若輕視黃忠，必將慘敗。」

李嚴卻苦笑一聲，搖搖頭道：「正公以為，龐將軍能聽得進去嗎？」

「這個……」蒯正頓時閉上了嘴巴。

龐德是曹朋愛將，據說當年曹朋在涼州，為收服龐德，可著實費了一番心血。曹朋被罷官去職、鬼

曹賊

章一

怎忘記此人？

薪滎陽時，龐德棄榮華富貴，甘願隨曹朋不遠萬里，從涼州到滎陽，做一個微不足道的牙門將。可以說，龐德對曹朋的忠心，毋庸置疑。而曹朋對龐德的信任，更無人可比。

投奔曹朋已近半載，蒯正對曹朋的班底也算是有了一個大致的瞭解。

曹朋從滎陽赴任，並沒有帶來太多親隨，其原因，則因為曹朋的班底大都集中在涼州地區，無法抽身出來。其他人，除了鄧芝出自曹朋的姐夫鄧稷門下，大都是臨時征辟而來……

杜畿、盧毓，雖說是曹朋的幕僚，但還算不得親信。

曹朋來南陽郡，真正的親隨只有一個，那就是龐德龐令明。

這個人武藝高強，有萬夫不當之勇。可也正因為如此，他的心氣很高……等閒人，未必能放在眼中。他對蒯正雖說極為恭敬，但更多時候是因為蒯正當年對曹朋的照拂，所以才有尊敬。

這樣一個人，你對他說「黃忠年紀雖大，卻很厲害」，非但勸說不得龐德，反而會讓他惱羞成怒，甚至認為你看不起他。

說實話，若非蒯正知曉黃忠厲害，一個五十四歲的老卒，他也未必能放在眼裡。

李嚴說的不錯，這時候勸說龐德，不會有任何效果，甚至會使龐德更加惱怒，從而與蒯正反目。

蒯正歷經十年蹉跎，已不是當年那個意氣風發的棘陽令，他知道自己能吃幾碗飯，也沒有太多想法。曹朋用他為湖陽長，他欣然接受；若曹朋把他調回舞陰，他也不會拒絕。踏踏實實的做事，少一些雜念，也許能過得更好！

蒯正擔負著家族的使命，從他投奔曹朋的那一刻開始，早已不復當年那個棘陽令蒯伯平了。

「可令明不曉黃忠厲害，萬一……」

「正公放心，嚴只是說別再勸說，卻沒有說坐視不理。龐將軍一會兒離開後，嚴即領兵隨後跟進。龐將軍若取勝，嚴按兵不動就是；若龐將軍有危險，嚴可隨機應變，支援龐將軍。不過，劉虎對湖陽用兵，恐非只為唐子鄉。而今杜伯侯已率部支援棘陽，九女城再無援兵。單憑湖陽兵馬，也難以抵擋住劉虎大軍……雖然曹太守命人向汝南求取援兵，可是汝南援兵也需要一段時間準備，未必能立刻派上用場……」

「正公，當即刻派人前往舞陰，報與曹太守知。若唐子鄉能奪回，則以唐子鄉為屏障，阻敵前進；若唐子鄉不能奪回，正公須早做準備，湖陽必將有惡戰到來。」

蒯正聽罷，連連點頭，李嚴所說的這些極有道理。

他想了想，沉聲道：「既然如此，就依正方所言。你立刻調集兵馬，潛行龐將軍身後；我會派人通知太守，同時會徵召兵馬，準備與劉虎決一死戰。正方，若我有難，湖陽就靠你和令明兩人。令明雖然心氣高，但並不是一個蠻不講理的人……你定要好好輔佐，他日成就，必在我之上。」

這話一出口，也等同於蒯正的遺言了。

李嚴雖說自矜清高，可對蒯正，卻是非常尊敬。

當初他拿架子，被曹朋棄用，本已經心灰意冷，準備離開南陽，不成想蒯正點名要他，把他帶來湖陽，委以重任。這份知遇之恩，讓李嚴如何不感激？蒯正本事雖然不高，但李嚴服他、敬他。後來從蒯正口中得知，是曹朋指點他，他才啟用了李嚴。可是李嚴卻沒有絲毫減少對蒯正的尊敬，甚至因此更加佩服……在他看來，曹朋對他有知遇之恩，但蒯正的德行，更值得他敬重。

李嚴深吸一口氣，拱手一諾：「正公休言這些話，嚴但有一息在，必傾力輔佐正公。若正公你有意外，必嚴已喪命……黃漢升雖勇，可李嚴卻不懼他一介老卒。」

蒯正聽聞，笑了！

「好了，我只是隨便說說，你又何必當真？快下去準備吧，我這就派人通知太守……該死的劉玄德，南陽郡好不容易平靜下來，卻因他一人，使湖陽遭臨兵禍。此事，我必將儘快通知伯父，請他們在襄陽

章一
怎忘記此人？

盡量挽回局面……」

李嚴卻未言語。

蒯正的想法是好的，卻未免有些天真。

劉虎出兵，不管是不是劉表的主意，湖陽都無法避免一場苦戰。

若這是劉表的意思，非蒯氏可以阻撓；若非劉表之意，為維護劉氏宗族利益，劉表也會全力支持劉虎。只看曹朋如何應對！一俟劉表下定決心，那麼整個南陽，都將陷入動盪！

龐德點起兵馬，直奔唐子鄉。

在將入夜時，他便抵達唐子山山下。

遠遠看去，就見荊州軍大營依山而建，座落在官道之上。

入夜時，兵營燈火通明，只聽到鼎沸人聲，顯得格外喧囂。有斥候前來回稟：荊州軍因大獲全勝，劉虎派人送來美酒佳餚，慰勞軍卒。此時，荊州軍大營正在歡慶，守衛非常鬆懈。

有這等事？

龐德不由得心中大喜，暗道一聲：天助我也！

這說明，荊州軍根本沒有提防自己。

是他們輕敵也好，是無能也罷，只要奪回了唐子鄉，則湖陽門戶就可以重新關閉起來……到時候，哪怕劉表傾盡荊州兵馬，他也有把握將劉表拒於唐子鄉以南。

想到這裡，龐德輕聲道：「傳我命令，兵馬暫止行進。人不卸甲，馬不卸鞍，等候我的號令……李正方言過其實，黃忠當年或許厲害，而今不過一介老卒。想來是他怕擔負罪責，故而誇大其詞。一老卒爾，何須告知公子？待我今日取那老卒皓首，回去好生羞臊一下那李正方，也為公子出一口當初李正方那輕慢之過的惡氣。」

旋即，龐德率部潛伏唐子山下。

夜幕籠罩唐子鄉，荊州軍大營漸漸安靜下來。

不過營中燈火，依舊通明。站在龐德的角度，可以清楚的看到那大營之中閃動的光亮。

龐德翻身上馬，抽出虎咆刀。他慢慢將頭盔上的罩面甲拉下來，遮住了大半張面龐，只露出雙眼和嘴巴。把護手甲緊了緊，他舉起大刀，向前方一指，而後策馬衝出。那戰馬，口中銜枚，蹄裹稻草，行走間鴉雀無聲。

在他身後，千餘名精卒默默隨行。

眼見著就靠近了荊州軍轅門，龐德深吸一口氣，口中一聲暴喝：「兒郎們，隨我衝營！」

胯下踏雪烏騅馬，希聿聿長嘶，如同離弦利箭，飛馳而出。千名精卒同聲喊喝，緊隨在龐德身後，眨眼間便殺入荊州軍大營……

轅門內，鴉雀無聲。

如此巨大的動靜，可是荊州軍大營裡卻好像一座死營般，不見一個人影。龐德衝進大營之後，立刻就感覺到情況不妙，但這時候他想要改變主意，已經來不及了！曹軍將士蜂擁而至，衝進營地之內。龐德勒住戰馬，臉色頓時大變，連忙高聲呼喊：「撤退，立刻撤退！」

中計了！

龐德不是傻子。這荊州大營宛若空城，不見敵人蹤影，若非對方撤走，那就是有埋伏……

只是，他這時候想要撤退，卻來不及了！

只聽荊州大營外傳來隆隆的戰鼓聲，緊跟著從大營兩側的丘陵中，呼啦啦衝出一隊隊兵卒，瞬間便堵在院門之外。這些軍卒，幾乎清一色弓箭手，伴隨著急促的梆子聲響，頓時萬箭齊發。

措手不及的曹軍士卒，在這鋪天蓋地的箭雨中，眨眼間就有近百人倒在地上，渾身上下插滿了箭矢，就如同刺蝟一般。

龐德大驚失色，舞刀磕擋鵰翎，「衝出去！隨我衝出去！」

營地的空間太小，根本就無處閃躲。如果不能儘快衝出營地，就會面臨一個全軍覆沒的局面。可是，不等龐德聲音落下，就見從後營的營帳裡衝出一彪人馬。

荊州軍地處漢水流域，並無太多騎軍。可是，在這種狹小空間裡，騎軍能夠發揮的作用著實太少。荊州軍手持長矛，蜂擁而上，眨眼間就把驚慌失措的曹軍將士死死的包圍其中。

「休走了曹將！」荊州軍齊聲吶喊。

聽聲音，對方的人數至少也有三、四千人。那喊殺之聲響徹天際，令曹軍士卒莫不心驚肉跳。

龐德馳馬而行，劈手從一名荊州兵手裡奪過一支長矛，左手矛、右手刀，槍挑刀劈，所到之處只殺得對方人仰馬翻。可問題是，龐德雖勇，卻只有一人，而荊州兵馬則是曹軍的數倍，殺了一人，立刻有幾個人衝上前來。踏雪烏騅一開始還能衝鋒，但到後來，活動空間卻越來越小。

龐德勢若瘋虎，刀矛翻飛，恰似凶神惡煞，那桿長矛被鮮血染紅，而虎咆刀上更被血色遮掩。身邊的軍卒越來越少……曹軍將士在荊州兵圍攻之下，漸漸抵擋不住。

「休要殺我，我願投降！」

一名都伯突然間棄矛呼喊，往地上一跪，雙手抱頭。

戰場上，有一個人投降，會立刻影響到身邊的人。更何況這人還是個都伯，他這一棄械，頓時引起了更大的恐慌。

「該死！」

龐德怒吼一聲，縱馬衝上前來，手中虎咆刀照著那都伯，狠狠劈斬下來。

眼見這都伯就要死在龐德刀下，卻聽一聲弓弦響，一枝利箭破空而來，呼嘯著向龐德射去。

身為大將，在戰場上要眼觀六路、耳聽八方。龐德自然也覺察到了不妙，反手一矛斜撩而起，只聽叮的一聲響，箭矢被磕飛了，可是那箭矢上所產生的巨大勁力，卻震得龐德手掌直顫……

該死，這一箭，至少是用五石弓射出！

一石一百二十斤，五石弓，可就是六百斤的力道。若想把一張五石弓拉成滿月，那兩臂至少要有千斤神力。

龐德顧不得殺了那都伯，棄矛撥馬回身，朝著那箭矢射來的方向看去。

只見火光中，一杆大纛迎風而動。那大纛之下，有一員老將，看年紀當在五旬之上，卻面容紅潤，精神矍鑠；跳下馬，身高當在八尺靠上，也就是一百九十公分左右，體格魁梧壯碩。胯下黃驃馬，金盔金甲，宛若天神，頷下長鬚花白，氣度不凡。

那老將緩緩將一張鐵胎弓收好，手握大刀緩緩抬起，遙指龐德。

從唐子山吹來的風，拂動那花白美髯。

龐德立刻明白，這員老將，必就是蒯正、李嚴口中的黃忠！

深吸一口氣，龐德猛然催馬，口中一聲暴喝：「擋我者死！」虎咆刀翻飛舞動，將靠攏過來的幾名荊州兵劈翻在地，朝著黃忠，縱馬而去。

那老將軍臉上浮現出一抹森然笑容。

「兒郎們，且讓開。」

胯下黃驃馬希聿聿一聲暴嘶，引得踏雪烏騅嘶吟回應。

荊州兵立刻讓開了一條通路，但見那老將軍縱馬而來，迎著龐德飛馳。大刀拖在地上，與地面上土

怎忘記此人？

石碰撞，火星四濺。眨眼間，二馬照面，龐德剛要舉刀劈斬，卻不想那老將猛然在馬上長身而起。刀隨身走，快如閃電，呼嘯著就劈向龐德。那速度、那力道，讓人根本無法相信這老將軍已年過五旬。

龐德瞪大了眼睛，氣沉丹田，雙手握刀，口中大喝一聲：「呔！」

兩刀交擊，刀口交錯，發出刺耳的聲響。

從那口大刀之上，傳來了一股如山巨力。龐德差一點就撐不住，連忙在馬上再次發力，胯下踏雪烏騅希聿聿暴嘶，連退數步。兩臂幾乎失去了知覺，龐德心中也不由得為之駭然。

蒯正說，若黃忠年輕十歲，當初在虎牢關，就不會有呂布之張狂……

說句實在話，龐德不信！

呂布是什麼人？

那可是大名鼎鼎的虓虎。其悍勇之處，少有人可以匹敵。縱橫疆場，幾乎未嘗敗績……一介老卒，又焉能與呂布相提並論？

可現在，他信了！

這老傢伙的力量，根本就不像是一個五旬老者的力量。

從某種程度上而言，黃忠的力量甚至還勝龐德一籌……龐德素來自恃，所佩服者，是曹朋、馬超、甘寧這樣的人物。但若和黃忠相比，他此前所遇到的那些悍將，似乎都無法與黃忠相提並論。

哪怕是甘寧過來，恐怕也非黃忠對手。

而曹軍中，能與黃忠抗衡者，恐怕唯有典韋。

說時遲，那時快。黃忠一刀逼退了龐德之後，便收刀後退，讚了一聲：「好漢子！」

他厲聲道：「兀那曹將，可敢通報姓名？」

「某家，南安龐德。」

黃忠大聲喝道：「龐德，老夫敬你是個英雄，若識相的話，立刻棄刀就縛，否則休怪某家刀下無情！」

龐德聽聞，勃然大怒：「只有斷頭龐將軍，卻無屈膝龐令明！皓首匹夫焉敢口出狂言，今日就讓你知道某家本領！」

所謂士可殺不可辱，龐德生平只投降了一次，那就是曹朋，除此之外，他可不想再投降任何人。黃忠的話語雖出自好心，可是在龐德聽來卻是無盡的羞辱。虎咆刀劃出一抹冷芒，龐德縱馬衝向黃忠。

而那老黃忠也不禁點點頭，露出一抹讚賞之色，擺刀便迎上去。

虎咆刀翻飛，龍雀大環呼嘯。這二人在亂軍之中走馬盤旋，只殺得難分難解……

與此同時，遠處唐子山下，李嚴手搭涼棚，舉目眺望。

「李將軍，可否出擊？」

李嚴擎槍端坐馬上，沉吟片刻後道：「荊州兵陣腳未亂，再等一等。」

荊州軍大營內，龐德被黃忠纏住，再也無法顧及其他人。

隨著越來越多的荊州軍湧入大營內，曹軍很快就呈現出了潰敗的局面。龐德一邊和黃忠交鋒，一邊偷眼觀瞧，他心裡面暗自發急，可是卻無能為力。

難不成，今日就要折在這老卒手中？

龐德本就落在下風，這心神一分，手上頓時露出了破綻。

黃忠冷笑一聲，縱馬飛奔。在二馬錯蹬之際，他突然間使出一記抹丘刀。那大刀帶著一抹匹練般的光毫，唰的便斬向龐德！

龐德措手不及，險些被黃忠這一刀劈中……可饒是如此，刀鋒從面龐滑過，那副堅硬的面甲竟然卡

曹賊

章一
怎忘記此人？

喀嚓一聲斷開，鋒利的刀氣在龐德臉上留下了一道可怖創口，鮮血頓時染紅了半張臉。

龐德大叫一聲，撥馬就走。黃忠則舉起大刀，厲聲喝道：「兒郎們，休放走一個賊人，給我殺！」

早已蓄勢待發的荊州兵，立刻大聲呼喊：「休走了曹賊！」

龐德滿臉是血，半張臉幾乎麻木。他舞刀衝進了亂軍之中，左劈右砍，只殺得血流成河。

遠處，黃忠已收起了大刀，慢慢從馬背弓囊裡取出那張家傳的神臂弓，臉上露出可惜之色。

如此猛將，今日卻要死在我手中！

休要怪我，怪只怪，你投錯了人……

黃忠彎弓搭箭，那足有六石強度的神臂弓，緩緩張開。就在弓開若滿月的時候，忽聽營外傳來一陣響徹天地的喊殺聲。

一支曹軍，不知是從何處出現，頓時殺入荊州軍大營。

為首一員青年將領，看上去和龐德年紀相差無幾。胯下馬，掌中槍，衝進亂軍之後，橫衝直撞。

「李正方？」黃忠不由得一怔。

他認得那青年，正是他此前的手下敗將，李嚴。

「龐將軍休要驚慌，李嚴在此……」

李嚴大聲吼叫，身後兵馬更如狼似虎。荊州兵此時已經全軍出擊，陣腳已亂，這李嚴在此時殺過來，令得荊州兵馬頓時驚慌失措。

龐德在亂軍中已殺得手軟，渾身上下更是被鮮血浸透，傷痕累累，一隻眼被鮮血遮住，卻無暇去擦掉。聽到李嚴的聲音，龐德不由得精神為之一振，臉上頓時露出一抹喜色，大聲喊道：「李嚴，龐德在此，休要戀戰……」

說話間，他催馬就向李嚴衝去。

可就聽李嚴驚聲喊道：「龐將軍，小心！」

心中驟然升起一絲驚悸，耳聽弦聲響起，一抹銳風呼嘯而來，龐德連忙側身閃躲，可是那枝箭勢如閃電，不等龐德完全躲開，利矢已到近前……噗！

龐德不由得大叫一聲，一蓬鮮血，在火光中驟然崩現……

已入暮夏時節，天氣變得悶熱起來。

曹朋站在育水河畔，負手而立。

河岸上，光禿禿，連遮擋陽光的蔭涼都沒有。日光雖然不是特別猛烈，卻讓人感覺非常難受。河面上，沒有一點風。育水緩緩流淌，看上去有氣無力。

「公子，看這天氣，似乎有些不太正常。」陸瑁抬頭看了看天空，而後輕聲道：「如此悶熱，頗有暴雨之兆。我之前曾檢查過，夕陽聚那邊的水道很窄，似乎不甚通暢。若有洪水，勢必會出現決堤現象。夕陽聚西面地勢偏低，有兩千餘戶人家……一俟決堤，後果不可想像。弄個不好，夕陽聚以西百里良田，都將被洪水淹沒。」

曹朋心裡不由得一咯登。

「可有對策？」

「或疏通河道，或修築堤壩，或遷移百姓。不過，疏通河道也好，修築堤壩也罷，而今都來不及，也不太合適。最好的辦法，就是疏散夕陽聚以西兩千戶人家，擇地安排。待入冬進農閒之後，再組織人手進行疏通、修繕。」

為一地太守，所要做的不只是和劉備打仗，曹朋還必須擔負起南陽郡的民生。這南陽郡近百萬人口，都是他曹友學的子民。兩千餘戶，就是一萬多人……聽上去，和那百萬人口似乎不成比例，但那也是曹朋的責任，無可推卸。

「除夕陽聚，還有何處有險情？」

陸瑁苦笑道：「這個還不好說，根據子安查閱南陽郡的卷宗，自初平以後，南陽郡治下大小河流就未曾疏通過。連年戰事，許多地方都出現了河堤殘破的情況……好在過去這些年來沒有什麼大規模災害，所以相安無事。建安二年，穰縣曾出現過一次險情，幸虧當時穰縣令發現及時，才避免了災難。以此種情況而言，若不注意，就會有大禍事發生。」

曹朋聽聞，倒吸一口涼氣。

「文長駐紮何處？」

「魏將軍那裡，倒沒什麼危險。他所處地勢較高，即便是發生險情，也不會有什麼危險。」

「我的意思是，文長可曾知道此事？」

「這個嘛……倒是不太清楚。」

曹朋想了想，對陸瑁說：「子璋立刻前往夕陽聚，通知文長，讓他嚴密監視夕陽聚河道的流量，一旦出現險情，哪怕是強行疏散，也要把那兩千戶人家撤離。」

「可劉備那邊怎麼辦？」

「劉備！」

曹朋沉吟片刻後，沉聲道：「我會下令，讓圓德兵進十五里紮下營寨，一俟劉備有異動，圓德可以迅速做出反應，牽制劉備兵馬。告訴呂常，讓他盯死魚梁磯的動靜。陳到這個人，聲名雖然不甚顯赫，卻不可以沒有防備。待舞陰徵兵結束之後，我會讓羊進之在魚梁小道駐營，足以抵住劉備的攻擊……」

「對了，再派人通知子家，讓他在南陽真理報上刊載文章，留意洪災出現。最好再列舉一些過往的洪災，以及災後的損失，以提醒各地留意此事……先做好準備，若太平無事最好。如果真的發生危險，

也能提前預防。」

南陽真理報的主要針對者，是南陽郡各地豪強。這些人普遍具有較高的聲望，做起事情來也相對容易一些。

曹朋安排好了此事之後，便走下河堤。

「記下，來年開春，要在沿河兩岸栽種樹木。這他媽的被太陽曬著，實在是太過於難受……對了，子璋，江東的氣候是否比這更加惡劣？」

陸瑁笑道：「沒這麼熱，但是卻很難受。」

「嗯！」曹朋點點頭，「回頭寫一些江東的風土人情，還有氣候狀況、山河地理，我給你刊印成書，如何？」

「啊？」陸瑁一怔，有些反應不過來。可旋即，他就領悟了曹朋話語中的涵義。

曹操一旦統一北方，早晚要對江東用兵。所謂的風土人情，其實就是為了介紹給曹操帳下的將領，讓他們能有一個大致的瞭解。

陸瑁想了想，「這倒是不成問題。不過單憑我一人，可能還略顯不足……我聽人說，夫人才學過人，而且又世居江夏。能否請她來幫忙呢？江東六郡，我知曉甚少，恐怕力有不逮。」

「這樣啊……」曹朋搔搔頭，「月英恐怕未必有時間。而且，她又不是蔡姐姐那等以才學著稱之人，就算是寫出來，也未必會有人關注。這樣，我回頭書信一封，你派人送往潁川書院。我那丈人倒是見多識廣，足跡遍布大江南北。由他出面編撰，也能多吸引一些關注。嗯，待南陽穩定之後，你再陪我去一趟鹿門山。如果能將龐公請出山，說不定用處更大……就這樣，你記下來，到時候提醒我。」

「喏！」

章一

怎忘記此人？

曹朋回到南山大營，把身上的襌衣脫下，換上了一身便裝。

在帥椅上坐下，他正準備翻看羊衜送來的公函，卻聽大帳外一陣騷亂，緊跟著就見一名牙兵跑進來，單膝跪地，「啟稟公子，湖陽六百里加急，命人前來送信……章陵劉虎，出兵攻占唐子鄉。」

「啊？」曹朋嚇了一跳，呼的站起身來。「湖陽信使何在？」

「正在帳外候命。」

「快讓他進來。」

曹朋說著話，便繞過了帥案。

與此同時，那牙兵跑出大帳，不一會兒的工夫，便帶著一名小校進來。

「劉虎占領了唐子鄉？」

「正是。」

那信使看上去風塵僕僕，衣服已看不出顏色。許是騎馬騎得久了，以至於連行走都成問題……他走進來，完全是靠著兩名牙兵攙扶，才勉強站立。

「何時發生的事情？」

「就在前日夜間，劉虎偷襲唐子鄉。李校尉被打了一個措手不及，敗退下來。小人離開湖陽時，蒯縣令讓小人轉告太守，龐將軍已率部出擊，準備復奪唐子鄉。但蒯縣令以為，龐將軍未必能夠成功，讓小人提醒太守。」

「哦？」曹朋聽聞，不由得一驚。

龐德要復奪唐子鄉，可是蒯正卻不看好。

短短兩句話，似乎包含了很多種涵義：其一，龐德出兵，蒯正並不贊同，他是強行出擊；其二，龐德的本事，蒯正就算不清楚，但至少也有一些瞭解。他應該知道龐德是曹朋的心腹，可是卻毫不忌諱的

認為龐德可能失敗……這似乎是告訴曹朋，對手恐怕比龐德更厲害。

龐德的本事，曹朋很清楚。

一個連龐德都可能不是對手的敵人？

荊州，竟然有如此能人！

曹朋頓時愣住了……

掰著指頭算，荊州能獨當一面的將領，似乎並不算太多。

文聘算一個，王威也不錯。

這兩個人，一個曹朋見過，另一個則是在曹朋出發之前，鄧稷託鄧芝轉告。

不過鄧稷的原話是說：王威曾是我的上司，很有本事。若此人和你敵對，你要多加小心……若有可能，留他一命，算是為我還當年的知遇之恩。

也就是說，鄧稷認為王威未必是曹朋對手。

可除了這兩人，還有誰？

蔡瑁、張允？那是水軍將領，陸戰是渣……

劉磐？應該不是！他是劉表的族子，論地位，在劉虎之上，怎可能屈居劉虎之下？

劉虎更不可能，有勇無謀之輩，不足掛齒。

「敵將，何人？」

「蒯縣令說，那敵將，名叫黃忠。縣令提醒太守，黃忠年邁，卻不可小覷……此人在熹平年間，曾為太守秦頡之心腹。太平道之亂時，張曼成百萬黃巾圍城，卻被此人衝進亂軍，險些丟了性命。黃漢升年紀雖然大了些，卻依舊悍勇。龐將軍恐非黃忠對手，貿然出擊唐子鄉，很有可能被此人所敗……」

顯然，這傳令官的記性很好，蒯正派他前來，想必正因為此。只是他滔滔不絕的講述，卻未發現曹朋已經呆愣住了，根本沒有聽到他剛才的那些言語。

黃忠！

居然是黃忠，我怎麼把他給忘記了？

黃忠是南陽人，歷史上曾追隨長沙太守韓玄。後劉備奪取荊南四郡，黃忠才投奔了劉備……

黃忠，黃漢升！

一個老而彌堅，蜀漢五虎上將之一。

曹朋在聽到黃忠的名字之後，就再也沒有聽那信使解說。直到牙兵呼喚他，曹朋才醒悟過來，對那信使道：「你一路奔波，想來已很累了。來人，給他準備一頂乾淨的帳篷，讓他好好歇息。告訴火頭，給他準備上好的食物……你先下去歇息，我自有主張。」

信使領命退下，曹朋在軍帳中徘徊。

「來人，命呂常見我。」

不一會兒工夫，就見呂常匆匆而來。

「子恒，可知黃忠黃漢升？」

呂常是道地的南陽人，聽聞曹朋開門見山詢問，他愣了一下，旋即道：「當然知道此人……」

「前夜，此人偷襲唐子鄉。」

「啊？」

「我也知此人之名，乃今世廉頗。我雖令龐德前去支援湖陽，但恐怕以令明之能，未必能對付黃漢升……湖陽大戰在即，我最擔心的事情還是發生了。劉表出兵，勢必會給我們帶來巨大的壓力。所以，我思來想去，決定前往湖陽督戰。」

「那宛城劉備……」

「劉備暫時無力反擊，他糧草匱乏，只能堅守。我會把這邊的軍務交給文長。還請子恒多多協助，務必要穩住局勢。」

呂常猶豫了一下，「既然太守已有決斷，常也不推辭。只是，太守準備何時前往湖陽？」

「我已命人通知魏延，典滿將軍隨後便至。待交代之後，我就會動身前往湖陽。除我本部三千兵馬之外，餘者暫交由你來統帥，望子恒多費心思。」

「常，必不負太守託付。」呂常躬身應命。

就在這時，只聽大帳外牙兵稟報：「公子，圓德將軍來了！」

章二　生死一線間

湖陽——

伴隨著一聲機括響，沉重的礌石夾帶著一股巨力，轟擊在湖陽城牆之上，發出砰的悶響。

站在城頭，蒯正甚至可以感受到腳下的城牆在顫抖。

他的臉色慘白，指關節更因為太用力以至於沒有半點血色。心怦怦直跳，他緊張得快要發瘋了。

也難怪，他只是一介書生。自入仕以來，這是他生平第一次參與戰事，若說不緊張，那純粹是胡說八道。連蒯正自己都說不清楚他現在究竟有多害怕，可是他仍堅強的站在城門樓上，面對著城外如潮水般洶湧不斷的攻擊，沒有顯露出絲毫退縮。

「弓箭手，拋射！」

蒯正舉起寶劍，在空中做了一個凶狠的劈斬動作。

只是，他的聲音裡帶著些許顫音。好在這城頭上迴盪著喊殺聲，並未被太多人覺察，唯有老管家看出了端倪。不過在這個時候，老管家絕不會開口。

老管家身披皮甲，站在蒯正身邊，一如過去十年的模樣，照拂著蒯正。只不過在老管家的手中，還擎著一口鋒利的鐶首刀。

已經是第二天了！

荊州兵馬兵臨湖陽城下後，便展開了凶猛的攻擊。

好在蒯正早有防備，並且與李嚴商議之後，決議分兵八百，由李嚴統領，在湖陽城外依照地勢設立小寨。理論上而言，在這個時候分兵並非是一個好主意。如果對方的主帥聰明，完全可以對小寨兵馬置之不理，只需要分出些許兵馬警戒，便足以令這個安排成為一個畫蛇添足的舉動。

這種計策，八年前曹朋在曲陽之戰時，也曾經用過。

當時曹朋的對手，是陳宮。

而派駐在外的兵馬，除了甘寧，還有鄧芝這樣的人物。結果卻是沒有產生絲毫作用，陳宮全力攻城，除了第一次偷襲牽制取得功效之外，隨後無論甘寧和鄧芝如何行動，都沒有任何的用處。

不過，劉虎不是陳宮！

李嚴這個看似並不怎樣的計策，恰恰對劉虎產生了作用……

唐子鄉夜襲失利，龐德幾乎全軍覆沒，自己也險些被黃忠射殺。幸好李嚴及時趕到，將龐德搶救出來。可即便如此，龐德傷勢嚴重，回到湖陽之後便昏迷不醒，幸而無性命之憂。

龐德昏迷了，可荊州兵的腳步卻未停歇。

唐子鄉夜襲戰的第二天，章陵校尉劉虎率領大軍，抵達唐子鄉。

面對著驚人的戰果，劉虎的心裡卻沒有太多的喜悅，反而有一種難以言述的鬱悶……

這本應該是自己出彩的一戰，卻被一老卒搶了風頭！

黃忠不是劉虎的部曲，所以對劉虎而言，無論黃忠多麼出彩，和他都沒有太大的關係。因為，黃忠是劉磐的人！黃忠越出色，別人就越會讚嘆劉磐劉巨石眼光獨到，有識人之明……

你看，別人都認為黃忠一介老卒，沒什麼本領，可是磐公子慧眼識珠，硬是看出黃忠的不凡。

至於劉虎？

誰又會在意！

黃忠功勞越大，別人就越覺得劉虎是靠著黃忠，或者說是靠著磐公子的幫助，才有如此顯赫戰功。這，絕非劉虎所期望的結果。

所以抵達唐子鄉後，劉虎雖溫言勉勵，心裡面卻好像吞了一隻蒼蠅似的，噁心至極。湖陽之戰，絕不可以讓黃忠再出風頭！

劉虎拿定了主意之後，便假意黃忠連番征戰，過於操勞辛苦，請黃忠留駐唐子鄉，暫且休息。同時，也是為了保證荊州軍糧道通暢，有黃忠在，必萬無一失。

黃忠，是一個沒有多少心機的人……他性情剛直，勇烈過人。想他一身本領，卻年過五旬，仍未能有寸功在身。

劉磐雖然看重他，卻又有些提防。

就好像熬鷹，劉磐在熬黃忠，因為劉磐覺得黃忠這個人和他並非一條心，算不得他的心腹。

也正因為此，黃忠雖立下許多功勞，卻依然不得劉表重視。哪怕文聘、王威多次在劉表面前舉薦黃忠，可是都沒有產生任何效果……

劉虎讓黃忠留下來，黃忠自然不肯同意，他據理力爭，希望能夠再次參戰。可他越是爭辯，劉虎就越是反感。到最後，黃忠也未能隨軍出征，而是留在唐子鄉，進行那所謂的休整。

只不過，湖陽戰事進行得並不太順利。

李嚴的分兵之計，讓劉虎頗為頭疼。一方面，他強攻湖陽，另一方面，又要防範李嚴的偷襲。

畢竟，不是每個人都是陳宮，也不是每一個人有陳宮那樣的手段和魄力。

眼見著遲遲打不開局面，劉虎也暗自感到心急。黃忠打唐子鄉的時候，似乎並沒有費什麼力氣……幾乎沒有遭遇太多抵抗，一日間兩場大勝，可謂戰績輝煌。可現在呢？自己的兵力是黃忠數倍之多，湖陽的地勢遠不如唐子鄉險要，卻遲遲打不開局面，反而損兵折將。這讓劉虎惱怒萬分。

他不只是惱怒蒯正，同時更惱怒荊州那些豬腦袋。

蒯正這傢伙看上去不錯嘛……為什麼沒有聽說過他的名字？哦，好像當過官，後來不知怎的又被罷了官。現在可好，人家投靠了曹操，反過來和自己作對！荊州那些人豬頭豬腦，實在可恨！

不過，欣賞歸欣賞，惱怒歸惱怒，這湖陽，是一定要攻下來的！

眼見數次攻擊皆未能奏效，劉虎勃然大怒，再次下令強攻湖陽。他更親率親軍，上陣督戰。

如此一來，荊州軍的攻勢頓時更加凶猛。

湖陽城上的守軍漸漸有些支撐不住。蒯正在城頭上不斷奔走，大聲呼喊，可是收效甚微……

「敵軍登城了！」

伴隨著一聲驚呼，蒯正舉目看去。就見一個個荊州兵順著雲梯攀上了城牆，城上守軍頓時驚慌失措，不少人扭頭就要逃走。

這個時候，蒯正控制力不足的弱點，就顯露出來。

身為主將卻無法身先士卒，沒有足夠的威望來穩定軍心。蒯正急紅了眼睛，大吼一聲，舉劍就要衝上前去。卻在這時候，老管家一聲呼喊：「公子，小心！」

一塊礌石飛上了城頭，朝著蒯正砸去。

老管家健步衝上前，一把將蒯正推翻在地，那礌石砸在他的身上，巨大的力量砸得老管家哇的噴出一口鮮血，當場斃命。而蒯正則驚魂未定，坐在地上，寶劍不知扔到了何處，半天沒能反應過來。

章二 生死一線間

一名荊州兵衝破了曹軍的重圍，舉刀向蒯正撲來。

蒯正這時候才算清醒，他想要躲閃，卻發現雙腿沒有半點力氣，眼睜睜看著那鋒利的鋼刀落下，不由得眼睛一閉，靜待刀斧加身……

可就在這時候，忽聽弓弦聲響。龐德帶著一彪人馬，從城下衝上來。他背負大刀，手持短弓，眼見蒯正危險，二話不說，一箭射出，將那荊州兵當場射殺。

「伯平，指揮大家繼續作戰，休要辜負老管家的厚望。城上敵軍，我來對付。」

「啊……」

蒯正如夢方醒，他看了一眼不遠處老管家的屍體，眼中淚光閃動。突然間，他彎腰從地上撿起那荊州兵的鋼刀，衝到垛口前，厲聲吼道：「兒郎們休要慌張，聽我命令……弓箭手，拋射！」

在混亂的時候，一個主心骨的作用，難以用言語表述。

蒯正的爆發，令曹軍漸漸穩住了軍心……

而在另一邊，龐德帶傷上陣，舉刀衝向那些登城的荊州兵。

唐子鄉一戰，龐德被射中了肩膀，雖未斃命，但傷勢極重。可這並不影響龐德身先士卒。手中的大刀，是一口普通的百鍊鋼刀。曹朋贈與他的虎咆刀，在唐子鄉丟失。龐德心中充滿怒氣，身子雖說還有些虛弱，可是卻猶如一頭猛虎下山，只殺得登城荊州兵連連後退。

一番苦戰之後，登城的荊州兵復又被趕下湖陽城頭。

不過，荊州軍的攻擊並沒有就此結束。前腳剛被趕下去，隨後便有那無數荊州兵如潮水般再次發動了衝鋒。一輛輛井闌向城牆逼近，井闌上的弓箭手漸漸壓制住曹軍的弓箭手。湖陽此時，就如同那驚濤駭浪中的小船，隨時可能會覆沒。

龐德快步走到了蒯正身邊，舉目向城下觀望。

「伯平，再撐一下……想來荊州軍也差不多了。連攻兩日，只要能再擊退一次，必然士氣低落。正方在城外牽制，他們也無法使出全力。」

蒯正點點頭，突然扭頭道：「令明，我若戰死，湖陽就由你接掌。」

「伯平……」

龐德一怔，向蒯正看去，卻見那張清臒的面容，此時一臉的堅毅。再說其他言語，似乎都不合時宜，龐德點頭道：「伯平放心，湖陽若破城，德必已戰死。」

蒯正笑了！

他大聲吼道：「兒郎們，休要驚慌！蒯正在此，必與你們同生共死，絕不後退……今湖陽危急之時，正是我等報效國家、報答太守的機會。蒯正誓與湖陽共存亡，若蒯正戰死，令明接掌；若令明戰死，湖陽玉石俱焚。」

一句話，將所有後路堵死。

曹軍將士聽聞，也不由得軍心大振，拚死應戰。

可是，兵力的懸殊，終究不是簡單幾句話可以彌補。湖陽的局勢，隨著時間推移，越發嚴峻！

時，正午，驕陽似火！

伴隨著一聲巨響，湖陽城牆在經受了連番的巨石轟擊之後，終於承受不住，轟然塌了一角……

「城破了？」

李嚴的臉色頓時慘白。耳聽遠處傳來荊州兵的歡呼之聲，他一咬牙，提槍上馬。

「今日，某與湖陽共存亡！」

他非常清楚，湖陽若丟失，他的前程也將隨之破滅。有蒯正在，可以給他很多的照顧，可如果蒯正死了，哪怕曹朋依舊欣賞他，他卻失去了一座可以依持的靠山……

所謂，士為知己者死。

蒯正對李嚴有知遇之恩，而今湖陽危急，李嚴也顧不得其他，決意隨蒯正一同赴死……

而今的李嚴，還不是那個歷史上勸說諸葛亮加九錫的李正方。

雖然已快而立之年，可那一腔熱血仍在燃燒。李嚴大喝一聲，率部衝出小寨，朝著荊州軍的後軍衝去。這是決死的衝鋒，李嚴已顧不得盤算許多，只希望能藉此緩解湖陽的壓力。

李嚴悍然出擊，的確是讓劉虎感受到了壓力。

若換一個人，比如當年的陳宮，抑或荀諶，會派出一個老成的將領，穩住後軍陣腳即可。但劉虎不是陳宮，也非荀諶。聽聞李嚴攻擊後軍，他頓時亂了方寸，忙調兵遣將，前去阻攔。雖然未放棄對湖陽的攻擊，但投入的兵力卻明顯減弱。

如果劉虎有魄力，無視李嚴，只管集中兵力持續施壓，那麼湖陽很有可能連一炷香的時間都堅持不住。可是他這一分兵，湖陽的壓力隨之減少。蒯正根本不去理睬那坍塌的缺口，專心指揮兵卒，繼續抵禦攻擊……

而龐德，則率領兵卒衝下城牆，在那缺口處，猶如中流砥柱，死死的擋住荊州兵的猛攻。

可即便如此，湖陽還是漸漸出現潰敗！

李嚴遍體鱗傷，渾身浴血。身上已中了幾枝鵰翎，雖說不是要害，但隨著鮮血不停流淌，李嚴感到手臂已漸漸無力。

而胯下馬，希聿聿慘嘶一聲，倒地不起。

李嚴從馬上摔下來，在地上滾了兩圈之後，翻身站起。他從死人堆裡抄起一面盾牌，抓起一口大刀，如同瘋虎般的向四面八方湧來的荊州兵殺去。大刀翻飛，一連將兩個荊州兵砍翻在地，卻不想一個破綻，被荊州兵的長槍穿透了大腿，疼得李嚴大叫一聲，單膝跪在地上。

好在，手中大刀支撐住了身子，才不至於栽倒。

李嚴知道，自己快撐不住了！也不知湖陽正公，還能堅持多久……

「正公，嚴已盡力！」

李嚴大吼一聲，手中大刀一翻，就準備抹脖子自盡。

也就是這千鈞一髮之際，忽聽遠處傳來一陣隆隆鐵蹄聲響。緊跟著，荊州兵的後營衝出一彪人馬。為首一員青年將官，胯下獅虎獸，掌中畫桿戟。一身唐猊寶鎧，大紅色披風在空中飄舞，猶如一團烈焰。

「正方，休要驚慌，曹朋來也！」

獅虎獸大黃，猛然一聲咆哮，如龍吟獅吼，迴盪戰場上空。

曹朋端坐馬上，如離弦之箭，眨眼間就衝進了亂軍之中。畫桿戟在空中劃出一道道、一條條璀璨光弧，幾名荊州武將衝上前想要攔住他，卻見曹朋大戟翻飛舞動，幻化出重重戟雲，將那些武將一下子裹在戟雲之中。

一連串的慘叫聲響起，曹朋與那幾名荊州武將錯身而過，卻留下一具具殘屍。

李嚴只覺得鼻子一酸，精神陡然間振奮起來。他一聲怒吼，揮刀將一個衝過來的荊州兵砍成兩段，而後朝著曹朋大聲呼喊：「公子，先打劉虎，緩解湖陽之危！」

遠處，劉虎大纛在驕陽之下，極為醒目。

一面大紅色傘蓋，更讓曹朋一眼就確認了劉虎的位子。

此時的湖陽，岌岌可危。

曹朋很清楚，若不能逼退劉虎，憑自己手中的三千兵馬，只怕難以挽救湖陽。只是，劉虎身處重重保護，想要逼退他，唯有……

曹朋面無半點懼色，虎目圓睜，厲聲道：「飛駝兵，隨我取那劉虎人頭！」話未說完，曹朋已經撥轉馬頭，朝著那人山人海衝去。

畫桿戟在他手中，猶如一張閻王帖子，所過之處無一人能夠阻攔，只殺得荊州兵馬，人仰馬翻。

劉虎端坐馬背上，正在督戰，忽聽身後一陣大亂，忙扭頭看去，卻見一名曹將似一口利刃，在中軍大陣中撕開了一道口子，朝他撲來。在曹將身後，有一隊騎軍，慌亂中也無法確定究竟是多少兵馬，卻似一群下山的猛虎，緊隨曹將殺奔而來。

越來越近！曹朋眨眼間，就要殺到那中軍大纛前！

劉虎大驚失色，連忙呼喊：「攔住他！給我攔住他！」

幾名武將縱馬衝出，想要將曹朋攔住。

哪知道，不等他們靠上前，曹朋手中鐵流星連發，將兩名武將當場砸下了戰馬，而後他手腕一翻，一枝鋼弩呼嘯射出，正中一員武將的額頭。只眨眼間，三人落馬，令荊州兵頓時慌張起來。其餘兩人撥馬想走，卻見獅虎獸一聲嘶吼，在急速奔行中，突然再一次加速……接著，畫桿戟破空劈落，將一人劈成兩半！

旋即，曹朋在馬上一探身，單手攫住了另一個武將腰間的大帶，單臂用力，只聽他大吼一聲，近兩百斤重的武將，被曹朋硬生生從馬上拎起來。那武將嚇得一聲大叫，緊跟著好像騰雲駕霧般的飛了出去……

碰！武將被摔落在地上，只摔得頭昏腦脹。他翻身剛站起來，還不等清醒，就看到一匹高頭大馬到了跟前。馬上的飛駝兵拖刀橫推，噗的一下，將他人頭砍下。

真是說時遲，那時快！

曹朋從亂軍中殺出，不過眨眼之間。

要說起來，這劉虎也非是那種手無縛雞之力之輩，可是面對著如同凶神惡煞般撲來的曹朋，頓時傻住了！

他大叫一聲，撥馬就走。

而曹朋此時已經衝到了中軍大纛跟前，左手拽出西極含光寶刀，橫掃而出。只聽卡嚓一聲，那碗口粗細的大纛旗杆被一刀砍為兩段，頓時荊州兵馬陣腳大亂……

而在遠處城頭上，正拚死抵禦荊州軍的蒯正，也留意到了荊州陣營中的混亂。耳聽那熟悉龍吟獅吼之聲，他心中不由得喜出望外。

援軍來了，是援軍來了！

「援軍已經抵達，兒郎們，給我殺敵！」

與此同時，龐德也聽到了獅虎獸的嘶吟聲……

公子來了，是公子來了！

他顧不得身體的疲勞，也不再去理睬身上的傷勢，從一名軍卒手中搶過一匹戰馬，龐德飛身而上，端坐馬上，舞刀大聲呼喊：「太守率援兵抵達，賊兵已退，劉虎已死！兒郎們，隨我出擊！」

有荊州兵聽到呼喊聲，也是嚇了一跳。回頭看，卻見劉虎的中軍大纛不知在何時消失不見，而己方軍陣，此時正在一片混亂之中……

荊州兵大驚失色，頓時沒了先前猛攻湖陽的勁頭……

連主將都被殺了，還打個什麼？

荊州兵一哄而散，如潮水般退去。

龐德一馬當先，從那城牆的缺口處衝出來，舞刀追擊。

章二

生死一線間

一場攻堅戰，竟這樣離奇的變成了追擊戰。

一方是士氣低落，戰意全無；而另一方則士氣高昂，精神振奮。湖陽曹軍雖然人數上處於劣勢，可如今眼見荊州兵馬敗退，又怎願放棄機會？蒯正下令打開城門，出兵追擊。而荊州兵再也提不起任何的精神，在湖陽曹軍的追擊下，節節敗退……

李嚴搶了一匹馬，衝到了曹朋跟前，他用刀遙指正在敗逃的劉虎，「公子，那就是劉虎！」

曹朋大吼一聲，躍馬衝出。獅虎獸揚蹄飛奔，在奔行時，不斷變幻節奏。手中畫桿戟翻飛舞動，所過之處，如秋風掃落葉般，殺得血流成河。

劉虎的坐騎不錯，可是卻遠遠比不過獅虎獸這種傳說中的神駒。

眨眼間，兩匹馬越來越近！

劉虎甚至可以清楚的感受到曹朋的逼近。

那種莫名的惶恐，在心頭縈繞。劉虎感受到了巨大的壓力，突然間大吼一聲，撥轉馬頭，挺槍向曹朋衝過來。他也說不清楚為什麼會突然回頭，只是那沉甸甸的壓力讓他喘不過氣來。他說不上來是什麼感覺，但確確實實感受到了那種死亡逼近的恐懼……

槍，戟在空中交擊。

從畫桿戟上傳來的勁力，讓劉虎感到萬分難受。

就見曹朋用畫桿戟鎖住了劉虎的大槍，而後順勢攪動，劃出一個又一個詭異的圓圈。劉虎身體被那巨力牽引，再也拿捏不住，大槍呼的一下子脫手飛出，曹朋趁勢衝過去，畫桿戟一橫，向前斜抹。劉虎想要閃躲，已經來不及了……

眼睛不由得一閉，他大叫一聲：「我命休矣！」

叮！

耳邊傳來一聲清脆的聲響。睜開眼睛，劉虎驚奇的發現，自己竟然沒事……

但這絕非是曹朋手下留情，而是就在曹朋準備挑斬劉虎的時候，一枝利箭突然飛來，架開了他手中大戟。

「虎公子休要驚慌，黃忠在此。」

一匹黃驃馬從亂軍之中殺出。馬上一員老將，掌中一口虎咆刀，氣勢洶洶，衝上前來。

曹朋二話不說，催馬迎上去。

刀戟交擊，曹朋只覺手臂發麻，虎口發顫。胯下獅虎獸，希聿聿暴嘶，險些把曹朋從馬上摔下來。

他心中一驚，舉目看去，但見那老將已經到了劉虎身邊，虎咆刀正遙指自己。

黃忠？

怎麼我送給龐德的虎咆刀，跑到了他的手裡！

黃忠，是從唐子鄉押運糧草而來。

人到了他這個年紀，已經不似年輕人那般爭強好勝。不服老，並不是那種爭強好勝。他大致上能夠猜出劉虎的心思，對劉虎把他留在唐子鄉的決定，倒也沒有太大意見。只是，黃忠沒想到自己押運糧草時，正遇到劉虎潰敗，於是連忙從後營衝出，就看到曹朋正準備手刃劉虎。

黃忠不認識曹朋，卻隱隱猜出了曹朋的身分。

救下劉虎之後，黃忠並沒有立刻退走，而是用那口從龐德手裡搶來的虎咆刀，遙指曹朋。

他，在向曹朋搦戰！

已經開始潰敗的荊州兵，需要注入強心劑。

而最好的強心劑，無疑就是幹掉曹朋。若真可以幹掉曹朋的話，非但可以挽回敗局，甚至能迅速結

曹賊 章二

生死一線間

束這場戰爭。

黃忠鬚髮賁張，大吼一聲，縱馬衝來。曹朋這時候也穩住了心神，眼見黃忠衝上來，他沒有露出絲毫畏懼，迎著黃忠，擎著畫桿戟就衝了過去。

兩人誰也沒有開口說話，但彼此間都很清楚對方的心意。

近三年的鬼薪，曹朋已領悟了屬於自己的『勢』。他如一團烈焰，衝上前去，畫桿戟掄圓，化作一道光毫，斜抹出去。

黃忠呢，則露出一抹凝重之色，虎咆刀撲稜在手中一翻，連山刀斬，刀罡四溢，與畫桿戟在瞬息之間便交擊十餘記。二馬錯蹬，兩人復又撥轉馬頭，但曹朋的臉色卻變得極為難看。

這老傢伙，好強的力道！

曹朋不由得在心中暗自感嘆，不愧蜀漢五虎上將。

他勒住馬，緊握畫桿戟的大手不住的顫抖，手臂痠軟。

黃忠冷笑一聲，催馬就要再次衝出。可在這時，突聽身後銅鑼響起，卻是劉虎在脫出了戰場之後，鳴金收兵。

黃忠本不願就這麼退走，可軍令如山，劉虎既然已經鳴金，他斷然不能違令而行。

「你，可是曹朋？」黃忠突然開口，那聲音就如同金石一般，透著一股力感。

曹朋的手臂已恢復了知覺，聽聞傲然笑道：「然！」

「今次，饒你性命。來日，某家定取你項上人頭。」黃忠森然開口，話語中透出一股濃濃的殺意。

曹朋心裡一顫，可臉上卻絲毫看不出表情，冷笑道：「此亦我所欲也。」

黃忠嘿嘿的笑了兩聲，親自壓陣，緩緩向大營退去。

與此同時，龐德和李嚴等人也都靠上來。

「公子，為何收兵？」

龐德看到黃忠，頓時勃然大怒。

他敗在黃忠的手裡，但說實話，他並不怨恨。黃忠敗他，憑的是真才實學，沒有半點投機取巧。輸了就是輸了，這一點，龐德也不是輸不起。

可這老兒搶走了他的虎咆刀，令龐德感到羞怒。那虎咆刀是曹朋贈與他的禮物，也代表著曹朋對他的信任。但現在，他把那份信任給丟了，見到曹朋，又怎能不感到慚愧？

曹朋看著那些正緩緩聚攏起來的荊州兵，在黃忠的率領下，慢慢退向軍營。

「此老卒，非等閒，不可小覷。你看他親自壓陣，就是為了防範追擊。如果繼續攻擊，只怕會適得其反。而且，大家剛經歷了一場硬仗，損失巨大，軍士們也都疲乏了……咱們兵力不如對方，當穩住陣腳，再做計較。」

「令明，你沒事兒吧？」

龐德的模樣，看著很狼狽。

曹朋關切的詢問，讓龐德更感羞愧。

「末將無能，竟敗於一老卒手中。」

「欸，話不能這麼說……這黃漢升，可不是等閒之人。此人雖年長，卻悍勇至極，不可以小覷。剛才我與他交手，若非劉虎鳴金收兵，再打下去，恐怕也非他對手。而今，咱們當先穩住陣腳。我與正方在城外紮營，立刻派人通知伯平，讓他先派人把城牆堵住，再來見我。這一仗，恐怕不是短時間可以結束，大家要多加小心。」

龐德此時再也沒有早先的那份狂傲。他和李嚴連忙拱手應命，同時派人打掃戰場。

而曹朋呢，則立刻在湖陽城外紮營，與李嚴的營寨一左一右，對湖陽形成了一個有效防護。

斜陽，夕照，把整個湖陽籠罩在一片血色之中。

湖陽城外的戰場上，不時迴盪著傷者的哀號。無主戰馬徘徊，尋找著已不知所蹤的主人，令人不由得為之心碎。

湖陽一戰，荊州兵傷亡有千餘人。而曹軍的死傷人數，也六、七百之多……

曹朋的飛駝兵同樣也有損失，大約有三、四十名。

看著一個個傷兵被送進湖陽城內，曹朋心裡面也感覺頗有些難受。

營寨建好之後，曹朋端坐在中軍大帳裡。蒯正也在安排妥當城中事宜之後，匆匆趕來拜見曹朋。

「公子，您此來湖陽，宛城那邊不會出意外吧？」

李嚴有些憂慮的詢問，一旁的龐德也連連點頭。

曹朋笑了笑，「劉備那邊，暫時不用擔心。他糧草不足，根本不可能發動大規模的戰事，故而只可能堅守宛城。而且，我讓文長統帥兵馬，又有羊進之和呂子恒輔佐，足以穩住局面……」

「再說了，湖陽之戰開啟，南陽戰事也將從宛城轉移到湖陽。劉備現在盼著能把劉表拖進來，所以會暫時老實下來。而且一旦劉表出兵，咱們恐怕只能就地堅守，不能擅自出擊。一來，沒有那麼多的兵力；二來，劉表在南陽也有威望，他出兵，必然會引起各地豪強的觀望。那些人雖然開始傾向於我們，可劉表卻是荊州之主。」

曹朋說到這裡，不由得露出一抹苦澀和無奈。

在來湖陽的路上，他就一直在思考這個問題。

湖陽之戰突然間爆發，使得曹朋此前的種種計畫不得不暫時擱淺。不過，這湖陽之戰真的是劉表的意思嗎？如果不是劉表的意思，劉虎擅自開戰，也必然令形勢發生轉變。曹朋要承受的壓力，將比之前增加無數……他怎能不憂慮？

不過，曹朋現在最擔心的，還是眼前的黃忠。

這老卒有勇有謀，是一個非常棘手的角色。可以想像，他接下來必然要面對來自黃忠的巨大壓力。論搏殺疆場，曹朋不是黃忠的對手。如果龐德沒有受傷，合二人之力，說不定能抵住黃忠，可問題是，龐德現在明顯有傷在身……此前偷襲唐子鄉的時候，他就被黃忠射傷，而後又經歷了一場苦戰，傷上加傷，絕不是短時間能夠康復的。

若單憑自己……有點危險。

黃忠五十四歲，卻絲毫不顯老態。

歷史上，當他六十歲的時候，還能和關羽打個不分伯仲，足見其武力值驚人。

「伯平、正方，對黃忠此人，可有什麼辦法？」

聽得出來，曹朋對黃忠很看重，這也讓蒯正心裡感覺舒服不少。之前他曾提醒龐德要留意黃忠，可龐德並未在意，結果吃了大虧。而今曹朋的態度，明顯是對那黃忠很感興趣。如此，蒯正倒也沒有再提醒曹朋。

聽了曹朋的話語，他想了想回答道：「早年我曾聽人說過，黃忠此人性情剛烈，不可以力敵。但若說有什麼對策，我還真就說不上來，也許正方能有主意？」

曹朋留意到，李嚴一直在沉思。

聽到蒯正的話，李嚴忙抬起頭道：「這兩日我倒是發現了一件事，只是不知有沒有用處。」

「哦？」

「劉虎昨日兵臨湖陽，發動了攻擊。但是黃忠卻一直未曾現身，直到今日才出現。我覺得，會不會是劉虎和黃忠之間，存有矛盾？」

龐德也道：「正方不說，我還不覺察。沒錯，我今日參戰時，一開始也沒有發現黃忠出現。」

「矛盾嘛……恐怕是有一點，但應該不會太大。」蒯正撚著鬍鬚，露出若有所思的表情，「不過，黃忠一直是跟著劉磐，說起來並非劉虎部曲。而劉虎這個人，極好面子，心胸不甚寬廣。黃忠到最後才出現，未必是兩人有什麼矛盾。我倒是覺得，很可能劉虎在壓制黃忠……畢竟，他是湖陽之戰的主帥，若黃忠功勞太大，他面上也未必覺得光彩。嗯，壓制，我覺得很可能是劉虎在壓制黃忠！」

只可智取，不可力敵嗎？

曹朋聽完了蒯正等人的講述之後，也不由得陷入了沉思。

「伯平，與我好好說一說劉虎其人吧。」

「哦，這卻容易……過去幾年，我和福伯在襄陽討生活，對劉虎倒也有些瞭解。友學若想知道，我自當告之。」

說到福伯，蒯正的臉上突然間閃過了一抹悲傷之色。

福伯，就是他的老管家，今日在城頭上為保護蒯正，而丟了性命。老管家跟隨蒯正多年，始終不離不棄。可以說，在蒯正最為低落的那些年裡，若非有老管家在，蒯正未必能夠支持下來……

想想也是，蒯正被家族拋棄的時候，一無所有。他雖說是庶出，但也是個公子哥的身分，哪裡懂得生存之道？如何經商，如何賺錢，他一無所知。幸虧老管家在，為他精打細算，才算是讓蒯正撐過了最為艱難的階段。如今眼見著生活好了，可老管家卻未來得及享清福，就喪了性命，這讓蒯正的心裡又如何能開懷？

好在，他分得清楚輕重。

將心中的那份悲傷掩藏起來，蒯正滔滔不絕，向曹朋介紹起關於劉虎的事情……

不知不覺，已近子時。

軍營裡，突然間起了風，讓人感覺涼爽了不少。

李嚴囂的站起身來，拱手道：「公子，嚴倒是想出了一個主意，說不定能使得劉虎、黃忠反目。」

「哦？」曹朋大喜，連忙傾身問道：「正方，願聞其詳。」

章二 不可以力敵

劉虎在黃忠的保護下，收攏了殘兵敗將。

隨後，他下令後撤十五里，紮下營寨，穩住陣腳，這才把黃忠找來，當面向他表示了謝意。

看著黃忠，劉虎心裡很不舒服。他也沒有想到，小小的湖陽居然會這麼麻煩。原本是想要壓制一下黃忠，到頭來卻又要靠著黃忠才穩定了戰局。一方面暗自讚嘆，另一方面又有些惱火，劉虎既惱火自己的失利，也惱怒黃忠搶了風頭……當然了，他也清楚，若無黃忠，說不定在湖陽城下，他已斃命。

「漢升，此次多虧了你及時趕到，才不致慘敗。」

黃忠連忙道：「巨岩將軍休要客氣，忠也是恰逢其會而已。只不過，而今那曹家小賊率援兵抵達湖陽，接下來該如何應對，還請將軍要早做打算才是。忠在湖陽城下，與那小賊交鋒一合。此人非是那種名不符實之輩，還請將軍要多多提防。」

說起來，黃忠是好心。他只是想提醒劉虎，不要掉以輕心。

可是這本來很平常的一句話，聽在劉虎的耳朵裡，卻完全變了味道。

心裡面彆扭得很，劉虎瞄了黃忠一眼，皮笑肉不笑的說：「多謝老將軍提醒，我知道了……老將軍從唐子鄉押運糧草而來，想必也累了。不如先去休息一下，待明日再隨軍出戰，如何？」
黃忠本來想說自己不累，可是見劉虎似乎無心和他交談，到了嘴邊的話也就隨即嚥了回去。
「如此，巨岩將軍也早早歇息，末將告辭。」黃忠說完，拱手告退，大步走出了軍帳。
待黃忠離開，劉虎的臉色頓時變得極為難看，他啐了一口唾沫，低聲咒罵道：「一皓首匹夫耳，焉敢小覷我？待明日，我斬了那曹朋的首級，再好生羞辱你這老匹夫，看你還敢得意！」
就在這時，帳簾一挑，一名文士從外面走進來，朝著劉虎拱手一揖。
「少將軍這是在和誰生氣呢？」
劉虎看清楚來人，頓時露出一抹笑意，他招手示意來人坐下，笑呵呵道：「還能和誰生氣，不就是黃漢升那老兒嗎？伯復，將士們可都穩定下來？今日傷亡如何？可還有再戰之力？」
來人名叫韓玄，字伯復，是南郡人氏。此人在劉表帳下效力，雖是荊人，但和荊襄集團並不是特別親密，反而和劉虎走得很近。他如今在劉虎帳下擔當主簿，負責軍中輜重等各項事宜。
聽聞劉虎詢問，韓玄連忙取出卷宗，雙手呈遞給了劉虎。
「將軍，折損皆已登記在案。今日湖陽撤兵，死傷約有千五百人左右，但給予曹軍造成的傷害，想必更大……玄曾聽人說，曹軍城中有一種神器，名為八牛弩，威力驚人。劉玄德謀主荀諶，好像就是被那種八牛弩射殺。根據這兩天的戰況，想來湖陽並沒有配備這種武器……不過今日曹朋率援軍抵達，可能會攜帶八牛弩。若真如此，來日與曹軍再戰，還請將軍多多留意，以免被曹軍偷襲。」
韓玄說的話，就很得劉虎的心。
我們死了一千多人，但湖陽的損失一定更重。
他雖然也是在提醒劉虎小心，但是和黃忠的提醒方式，有明顯的不同。
黃忠是在提醒劉虎，小心曹朋這個人；但韓玄呢，卻是讓劉虎小心那勞什子八牛弩。都是善意提醒，效果完全不一樣。劉虎正年輕氣盛，又剛吃了大虧，心裡當然不舒服。他輸了，但黃忠卻贏了，這不明顯是在嘲諷他無能？可如果只是小心軍械，那就是另外一個概念。

因為軍械是曹朋帶來，連帶著自然要提防曹朋。

韓玄這一番話，就是勸慰劉虎：你輸了，但不是輸給曹朋。曹朋也就是靠著一些稀奇古怪的物品才取得勝利，靠的不是真本事。

如此一來，劉虎這心裡可就舒服多了……

「湖陽那邊，情況如何？」劉虎話鋒一轉，不再去關心己方損失，而是詢問曹軍的狀況。

韓玄道：「曹朋並未入城，而是下令在城外駐紮。他與李嚴，一駐紮城西，依山而建，阻住了官道；另一個則憑唐河立營，左右互為呼應。但根據斥候回報，曹軍的援兵並不算多，似乎也不過幾千人。他們左右分設營寨，就是為湖陽爭取修建城牆的時間……故而玄推測，曹軍兵力不足，曹朋必然是想要死守湖陽，以爭取援兵到達。所以，少將軍絕不能給他喘息時間，當立刻請求增兵，持續對湖陽施壓……李文德既然勸說公子，不如請他增兵，如何？」

劉虎聽聞，連連點頭。韓玄說得是滴水不漏，讓他非常滿意。

他沉吟片刻之後，沉聲道：「伯復說的有理，那就煩勞你辛苦一趟，連夜趕赴朝陽，請李文德增兵支援。三日之內，務必要取下湖陽。如此，就算是叔父怪罪下來，也不會為難你我。」

「那卑職立刻動身。」韓玄展現出了一個謀士所應該具有的態度，連忙起身應命。

送走韓玄之後，劉虎的心情好轉許多。他走出軍帳，帶上親隨，在軍營之中巡視起來……

「今日，若非漢升將軍到來，險些丟了性命。」

「是啊是啊……」

「可我就想不明白，劉將軍為何不用漢升將軍呢？漢升將軍之勇武，足以令敵軍惶恐，卻把他留在

唐子鄉，棄而不用，實在可惜。」

「你懂個屁！」

劉虎突然停下腳步，在一座營帳外，側耳傾聽。

「還不是少將軍心胸狹窄，擔心漢升將軍搶了他的風頭……結果咧？還不是得靠著漢升將軍才穩住陣腳。可惜了！若是巨石將軍統兵，就不會有這樣的情況。」

劉虎的臉色頓時變得鐵青。他站在軍帳外，一言不發。好半天，猛然轉身，逕自往軍帳走去。

連那些軍卒都覺得自己不如劉磐，甚至比不得劉磐手下的一條狗？這口氣，他劉虎怎能嚥下？

不行，絕不可以讓黃忠再出戰，否則更讓人看他不起。

「將軍，一幫子不明是非之輩，何必理睬？要不然，卑職這就帶人過去，把他們抓起來，重重責罰……看他們還敢不敢在背後嚼舌頭。」

「那豈不是說，我心虛了？」劉虎勃然大怒，厲聲喝罵：「兒郎們怎麼說，何必計較？再者說了，今日確實是老將軍立下了功勞。此事不要再提，我自有打算。」

劉虎把一干親隨趕出了軍帳，一個人呆坐在大帳之中。

他越想，就越是惱火。這胸中好像憋了一團火似的，若不能發洩出來，一定會把他氣死。可是，他也不得不承認，今天的確是多虧了黃忠。

不行，這件事不能就這麼算了！我若不能挽回面子，日後如何統帥兵馬？又如何能服眾？更不要說將來無法在叔父跟前立足……我若是用黃忠，勝了別人會說是劉巨石有識人之明，知人善用；可我若不用黃忠，想要勝過曹朋，也著實困難。

該怎麼辦？該怎麼辦才好？

劉虎在榻上翻來覆去的睡不著，直到雞鳴五更，才迷迷糊糊的睡下。可即便如此，他在睡夢中也不得安穩……

第二日，劉虎還是沒有想出一個辦法。

可沒想到，未等他出兵搦戰，曹軍卻突然兵臨軍寨營外。劉虎大驚失色，連忙點起兵馬，率眾殺出軍營。

朝陽初升，只見遠處一支兵馬已經擺好了陣勢。

旗門下，一員大將胯下馬，掌中畫桿戟，正走馬盤旋。

劉虎一眼認出，那員大將就是昨日險些取他性命之人……根據黃忠的介紹，這個人應該就是南陽郡太守曹朋。看他的模樣，人如猛虎，馬似蛟龍，極為精神。曹軍人數雖然不多，可個個士氣飽滿，精神抖擻。劉虎看是曹朋，頓時眼睛都紅了，立刻縱馬衝出軍陣來……

「曹朋，特來授首乎？」

你是來找死嗎？

曹朋在軍前勒馬，看了一眼劉虎，露出輕蔑之色：「手下敗將，還敢搦戰？」他冷笑一聲，撥馬就往回走。

那模樣，分明是不把劉虎放在眼裡，只氣得劉虎身子直顫。

劉虎大吼一聲，催馬就要衝上去和曹朋大戰三百回合。

哪知道，不等曹朋出手，從旗門下衝出一員大將，胯下馬，掌中槍，一下子就攔住了劉虎，「跳梁小丑，焉得我家公子出手？李嚴在此，恭候多時！」

李嚴！

劉虎大怒，挺槍躍馬，便和李嚴打在一處。

說句心裡話，李嚴的武藝不差，已邁過了一流武將的門檻，和劉虎堪堪能鬥個平手。曹朋在旗門下，並沒有把注意力放在李嚴和劉虎身上。他關注著荊州兵的動靜，卻沒有看到黃忠的身影。

這說明，蒯正說的沒錯。

劉虎和黃忠之間，一定存有某種不為人所知的矛盾，或者說衝突。否則，昨天黃忠立下那麼大的功勞，今天劉虎出戰，怎可能不帶著黃忠來？

曹朋的眼睛，不由得瞇起了一條縫。

李嚴說：「黃忠不可力敵！」

曹朋深以為然。

李嚴獻計：「既然劉虎和黃忠之間不甚融洽，不管是出於什麼原因，只要繼續挑動他二人的矛盾，令他們產生誤會，想那黃忠也就不足為懼。末將覺得，何不以離間計，激化他們的矛盾呢？」

離間計嗎？

曹朋腦海中回想李嚴昨日的話語，臉上不自覺的閃過了一抹詭異的笑容。

看起來，李正方這一計，很有可能成功……

鐺鐺鐺……

急促的鳴金聲，從曹軍陣中傳來。李嚴立刻撥馬退下，不過他可沒有就這麼撤走，而是一臉不屑之色的看了劉虎一眼，好像是在說：這種水準，也敢上陣？

劉虎被李嚴那不屑的模樣氣得勃然大怒，立刻縱馬追出。

可這時候，曹朋突然躍馬衝出本陣，眨眼間就到了劉虎身前，畫桿戟帶著一股銳風，呼嘯劈落下來。

劉虎連忙舉槍相迎，只聽鐺的一聲巨響，那畫桿戟所夾帶的巨力，震得劉虎腦袋一陣發懵，耳根子嗡嗡直響。胯下戰馬蹬蹬蹬的後退，劉虎連忙勒馬止步，做出警戒之色，凝視曹朋。

曹朋大戟遙指劉虎，嘴角勾勒出一抹森冷笑意。

「你，不是我的對手，換個人來吧。」

那種囂張的語氣，換成任何人，都無法忍受。

劉虎怒不可遏，想要衝上來和曹朋拚命，卻見曹朋已經退回了旗門，弓箭手萬箭齊發，將劉虎硬生生逼得後退。曹軍隨後收兵，返回大寨。劉虎則帶著一肚子的怒氣，返回荊州大營。

他倒是想和曹軍來一次硬碰硬的較量，奈何曹朋卻不願意給他機會……

你不是我的對手，換個人吧！聽聽，這話語是何等的張狂？莫說是劉虎，但凡是有那麼一點血氣的男子，恐怕都無法受得了。

劉虎回營之後，在大帳中暴跳如雷，接連將桌椅踹翻。

換個人？換誰！

劉虎腦海中，自然而然的就想到了黃忠。不過，他又有些疑惑，為什麼曹朋要黃忠出戰？難道曹朋就那麼有把握，能勝得了黃忠嗎？

黃忠不是劉虎的人，所以劉虎自然對黃忠有那麼一些提防。

如果說在今日之前，他對黃忠還有些感激的話，那麼今天被曹朋羞辱過後，劉虎對黃忠更多是一種莫名的猜忌。他總覺得，曹朋和黃忠之間有什麼問題……可他也清楚，黃忠這些年來一直是鎮守長沙，根本不可能和曹朋有關聯。再者說了，黃忠是劉磐的人，劉虎就算是對黃忠猜忌，也不得不考慮一下劉磐的面子。

在冷靜下來之後，劉虎的眉頭不禁緊蹙。

要不然，明天試探一下？

「來人，請黃老將軍前來議事。」

心中已經做出了決斷，劉虎立刻命人把黃忠喚來。

商議的事情，其實也很簡單，他希望黃忠能夠出戰，挽回顏面。荊州軍新敗，正需要一場勝利來提高士氣。毫無疑問，搏殺疆場之上，荊州軍中恐怕無人能比黃忠更加合適。別看這老卒五十多了，可是每戰必先登，絕對是一員悍將……只可惜，黃忠不是他劉虎的人，否則的話，說什麼也要重用一番才是。

劉虎希望黃忠明日出戰可以大獲全勝，提高士氣。

同時，這也是他對黃忠的一次考驗。如果黃忠為難，抑或說有些拒絕，那就說明他一定有問題。不過，黃忠答應的非常痛快，這讓劉虎又覺得心裡很不舒服。事實上，他是真不想讓黃忠出戰，可又沒有其他的選擇。曹朋絕非他可以力敵，就連今天和自己交手的李嚴，也不是個好對付的主兒。從今日曹軍的進退來看，這兩個人都是善用兵的主兒，軍紀森然，頗有章法。

沒有黃忠，劉虎還真不是太有把握。

「如此，明日就辛苦老將軍。」

「此忠本分，何言辛苦？」

黃忠拱手，而後退出了中軍大帳。只留下劉虎一人呆坐在那裡，胡思亂想不停……

第二日一早，黃忠頂盔貫甲，披掛整齊。他率本部八百校刀手，從荊州軍大營中出來，直奔曹軍大營而去。

「荊州中郎將黃忠在此，曹賊還不出來受死？」

黃忠在曹軍大營外，走馬盤旋叫陣。不一會兒的工夫，就聽那曹軍大營裡傳來一陣隆隆戰鼓聲，緊跟著，就見一隊人馬從曹營中出來。只是，當黃忠看清楚對方的打扮時，又不禁為之一愣。

不可以力敵

曹朋一身便裝，身著月白色襌衣，頭紮綸巾，手持一柄摺扇，滿面春風，笑盈盈的來到陣前。

「黃老將軍，別來無恙？」

「啊……」黃忠真的懵了！

他搞不明白，曹朋這是唱的哪一齣？看他的打扮，哪裡是上陣搏殺，活脫脫似外出遊玩的公子哥。沒有披帶甲冑，也沒有手持兵器，甚至連佩刀都沒有帶在身上，手裡只有一柄摺扇。

有道是，伸手不打笑臉人。

黃忠雖然和曹朋是敵對關係，卻不代表他是個不通人情世故的人。人家明顯不是來和他交鋒的，他也不好二話不說提刀就衝過去……所以，黃忠只好勉強一笑，收刀搭手，「曹公子，這是何意？」

「哦，朋少年時，就生活在南陽，說起來也是老將軍同鄉。當年我常聽人提起老將軍的名字，言百萬黃巾圍城時，老將軍在百萬敵軍當中，如入無人之境，斬將奪旗，威名顯赫。可惜，那時候朋剛出生，不能與老將軍一起並肩作戰。不過內心之中，對老將軍卻是格外仰慕。今日能得見老將軍，一訴衷腸，也算是朋三生之幸……」

「大好日子，實不適合打打殺殺這種有傷風情的事情，故而得知老將軍至，朋特來拜會昔年英雄。」

黃忠的臉色頓時緩和。

人都喜歡聽好聽的話，更何況曹朋這等人物對他大加讚賞。

若曹朋是個無名之輩，黃忠可能也不會有太多感受；可問題是，曹朋是朝廷欽封的南陽太守，更是大名鼎鼎的曹三篇，在士林當中，有著不可忽視的地位。這樣的人，口出稱讚之語，有更大的影響力。

黃忠看曹朋的目光，開始柔和了一些……可他轉念一想，曹朋可是自己的敵人，切不可因為他三言兩語就動搖了信念。

我今日不殺你，但來日，定取你首級！

「曹公子，明人不做暗事。今日公子敬黃忠一介老卒，忠亦萬分感激。可是，公子助紂為虐，犯我邊界，乃黃忠死敵。明日，黃忠會再來搦戰，到時候，定要和公子一見高下。那時候，公子可莫怪我刀下無情。」

曹朋聽聞，不由得哈哈大笑：「朋亦有此想法。」

「那麼，咱們明天見。」

曹朋在馬上微微一笑，而後撥馬就往回走。走了幾步之後，他突然勒馬回身，向黃忠一抱拳，「老將軍，請多保重。」

「公子亦保重。」

黃忠見曹朋退回營寨，索性也率部返回。可一進大營，就看到劉虎面沉似水。不等黃忠開口，劉虎突然厲聲喝道：「來人，給我把這個背主求榮的無恥老卒拿下來！」

刀斧手一擁而上，衝上來把黃忠按住。

黃忠大驚，連忙道：「虎公子，你這是何故？」

「我早就知道你這老兒和曹賊有勾結……今日命你出陣搦戰，可你卻與那曹家小賊眉來眼去，相談甚歡。若非和小賊勾結，安得如此？」

「虎公子，冤枉！」黃忠大叫道：「那曹友學和我不過第二次相見，但他少年時生活在南陽，曾聽過末將的名號，故而我搦戰時，他輕衣而出，末將總不能殺一個手無寸鐵的人，故而才沒有動手。請公子明鑑！」

劉虎森然冷笑，「老匹夫，欺我無知嗎？」

「真的！末將所言，絕無半點虛假。若虎公子不信，忠明日出戰，必斬了那曹朋首級。公子可以督戰，若是黃忠取不得那曹朋項上人頭，虎公子再殺我，黃忠亦不會有半句怨言……」

劉虎不由得有些猶豫：這黃忠看上去，似乎並未說謊，難道說，今天真的只是一個偶然嗎？

若這時候殺了黃忠，只怕也不能讓軍中眾將信服。既然他說了明日會取曹朋首級，那我就再給他一個機會。若是殺了曹朋，就還他清白；若殺不得曹朋，再動手殺他也能令人信服。

想到這裡，劉虎厲聲道：「好，那我今日就信你一次。來人，給我看著他。如果你明日真的能殺了那曹朋，我劉虎保證，必與你道歉，並向劉荊州稟報，許你一個前程。可你若殺不得曹朋，那休怪我劉虎無情。話是你說的，機會也給了你，你自己把握。」說罷，他甩袖返回中軍大帳。

而黃忠則無奈苦笑，在刀斧手的監視下，走進了另一座帳篷。

他這會兒也大致上醒悟過來。

曹朋今天的所作所為，絕對是別有用心……可嘆我還沾沾自喜，卻不想，著了你這小兒的道。既然如此，明日我定不會手下留情！

這一夜無事，黃忠第二天起了一個大早，用過早飯之後，他披掛整齊，提刀上馬。

劉虎率大軍隨行出戰，說是要為黃忠擂鼓助威，倒不如說是監視黃忠。黃忠持刀催馬，來到曹軍大營外，高聲搦戰。可是，曹軍營寨大門緊閉，裡面毫無反應。

黃忠在曹營門口搦戰半晌，見裡面沒有動靜，也不由得心中焦慮。

就在這時候，忽見曹營轅門開啟，李嚴獨自一人策馬出了營寨，向前走了幾步之後，便勒住戰馬。他在馬上拱手向黃忠行禮：「老將軍，我家公子說了，請老將軍勿負前約，他將拭目以待。」

說罷，不等黃忠反應過來，李嚴撥轉馬頭，就返回了營寨。只留下黃忠在那裡，一副目瞪口呆的模樣。好半晌，他才算反應過來——這曹朋分明是在陷害我！

心中陡然間升起一股怒火，黃忠勃然大怒，厲聲吼道：「小賊，焉能欺我如斯！」說完，催馬掄刀，就向曹營衝去！

可密集的箭雨，攔住了黃忠的去路。

曹軍早有準備，黃忠雖然奮力衝鋒，卻無法前進半步。片刻後，身後傳來急促的銅鑼聲，是劉虎在鳴金收兵。黃忠無奈的看著那近在咫尺的曹軍大營，卻又沒有一點辦法，心情極為沉重，返回荊州大營。

「來人，把這老匹夫拿下！」

黃忠一進大帳，就聽劉虎一聲怒吼。

刀斧手呼啦啦衝上來，將黃忠繩捆索綁。

劉虎冷笑道：「老匹夫，莫非以為我三歲孩童？竟然還敢回來！虧得我兄長如此看重你，可你卻背主求榮……你昨日說了，今天會取曹朋首級，可是卻連曹朋的影子都沒有看到。你，還有何話要說？」

到這個時候，黃忠真的不知道該如何解釋。

他也是性格極其強硬的人，讓他卑躬屈膝的向劉虎求饒，萬萬做不出來。

看著劉虎，黃忠半晌後道：「虎公子，末將無話可說……曹賊奸詐，使計離間。就算是我有千張嘴，也說不清楚。只是公子要殺末將，會令曹賊撫掌稱快。若公子信我，不妨留我在軍中，早晚有一日，末將可以證明清白。」

「哼哼，只怕不等你證明清白，我項上人頭不保……來人，給我把這老匹夫拉出去，斬了！」

劉虎一聲令下，刀斧手推搡著黃忠就往外走。一干將領紛紛上前求情，可是劉虎卻置若罔聞。

黃忠被拉到了轅門前，刀斧手早已準備妥當。只見兩名刀斧手走到黃忠跟前，低聲道：「老將軍，我等也是奉命行事，還請老將軍勿怪罪。」

不管黃忠是否投靠了曹軍，可他的聲望，依舊能令荊州軍卒感到敬佩。

黃忠苦笑一聲，沒有說什麼話語。他只是站在轅門下，目視正前方，遠眺曹軍大營：小賊，你果然是好手段，好心計……

內心裡，黃忠並沒有怪罪曹朋的意思，反而頗有些讚賞。所謂兵不厭詐！他和曹朋是各為其主，曹朋不管使出什麼樣的手段來，都算不得過分。

蒼蠅不叮無縫的蛋，如果劉虎對黃忠能多幾分信任，曹朋就算是有千般手段，也奈何不得黃忠。只可惜，當曹朋知曉了劉虎的性格之後，便想出了應對之策。黃忠雖老，卻不可以力敵！《三國演義》裡，多少輕視黃忠的人，到頭來都落得個身首異處的下場。曹朋絕不會輕視黃忠，更不會和黃忠硬碰硬交鋒。

他詢問過龐德，深知黃忠的厲害。

論身手，曹朋和龐德在伯仲之間，特別是騎戰時，曹朋不再具有鞍鐙的優勢之後，除非用一些特殊的手段，否則很難戰勝龐德……可是，以龐德之勇，卻奈何不得黃忠。唐子鄉一戰，雖說龐德是中了黃忠的埋伏，但兩人交鋒卻是實打實，黃忠靠著真本領壓制龐德一籌。在這樣的情況下，曹朋又怎可能去和黃忠硬碰硬？

內心深處，曹朋對黃忠頗有好感。可如果沒有機會招攬，他也不會介意置黃忠於死地……

暮夏驕陽似火，黃忠心裡卻是一片寧靜。他閉上眼睛，耳聽營寨中催魂鼓響三通，不由得輕輕一聲嘆息。想他一生，可謂是磨難重重，輝煌過、落魄過，到如今，早已無欲無求。

中平元年的宛之戰，是黃忠一生最為輝煌的時候。

面對百萬黃巾賊，他單人獨騎殺入中軍，斬殺太平道十二名渠帥，從此後聲名遠揚；可在那之後，他的人生迅速跌落谷底。愛子黃敘重病，他不得已，只得辭了太守秦頡的邀請，返回家中照顧兒子。到頭來，還是白髮人送黑髮人，兒子沒有救治過來，前程也隨之黯淡。

中平元年時的南陽太守秦頡，也算得上是東漢末年的一個名臣良將，氣度和格局極為恢宏。只可惜，黃巾之後，秦頡也許是殺戮過重，受朝廷嘉獎不久，便因病去世……如果當時秦頡不死，黃忠在重新入仕之後，必然可以獲得重用。只是，一朝天子一朝臣，秦頡死了，新任南陽太守對黃忠不喜，甚至多有壓制……也幸虧當時有岑晊看同鄉之誼，在暗中照拂，黃忠才未得迫害。

可隨後，岑晊因得罪了十常侍，被迫逃亡江夏。黃忠則被南陽太守成瑨趕去了長沙，做一個不起眼的統兵校尉，負責對付武陵山五溪蠻的襲擾。再往後，張諮就任，倒也欣賞黃忠。可那時候黃忠被調去了長沙，張諮也沒有辦法招攬。隨後，張諮被孫堅所殺，提拔黃忠的事情也就隨之擱置。

劉表入荊州，一開始表現出強硬姿態。可一俟荊州平靜，劉表開始重文輕武，任用親信，打壓武臣。黃忠因為年紀的關係，不被劉表所重用，幸好時長沙太守劉磐，欣賞黃忠驍勇，將他招攬過去。

一晃許多年，一事無成。當年向自己請益的王威、文聘等人，而今都得到了重用。可是自己呢？雖得了一個中郎將的官位，卻沒有任何實權……細想之下，黃忠這心裡面多多少少也有許多不甘。

刀斧手舉起鋼刀，在陽光下，折射出森寒冷芒。

眼見就要手起刀落，忽聽一陣急促的馬蹄聲響，從遠處疾馳一隊人馬而來。為首一個文士，在馬上看清楚了黃忠之後，大驚失色，連忙高聲呼喊道：「刀下留人、刀下留人！」

刀斧手一怔，忙抬頭觀望。卻見那文士已經到了轅門前，翻身下馬。

「漢升，何故如此？」

「原來是文德先生……」黃忠睜開眼睛，看清楚來人之後，不由得一聲苦笑。

來人，正是那朝陽校尉李珪李文德。

劉虎命韓玄前往朝陽，請求李珪給予支援。李珪聽聞曹朋已抵達湖陽之後，二話不說連夜動身，便趕了過來。他很清楚，以劉虎之能，未必敵得過曹朋。卻不想才一到，就看到黃忠被拖出轅門斬首……

李珪大吃一驚！黃忠是他一力向劉磐討要過來的人，劉虎何故要殺他？

黃忠嘆了口氣，對李珪道：「文德先生，忠被曹朋陷害，以至於斯。」我被曹朋給坑了，所以才落到了這般田地……

李珪愣了一下，連忙道：「漢升休要擔驚，我這就去面見校尉，為你求情……」他對刀斧手言：「先不要急於行刑，等我見過校尉之後，才說分曉。好好照拂老將軍，休要怠慢。」

論官位，李珪和劉虎平級。同時，作為從山陽一同過來的劉表舊部，李珪雖非荊襄名士，但是在軍中卻頗有些威望。當年劉表平定荊襄，李珪、伊籍這些人可都是出了大力的。而那時候，劉虎也好，劉磐也罷，才方嶄露頭角，所以對李珪也極為尊敬。

刀斧手本來就不想殺黃忠，見李珪出面阻止，於是便順水推舟，答應下來。李珪不敢怠慢，忙下馬直奔中軍大帳。

劉虎正在軍帳中和眾人議事，聽聞李珪前來，也不由得大喜。

「文德先生，何故親來？」

劉虎將李珪迎入大帳中，命人安排座位。

李珪氣喘吁吁坐下，甚至沒來得及喘一口氣，便開口道：「我聽伯復說，曹友學親臨湖陽督戰，故而有些擔心，所以連夜從朝陽動身趕來。我已命人準備了糧草，並集結八千兵馬，不日抵達這邊。同時，我還通知了宛城劉備，請他在宛城酌情援助，吸引曹軍的注意力……對了，我剛才進轅門時，見漢升就縛，不知何故？」

劉虎心中，頓時有些不快。

你這話是什麼意思？聽說曹朋來湖陽，你擔心……莫非是看我不起，覺得我不是曹友學的對手嗎？

只是，李珪的資歷擺在那裡，劉虎心中不滿，卻也不好說什麼。但聽李珪詢問黃忠的事情，劉虎再也忍耐不住。

「文德先生，休言那老匹夫！」

他把這兩日發生的事情告知李珪，當然了，言語間自然不會說黃忠的好，而是極盡詆毀之語。在劉虎的口中，黃忠驕橫跋扈，特別是唐子鄉兩戰之後，更加驕狂。同時，又和曹軍暗中勾結，有謀反之意，所以才要斬殺黃忠。

李珪聽罷，不由得眉頭緊蹙。「漢升忠恪，沒有道理去勾結曹賊，這裡面會不會有誤會？」

劉虎臉一沉，「文德先生這話是什麼意思？難不成，我還會冤枉他黃漢升嗎？軍中眾將都可以證明，我多次給他機會。剛才我還讓他解釋，可你知道他說什麼？他竟然說沒有他黃漢升，我就勝不得曹朋。何等囂張之語……我若不殺他，日後如何能統領軍卒，如何令部曲信服？」

李珪看了劉虎一眼，卻沒有立刻反駁。他心裡也有點嘀咕起來：莫非，黃忠真和曹賊勾結？

不可能，絕不可能！

黃漢升這個人，頗愛惜名聲，也沒有道理反覆。說他勾結曹朋，未免有些偏頗，很可能是中了曹朋奸計。可是，看劉虎那氣呼呼的樣子，李珪也知道自己這時候若反駁的話，必然會和劉虎反目。

「巨岩，漢升此人，我也算有所瞭解。說他勾結曹賊……證據卻有些不足，若殺之，恐難以使將士服眾。況且，湖陽未克，便斬己方大將，於軍中不祥。不如這樣，且留黃漢升性命，嚴密監視。如果他真的勾結了曹賊，再殺他不遲……若不是，則可命他出戰。若他能斬將殺敵，將士們也會稱讚巨岩心胸……」

「這個……」劉虎聽聞，也有些猶豫。對別人，他可以不理睬，但李珪求情，卻總要賣兩分面子。

沉吟良久，劉虎道：「既然文德先生求情，那我且饒他一次。不過，死罪可免，活罪不饒。來人，把那老匹夫拉回來，賞他二十背花，留軍中查看……伯復，就讓他暫時在你帳下聽命。」

章四 圈套

夜幕降臨，荊州軍大營內，漸漸沉寂下來。

營中，巡兵走動，守衛森嚴。

黃忠只披了一件單衣，坐在榻上。二十背花，說實話並沒有給他帶來太大的傷害。一方面，荊州兵對黃忠始終存著一份敬重；另一方面，別看黃忠年邁，可筋骨之強壯，尤勝青壯。

一邊打得不用心，一邊體格健壯。

行刑時，看上去皮開肉綻，頗有些嚇人；可實際上呢，抹了金創藥之後，黃忠的傷勢便已無甚大礙，只不過還會有一些痛楚，但對於黃忠而言，這點痛楚並算不得什麼大事。

真正痛的，還是心。

營中昔日袍澤，無一人前來探望。

黃忠孤寂的坐在榻上，悶悶不樂的吃酒。他這次算是栽了！而且是栽得極慘……除非他真的能砍了曹朋的腦袋，奪取了湖陽，否則斷無可能洗刷身上的冤屈。哪怕將來返回長沙，劉磐也未必會再待見他。到那時候，他只能再回武陵，待在那窮山惡水間，與五溪蠻消磨時光。

早晚有一日，當他銳氣盡失，也就是終老離世之日。

可黃忠，不甘心！

他閉上眼睛，將酒水一飲而盡，而後把銅爵狠狠砸在桌案上。不甘心又能如何？劉虎還會給他機會嗎？黃忠不相信……他是真的不恨曹朋，反而為曹朋的手段，暗地裡稱讚不止。

在黃忠的印象裡，唯有當年南陽太守秦頡，才有曹朋這樣的手段。只可惜……

黃忠心事重重，喝了一瓿酒之後，酒意上湧，加之身上有傷，精神也很疲憊，便昏沉沉倒在了榻上熟睡。

小帳外，非常安靜……

也不知睡了多久，黃忠忽然有一種驚悸，驀的睜開眼睛，翻身坐起。

帳中燈火通明，人跡無蹤。他用力搖了搖頭，而後站起身來，想要去洗一把臉，卻不想帳外突然傳來一陣腳步聲，緊跟著劉虎、李珪在一干軍卒簇擁下，湧入帳中。

「公子、文德先生，何故深夜來此？」

李珪露出一抹奇詭之色，看了看黃忠，輕聲道：「漢升，剛才可有人前來拜訪？」

「拜訪？」黃忠愕然，回答道：「末將一直在帳中，吃了些酒水之後，便睡著了，並未看到有什麼人進來。」

「是嗎？」劉虎皮裡陽秋，森然而笑。

他邁步走到書案旁邊，目光在書案上掃動：「可是有人告訴我，剛才看到一個鬼鬼祟祟的人，進了漢升的住處。以漢升之能，焉能不覺？除非……」說到這裡，劉虎突然俯身，從書案上的案牘竹簡當中，翻出一封書信來。書信之上，墨蹟未乾，顯然是剛看罷。

他一目十行，迅速的閱覽過內容，臉色頓時變得陰沉下來，反手遞給了李珪，冷笑道：「文德，你看看吧，我可沒冤枉他。」

李珪接過書信，看了一眼黃忠，卻見黃忠臉上帶著一抹茫然之色。他這才低頭閱覽書信，只是這一看，臉色和劉虎一樣頓時陰沉下來，眉頭更扭成了一個『川』字。

書信沒有抬頭，也沒有落款，並且被人用毛筆劃了一道道墨蹟，很多地方已經看不清楚內容。不過，從一些字裡行間，李珪還是可以推斷出大致的意思。書信內容意思大致是：老將軍你受了委屈，但不用擔心。再忍一忍，我這邊已經做好了準備，汝南援兵將至，待三日之後，援兵抵達，我與老將軍裡應外合……

雖然沒有落款，可是卻能猜測出是何人所書。

至於那些被墨蹟掩蓋的地方，想來是黃忠特意抹去，想要遮掩一些什麼。

李珪抬起頭，輕輕的嘆了口氣，將書信遞給了黃忠，沉聲問道：「漢升，你可有解釋？」

「這……這不是我的東西！」

「當然不是你的，是剛送過來，你準備銷毀，卻沒來得及……若非伯復偶然間看到有人進了你軍帳，鬼鬼祟祟，行蹤可疑，三日之後，我與文德人頭不保。」劉虎森然說道，大手已扶在寶劍之上。

黃忠此時手無寸鐵，但若要反抗，也絕非劉虎能夠抵擋。可他只要一反抗，就等於是坐實了勾結曹操的罪名。

黃忠不由得嚥了口唾沫，猛然對李珪說：「文德先生，我真的沒有和曹朋勾結。」

「漢升，我亦想要信你。」李珪看著黃忠，卻露出無奈之色，「你說你沒有勾結，可眼前種種跡象表明，你確實與曹朋勾結。我……真幫不了你。」

「我……」

李珪沒有再理睬黃忠，而是扭頭向劉虎看去，「公子，雖然眼前物證已證明黃忠謀反，可我始終無法相信。況且，黃忠是磐公子的部曲，你我擅自處置，恐怕會惡了磐公子，令其不滿。我有一個辦法，暫且將黃忠看押，送返唐子鄉，著人看管。待這邊戰事告以段落，再押送長沙，與磐公子處置……不知公子，意下如何？」

劉虎沉吟片刻，點點頭道：「正當如此。」

事實上，劉虎雖說反感黃忠，但也不敢真的壞黃忠性命。這裡面，還牽扯到一個派系的問題，讓他不得不謹慎小心。

說起來，劉虎和劉磐都是堅定的劉表派，劉磐更成了劉表的養子。然而相較之下，劉虎更傾向於山陽舊部一系。劉磐好重用本地人，劉虎則更信任舊部。也正因此，兩人之間存有矛盾，雖說並不是特別嚴重的分歧，可這裡面有一個立場的問題，所以彼此間不甚合拍。

只是，一個假子，一個姪子，說不清誰占優勢。

劉虎雖然對劉磐不滿，可是也不至於撕破了臉皮。李珪的建議，倒正中劉虎的下懷，於是點頭答應。

李珪則凝視黃忠，「漢升，你可願就縛？」

黃忠苦笑一聲，「末將願從文德先生之命。」

「來人，給我將黃忠拿下！」

李珪一聲喝令，自有人上前把黃忠繩捆索綁。

黃忠知道自己這時候反抗，沒有任何用處。就算是能殺了劉虎，又能如何！這年月的人極重名節，特別是黃忠這樣的年紀，更是如此。眼見他此時已是百口莫辯，而反抗只會令事情變得更加複雜。李珪雖然下令要把他拿下，但他也能感覺得出來，李珪對他還存有信任。

只能走一步，是一步了！

黃忠嘆了口氣，也沒反抗，任由人把他捆綁起來。

未來會如何？他並不清楚……

不過有一點他非常清楚，曹朋是真的很看重他，而且已經到了眼中釘、肉中刺的地步。今日他就算是躲過了一劫，曹朋早晚還會有後招置他於死地。

這曹朋，果然有神鬼莫測之能，幾乎每一步都在他的算計當中，令黃忠不禁隱隱恐懼……曹友學會不會還有什麼陰謀詭計？

而在恐懼的同時，黃忠又隱隱有一種自傲。

能得曹朋如此看重，也說明了一種認可……若非曹朋對他極為恐懼，又怎可能如此不擇手段的對付他呢？

當韓玄帶著人押解黃忠往外走的時候，李珪突然伸手，拍了拍黃忠的手臂。他什麼話都沒有說，卻把面龐轉向了劉虎。

「公子，我們回去說話？」

黃忠被押出了大營，李珪和劉虎回到了中軍大帳。

劉虎看上去顯得神色輕鬆，他坐下來，命人取來酒水，為李珪滿上一爵，自己也斟滿一爵。

「巨岩，我還是不信。」

「嗯？」劉虎一怔，愕然向李珪看去。「文德先生，不信什麼？」

「我不信漢升謀反。」

「可你剛才也看到了，那封書信可不是我放進去的。說實話，我也不信，可事實俱在，由不得你我不信。黃忠悍勇，我不否認。但文德先生你要知道，這黃忠被叔父壓制了十餘年，他心中豈能沒有怨氣？說不定正因為這個原因，他才想要謀反，想要和曹朋勾結一起。」

「太巧了！」

「什麼太巧了？」

李珪放下銅爵，微微一笑，「巨岩不覺得，這一切發生的實在是太過於巧合？」

「你的意思是……」

「你看，黃忠剛奪取了唐子鄉，建立了功勳，便出現了和曹朋勾結一起的狀況。你要知道，黃忠可是曾在唐子鄉險些殺了龐德。而那龐德，卻是曹朋心腹愛將……如果他二人有勾結，何必陷龐德於險地之中？真想要換取信任，換一個人，比如那李嚴，豈不是比龐德更合適？這說明，龐德原本並不知道此事……」

「而後，曹朋抵達湖陽，就立刻發生了這種事情，接二連三的展露對黃漢升的好感，甚至還……我總覺得，這裡面不太正常。說不得，是曹友學離間之計。所以，我還是信漢升一些。」

劉虎聽聞，臉色頓時陰沉下來。他喝了一口酒，卻什麼也沒有說，只是哼了一聲。

李珪笑道：「巨岩莫生氣，而今卻有一個機會，正好可以證明黃忠的清白。我倒是覺得，今天這封書信是曹朋可以為之，他甚有可能是要伯復發現蹤跡，引我們過去。若殺了漢升，正了卻他心腹之患。我們何不將計就計，把曹朋引過來，而後命漢升出手？若漢升真能殺了曹朋，自可證明清白；如果他沒有殺了曹朋，到時候你再殺他，我絕不阻攔。」

劉虎聽聞，陷入沉思。

片刻後，他抬起頭，沉聲問道：「文德，計將安出？」

一連兩天，風平浪靜。

不管是劉虎還是曹朋，都顯得很克制，雙方沒有再動干戈。然則，所有人都知道，這只是大戰之前的寧靜。一旦交戰，必然是腥風血雨，慘烈無比。

在休整的同時，雙方也在調兵遣將。汝南太守李通在平輿發出徵召令，於郎陵集結兵馬，隨時都可能會進駐南陽地區。而劉虎呢，也向襄陽求援。

劉表雖然依舊猶豫不決，可是卻派遣大將文聘，向鄧縣集結，做出支援的勢態。

劉備收縮了兵力之後，已經穩住了陣腳。和曹軍試探了兩次之後，並沒有取得太多的收穫。

魏延在南山口屯紮兵馬，從夕陽聚至南山口形成了一道有力的屏障。也就是在這兩次試探中，魏延展現出了非凡的戰術素養，任憑劉備如何試探，他都依照著曹朋的命令，堅守不出。同時，南山口、夕陽聚兩地相互呼應，對宛城劉備形成了極為有效的鉗制。

棘陽方面，杜畿、鄧芝、許儀三人，穩紮穩打，憑藉南就聚渡口的屏障，進可威脅涅陽，退可死守棘水東岸。關羽也發動了數次攻擊，但最終結果卻是無功而返。於是乎，雙方形成了一個平衡的態勢，彼此間相互牽制對方。

所有人的目光，不約而同的集中在了湖陽。

就是在這種緊張的局勢下，南陽人漸漸忘記了正在北方征戰的曹操。

曹朋抵達湖陽的第二天，賈詡返回舞陰。

隨同他一起來南陽的，還有射聲校尉夏侯尚並射聲營三千兵馬，一同進駐舞陰縣城。賈詡抵達，羊衜也隨之鬆了一口氣。他在賈詡抵達舞陰的當天，率領臨時徵召的三千兵馬，向南山開拔。

就在羊衜出發之時，遠在千里之外的無終縣，曹操率張遼、許褚、典韋三人，以曹彰和牛剛為前部先鋒，無終人田疇為引導，悄然登徐無山，出盧龍塞，向柳城進發。不過，郭嘉卻因為水土不服的原因，沒有隨行出征，取而代之的是荀攸隨行……

本來，郭嘉是強烈要求一同出發，甚至一度說動了曹操。可隨行太醫董曉卻堅決反對，並言明若郭嘉出征，很可能會加重病情，到時候性命難保。

曹操在躊躇良久之後，還是決定聽從董曉的勸說，拒絕了郭嘉出征的請求。於是乎，郭嘉繼續留守無終縣，並找人裝扮了曹操的模樣，迷惑袁軍的視線。

柳城之戰，一觸即發。

只不過誰也沒有留意到，在前鋒軍曹彰的身邊，神不知鬼不覺的多出一人，死死的盯著田疇。

此人，也正是奉曹朋之命前來的祝道……

湖陽之戰，停息兩日。

到第三日入夜，李珪突然下令，點起兵馬。

黃忠是否勾結曹朋，就在今晚見出分曉。李珪心中不免感到忐忑，在和劉虎商議之後，決定由自己率部先行，夜襲曹軍大營。若曹軍大營沒有防範，說明那封書信裡所言的是真的，黃忠和曹朋之間有勾結，如此一來，李珪正好劫營，而後順勢將曹軍擊潰，振奮士氣；若曹軍大營有防備，則說明曹朋和黃忠之間並沒有勾結，到時候李珪陷入重圍，劉虎則趁機在外面發動攻擊。

按照李珪的說法，這叫做螳螂捕蟬，黃雀在後。

劉虎作為那黃雀出擊，與李珪裡應外合，則曹軍必敗。所以，無論黃忠和曹朋是否勾結，這一戰在李珪看來，勢在必行。

三千兵馬，跟隨李珪悄然離開了荊州大營，向曹營逼近。

夜已深，雲遮月。

遠遠看去，曹軍大營中，燈火通明。

李珪深吸一口氣，拔出佩劍，向正前方一指，口中發出一聲高呼：「兒郎們，與我衝！」

三千荊州兵發出震天價響的吶喊聲，隨著李珪衝進了曹軍大營的轅門。可是，一進大營，李珪頓時感覺到情況有些不妙，只因這曹軍大營內，實在是太平靜了……如此巨大的動靜，卻不見曹軍蹤影。李珪連忙催馬來到一個軍帳旁邊，用寶劍挑開帳簾，卻見那營帳裡堆放著一垛垛的柴薪。

中計了！

李珪頓時醒悟過來。同時，他內心裡也隨之確定，黃忠並沒有和曹朋勾結一起。

這是一座空營，曹軍有埋伏。

李珪連忙大聲呼喊：「有埋伏，撤退！立刻撤退！」

他撥轉馬頭，剛要向營外衝去，卻聽到一陣陣的梆子聲響，緊跟著，曹營外傳來一陣陣喊殺聲。

「休走了賊人！」

伴隨著這喊殺聲，從曹營後方突然殺出一支人馬。清一色的弓箭手，在營寨外站穩腳跟之後，將箭矢上的引火物點燃，朝著營寨內就挽弓放箭。

李嚴躍馬擎槍，遙指軍營，吼道：「放箭！」

剎那間，萬箭齊發。

火箭呼嘯著掠空而起，飛進了營寨，營寨裡的帳篷上都塗抹著火油，遇火就起。而軍帳裡堆放著的那些柴薪，也隨之燃起，瞬間蔓延了整個營寨。

這是一個奸計，一個曹軍早就設計好的奸計。他們看準了劉虎和黃忠之間的矛盾，故而挑起劉虎對黃忠的懷疑。不管是之前對黃忠恭敬有加，抑或是後來那封被塗抹的書信，劉虎也好，李珪也罷，他們會做出的反應早就被曹朋等人算計的一清二楚。

李珪臉色大變，厲聲喊喝，命軍卒向營外衝去。

但是，既然來了，又豈是那麼容易離開？

李嚴率領本部兵馬，弓箭手一字排開，死死的封住了營寨大門。一枝枝火箭飛入營寨，只要碰到了帳篷，就會立刻燃燒起來。整個營寨裡，近千頂帳篷，萬餘斤的柴薪，一旦燃燒起來，就迅速蔓延。同時，更有蒯正率領兵馬，在營寨外架好了投石機，一罐罐火油隨著投石機的拋射，落入火海之中……

什麼叫做火上澆油？大致就是這模樣。

火油罐落在地上，頓時粉碎，火焰順著營地流淌，更加速了火勢的蔓延。有一些火罐落在帳篷上，並沒有碎裂，可是隨著溫度的提升、火勢的蔓延，火油罐受熱，便產生了爆炸。每一次爆炸，都會伴隨著片片陶片飛射，不知奪走了多少人的性命。

李珪正在指揮突圍，忽見一枚火油罐從天而降，狠狠的砸在他的頭上。油罐頓時碎裂，火油澆了李珪一身。一旁一個油罐炸開，一片被火焰包裹起來的陶片飛射而來，正落在李珪身上。剎那間，李珪身上的火油燃燒起來，連人帶馬，被火焰包圍。

李珪嘶聲慘叫，寶劍落地，從馬背上跳下來，在地上翻滾，企圖將火焰壓滅。只是，這遍地火油，他這一滾非但沒能壓滅火焰，反而令身上的烈焰更熾，整個人就如同一個火人一樣，在火海中掙扎翻滾……

不只是李珪，更有無數荊州兵卒被這熊熊烈焰吞噬。

整座營寨，已變成了一片熊熊燃燒的火海！

就在曹軍大營燃燒起來的一剎那，劉虎也發現了。他率領五千荊州兵，準備做那偷襲的黃雀，可沒想到曹軍大營突然著火，令他根本來不及做出反應。

劉虎忙催動人馬，向曹營出擊。

可是，不等他們靠近曹營，就聽到一陣隆隆的戰鼓聲響起。

曹朋率領兵馬，從半途殺出，攔住了劉虎的去路。劉虎心神頓時大亂，心知是中了曹朋的詭計，於是撥馬就走。這黑夜裡，他也不清楚曹軍究竟有多少人，更不知道李珪那邊的情況如何，但從那照映了夜幕通紅的火光來看，李珪恐怕是凶多吉少。

他不敢戀戰，連忙下令撤兵，想要退回營寨。

可不等他退回駐地，就見荊州軍大營裡火光沖天，喊殺聲四起。

原來，就在劉虎領兵離開之後，龐德便率部悄然抵達荊州軍大營之外。當曹軍大營火起之時，龐德率部殺進了荊州軍大營。

荊州大營，尚有數千兵馬留守。

韓玄作為荊州大營的主將，留守營內。只不過，不管是李珪、劉虎，還是韓玄，都沒有想到，他們去偷曹朋的營寨，曹朋居然領著人來到了他們的大營。

韓玄倉促應戰，卻被迎面而來的龐德一刀劈落馬下。龐德身上的傷勢雖然沒有完全恢復，可是憑他的武力，也不是韓玄可以對付。最重要的是，韓玄手中拿的，赫然就是龐德的那口虎咆刀！

當初龐德在唐子鄉被黃忠所敗，虎咆刀落入黃忠之手。可隨著黃忠被看押，虎咆刀便被韓玄得到。

龐德自失了虎咆刀以後，一直耿耿於懷。見韓玄手持虎咆刀，他也不管韓玄是什麼人，衝過去便殺了韓玄，將虎咆刀奪回。所謂失而復得，也正如此。龐德收回了虎咆刀，頓時精神大振，率領部曲，在荊州大營內橫衝直撞，只殺得荊州兵馬人仰馬翻。

韓玄死了，李珪和劉虎又都不在，荊州軍根本無法組織起有效的抵抗，瞬間便潰不成軍，四散奔逃……

劉虎聽聞之下，也是大驚失色。

後有追兵緊隨，而荊州軍大營又……

劉虎帶著兵馬立刻向唐子鄉撤退，想要在唐子鄉重整旗鼓。

可是，曹朋和龐德又豈能容他逃走？曹朋得李嚴獻計，花費了偌大心思，更派遣闇士冒死潛入荊州軍大營，為的就是今日這一戰功成。

劉虎敗退，曹朋緊追不捨，在與龐德會合之後，兩人追著劉虎，一直到唐子鄉。劉虎雖說在唐子鄉設有營寨，但卻沒有留下太多兵馬守衛。

畢竟，在劉虎看來，曹軍根本無力偷襲，所以哪裡會在意？

若黃忠在這裡還好，可以做出有效的抵抗。但問題是，黃忠被劉虎看押在荊州大營內，而今生死不明。劉虎到了唐子鄉後，還沒等喘上一口氣，曹朋和龐德的追兵便已經抵達。

匆忙間，劉虎也無心應戰，只得再次潰逃。

曹朋和龐德順勢將唐子鄉奪回，停止了繼續追擊……

此時，天光放亮！

章五 曹朋月下追黃忠

唐子鄉復奪，劉虎敗退襄鄉！

對曹朋而言，無疑是一個巨大的勝利。唐子鄉又回到自己的手中，也就使得他有了足夠的縱深空間，不至於湖陽直面戰火衝擊。不過，曹朋雖然勝了，卻只能算是一個慘勝。

由於先前唐子鄉丟失，湖陽之戰令湖陽周遭的田地被摧毀殆盡。

也就是說，今冬的湖陽將面臨斷糧的危險！

好在曹朋早已命人向潁川、向許都請求糧草支援。所以即便是糧食絕收，也不會出現大規模的糧食饑荒。不過如此一來，曹朋必須要向許都再次提請徵調糧草，否則汝南援兵一到，還是會出現一些矛盾。

站在唐子鄉殘破的大營廢墟上，曹朋長出了一口氣，心頭更見沉重。

這場戰火，實在是沒有來歷。若究其原因，還是南就聚東岸渡口上，傅僉那莫名其妙的一箭……

可是，他又如何能怪罪傅僉呢？

曹朋命軍卒清理唐子鄉大營，而後命龐德重新紮下營寨。有了唐子鄉這麼一個緩衝，湖陽的壓力可以減輕不少。

「明日，我會使李嚴前來。」曹朋把龐德拉到了旁邊，輕聲道：「李正方雖說清高自矜，但確實有真才實學。你二人須好生配合，勿要因他之前的事情，心存芥蒂……有本事的人才會驕傲。此次能得大勝，全賴李嚴之計，你也要好生向他虛心求教。」

龐德聽聞笑了！

「公子放心，之前唐子鄉一戰，若非李嚴拚死救援，德如今已經戰死。我也正想與公子說，李嚴是個有真本事的人，希望公子能夠給予提拔……沒想到卻被公子搶了先。」

曹朋如釋重負，臉上笑意甚濃。

他笑道：「令明能如此想，我也就放心了！」

當下，他將手中兵馬盡數留給龐德，只帶了三百騎軍，返回湖陽。

荊州大營告破，必然會有許多事情要處理，不可能讓他長時間留在唐子鄉。有龐德和李嚴二人相互合作，就算是荊州派來援兵，曹朋也不會擔心害怕。這兩個人，可都是能獨當一面的大能。

曹朋返回湖陽，已經是午後。

荊州大營，一派狼籍。由於此前李珪剛送來了糧草，就被曹朋攻破，所以戰果頗為豐厚。

經此一戰，湖陽之危暫時化解開來，不會有太大的問題。

有蒯正在後方督促，唐子鄉那邊想必也不會有什麼危險。蒯正不讀兵法，不曉兵事，可是這個人在處理內政方面頗有建樹。更重要的是，有他坐鎮湖陽，龐德也好，李嚴也罷，就算兩人有矛盾，他也能夠調和一下。李嚴對蒯正感恩戴德，龐德也因曹朋而對蒯正非常尊重，再加上三人之前並肩作戰，也結下了友誼。

曹朋心裡清楚，龐德獨當一面的時機已經成熟，是時候把他放出去，委以重任了……不管龐德怎麼想，在曹朋看來，讓他做自己的親兵隊長，實在是有些屈才。此前，曹朋在滎陽鬼薪，也沒有機會給予龐德照顧。當然了，那時候的龐德，也未必肯離開曹朋入仕。

但現在，情況不一樣了！

曹朋出任南陽郡太守，也該給龐德一個展露才華的機會……

「昨夜一戰，斬荊州兵馬三千餘人，其中有一半以上，是被公子一把大火焚死於空營之內。俘虜荊州兵馬約五千餘人……友學，這些俘虜該如何處置？你還要有一個章程才是。」

回到湖陽之後，蒯正立刻向曹朋稟報戰果。

他看上去，似乎並不是很興奮。曹朋倒是知曉蒯正的心事，他還在為他那位老管家的死感到難過。

「從降卒之中，抽調青壯兩千人，交與正方。明日一早，正方率部前往唐子鄉，與令明共同守禦，防止劉虎再次出擊。不知正方意下如何？」

李嚴連忙道：「願從公子之命。」

「此次大勝，賴正方奇謀妙計，更賴伯平兄居中坐鎮指揮。我當向朝廷呈報，以嘉獎你們……嗯，老弱降卒，令其修繕城牆，務必要使湖陽城牆加高加厚。傷者可令人為其治療，而後罰其徭役。這一戰，湖陽損失不小，還須伯平兄多費心思才是。」

蒯正連忙躬身道：「正必不負公子所託。」

「可惜了，那老黃忠……」曹朋突然嘆了口氣，彷彿自言自語道：「若非不得已，實不願出此下策，壞老將軍的性命。」

蒯正和李嚴聽聞一怔，旋即相視而笑。

「公子，黃將軍沒死。」

「哦？」

「而且，如今就在縣廨後宅。」

「怎麼回事？」曹朋聽聞黃忠未死，心中不由得一喜，連忙開口問道。

李嚴笑道：「今日打掃荊州營寨，於後營一座軍帳中，發現老將軍蹤跡。據說，李珪原本不信老將軍投降，所以秘密將他留在營內。只是又有些不太放心，所以讓他披枷帶鎖，著人看護。令明襲擊荊州大營時，看守老將軍的軍卒聞風而逃。我等找到老將軍的時候，若非他披枷帶鎖，恐怕也難以將他拿下。不過，老將軍的情緒非常激動，被俘之後，兩次想要自盡，還好被及時發現。後來還是伯平公出面，穩住了老將軍，而今就在後宅。」

黃忠，沒死？

曹朋頓時大喜……

說實話，設計黃忠，實非曹朋所願。可如果不除掉黃忠，這一戰結果如何，他心裡還真是沒有一點把握。

老爺子太生猛了！

曹朋自認不是黃忠的對手，若龐德沒有受傷，處於鼎盛時，他與龐德聯手，倒是能與黃忠一戰。可問題是，那樣一來不免勝之不武。不管是曹朋還是龐德，內心深處都不願意這樣取勝。武人有武人的驕傲，就好像黃忠哪怕一死也要證明自己的清白一樣，龐德也未必願意和曹朋聯手。

「帶我去見老將軍。」曹朋連忙說道。

哪知道，蒯正一咧嘴，苦笑道：「公子，漢升將軍而今正激動，恐怕未必願意見公子的面吧。」

想想也是，曹朋設計黃忠的時候，把他害得可是夠慘。以黃忠那種性子，焉能不怒？

曹朋一笑，擺手道：「兩國交兵，各用其謀，我相信老將軍不是那種小氣之人。再說了，我也正要與老將軍負荊請罪，哪怕他真的生氣，我也不是受不得……好了，莫要再說，領我前去。」

章五

曹朋月下追黃忠

曹朋把話說到了這個分上，蒯正和李嚴也都不好阻攔。

於是，蒯正領曹朋往後宅去，李嚴則沒有隨行。他還要清理戰場，手中瑣事眾多。明日一早，他須前往唐子鄉，若不把手裡的事情處理完畢，又如何能走得安心？李嚴隱隱有種感覺，曹朋對他雖沒有對龐德、蒯正那樣親熱，卻還算是看重他。

大丈夫當提三尺劍，立不世功業。

以前，他沒有這樣的機會。現在機會來了，他自然需要把事情做好才行。

就這樣，李嚴自去處理事情，曹朋則隨著蒯正，前往縣廨。

不出曹朋所預料，黃忠一聽是曹朋前來，便直接告之，不願相見。這也使得曹朋感到萬分尷尬，可出於對黃忠的敬重，還有對黃忠的愧疚，曹朋並沒有發火，而是恭敬的在門外一揖。

「老將軍既然不願相見，朋亦不強求。不過，朋有一言，還望老將軍知：朋對老將軍非常敬重，此前與老將軍說的那些話，也是發自肺腑。可是，老將軍當明白，你我當時為敵，各為其主，各出其謀，乃是本分。將軍是曹某甚為敬重的人，越如此，曹朋也就越清楚，若不能除掉老將軍，朋絕非將軍對手，故而使計陷害，也是迫於無奈。可若那劉虎、李珪真的信老將軍，朋就算有千般妙計，又能如何？」

「今日老將軍累了，不願相見，朋無怨言；明日，朋自會前來請教，還望老將軍能夠恕罪。」

屋裡，鴉雀無聲。

看起來，老爺子一時半會兒是不會原諒自己。曹朋倒也不生氣，他相信精誠所至，金石為開。只要他能夠保持下去，不信黃老爺子到最後不回心轉意。

就這樣，曹朋告辭離去。

「公子，你這樣不行。」蒯正輕聲道：「漢升老將軍是個很執拗的人，若沒有特殊之人勸解，恐怕難以令其回心轉意。再說了，而今南陽郡局勢緊張，公子難不成整日為此事而煩心？」

「那怎麼辦？」

「我倒是有一個辦法。」

蒯正想了想，沉聲說道：「其實，勸說老將軍回心轉意也不難，只是要有合適人選。這個人，必須要與老將軍有恩情，老將軍是個重情義的人，說不得能想開一些……我心裡倒是有一個人選，不過不在湖陽。公子可還記得我曾說過，當年成瑨為南陽太守時，老將軍入仕後，曾多有刁難。幸得岑公孝暗中照拂，才使得老將軍轉憂為安。若要老將軍回心轉意，必須請得岑晊後人……只是，我與岑家並無交情，還要請公子出面，將岑晊後人請來……」

岑晊之子？

曹朋眼睛一瞇，輕聲道：「你是說，岑伯循？」

「正是。」

曹朋想了想，點頭道：「既然如此，那我這就親自前往棘陽，請岑紹出面，來勸說老將軍……」

有道是，計畫趕不上變化。

就在曹朋準備動身，趕赴棘陽請岑紹出山的時候，一個意外的情況，讓他不得不改變計畫。

汝南太守李通，率八千援兵，悄然通過確山，抵達比陽縣。

得知這消息，曹朋也是一驚。

先前得到的情報，是李通尚在平輿徵召兵馬，可沒想到他竟然來了招明修棧道，暗渡陳倉，率部兵臨比陽。這也說明李通並沒有忽視曹朋的求援，相反的，他極為重視，故而才有此著。只是他突然抵達比陽，打了曹朋一個措手不及。

曹朋在此之前，甚至還沒有半分準備……桐柏大復山的軍營才剛開始修建，還未能夠完成，而湖陽

章五 曹朋月下追黃忠

又因為方經歷大戰，也沒能進行準備，糧草尚未籌措出來。現在，八千援兵抵達，日耗糧草輜重必然是由南陽負責。

這，將會是一個極為驚人的數字。

畢竟，曹軍雖在湖陽大敗劉虎，可所有人都很清楚，這場大戰不過是剛拉開序幕而已……戰線太長了，局勢太複雜了！

整個南陽，宗族、劉表、劉備、曹操四方勢力糾纏一起，盤根錯節，很難用一句話說得清楚。而劉表派出文聘駐守鄧縣的意圖，非常明顯。

他有點傾向於出兵！

一俟劉表正式決定出兵，那麼局勢會變得更加複雜。荊襄數十萬兵馬，終究不是一個小數目。而南陽郡那些宗族，雖說已有不少向曹朋釋放出了善意，但更多的宗族還在一旁觀察。劉表若占居上風，這些宗族會毫不猶豫的投向劉表。

到那個時候，整個南陽都將陷入戰火之中……

這是一場漫長的戰爭，曹朋雖說已經做好了心理準備，可還是難免有些忐忑。李通的到來，將在很大程度上緩解他的壓力。

作為南陽郡太守，在級別上和李通持平。現在人家一郡太守親自前來，曹朋自然不能有失禮之處，所以，從禮節上，曹朋必須要立刻前往比陽。

可是，誰去請岑紹？

在思忖良久之後，蒯正向曹朋推薦了一個人。

此人名叫岑迷，字孟良，是岑氏族人。當初岑紹率岑氏歸附，將岑迷舉薦給了曹朋，隨後，蒯正領岑迷來湖陽赴任，委以主簿之職。此時的岑迷，年二十四，正是風華正茂。能出任一縣主簿，也說明他並非等閒。最重要的是，岑紹對岑逑頗為看重，才舉薦他入仕為官。

曹朋當下同意，並寫了一封書信，命岑逑帶往棘陽。

隨後，曹朋連夜動身，趕赴比陽與李通會合。

同時，蒯正又派人前往復陽、平氏兩縣，請他們連夜進行準備，加緊修建營寨。一俟李通兵馬抵達大復山，務必要使他們順利安頓下來。

一時間，湖陽忙碌不堪。

大戰方結束，各種事情需要處置，俘虜、糧草輜重，城池修繕、安撫民眾、清點戰果等等……再算上李嚴馬上要往唐子鄉屯紮，需要做出一個計畫；迎接李通援兵，同樣需要有妥善安排。

別說是蒯正，就連馬上要離開湖陽前往唐子鄉的李嚴，也難有片刻安寧。

蒯正無奈之下，又派信使前往舞陰，一方面通報戰果，另一方面也希望舞陰能提供支援。

只不過這個時候，蒯正尚不知道賈詡已抵達舞陰。

忙了整整一夜，到黎明時，蒯正才安歇下來。

可沒等他休息多久，忽有人前來稟報：「黃老將軍求見。」

「啊？」蒯正一驚，連忙坐起。「快快有請。」

此時，天光放亮，豔陽高照。

蒯正匆忙洗漱，剛擦了一把臉，黃忠就來了。

黃忠看上去很疲憊，全無早先馳騁疆場的那份威風。他一身便裝，走進廳堂後，躬身一禮。

「老將軍，這是何故？」

「忠特來求死。」

章五

曹朋月下追黃忠

「啊？」

黃忠深吸一口氣，輕聲道：「若伯平不欲忠死，請放忠還家。」

「老將軍……」

「伯平，你且聽我說。你之心意，我已清楚。然則，黃某一生忠恪，不願背主求榮……黃忠已年過知天命的年紀，也並非不知好歹。曹公子的想法，我也知道。可這忠臣不事二主，忠斷無背主的道理。如果曹公子不殺我，就請放我回去。」

「昨晚黃某想了一夜，算起來，自小敘離去之後，我已有多年未曾還家，家中老妻在去年還來信，讓我解甲歸田。只是黃某這心裡面，一直不願認輸。而今湖陽慘敗，黃某淪為階下囚，才知自己真的是老了。與其留在這裡惹人恥笑，倒不如還家，陪伴老妻，了卻殘生。我也知道曹公子不在，所以才特來向伯平辭行……」

黃忠的心意，表達得非常清楚。

蒯正瞠目結舌，不知道該如何勸說。

友學，你之前玩的，好像有點大了……把個好生生的老將軍，折磨成這副模樣。

蒯正聽得出黃忠是真的心灰意冷。只是，他也知道，曹朋對黃忠是發自肺腑的尊重，斷然不捨殺了老黃忠。可就這麼放走黃忠……

蒯正苦笑道：「老將軍，何不暫待兩日？太守而今不在湖陽，你若是真要離開，還是等太守回來再說。」

黃忠卻搖了搖頭：「正知公子不在，故來辭行。」

我就是知道曹朋如今不在這裡，所以前來辭行。

他言下之意就是告訴蒯正：我絕不會見曹朋，如果他回來了，我寧可一死。你要麼放我回去，要麼殺了我，其他的話語不用再說。

「這個……」蒯正實在不知道該如何是好。

「老將軍，要不然等我一下？待我送走正方，再與老將軍說話。」

「那，我就在此等候伯平的答案。」

黃忠可不會中蒯正的緩兵之計，也讓蒯正感到非常無奈。

於是，蒯正離開縣廨，在城外與正要出發的李嚴會合。他把情況和李嚴說了一下，向李嚴求教。

「你的意思是，老將軍心意已決？」

「正是。」

李嚴同樣是感到很頭痛。

「這件事，必須要立刻通知公子。」

「我已命人前往比陽，估計正午時，一定可以抵達。」

「難道就不能拖延一日？」

「很難。」蒯正輕聲道：「漢升將軍似乎真的是心灰意冷，而且不願在此久留。如果強行挽留，說不定會惹出禍事。你也知道他性情剛烈，若是硬要留他，弄不好……」

蒯正雖沒有說出弄不好會怎樣，可這言下之意，已表露無遺。

依著黃忠那如烈火般的性子，弄不好會自殺！

「你，確定他要回家？」

「這一點，我可以看出來。」

李嚴不由得輕輕敲擊額頭，「如此，且請老將軍用過午飯，再送他上路吧……能拖一時，且拖一時。實在不行，就放他離去。不過，他要回家也可以，須有人隨行。待公子回來，也好有一個交代。」

蒯正聽聞，點頭應允。

正午時，蒯正在縣廨宴請黃忠，並在酒席宴上苦苦挽留，可黃忠心意已決，無法說動……

無奈之下，蒯正只好放黃忠離去。

不過，他派了百人相隨，護送黃忠還家。

黃忠也沒有拒絕，他知道蒯正放他走，已經冒了風險。若是他趁機逃回荊州，那蒯正吃罪不起。

同時，黃忠心裡也是萬分的感慨：和曹朋這邊一比，荊州劉表待他簡直就是小人之心。劉表嫌棄他老邁，劉磐雖願意用他，但更多的是要利用他，而非真心接納，否則他也不至於到如今還是個沒有任何實權的中郎將。至於劉虎，更不用說了！心胸之狹窄，性情之多疑猜忌，根本就不是一個能成大事的人。反倒是敵人，不管曹朋也好，蒯正也罷，更信任他。

算了，這次回了老家，便陪著老妻，終老此生吧。

黃忠萬般失意，踏上了返家的路程……

從中平五年，因愛子病故再次入仕，離開丹水老家之後，至今已近二十載。二十年，他還是一無所成，卻承受了種種羞辱和打壓。

此前，他奉命前來章陵，希望能建立一番功業。哪知道，來了章陵，卻受到更大的壓制。

勝了要被嫉妒，輸了要被猜忌……有時候想想，黃忠覺得自己這二十年來，幾乎都是在無所適從中度過。沒有人願意信他，也沒有人想要用他！只因為，他是一個不起眼的老卒。

離家時，壯懷激烈；返鄉時，黯然銷魂……

黃忠帶著一肚子的委屈、滿腹的心事，一路行進。

在入夜後，他抵達宜秋聚，並在宜秋聚的驛館內落腳。

晚飯，是隨行的曹軍為他準備。而這個護送他回家的屯將，赫然正是傅肜的族弟，傅僉。

「季龍，何以要為那曹朋效死命？」

黃忠拉著傅僉對酌，酒過三巡，不免有些熏熏然。

傅僉一笑，「若不為公子效命，何人願用我？老將軍，我和你不同……當初，你在宛城，百萬軍中取上將首級，如探囊取物。可我卻沒有這等本事。更不似蒯縣令有家世，也不如鄧縣令追隨公子一家日久……我和我兄長，皆起於微末，公子不嫌我等出身卑微，提拔家兄為校尉。棘水一戰，家兄戰死，公子更命人將家兄孤子接去滎陽，以為假子，更把我帶到身邊，視我如心腹。此等仁義，我焉不效死？」

黃忠笑了，「這麼說來，你卻是好運氣。」

「運氣好不好，我不知道。反正公子待我甚厚，我只有努力為公子做事……其實，老將軍何嘗不是？我家公子對老將軍極為重視，在南山口聽聞老將軍的名字，二話不說便帶領兵馬前來湖陽。至於他之前所為，那出自李正方之計，並非我家公子所願。他對老將軍的仰慕，連龐將軍都有些嫉妒呢。」

「是嗎？」

黃忠不由得沉默了……

他真的甘心解甲歸田，就這麼灰溜溜的回去？

答案很清楚，他並不願意如此！想當初，他離開家園，重新入仕，渴望著能夠建立一番功業，卻始終沒有遇到值得追隨的主公。成瑨、張諮，乃至於後來的劉表、劉磐，包括劉虎，或對他小心提防，或棄之不用。二十年過去，一無所成，就這麼返回家鄉，又怎能心甘情願！

可是，他沒有別的選擇。

黃忠知道，曹朋也許是他的貴人，但卻不能歸附。一旦歸附了曹朋，就坐實了他背主求榮的名聲。這對黃忠而言，是絕對無法接受的結果。

但除了曹朋，誰還會賞識他呢？

黃忠心裡感到無比的迷茫……

回荊州，那不可能！

蒯正放他回家，已經是背負了巨大的責任。如果他回荊州，就等於陷蒯正於不義，也不符合他黃忠為人處世的準則。而且，回荊州又能如何？經湖陽慘敗，劉表就算不追究，劉磐也未必能繼續容忍他的存在。可以說，湖陽劉虎慘敗，等於令黃忠有家不能回，有國不能報。

除了返回故里，再無其他選擇。但在內心深處，黃忠始終感到那種強烈的不甘……

懷著滿腹的抑鬱，黃忠喝了不少酒，回到住處，便迷迷糊糊的睡著了。

在夢中，他夢到自己又重回中平元年，面對百萬黃巾大軍圍城，他率一百敢死士殺入亂軍，斬黃巾大小渠帥十數人。時為南陽太守的秦頡，登城觀戰，親自為他擂鼓助威，好不風光。

一晃二十多年，秦頡早已故去。他自己也已經垂垂老矣，兩鬢華髮早生。

真讓人懷念啊……

忽然，黃忠睜開眼睛，從睡夢中醒來。

隱隱約約，他聽到驛站外傳來一陣騷亂和喧譁聲。

黃忠忙翻身坐起，披衣快步走到門旁，側耳傾聽。喧譁聲很快便消失無蹤，緊跟著，就聽一陣腳步聲響起。

「老將軍已經睡下了？」

「是。」傅僉的回答語氣非常恭敬，「公子，要不然我去將老將軍喚醒？」

公子？

是曹朋！

曹軍將士，特別是護送黃忠的這些曹軍，他們口中的『公子』只有一個人，那就是曹朋……

不過，曹朋不是在比陽嗎？怎麼會出現在這裡？

黃忠心中一動，一種久違的感動，突然湧上心來。

腳步聲突然消失，想來是曹朋停下了腳步。片刻後，黃忠就聽到門外傳來一聲幽幽嘆息，旋即就聽到曹朋那熟悉的聲音響起。他對曹朋的聲音並不陌生，雖然兩人並沒有太多的接觸，可是卻給他留下了深刻的印象。試想，一個把他害得如此淒慘的傢伙，又怎可能記不住聲音？

「看起來，老將軍對我還是有怨念啊。也是曹朋福薄，不能得老將軍指點，實在是一大憾事。算了，別打攪漢升將軍的休息了，你此次護送老將軍還家，一路上務必要好生照拂。我來得匆忙，也沒能給老將軍帶什麼禮物，這五百金就代我轉交老將軍，權作我的歉意……你持我令牌，到丹水之後，拜會丹水令，請他對老將軍多關照，我會記住他這個人情。其他的，也沒什麼了！你先下去歇息吧。」

「公子，你不去休息？」

「我在這裡坐一會兒就走。天亮之前，我必須要趕回比陽，恐怕無法和老將軍見面了。對了，還有一件事……我這裡有一口刀，請代我轉贈漢升將軍，就說……我汙了老將軍的名節，請他原諒。」

曹朋的聲音低沉，帶著一絲遺憾。

黃忠連忙走到窗邊，悄悄打開一道縫隙，向外面觀瞧。

「公子，這可是曹大家的封爐之作，你……」

「寶刀贈烈士，此刀唯有在老將軍手中，才算是名副其實！」

從縫隙裡，黃忠看到曹朋從腰間解下一口佩刀，交給了傅僉。

曹大家封爐之作？黃忠心裡不由得一動！

能稱之為大家，而且姓曹，恐怕就只有曹朋的父親，如今的涼州刺史曹汲。

曹汲所鑄神兵，為世人所讚嘆。而他宣布封爐，不再打造兵器的消息傳開以後，令許多人為之遺憾。這也使得曹汲早期的作品身價陡增，至少漲了三倍還多。

黃忠身為武將，對神兵利器有著無法抗拒的喜好。只是他家中並不富裕，這些年來東奔西走、四處征戰，也未能攢下什麼家產，自然買不起曹汲的兵器。

倒是劉磐手裡有一口佩刀，據說是曹汲中期作品，價值千金。

而他的封爐之作，其價值估計能達到萬金之巨，而且是有價無市，根本就無處可以購買來。

七劍三刀之名，黃忠也曾聽說過。他更知道，曹朋手中的佩刀名為西極含光寶刀，是七劍三刀裡的巔峰之作。許多人願意花費重金購買，可是曹朋都拒絕了。如今他要贈給自己的這口佩刀，莫非就是傳說中的西極含光？

黃忠心中那根敏感的弦，被撥動了……

傅僉無法阻止曹朋的決定，只能在一旁相陪。

月光下，就見曹朋在庭院中站立良久，凝視那緊閉的房門，久久不語。半晌之後，他再次發出了一聲輕嘆，而後拱手朝著房門一揖到地，轉身就要離開。

這一揖，令黃忠鼻子不由得一酸。

他可是看得清清楚楚，曹朋風塵僕僕，面容帶著疲憊之色，顯然是經過長途跋涉而來。恐怕是他聽到自己要回家的消息之後，二話不說就騎著馬追趕過來……

自黃忠入仕以來，即便是當初格外看重他的秦頡，也未能有如此的厚待！

古有蕭何月下追韓信，被世人交口稱讚，可如今曹朋千里追黃忠，卻只為替黃忠送行，並向他道歉，更令黃忠感到萬分的感激。

黃忠啊黃忠，你不是一直嗟嘆，生不逢明主嗎？

而今，明主就在外面，你卻要為了那一點點的顏面，而錯失你此生最後的一個機會不成？

眼見著曹朋就要走出跨院，黃忠再也無法忍耐。

他三步併作兩步，衝到門旁，一把將房門拉開，縱身便竄出來，大聲喊道：「公子，且慢！」

曹朋身子不由得一震，轉身回望。

「漢升將軍，可是我攪了將軍清夢?還請老將軍恕罪。」曹朋說著話，就要搭手見禮。

哪知道黃忠三步併作兩步的來到曹朋身前，撲通一聲跪下，俯伏在地，痛哭失聲道：「忠不過一介老卒，得公子所重，不計先前之過，反而一再忍耐……黃忠非草木，焉不知公子之心?今願為公子效死命，還望公子勿嫌黃忠老邁！」

「漢升將軍，何故如此？」曹朋嚇了一跳，連忙伸手攙扶。

突然間，他激靈靈打了一個寒顫，聲音中帶著驚喜之氣，陡然拔高了聲調：「老將軍剛才說，願指點於我？」

「黃忠何德何能，怎敢妄言指點?但求能為公子效犬馬之勞，以酬公子之厚愛。」

曹朋喜出望外，拉著老黃忠的手，仰天大笑道：「我得漢升將軍之助，勝似得十萬甲兵……」

曹朋是真的很高興。

當他聽到黃忠要走的消息時，心情非常低落。他幾乎沒有考慮，與李通交代了一聲之後，跨上獅虎獸，直接就從比陽趕回湖陽。一百多里的路程，他只用了幾個時辰便趕到。結果，等到了湖陽之後，得知黃忠已經離開，於是馬不停蹄又追趕過來……

一路上不停的趕路，以至於當曹朋抵達宜秋聚的時候，身邊部曲只剩下十餘人。也幸虧是獅虎獸，否則早已經累趴下了。

他是真的很敬重黃忠，也希望能得到黃忠襄助。

趙雲，死心眼兒，曹朋不敢確定能將他拉攏過來。

可如果能得黃忠之助，在曹朋看來，未必就比趙雲遜色多少。可他也知道，他得罪黃忠太狠。

試想，在這個極重名節的時代，他汙人名節，可是老大罪過。

心中雖懷著幾分期盼，可是等他到了宜秋聚，又改變了主意……他不確定，能勸說黃忠回心轉意，而且強扭的瓜不甜，就算他把黃忠留下來，又有什麼用處？思來想去，曹朋最終決定不和黃忠照面。不想，正是他這一舉動令黃忠感激萬分，最終改變了原先的主意。

當下，曹朋在宜秋聚設宴，與黃忠痛飲。

只不過，兩人都存著量，酒過三巡，便停下飲宴……

第二天一早，曹朋帶著黃忠，率領傅僉等人離開了宜秋聚，直奔比陽。

一路上，他開懷不已，臉上始終帶著燦爛的笑容。這也讓黃忠更加安心，同時也多了份期待。

眼前這個青年，雖說年紀不大，卻有著非同一般的氣質。也許，自己期盼了二十年的功成名就，就要落在這青年的身上。至少，他從曹朋的態度中，感受到了從未有過的真誠和尊重……而這一點，恰恰是他在過去二十年裡，未有過的感受。

「公子，不知接下來，有何主意？」在前往比陽的路上，黃忠忍不住詢問。

曹朋笑了笑，「探馬傳報，文聘已率部馳援章陵。此戰，恐非短時間內可以解決，我已和李太守商議妥當，請他屯紮大復山，出兵杳聚，攻取平春，以牽制江夏劉琦所部。我自屯兵唐子鄉，阻攔文聘所部。一俟江夏告急，荊州必亂。」

黃忠聽聞，傲然一笑，「既要阻攔文聘，何不先取襄鄉？」

曹朋愣了一下，輕聲說道：「劉虎而今屯紮襄鄉，恐不宜攻取。」

黃忠笑道：「若取襄鄉，何懼劉虎？忠不才，願為公子謀取襄鄉，令文聘止步章陵，不敢寸進。」

曹朋笑了！

這才是那個為後世人所熟知，永不服老的黃漢升！

曹朋一直擔心，他之前打擊太狠，使得黃忠心灰意冷。可現在看來，老黃忠還是老黃忠，內心裡有一團火，永遠不會熄滅。聽聞黃忠的豪言壯語，曹朋微微一笑，卻沒有立刻答應。

「漢升將軍，咱們先去比陽，再做計較。」

曹朋也想打下襄鄉，更希望奪取章陵。但他非常清楚，一旦對章陵開戰，就等同於和荊州劉表全面開戰。劉表如今雖派出文聘支援劉虎，但還未下定決心。可以說，而今荊州的種種行為，劉表是受到了劉琦、劉備等人影響。

欲定南陽，先治江夏。

若不能把劉琦打老實了，終究是一個麻煩。

不過，若是真能奪取了襄鄉，倒也是一個不小的震懾！

章六 天災

建安十二年七月，立秋。

汝南太守李通率先出擊，屯兵杏聚。

南陽與江夏，以綠林山為界。而平春，就是江夏郡的門戶。李通屯兵杏聚，對江夏造成了巨大壓力。

劉琦立刻調集兵馬，於平春集結。卻不想，就在他調兵遣將之時，淮南弋陽郡太守于禁卻悄然出兵，神不知鬼不覺攻占鄳縣。劉琦倉促應戰，卻被于禁打得大敗而走。

等到劉琦退回平春時，李通已率部越綠林山，直逼平春。

面對曹軍強大的攻勢，劉琦不得不退避三舍，棄平春而走，退守西陽。

然而，江夏郡門戶，在此時已然洞開……

劉琦連忙向襄陽求援，同時更派人前往宛城，向劉備借人，以抵禦曹軍的攻勢。

南陽郡，宛城——

劉備得知消息後，召集眾將前來商討事情。在詳細的說明了戰局後，諸葛亮、馬良等人莫不露出凝重之色。

「主公，江夏絕不能有失。」

馬良大聲說道：「良願代主公前往江夏，只是……尚須向主公借一人，必能使于禁、李通退兵。」

「何人？」

「二將軍一人，足以當千軍萬馬。」

讓關羽去江夏嗎？

劉備眉頭一蹙，不免有些猶豫。

諸葛亮道：「主公可是擔心，涅陽戰局？」

「正是。」

「二將軍鎮守涅陽，的確能保糧道暢通。可而今的問題是，若江夏有失，則蒯氏兄弟，以及蔡瑁、張允等人，必將再次占居上風。到時候，劉荊州一旦封鎖荊襄，主公便成孤軍在外……其實，事到如今，戰局已難控制。宛城不是久留之地，一俟曹操結束遼東戰事，回師許都，主公再想要占據宛城，絕非易事。」

「那，當如何是好？」

「棄南陽，返南郡……此前劉荊州有意收回宛城，主公何不趁此機會棄守南陽，換取荊州容身之所？我聽人說，劉荊州近來身體頗有不適，恐難以支持太久。一俟劉荊州……主公正可趁機奪取荊襄。」

「有大公子在江夏為援，伊籍一個從旁協助，只要主公能迅速占領襄陽，奪了蔡瑁兵權，則荊州必為主公所有。那時候，主公以荊州為根基，東聯孫權，西取巴蜀，則大事可期……南陽，盤根錯節，實不可守，倒不如丟給劉表，想來劉荊州必不會拒絕。」

棄南陽，謀荊襄？

劉備猶豫不決。

但從目前的狀況而言，死守南陽絕非上策。

南陽，水太深了！

深得連劉備也感到頭疼。

且不說曹朋給他帶來的巨大壓力，單只是那盤根錯節的宗族關係，就讓劉備感到萬分棘手。

若能取荊州，便是棄了南陽也不可惜。

不過，就這麼走了？劉備又有些不太甘心。

在思忖良久之後，他對諸葛亮說道：「孔明之計，亦有道理。然則大軍撤退，魏延必會追擊，還要妥善安排才是。季常可持我令箭前往涅陽，與雲長準備，馳援江夏；我會命叔至接手涅陽，務必要保證退路通暢……翼德、子龍，從明日開始隨我出戰，攻擊曹營！」

你都要走了，為何要攻擊曹軍？

這其中，自有劉備的主張。

他必須要做出一個假象，讓魏延等人誤以為他要反擊……

如此一來，魏延必嚴陣以待，而劉備趁機撤走，便可無後顧之憂。同時，劉備也想要藉此機會給曹軍一些教訓，否則就這麼平白讓出宛城，他實在是不甘心，且給曹軍添些麻煩再說！

就這樣，劉備在宛城開始著手安排，並派遣諸葛亮、麋竺前往襄陽，與伊籍等人聯絡……

與此同時，襄鄉之戰也拉開了序幕。

曹朋親領大軍，兵臨襄鄉城下。劉虎兵敗湖陽之後，剛喘了口氣，曹軍便抵達襄鄉……與唐子鄉不同，襄鄉也是一個大聚，卻無唐子鄉那般的險要地勢。

襄鄉位於南陽平原之上，無險可守！

七月初七，陰。

襄鄉上空烏雲密布，一場大雨即將到來。

城下，曹軍嚴陣以待，三十架從舞陰調撥過來的八牛弩，列於陣前。兒臂粗細的槍矛，已掛在了弦上，遙遙對準襄鄉那並不算堅厚的城牆，蓄勢待發。

曹朋跨坐馬上，手搭涼棚，舉目眺望。眼看著襄鄉城頭上攢動的人頭，他的臉上露出一抹古怪的笑容，旋即高舉大戟。

「八牛弩，準備！」

戰鼓聲陡然間響起，迴盪蒼穹。

劉虎站在城頭上，看著城外的曹軍，露出迷茫疑惑之色。

「弓箭手！」

他大吼一聲，荊州軍弓箭手立刻挽弓搭箭。

只是劉虎搞不明白，曹軍已兵臨襄鄉城下，為何遲遲不攻擊？難道曹朋不懂得什麼叫做兵貴神速嗎？這時間耽擱的越久，文聘的援軍隨時都會抵達，到時候必然會有一場惡戰。

慢著，文聘？

劉虎突然間打了個寒顫，似乎一下子明白了曹朋的心思。

就在這時，突聽曹軍陣中鼓聲陡然變化，變得格外急促。

曹朋手中畫桿戟猛然劈落，遙指襄鄉。

「射！」

弩手立刻敲擊八牛弩機括，三十支槍矛，夾帶著呼嘯聲，離弦射出，飛向襄鄉城頭。

弩陣距離襄鄉城牆大約有五百步，荊州軍的弓箭根本無法射到曹軍。反倒是那些八牛弩，夾帶著巨力射來，碰碰碰悶響聲不斷，兒臂粗細的槍矛凶狠的沒入夯土築成的城牆，參差密布，令人感到心驚肉跳。

一輪槍矛射出，弩手立刻上前，轉動弩盤機括，將拇指粗細的弓弦重又張開。那絞盤體積巨大，需要二十餘人同時發力，才能將絞盤轉動起來……

緊跟著，第二輪、第三輪槍矛射出。

那夯土城牆在承受了連番攻擊後，一根根槍矛插在城牆上，猶如刺蝟一般。

曹朋並不打算強攻，在十輪連射結束之後，立刻將拋石機移到陣前。此時，襄鄉城上的荊州軍則被這十輪槍矛射得膽戰心驚，站在城頭上，他們可以清楚的感受到每一支槍矛沒入城牆時所產生的顫抖。此時，拋石機又要發射，劉虎大驚，連忙命弓箭手向城下放箭。

密密麻麻的箭矢沖天而起，向陣前落下。

只是，荊州士卒明顯已亂了陣腳，箭矢射出，卻是毫無力道，根本無法對曹軍造成什麼威脅……

數十斤的礌石，在空中劃出一道奇妙的弧線，砸向城頭。

而曹朋則勒馬觀戰，眼看著荊州軍在連番攻擊下，越發的慌亂起來。

差不多了！

想來文聘的援兵，此時應該已經在路上了……

曹朋眼中閃過一抹詭異的笑容，猛然舉起手來，下令停止攻擊。

他策馬上前，高聲喝道：「城上軍卒聽著，曹某奉朝廷之命前來南陽，本抱著為南陽求取和平之念。奈何，劉逆猖狂，輕啟戰端，累生靈塗炭。故，曹某奉天討逆，誓取劉逆首級。剛才的攻擊，只是一個警告。若聰明的話，就趕快棄械投降……曹某只追首逆之罪，從者不予追究。」

「三天，我與你們三天時間。若三日不開城獻降，待襄鄉城破，概不饒恕……記住，只有三天。」

曹朋說罷，就下令收兵。

曹軍大營中，曹真一臉古怪的笑容迎上前來。

他是奉賈詡之命，前來助戰。不過，在抵達湖陽之後，曹真並沒有直接參與戰事，而是在一旁默默觀察。

「友學，好一個圍點打援，偷梁換柱。你這一輪攻擊，怕足以令劉虎這三日裡，膽戰心驚。不過，你讓黃忠去攔截文聘，會不會有些冒失？你別瞪我，我知你看重那黃漢升，可他畢竟已過知天命的年紀，而那文聘，卻有荊州第一猛士之稱……你若是讓令明出擊，我也不會過問。可這黃忠，實在是……」

原來，曹朋決意攻取襄鄉時，並沒有將劉虎放在眼裡。他真正的目標，還是文聘。

黃忠主動請纓，願領兵伏擊文聘援軍。曹朋則欣然應允，並調撥給黃忠兩校兵馬，全權負責。

曹真多少有些緊張。

襄鄉守軍，近萬人；而此時圍困襄鄉的曹軍，詐稱兩萬，其實不過數千。之所以在劉虎眼中，曹軍兵強馬壯、聲勢駭人，更多是一種營造出來的假象。曹營中搭建了三千餘頂帳篷，就是為迷惑劉虎視線。

不過，曹真最不放心的，還是黃忠。

他忍不住開口詢問，哪知曹朋卻仰天大笑……

「兄長，你只管放心。漢升雖年長，但絕不遜色於你我。古有廉頗，七旬尚能鬥食。而今漢升，絕不比廉頗差……兄長莫不知，老驥伏櫪，志在千里。所有小覷黃漢升的人，到頭來，一定不會有什麼好下場。文仲業雖勇，但絕非漢升將軍對手！」

正如曹朋所言，文聘在馳援途中，被黃忠伏擊，敗逃章陵。

如果不是他反應迅速，甚至有可能被龐德抄了後路，連章陵都差一點丟掉。可即便如此，文聘也損失慘重。他從鄧縣帶來近萬兵卒，被黃忠和龐德聯手，斬首數百，俘虜近兩千人，不知所蹤者不計其數。

經此一敗，文聘再無力救援劉虎，更派人向襄陽求救，懇請援兵支持……

劉虎眼見援兵不至，而襄鄉兵馬又人心惶惶，心知這襄鄉難以守住，在兩日後率部突圍，帶殘兵敗將數百人逃出襄鄉，前往章陵與文聘會合。

曹朋幾乎是兵不刃血便攻占了襄鄉，更打開了章陵的門戶。

與此同時，李通和于禁兵合一處，向西陽發動攻擊。劉琦拚死抵擋，眼見西陽即將支撐不住，一場滂沱大雨，總算是挽救了他的困境。

由於李通、于禁是越境征伐，攜帶的糧草輜重並不多，如今一場大雨，令曹軍的糧草出現了麻煩，特別是從杏聚押送而來的糧草，必須要穿越綠林山，才能送至平春。一場大雨，令山路難行，糧草運送極其困難，迫使李通、于禁不得不暫停攻擊，退回了平春。兩人一守鄳縣，一據平春，始終對劉琦保持巨大的壓力。

原本，李通和于禁打算雨水過後再出擊，可不想，這一場大雨卻下個沒完。

江夏的戰局，陷入了僵持。

而章陵方面，也因這突如其來的豪雨，迫使曹朋不得不暫停對章陵的攻擊，退回了襄鄉。

雨勢連綿，一連數日不見停歇。

曹朋憂心忡忡，眼看著淯水暴漲，眉頭緊蹙一團。

「阿福，在擔心什麼？」曹真看他一臉的憂慮，忍不住開口詢問。

「如此豪雨，在這個時候出現，我很擔心南陽今年的收成。據我所知，各地河道已久未修繕，萬一出現決堤，勢必造成大面積的洪澇之災。若真出現這樣的局面，只怕賈太中那邊會有壓力……不如這樣，我立刻返回舞陰，兄長以為如何？」

「那章陵……」

「章陵之事，就拜託兄長。文聘新敗，劉虎喪膽，已無力出擊。我已命令明鎮守唐子鄉，就由兄長出鎮襄鄉……隨後，我會命李嚴前來協助。此戰目的已經達到，我估計章陵文聘若無援兵，也不會與兄長興兵。」

曹真想了想，便點頭應下。

他此來南陽郡，也是希望能夠建立功業。此前在虎豹騎，雖然說威風凜凜，可真正建功的機會並不是太多。哪怕曹操對曹真極為喜愛，也不能不有所顧慮，至少在曹真未能展露出真正的手段之前，曹操也不可能讓他獨當一面。

如今，確是曹真最好的機會……

當下，曹朋與曹真商議了一下，並迅速進行交接。

他將虎符交給了曹真，請曹真屯駐襄鄉，而後讓龐德駐守唐子鄉，同時監視蔡陽方面的荊州兵馬。李嚴，被他舉薦到了曹真帳下，並立刻得到了曹真的重用，委以㴒水校尉之職，率部屯紮㴒水源頭，與曹真互為掎角之勢，對章陵持續形成壓力。

至於文聘會有什麼反應？曹真並不擔心。

隨著戰事的發展，汝南郡已經插手南陽戰事，使得湖陽方面的兵力得到補充。除非荊州方面傾盡全力，恐怕也奈何不得曹真。

臨行之前，曹朋又向曹真舉薦了呂常，言返回舞陰之後，會讓呂常前來，協助曹真應對。

曹真對此當然不會拒絕。他手中可用之人並不多，如果能得幾個得力的助手，倒也不壞。

曹真已經見過了李嚴，心知李嚴是一個人才。想必曹朋舉薦的呂常，也是一個可用之人，他又怎會拒絕？事實上，曹真已經二十八了，差不多也到了獨當一面的年紀，就算沒有此次前來南陽，待曹操班師之後，也會把曹真派出去，委以重任。

可是，曹真有一個很大的問題，就是沒有幕僚。總不成從曹操手中討要人手吧！那豈不是顯得曹真的聲威不足？

想曹朋為雒陽北部尉時，手下便聚集了一批能人。至他任河西太守，已經有了一個班底，聚集了不少人才……

曹真決定，要仿效曹朋，開始組建自己的班底。李嚴堪大用，卻不知道那呂常又如何呢？想來，曹朋既然向他舉薦，也不是一個等閒之輩。

早一些組建出自家的班底，對曹真而言，也是一件極為重要的事情。

就這樣，曹真和曹朋商議完畢，曹朋便率部返回湖陽。隨他一同離開的，還有黃忠黃漢升。

本來，龐德也要隨他走，卻被曹朋勸住。

理由很簡單，章陵之戰事關重大，而曹真初至南陽，也需要人手襄助。他甚至想要把黃忠也留下，可是卻被黃忠拒絕。而龐德呢？跟隨曹朋日久，和曹真也認識，正可以給予幫助。

哪怕黃忠勝了文聘，曹真還是有些信不過。反倒是龐德，曹真是青睞有加……

也正因為看出了這個情況，黃忠不願留在襄鄉。與其在這裡當擺設，倒不如和曹朋一起。至少，曹朋不會因為他的年紀，而對他產生什麼顧慮。

曹朋見黃忠心意已決，也只得應下。

建安十二年七月中，南陽郡暴雨連連。

育水、丹水、均水、沔水等多條南陽郡內的河流，因水勢過大，出現了各種各樣的災情……

丹水下游決堤，造成十幾個村落被淹沒，死傷數百人。沔水也因為河堤年久失修，多處決堤，造成了近千人死亡。而災情最為嚴重的，還是育水！

就如同曹朋之前所擔心的那樣，育水因河道淤積堵塞，致使夕陽聚被洪水淹沒。

也幸虧了曹朋早有準備，命魏延嚴密監視，救援及時，未出現太大的傷亡現象。只是，近兩千戶的大聚，因這一場洪水，造成許多人不得不離開家園，流離失所。好在曹朋之前在西鄂縣已派人做了準備，營建了一個可以容納萬人的營地，並且從潁川借調大批糧草，囤積於魯陽。如此一來，才沒有造成大面積的流民出現，穩定了當地的局勢。

可也正因為這個原因，當劉備撤離宛城的時候，魏延雖有覺察，卻無力追擊，只能眼睜睜看著劉備離去……

建安十二年七月十八，雨水停歇。

曹朋率部進駐宛城，在時隔一年之後，重又奪回了這座東漢的陪都！

與此同時，劉表任王威為南陽郡太守，在新野與劉備換防，正式向曹朋宣戰。而劉備，雖失去了新野，卻得到了樊城。他奉命駐守樊城後，勵兵秣馬，暫時蟄伏，等待時機到來。

同日，曹操在白狼山，與遼西烏丸決戰！

曹軍越徐無山，過盧龍塞，偷襲柳城。

其間數百里之遙，道路荒涼，百里不見人煙，曹操雖竭力隱藏行跡，但最終還是被袁熙和蹋頓發現。遼西烏丸調集數萬兵馬，在白狼山攔截曹操。論兵力，曹操不占優勢；論地理，曹操是客，而蹋頓是主。這原本應該是曹操一場慘敗，卻最終以曹操獲勝，告一段落。

時，曹軍輜重在後，甚至少有甲士。

而烏丸數萬突騎來襲，曹軍卻絲毫不亂。曹操命張遼結陣，阻攔烏丸騎軍。而後與荀攸登高瞭望，見烏丸軍人數雖眾，卻陣勢不整，毫無章法可言。於是，曹操命曹彰、牛剛各領一支騎軍，自兩翼突擊。曹彰更身先士卒，率部殺入敵陣，身中流矢數枝，於亂軍之中斬蹋頓首級。

蹋頓一死，烏丸軍頓時大亂。

在亂戰之中，袁熙被曹彰以曹公矢射殺，死於亂軍之中。

蹋頓和袁熙一死，烏丸軍群龍無首。張遼趁勢掩殺，斬首數千……烏丸軍盡數歸降，曹操命張遼趁勢繼續攻擊，於七月二十日攻克柳城，收攏胡、漢降卒二十餘萬，可謂大獲全勝。

白狼山一戰，遼西精銳盡失。

而柳城的丟失，更使得肥如牽招和蔣義渠兩人無心繼續抵抗。

郭嘉在無終，敏銳的觀察到袁軍的動向，於是命夏侯尚等人立刻發動攻擊，強渡濡水成功。

牽招和蔣義渠見大勢已去，索性不再抵抗。兩人派遣使者，向曹軍請降。由於曹操不在軍中，郭嘉假丞相之名，接受牽招、蔣義渠二人歸降，又收攏袁軍降卒近十萬人，徹底掃清了遼西通道，兵鋒直指遼東，對公孫氏虎視眈眈。

八月初，遼東公孫康請降。

曹操任張遼為渡遼中郎將，統兵五萬，渡遼水，直取襄平。

歷史上，白狼山一戰，也許是袁熙、袁尚二人尚存的原因，加之郭嘉病逝，曹操不得不停止攻擊，來了一個坐山觀虎鬥，任由袁氏兄弟逃奔遼東。後來，遼東公孫康雖殺了袁氏兄弟請降，但是曹操並沒有在真正意義上占領遼東。直到曹丕登基，曹氏與公孫氏聯手應對高句麗，曹軍才算是進駐遼東大地。

然而在今世，由於袁氏兄弟已亡，公孫康也無力抵抗。

於是在荀攸的建議下，曹操命張遼進駐遼東，占據襄平。

同時，曹操又交給張遼一個任務，那就是命張遼攻擊高句麗，以緩解呂氏漢國所承受的壓力。在幽州之戰開始之後，呂氏漢國依照約定，將高句麗死死拖住。

也正是這個原因，高句麗雖然答應袁熙出兵相助，卻始終未派發兵馬。而高句麗和新羅兩國聯手壓制呂氏漢國，短短數月，已使得呂氏漢國損失巨大。若曹軍再不出兵，呂氏漢國只怕難以堅持。

這呂氏漢國，是曹操登丞相位的功臣，更是他的一大功績，所以無論如何，曹操都不可能坐視呂氏漢國被高句麗消滅。若呂氏漢國滅亡，則再無人牽制高句麗……

建安十二年八月末，張遼自襄平出兵，以牛剛為先鋒，順大梁水入高句麗，攻克迄升骨城，虎視高句麗國都，國內城。這國內城，即後世鴨綠江畔的集安。位宮聽聞曹軍入侵，大驚失色，連忙從南線抽調兵馬，迎擊張遼。

呂氏漢國在歷經數月苦戰之後，終於聽到了好消息！

呂藍立刻命周奇，乘船至遼東，與張遼會面。

十二月，呂氏漢國與張遼聯手，共擊高句麗，令位宮大敗……

曹操原本準備一鼓作氣幹掉高句麗，徹底平定遼東。可是，冬季即將到來，遼東那獨特的氣候迫使曹操不得不臨時改變決定，收兵返回。

遼東酷寒的冬天，絕非曹軍士卒能夠承受。

據袁氏降將鮮于輔解說，遼東入冬之後，氣溫很低，可滴水成冰，若不能適應遼東那特殊的環境和氣候，就盡量不要輕啟戰端，與高句麗決戰。高句麗人久居此地，對遼東的天氣和環境更加熟悉。最好是先熟悉一下這裡的氣候，而後再準備與高句麗交鋒，此方為上上策。

事實上，攻克遼東，已經達到了曹操的目的。

有張遼牽制高句麗，緩解呂氏漢國的壓力，也算是仁至義盡。

而且，入遼之後，曹軍出現了大量的水土不服症狀。雖說有所準備，可面對這窮山惡水，曹操也只能改變主意。

最重要的，還是郭嘉派人帶了一句話——

「丞相可做好了承擔起高句麗數百萬民眾的責任？」

人常說，打天下容易，治天下難。

這治天下，首先就是要讓老百姓吃得飽、穿得暖……高句麗原本就是一個苦寒之地，沒有妥善的安排，曹操還真不敢輕舉妄動。之前，他留下並州不打，而強攻幽州，也正是因為這民生問題。消滅高幹容易，可承擔起並州百萬民眾的衣食住行？曹操還沒有做好準備……

既然如今不適合攻打高句麗，那就只能暫時放棄。

不過，即便如此，曹操還是留下了張遼，並任曹彰為北中郎將，鎮守遼西，平定烏丸，同時監視鮮卑動靜。

曹彰此次出征，功勳顯赫。

且不說其他，單就說征伐柳城，他斬蹋頓、殺袁熙，可謂首功一件。

只是，那位原本負責領路的田疇，在白狼山之戰中戰死，令曹操感覺好生可惜。原本他打算讓田疇留在遼西，輔佐曹彰，可田疇卻戰死於疆場之上。好在，曹操手下能人不少！雖失了一個田疇，卻還有漁陽人田豫……於是，曹操任田豫為烏丸校尉，留袁氏降將，牽招、解俊二人輔佐。

而郭嘉建議，在遼東郡遝氏設立船塢，建造舟船，加強與呂氏漢國之間的聯絡。

建安十二年十月，曹操在遝氏登船，離開遼東。在回程路上，曹操途經碣石，於是棄船登高，眺望大海，豪情大發——

東臨碣石，以觀滄海。水何澹澹，山島竦峙。
樹木叢生，百草豐茂。秋風蕭瑟，洪波湧起。
日月之行，若出其中，星漢燦爛，若出其裡。
幸甚至哉，歌以詠志。

頌畢，曹操心生無盡得意。
他回身與隨他一同登高眺望的典韋笑道：「昔日袁紹雄踞河北，可知孟德有今日之快意乎？」
想當初，袁紹何等的厲害。可是他能想到，有朝一日我會登臨此地嗎？
言畢，曹操仰天大笑。
卻不知在一旁的郭嘉，臉色微微一變，露出一抹苦澀笑容……
丞相，似有些得意忘形了！
只是他知道，什麼時候該說什麼樣的言語。雖然明知道曹操此時志得意滿，他卻無法開口勸諫。
待有機會，再與丞相知曉。
「對了，南陽情況如何？」
下碣石山，曹操踏上回程之路，他把郭嘉和荀攸喚來，詢問南陽郡的狀況。
之前，曹操忙於征戰，無暇顧及南陽郡。如今，他橫掃幽州，雄踞遼東，再無後顧之憂。
至於高幹？不足為慮……
「南陽郡，尚好。」
「呃？」
「據文若傳來消息，阿福已奪回宛城，全面占領南陽郡。只是，劉表將劉備召回，卻派出兵馬進駐新野，意欲和阿福決戰。」

「劉表，好不曉事！」曹操聽聞，勃然大怒。「此前，劉景升屢次與我作對。我念他漢室宗親，故不與其計較……可他卻不知進退，著實該死。奉孝，即刻傳我命令，讓程昱在鄴城開鑿湖泊，操演水軍。你我即刻返回許都，商議討伐荊州事宜。」

要對荊州開戰了嗎？

郭嘉聽聞，眉頭一蹙……

當晚，曹操夜宿昌黎。

他宴請文武，在昌黎大擺酒宴。

酒宴之上，曹操壯懷激烈，豪情滿滿。

就在他與眾人推杯換盞之時，忽有小校前來稟報：「丞相，許都來人。」

「啊？」

曹操連忙止住鼓樂，命人將許都信使喚來。

「丞相，下官奉荀尚書之命，六百里加急傳報：十日前，劉表病死於荊州！荀尚書請丞相，速返許都。」

章七 荊州變（上）

劉表死了？

沒錯，劉表的確是死了！

說起來，劉表的身體在進入建安十二年後，就一直是時好時壞。入夏時，他再次病倒，而且病情非常嚴重。雖說在暮夏時節，劉表的身體有些好轉，可是入秋便再次病倒，而後一病不起。

劉表的病情很嚴重，隨之天氣轉寒，病情日益惡化。

也就是在這時候，荊州與南陽全面開戰。他召回劉備，把劉備安排在樊城，形同軟禁，而後他收回了新野等地，與曹朋展開了一場曠日持久的鏖戰。戰線從章陵，一直綿延至安眾。劉表調集數萬大軍，集結於新野一線，並且派出了得力戰將，如文聘、王威等人督戰前線。

然而，曹朋卻在這時候停下了攻勢！

用他的話說，秋收之時不宜交戰，當以民生為重。

夕陽聚救險，為曹朋賺取了不少分數。南陽許多豪強世家，都表示了對曹朋的讚賞。如曹朋所言『荊人事，荊人治』。關鍵時候，外人不足以依持。穰城等地的豪強，都或多或少的表達了對劉表的不滿，他們認為發生了這麼大的洪澇災害，劉表非但不閉門自省，反而強行開戰，絕非明主所為。為此，以鄧迪、岑紹等為首的南陽名士，在南陽真理報上發表了文章，對劉表進行強烈的批評。

劉表素重名聲，被罵得狗血淋頭，自然是無比的憤怒……

可偏偏，劉表手中沒有南陽真理報一樣的喉舌，只能在小範圍內進行解釋！

曹朋一邊發動輿論戰，一邊加緊收拾殘局。

南陽雖然遭遇天災，許多地方被洪水淹沒，可由於曹朋早有準備，從潁川徵調大批糧草作為儲備，所以並沒有出現大規模的死亡。相反，在曹朋刻意的安排下，各地百姓得到了不同程度的疏散和安撫。原先人口最為密集的幾處縣城，在曹朋的指示下，進行了難民分流，將難民輸送到災情較輕、人口較少的地方，同時又根據具體的情況，給予了一定程度的補償。

比如，原本穰城這些地方人口密集，土地相對緊張……經過分流、重新安排後，許多難民，特別是那些沒有什麼家產的難民，被安排到了人口相對較少，諸如丹水縣這樣的縣城。

作為官府，除了安排遷徙之外，還會給予土地補償。如此一來，像穰城這種土地相對緊張的縣城，就得到了一定的緩解。而似丹水這種有不少閒置土地的縣城，又增加了人口，使土地可以妥善的利用。

總之，曹朋在進駐宛城之後，把所有的精力都投注於處理災情上。同時他的每一個步驟，又透過南陽真理報告知所有人，以爭取大家的理解。這些行為又得到了南陽人交口稱讚，對曹朋更是讚不絕口。

曹朋的威望，得到了巨大的提升。

而劉表，卻面對著曹朋精心布置起來的防線，束手無策。

建安十二年九月末，龐德公受曹朋之邀，出鹿門山，前往宛城拜訪。他對曹朋來到南陽後的所作所為非常滿意。並且，在龐德公的勸說下，此前在棘陽被鄧芝所俘虜的宛城名士陳震，也同意歸降。

當然了，以陳震的名聲和地位，斷然不可能臣服曹朋。他歸降，是歸降曹操。畢竟，論年紀、論輩分、論資歷，曹朋都不足以收服陳震。不過，曹朋卻以南陽百廢待興，須人協助為理由，將陳震留下，為南陽郡從事，協助曹朋來治理南陽的災情。

隨後，龐德公在南陽真理報上發表了文章，痛斥劉表，不顧百姓死活，一意孤行……劉表在看罷了龐德公的文章之後，竟怒極攻心，再次病倒榻上。他這一病，也使得南陽郡前線的戰事，不得不終止下來。蒯良、蒯越，以及蔡瑁、張允等人，再一次占居上風，掌控權柄。

建安十二年十月，劉表病情加重，病死於襄陽！

劉表這一死，卻使得整個荊州陷入了慌亂之中。

誰將接掌劉表之位？

這也就成了一個為所有人關心的話題。

論年紀，自然是該劉琦接掌荊襄。他不僅是劉表的嫡長子，更早在劉表進駐荊州時，一同前來，陪同劉表經歷了最初的艱難時光。所以，無論年齡資歷，劉琦都足以擔當荊州牧之職。

可偏偏，劉琦還有個兄弟！

劉琮年幼，卻一直為劉表所寵愛……在劉琮背後，更有龐大的荊襄世族為靠山，支持他接掌荊州。荊州水軍大都督蔡瑁，是劉琮的舅父。荊州二十萬水軍盡在蔡瑁手中，成為劉琮最大的依持。同時，劉琦遠在江夏，被李通、于禁二人纏住。他雖請來了關羽和馬良相助，但想要擊退李通和于禁，卻非短時間可以成功。這也使得劉表病故時，劉琦不在身邊。他不在襄陽，就無法掌控時局，也就成了他目前最大的軟肋……

「主公，劉表既亡，此天賜荊州為主公基業，切不可錯失良機。」

樊城縣廨中，諸葛亮急切的看著劉備。

而劉備則露出為難之色，輕聲道：「孔明，今景升方故，我便取他基業，未免失於道義吧。」

「主公！」諸葛亮急了，「而今之時，切不可猶豫不決。曹操已斬殺袁熙，平定遼東。若他回師，必取荊襄九郡。況乎曹朋，狼子野心，於南陽郡虎視眈眈。景升公活著，他還有幾分顧慮；可而今景升公故去，他也斷然不會坐失良機啊。」

「那……」劉備輕聲道：「只怕蔡氏，未必肯答應。」

諸葛亮道：「我有一計，可使主公兵不刃血，謀取荊州。」

「孔明，計將安出？」

諸葛亮點了點頭，沉聲道：「今劉荊州病故，襄陽混亂。主公可藉口弔唁劉荊州，率部前往襄陽。伊機伯在襄陽城內，可為內援。到時候，內外夾擊，趁蔡氏尚未穩定下來，一舉奪下襄陽城。而後令叔至持虎符前往長沙，使子善往武陵，占據荊南四郡。那時候，主公再請大公子返回襄陽，使二將軍鎮守江夏，則荊州唾手可得。」

正所謂，出其不意，掩其不備。

先奪下襄陽，然後迎奉劉琦返回……以劉琦之命執掌荊襄，就算是那些荊襄世族，也無可奈何。可事實上，劉琦一旦返回襄陽，就很難再掌握主動。這也是劉備目前最好的一個選擇……

諸葛亮這條計策，可說是奉天子以令諸侯的另一個版本——奉劉琦，以治襄陽。

劉備沉吟不語，片刻後，他一咬牙，似下定了決心：「既然如此，就依孔明之計。不過，你尚須派人與伊機伯聯絡。七日後，你我與機伯先生裡應外合，奪取襄陽……切記，不可壞了二公子性命，只除首逆。」

這首逆，便是蔡瑁、張允等人。

諸葛亮頓時感覺輕鬆下來，躬身道：「主公放心，亮省得輕重。」

章七 荊州變（上）

襄陽城內，愁雲密布。

伊籍疲憊的返回家中，情緒顯得有些低落。劉表的病故，令荊州群龍無首。以蒯良、蒯越、劉先為代表的荊襄世族，與蔡瑁聯手，意欲將劉琮推為荊州之主。這其中隱藏的涵義，使伊籍感到心驚。

蒯良、蒯越兄弟的意向尚不算清晰，故而一時間難以推測。但蔡瑁、張允和以劉先為首的大部分荊南豪強，都有意歸降曹操，以換取荊州免受戰火肆虐，令一方平安的目的。

如果劉琮一旦為荊州之主……

而且從目前的狀況來看，這很有可能成為現實。

伊籍更傾向於支持劉琦繼位，可是劉琦卻在江夏，被李通和于禁死死拖住，短時間內恐無法返回襄陽，這也使得山陽舊部陷入群龍無首的狀況。而蔡瑁咄咄逼人，一力要立劉琮。為此，伊籍和蔡瑁爭吵激烈，到最後，也沒有一個妥善的解決方法。

眼看著時間一天天流逝，若劉琦再不回來，必然會有巨變。每每思及此，伊籍就感到萬分頭疼……

「父親，孔明先生已恭候多時。」

伊籍一進家門，長子伊陽便迎上前來。

伊陽，是伊籍的嫡長子，年三十有七。其人才學普通，按照伊籍的評判標準，屬庸人之姿。不過，伊陽有一個優點，就是孝順。也因此被舉薦孝廉，在劉表帳下，出任從事。

「孔明來了？」伊籍聽聞，頓時大喜，連忙道：「快請他來書房……對了東升，今日不管誰來，就說我身體不適，不見客了。」

伊陽答應一聲，忙退下去請諸葛亮前來。

伊籍回到書房剛坐下，諸葛亮就進了房門。只見他一進門，就拱手道：「老大人，別來無恙？」

「怎能無恙？」

伊籍頓時苦笑，擺手示意諸葛亮坐下，而後讓伊陽退出書房。

兩人寒暄幾句後，伊籍便直入正題：「孔明此來，恐怕不是單純的來探望我這麼簡單吧……劉荊州故去，荊襄動盪，人心惶惶。且新野章陵，戰事不絕。若不及早安排，恐有大難。孔明，何以教我？」

這個時候，伊籍已不需要再和諸葛亮客套，而是開門見山。如今的情況很複雜，也非常的麻煩，伊籍沒有那個閒情逸致兜圈子，說完之後，他目光灼灼，凝視諸葛亮。

我現在要向你請教，這解決荊州之亂的辦法。你要是有主意，就別掖著藏著，對你我都沒有好處。現在，我需要你的智慧，更需要你來為我想出一個妥善的辦法。

諸葛亮卻笑了……

「機伯先生何懼之有？以先生之能，足以獨善其身，又何須慌亂？」

「我若欲獨善其身，早先又何必幫你？」

伊籍臉色一沉，盯著諸葛亮道：「孔明，我之心思，想來你也清楚。當年，景升公入主荊襄，我一路隨行。而今景升公故去，蔡瑁兄妹篡權，意欲歸順曹操。景升公大好基業，豈能落於他人之手？雖說琮公子也是景升公骨肉，但是我卻不能贊同由一介小兒執掌荊襄九郡。」

這一番話，也算是說開了！

我要支持劉琦，我不願意歸降曹操，我不同意劉琮繼位。

這三點，也是伊籍的主張，伊籍的底線。

諸葛亮聽罷，總算是鬆了一口氣……他一直擔心，隨著劉表故去，山陽舊部會發生觀念上的變化。如今，伊籍依舊堅決聯劉抗曹，說明局勢尚有挽回的餘地。

諸葛亮輕聲道：「玄德公，與曹賊勢若水火，亦不願坐視。」

「願聞其詳。」

「亮有一計，或可使大公子繼位。不過，而今蔡氏當道，若欲成事，少不得一些酷烈手段。只不知道，機伯先生的決心如何？」

辦法我有，但不知道你敢不敢做！

伊籍不是傻子，一下子就聽出了諸葛亮隱藏在話語中的深意。

蔡氏當權，酷烈手段！

諸葛亮已經說得非常清楚，那就是剷除蔡氏，謀取荊州，扶立劉琦……前兩項，倒是不需要擔心。劉琦如果想要繼位，少不得會使出一些酷烈的手段。這一點，即便是諸葛亮不說，伊籍也有謀劃。之所以一直沒有動手，是因為伊籍手中沒有足夠的力量，所以把握不大。

而且，不管怎麼說，蔡夫人是劉表的妻子，而蔡氏在荊襄，聲勢極大……

若能有緩和餘地，伊籍是萬萬不願用什麼酷烈手段。

只不過看如今之形勢，卻是不可挽回……劉備願意幫忙，自然是好。可問題是，劉備能扶立劉琦嗎？以劉備的心機，劉琦斷然不是他的對手。弄個不好，這荊州只怕就要易主了……

這，卻非伊籍所願。

諸葛亮道：「玄德公之心，天地可鑑。之所以來與機伯先生知，正是為解除機伯先生之憂慮。玄德公願輔佐大公子繼位，執掌荊襄九郡。這一點，機伯先生無須擔心……大公子在，玄德公定會竭力輔佐，絕不會令先生難做。」

劉琦活一天，荊州就是他大公子的地盤。我們呢，只是寄居而已。

伊籍也很清楚，以劉琦的才能，不足以為荊州之主。如果有劉備輔佐，倒是能坐穩荊襄九郡。至於諸葛亮話語中的另一層意思，伊籍自然而然的忽視了！扶立劉琦，乃是為報答劉表的知遇之恩，至於以後會如何，就要看劉琦的本事。

伊籍不可能活那麼久，身後事如何能顧慮太多？再者說了，劉備的年紀比劉琦大，說不定……

若真如此的話，荊州未必會易主。

「如何行事？」

伊籍此話出口，諸葛亮不由得鬆了一口氣——成了！

他微微一笑，沉聲道：「五日後，便是景升公頭七。我此來襄陽，隨行有三百白氂，由子龍統帥，盡歸機伯先生調遣。五日之後，玄德公會來弔唁景升公。到時候，你我聯手，裡應外合，一舉謀取襄陽，剷除蔡氏。只要襄陽奪下來，玄德公會命人前往江夏，接替大公子。那時候，大公子返回襄陽，豈不是可以順理成章？」

伊籍沉吟不語。良久後，他抬起頭看著諸葛亮道：「我與孔明，約法三章。取襄陽後，不可大開殺戒，令人心不穩；不可害琮公子性命，務必妥善安排；荊州，必須由大公子繼位。孔明可願立誓，若有反悔，天誅地滅！若如此，我就願意與玄德公合作……」

「一言為定，若有反悔，天誅地滅。」

伊籍說：「既然如此，可使子龍率部前來。不過行事之前，務必要小心謹慎，不可走漏風聲。我會設法調文聘和王威回來，謀取他們手中軍權。此二人，皆親琮公子，絕不能掉以輕心。五日後，咱們就在州廨行事，剷除蔡氏。」

說著，伊籍伸出手，與諸葛亮擊掌三下。

兩人相視一眼，不約而同露出一抹笑容……

主公，我能為你做的，也只有這些！若大公子真有才德，必可以守住你這一片基業！

曹賊 章七

荊州變（上）

劉表頭七日間臨近。襄陽在惶恐不安之中，迎來了荊州各方豪強代表。

劉表在荊州經營十餘載，雖算不得政績卓絕，卻也保得荊州一地平安。小規模的戰事雖然不斷，但在大體上，卻沒有出現什麼戰亂。特別是劉表好文學，為當時江夏八俊之一，令荊襄文風鼎盛，甚得文士所讚賞。

諸葛亮為劉備謀劃荊州，可謂是占盡天時……

劉表病故，荊州惶恐。各方人士各懷心思，尚未形成統一的主意，所以是一盤散沙。

如果劉備能奪取了荊襄，則可憑藉荊襄九郡為根基，東聯孫吳，西取巴蜀，北據曹操。諸葛亮下的是一盤大棋，如果成功了，則天下三分，將為定局。只是，諸葛亮也很清楚，這其中隱藏著巨大的風險，不得不小心謹慎。

總體而言，荊襄分為三派。

其中，劉表從老家帶來的山陽舊部支持劉琦，願意和劉備合作。

而其餘兩派，分別是蔡瑁和張允為首的劉系，以及蒯氏兄弟為首的本土系。相比較而言，蔡氏是希望能扶立劉琮，繼位荊州，依託曹操，保持一定程度的自主；而蒯氏呢，則和蔡氏一系又不同，他們願意聽命朝廷，同時維護荊襄世族本土利益。在某種程度上來說，蒯氏和蔡氏既為一體，又有所不同。但就目前而言，蒯氏兄弟和蔡氏的政治主張，基本上一致。

諸葛亮不敢小覷蒯氏兄弟，此二人是荊襄名士的代表人物，有著非同尋常的智慧。

所以，他謀取荊州的計畫，除了劉備和伊籍之外，再也沒有和其他人商議。甚至連趙雲，也不清楚自己來襄陽的目的是什麼。劉備只叮囑他，聽從伊籍的調派，絕不可以暴露出行藏。

就這樣，趙雲在伊籍府上，神不知鬼不覺的住下。

而伊籍呢，則好像沒事人一樣，協助蔡瑁準備劉表喪事，但暗地裡，卻悄然聯絡山陽舊部成員。

時間，一點點的過去。

眼見著劉表頭七日益臨近，襄陽城內變得熱鬧非凡。

蔡夫人領著劉琮，出面接待各方來客。與此同時，蔡瑁也動用族中力量，緊鑼密鼓的與各方聯絡，遊說荊襄世族，扶立劉琮為荊州之主。就這一點而言，不在襄陽的劉琦，明顯落了下風。

就在劉表死後的第二天，劉琦派人前來襄陽，請求蔡夫人等允許他返回襄陽。

可是，蔡夫人卻以江夏戰事緊張，劉琦身負重任，不宜擅離為藉口，拒絕了劉琦的請求……

隨後，劉琦退而求其次，言真意切的勸說蔡夫人：我可以不做荊州之主，但請夫人能尊重家父辛苦創下的基業，不要投靠曹操。荊州凝聚了家父心血，怎能輕易的就讓與其他人呢？更何況，那人還是一個國賊！

蔡夫人沒有回答，只是把使者打發離開……

也就是在劉表故去的第三天，江東孫權卻突然有所行動。他任海昌長陸遜為蕪湖令，又派出程普和黃蓋，在春谷縣集結兵馬，對淮南虎視眈眈。孫權這突如其來的舉動，令淮南三郡頓時緊張起來。甘寧立刻派出信使，火速通報許都荀彧，同時又使人與于禁聯繫，告知實情。

于禁正在酈縣，與關羽對峙。

關羽奉命前來江夏，協助劉琦守衛，與于禁和李通數次交鋒，給于禁帶來了巨大的壓力。于禁正感為難，忽聞江東起兵，立刻改了主意。他和李通商議之後，決定暫時退出江夏，返回弋陽郡。若孫權大舉用兵，則淮南必將危急。

宛城，郡廨——

賈詡端坐門廊上，狀似若有所思，手指在身前的古琴上拂動，不時發出一、兩聲悠揚琴聲。他眉頭緊蹙，另一隻手則撚著鬍鬚。

庭院裡，幾朵墨菊盛開，為這暮秋平添了幾分生氣……

「太中可在？」

庭院外，突然傳來了羊衜的聲音。

賈詡猛然揚眉，從沉思中清醒過來，舉目向庭院外看去，「是進之嗎？可是有什麼消息傳來？」

羊衜步履匆匆，走進庭院，「太中，平春急件。」

「講！」

羊衜深吸一口氣，低聲道：「江東孫權屯兵春谷，同時向蕪湖調集糧草。于文則擔心弋陽郡有失，故而決意放棄酈縣，撤兵返還。文達太守派人來詢問，他可否撤出平春？」

賈詡聽聞，卻臉色一變。

那雙眸子陡然間閃過了一抹冷芒，呼的一下子站起身來，厲聲道：「立刻派人回復李文達，並請他轉告于文則，他二人就算是戰死，也要給我釘死在江夏……孫仲謀還真是會找時機出兵，只是……哼！告訴他二人，若丟了酈縣和平春，他日我必將上書丞相，治他二人畏戰之罪。」

羊衜嚇了一跳！

很少見賈詡有如此激動的模樣，他心中不免有些疑惑。

按道理說，孫權出兵並無稀奇，于禁撤兵也在情理之中，賈詡何故如此激動？臉上甚至有一絲凝重之色？這裡面恐怕另有文章……

羊衜嘴巴張了張，似乎想要開口詢問賈詡。只是，見賈詡面色陰沉，他到了嘴邊的話又嚥了回去。

匆匆離開庭院，他將李通的信使找來，把賈詡的原話複述一遍。不過，措辭間明顯婉轉了許多，只是說荊襄破局在即，無論如何，李通和于禁二人不可在這時候退兵，否則就有可能耽誤了大局。至於淮

南戰局，不必他二人擔心，賈太中已和許都聯繫過，早有了腹案。

反正，言下之意就是告訴李通和于禁：你們不能撤兵。不但不可以撤兵，相反還要死死的守住郿縣和平春兩地，否則軍法從事……

這一旦牽扯到軍法從事，就算于禁是老資格，也不得不掂量一下其中的分量。

信使戰戰兢兢告辭離去。

羊衜剛準備去公房處理公務，卻被人攔住，說賈詡有事情找他，請他立刻前往。羊衜不敢遲疑，連忙趕奔賈詡的住所。

再見賈詡，他已經恢復了平常的模樣，看上去非常冷靜。

「江東，有賢人乎？」

「啊？」羊衜被賈詡這一句沒頭沒尾的話，問得一愣。

卻見賈詡嘴角一翹，勾勒出一抹古怪的笑容，「孫權選擇這時候出兵，絕非他本意……以我之見，他甚有可能已與劉備聯手，否則斷然不會在此時出兵。主公遼東大勝，孫權正欲求和，又怎可能在這時候出兵來犯？依我看，他出兵是假，解江夏之危是真……春谷屯兵，只是掩人耳目，為的是讓劉琦能從江夏脫身出來。淮南，有甘興霸足矣，另外再派人前往徐州，使周倉自東陵島出擊，威脅丹徒，則淮南之危自解。不過，我更感興趣的，是誰為孫權出了這一計……周公瑾？張子布？抑或另有他人？」

「進之，此事你不必插手，專心於荊襄事務即可。友學那邊，行動在即，切不可掉以輕心……至於江東方面，我自會留意，你不必為此擔心。」

羊衜猶豫了一下，輕聲道：「那文達太守和文則太守……」

「讓他們向我稟報。」

荊州變（下）

如果以職務論，曹朋與李通平級。

南陽郡和汝南郡同為上郡，地位相等。而弋陽郡則是從汝南郡劃出，本屬於下郡，可由於其戰略位置的關係，被列為中郡，所以從品秩而言，于禁的職務略低於曹朋和李通二人。

但問題是，于禁是元從老臣。

曹操譙縣起兵、討伐董卓的時候，于禁便追隨曹操。

他參加過二十二路諸侯討伐董卓的戰役，也參與過曹操追擊董卓慘敗而歸的失利。此後，曹操立足東郡，一路征伐，于禁始終跟隨，立下過無數功勳，深為曹操所重。所以，從資歷而言，不論是曹朋還是李通，遠遠無法和于禁相比。所以從地位而言，于禁反而高於曹、李二人。

如果是以曹朋的名義來節制于禁，很有可能會讓于禁不滿，所以賈詡決定還是由自己來節制兩人。

他官拜豫州刺史，汝南郡和弋陽郡皆在他治下，所以是順理成章。其地位原本就高於于禁、李通二人，更不要說他有都亭侯的爵位，也非于、李二人可以相提並論。由他節制兩人，也可以避免于禁、李通心中對曹朋生出不滿之意。

劉表一死，荊州已成一盤散沙。

孫權這個時候在春谷屯兵，在賈詡看來，絕非正常舉動。

依著孫權的性子，不可能如此大張旗鼓。如果他真要出兵，最有可能的辦法還是藉水軍之利，偷襲濡須口，而不是春谷縣屯兵。如果孫權不是用兵，其目的又是什麼？賈詡很敏銳的覺察到，孫權在春谷屯兵，不過是個幌子，他的真實目的是要牽制淮南兵馬，迫使于禁收兵。

可是，他為何要如此做？

于禁打的是江夏，和他孫權有什麼關係？

答案只可能有一個，那就是孫權和某些人達成了協定，所以才會做如此動作。那麼，他和誰達成了協定？

賈詡感到了莫名的心悸！

曹朋曾和他說過：若劉備得了荊州，必與孫權聯合，到時候他們可憑藉江水之天塹，與丞相呈鼎足之勢。如果丞相取不得荊襄，劉備必成基業。所以，這荊州為重中之重，若不得荊州，早晚必成大禍！

孫劉聯合，三足鼎立？

賈詡初聞曹朋這個說法的時候，也是心中一顫。

他一直在思考未來大勢，如果三足鼎立之局一旦形成，則天下大亂，征戰不止，勢必生靈塗炭。

也正是因為這個原因，他才聽從了曹朋的主意。可這其中的風險，著實太大……

日子一天天過去，劉表的喪祭越來越近。

襄陽城內的氣氛，陡然間變得有些凝重。也許是為了防止出亂，蔡瑁調王威返回襄陽，任襄陽統兵校尉，負責襄陽城內的治安。與此同時，劉備帶著簡雍從樊城來到襄陽，參加頭七喪祭。

劉備，也是漢室宗親。

算起來，他和劉表也是同宗。他既然來了，那蔡夫人也無法拒絕。不過，蔡夫人卻以劉表喪祭，襄陽城內不宜駐紮兵馬為理由，拒絕劉備所部人馬進駐襄陽城。蔡夫人派人對劉備說：若玄德公你真心前來弔唁，大可以孤身前來，又何必帶許多兵馬？襄陽城中，治安良好，還請玄德公你放心便是……

可問題在於，蔡夫人此前可是多次想要謀害劉備的性命。若非劉備運氣好，只怕早已命喪九泉。所以，從這一點而言，劉備帶兵馬前來倒也算不得稀奇。

現在，蔡夫人劃出道了，你劉備又該如何選擇？

劉備當然拒絕了蔡夫人的要求。

我的部曲可以不入襄陽，不過我也不會進去！明天劉表喪祭時，我再入城弔唁。但在此之前，我會駐紮城外……總不成妳蔡夫人敢在靈堂上殺人鬧事吧！

蔡夫人無奈，只得答應。

就這樣，劉備在城外紮下了營寨，只等第二天喪祭開始，再入城弔唁。

這一夜無事！

第二天，天剛一亮，襄陽城門便開城放行。

而州廨府衙之中，靈堂早已經準備妥當。蔡夫人一身孝衣，帶著劉琮跪在靈旁，蔡瑁等人則負責接待往來客人。隨著時間推移，州廨府門外，車馬絡繹不絕，各方代表紛紛前來弔唁。

「水鏡山莊，司馬先生弔祭！」

門外，司儀高呼。就見司馬徽邁步走進靈堂，在靈前躬身行禮。隨後，又有鹿門山龐德公派龐山民前來弔祭劉表，蔡夫人母子在靈旁，恭敬的與龐山民答禮。

劉表的喪祭，可謂隆重，基本上是依照著王公的標準來進行。

荊州各方人士齊聚襄陽，紛紛前來弔祭。在靈堂行禮之後，由家臣將他們引至偏廳裡休息。

「子柔，劉荊州這一走，誰可為荊州之主？」

在偏廳中，人們三五成群的聚在一處，低聲的交談起來。

之所以這麼多人來弔祭劉表，說穿了，還是有點擔心荊州未來的局勢發展。這劉表一死，荊州又將何去何從？這是一個令所有人都無法忽視的問題。有的人已有腹案，但有的人仍在迷茫。

蒯良作為荊襄世族的代表人物之一，他的意見，自然為許多人所關注。他剛走進偏廳，立刻就有幾個人走上前來，拱手行禮後，一名襄陽本地的名士便迫不及待的開口詢問。

蒯良沉吟片刻之後，沉聲道：「主公頭七未過，本不宜談及此事。不過，這荊州之主，關乎荊襄未來……我個人以為，荊州事，荊人治，二公子聰慧溫良，是最合適的人選。」

「子柔，此話差矣。」

伊籍正好進來，聽到蒯良的話，頓時不滿：「自古以來，廢長立幼乃不祥之兆。今大公子尚在，何言二公子繼位？大公子乃主公嫡長子，而且隨主公來到荊州之後，也頗有功績。而今坐鎮江夏，戰功顯赫，如何就當不得這荊州之主？若由二公子繼位，且不說不合禮法，單只是二公子的年紀，如何能使眾人心服？以我之見，當由大公子接掌荊襄，才可使荊襄九郡一如主公在世時，安枕無憂。」

蒯良卻冷笑一聲，「大公子剛愎，性格暴躁，雖說他年長，可是德行不足；二公子生性恭謙，又有名門血脈，自幼得高士教授，為何就當不得荊州之主？」

兩人說著說著，便爭吵起來。

一時間，偏廳裡變得熱鬧起來，你說你有理，我說我有理，雙方各不相讓，越吵越激烈……

司馬徽坐在一旁，冷冷觀瞧。他突然扭頭，向龐山民道：「山民，情況有些不對。」

龐山民一怔，忙問道：「先生何以出此言？」

「機伯先生的情緒過於激烈，非是他平常作風。他今日和子柔爭吵，似是有意挑起爭執……這件事有點不太正常，你我待會兒要小心一些。」

龐山民聽聞，點了點頭。

兩人坐在旁邊，也不言語，靜靜的觀看著事態發展。

就在蒯良和伊籍爭執不休的時候，忽聞外面有人傳報：「襄陽城中似有盜匪混進，在四處生事。王將軍已帶人前去查探，只是目下情況不明，王將軍擔心出事，故請將軍增派人手，維持城中安全。」

蔡瑁本正勸解蒯良和伊籍，聽聞之下，不由得大驚失色。

「伯信，速帶人前去查探，協助王威清剿賊人。」

張允一旁點頭，二話不說，立刻帶人前去支援。

只是，在一旁默默觀察的司馬徽，臉上卻露出了濃濃的疑慮之色。他覺得今天的事情實在是過於怪異！不管是伊籍，抑或蔡瑁等人，都好像是在做戲……難道說，今日要有大事發生嗎？

劉表的頭七喪祭，註定了無法平靜的進行。

就在弔祭開始後不久，襄陽城裡接連不斷的發生了變故。先是有人在集市鬥毆，接著又有一些民舍走水。後來有人發現，城中有不少荊襄悍匪的蹤跡。誰也不清楚這些悍匪是從何而來，又為何而來，他們突然出現在襄陽的集市中、街道上，引發了不少激烈衝突。

荊州在過去十餘年裡，基本上還算穩定。

劉表文治荊襄，在很大程度上，給予了荊襄九郡一個平緩的恢復時間。但是，荊州的地理位置，註定了這是一個複雜而多事的地區。除了要面對巴蜀劉璋、東吳孫權以及許都曹操之外，荊州本身也存在著許多問題。比如，五溪蠻的山民之亂，就是一個劉表始終未能解決的麻煩……

除此之外，還有那江匪為患，肆虐縱橫。江水令荊襄富庶，但也伴生了巨大的隱患。那些盜匪憑藉江水之利，依靠荊襄河道縱橫，上岸為匪，入江為民，也是荊州始終無法解決的一大問題，雖然劉表屢次剿匪，但收效並不是很大……

而山民之亂，更是屢禁不止。不僅僅是劉表無法解決，縱觀東漢二百年，也都無法解決這個麻煩。甚至連伏波將軍馬援，也只能短暫的平定亂局。

可山民和漢民之間的衝突，從未停止過。劉表對此也無可奈何，到後來，便漸漸的放鬆了對山民的治理。

人言，荊州八大寇。

張武等一些陸上盜匪，被劉備平定。可是五溪蠻以及一些江上盜匪，卻始終未能平定。如今，不少悍匪出現在襄陽城裡，給襄陽城帶來了巨大的惶恐。

王威率部前去圍剿，可往往是按下葫蘆浮起瓢，無法徹底清剿。悍匪們似乎對襄陽非常熟悉，而且布有眼線。往往官軍還未趕到，那些悍匪就立刻散開。運氣好的話，王威能抓到一些小雜魚，但大多數時候，他們只能充當收拾殘局的角色，而無法徹底將悍匪剿滅平定。

畢竟，襄陽城的主要力量都集中在州廨附近，以及四座城門。

王威見形勢不妙，襄陽城中的動盪似乎是有人在幕後刻意為之，立刻呈報蔡瑁等人，請求支援。

這時候，已無法弄清楚究竟是誰在幕後指使，當務之急，是先要令襄陽城穩定下來。待劉表喪祭順利結束之後，劉琮登上荊州之主的位子，再追究也不遲。王威向蔡瑁求援之後，蔡瑁立刻命張允調集城門巡兵，協助王威鎮壓。

與此同時，州廨附近的兵馬和守備也變得鬆懈不少。

伊籍在一旁看著蔡瑁狼狽的調動兵馬，臉上旋即露出一抹詭異的笑容。

他趁人不備，悄然走出偏廳，在門外招呼長子伊陽過來。看四下無人，他低聲問道：「東升，都準備好了嗎？」

「回父親，已準備妥當。」伊陽顯得有些緊張，話語中帶著一點顫音，輕聲回道：「孩兒已將州廨側門外的兵馬調走，換上了咱們的人馬。只要城門亂起，咱們的人就可以一舉衝進府內，直撲靈堂，將蔡氏一舉拿下。」

「子龍那邊，也準備妥當。他在清晨時已帶人離開，在北門集結。而今，只等父親一聲令下，他就會奪下北門，迎接玄德公入城……父親，可以動手了嗎？」

伊籍的臉上，露出一抹複雜之色。他很清楚，只要他現在點頭，半世名節怕也就毀了！哪怕日後他迎奉劉琦返回襄陽，這背主的罵名卻無法洗刷……可，若不如此，又當如何？難不成眼睜睜看著蔡氏扶立劉琮繼位，將荊襄九郡拱手讓與曹操？

不可以！

這荊襄九郡，凝聚了劉表一生心血，斷然不能落入旁人之手！

伊籍對劉琮沒什麼惡感，甚至認為劉琮性格恭良，將來也是一個明主。可問題就在於劉琮年紀太小，他即位後，不可避免的要受母親蔡夫人影響，到最後只能做一個傀儡，而無法真正的成為荊州之主。

同時，劉琦年長，又是嫡子。於情於理，他伊籍支持劉琦，都算不得錯……

想到這裡，伊籍一咬牙用力的點頭，「發出訊號，使子龍動手……玄德公怕已在城外等候多時。」

伊陽拱手，領命而去。

伊籍復又返回偏廳，卻不想他剛一離開，從長廊的拐角處卻走出兩人。

「德操，你猜的果然不錯。」龐山民輕聲道：「看樣子，伊機伯果然與劉皇叔勾結一處。」

龐山民的言語之中，帶著濃濃的不屑之意。說起來，他對劉備的觀感原本不差，更不要說龐氏和諸葛亮又有親戚關係。可問題是，龐德公並不認可劉備，似乎更傾向於曹操……準確的說，龐德公支持的不是曹操，而是曹朋。再加上龐山民的堂弟龐統、龐林兄弟，如今都在曹朋麾下效力。

龐統官拜河西太守，而龐林也因政績卓著，累遷隴西郡長史、漢陽郡丞，兼涼州從事之職。這也使得龐氏一族的身上，有著極為深重的曹氏烙印。而曹朋在來到南陽郡後，在南陽真理報上屢次以鹿門學子自稱，並得到了龐德公的認可。這也使得龐山民心裡對曹朋更親近一些。

曹朋自稱門生弟子，也使得鹿門龐氏聲威更加響亮。龐德公雖未承認，但也沒有拒絕，反而在南陽洪災時，連續撰文在南陽真理報上發表，從某種程度上也算是默認。

聽龐山民的話語，司馬徽不由得笑了。

「德操，你難道就不擔心？」

「擔心什麼？」司馬徽笑道：「此必孔明之計，倒也算不得出奇。劉玄德入荊州以來，對荊襄早有窺視，只看劉景升數次試圖招攬，他卻始終未稱臣便可看出端倪。此前積極在南陽發展，卻又突然間放棄宛城，退守樊城，其圖謀必然不小，不足為奇。」

龐山民冷笑道：「我卻忘了，那孔明乃出自水鏡山莊。」

「山民，孔明雖求學我門下，卻也是你龐氏之親……不過，你放心，這件事並沒有你我想像的那麼簡單。孔明兵行險招，確是一著妙手。然則那蒯異度又豈是等閒？你難道沒有發現，蒯異度至今仍未出現，必然有所安排。依我看，今日景升公的喪祭，怕要有些熱鬧了。」

話音未落，忽聽州廨院牆外傳來一聲嗚鏑響。

龐山民臉色頓時一變，連忙拉著司馬徽往偏廳走去……大亂將起，還是先顧好自身為妙。

且看這雙方，最後究竟是鹿死誰手！

章八 荊州變（下）

一連串的鳴鏑響，迴盪在襄陽上空，正負責清剿城中悍匪的王威，頓時動容。

果然是有計畫的行事……是誰？他腦海中，驟然浮現出一張極具親和力的面龐，眼中閃過一抹寒意。

「劉備！」

他大叫一聲，連忙招呼身邊親隨：「傳我命令，立刻關閉城門，請德珪調派兵馬，於東門集結……劉備欲謀荊襄，斷然不可使其成事。」

劉備，就駐紮在襄陽城東門外。一旦他要奪門，必然是在東門發動攻擊。

隨著王威一聲令下，四門兵馬立刻開始行動起來。位於襄陽北門的荊州兵，在接到了命令之後，旋即趕赴東門。如此一來，襄陽北門的兵力也隨之變得空虛。城門緩緩的關閉，引得北門內外一片騷亂。

「為什麼不讓我們出去？」

「為何要關閉城門？」

正要進出襄陽的行人，立刻鬧將起來。

守衛城門的門伯連忙下令，鎮壓鬧事的百姓，可他們這一動手，便激起了那些百姓的火氣。許多人大聲呼喊，及門卒發生了激烈的衝突。而在人群中，一個身材魁梧的男子猛然從身旁的馬車上，抄起一桿丈二銀槍，而後從肋下拔劍，斬斷了拴馬的繩索，翻身上馬，便衝進了城門卷洞。只見那丈二銀槍舞動，幻化出萬朵梨花，銀槍吞吐，數名門卒頓時倒在血泊之中。

那男子催馬，口中發出一聲暴喝：「常山趙雲在此，攔我者，死！」

剎那間，人群中衝出數百人，有的順著城門馳道往城樓上衝，有的則隨著趙雲衝進了卷洞。

與此同時，北門外也傳來了一連串的鳴鏑聲響。緊跟著，從遠處傳來了一陣急促的馬蹄聲。

站在城門樓上的荊州兵，舉目順著聲音看去，就見遠處濃煙滾滾，似有千軍萬馬正朝著襄陽北門逼近。荊州兵嚇得魂飛魄散，連忙大聲呼喊：「敵襲，有敵襲！」

城門內外，頓時騷亂起來。

城外的百姓往城裡面跑，城裡的百姓則四散奔逃。

趙雲守住了城門，大槍翻飛，將上前阻攔他的荊州門卒挑於馬前。一邊衝，他一邊大聲呼叫。

就在這時候，卻從卷洞旁邊的門房裡，唰的竄出兩道人影。那兩人距離趙雲尚有七、八步遠，兩枝鋼弩夾帶著撕裂空氣的厲嘯聲，迎面向趙雲飛去……

趙雲忙舞槍撥打，架開了鋼弩。

而兩名軍卒卻不理睬趙雲，反而順勢衝進人群，朝著那些正在廝殺的白毦兵撲去。兩名軍卒身披軟甲，手持利刃，腳下靈巧萬分，在人群中騰挪閃躲，利刃吞吐，猶如兩道鬼魅一般。

趙雲嚇了一跳，忙撥轉馬頭，想要追殺對方。可是，這卷洞的空間實在是太過狹小，跟隨趙雲的那些白毦兵全都擁堵在卷洞之中，令趙雲難以施展開來。

城外，劉備的兵馬越來越近，兩名門卒正拚死想要關閉城門。趙雲心中大怒，乾脆放棄了先前那兩個荊州兵，舞槍而上。

就在時候，從卷洞門房裡，又衝出一人。

來人一手持刀，一手執盾，眨眼間就到了趙雲跟前。他閃身錯步，躲開了趙雲那鬼魅般的一槍之後，順勢旋身而動，手中盾牌隨著身形的轉動，夾帶著萬鈞之力，呼嘯著橫擊而出。趙雲剛想要撥馬閃躲，那人手中的盾牌已狠狠砸在馬脖子上。

戰馬希聿聿一聲慘嘶，撲通一聲就摔倒在地上。

不等趙雲站起身來，來人墊步擰身竄上來，舉刀狠狠劈向趙雲，口中更傳來一聲長笑：「子龍，朋在此，已恭候多時！」

約法三章

「曹朋！」

趙雲的臉色一下子變得非常難看。

不過，他並沒有因曹朋的出現而遲疑半分。

戰馬被曹朋砸翻在地，趙雲也摔落馬下，丈二銀槍脫手飛出，他在地上滾了兩圈後，順勢拔出佩劍，揮劍相迎。但見寒光閃動，刀劍交擊。趙雲倉促一劍，雖未使出全力，可是那劍上所夾帶的暗勁恰似綿裡藏針，令曹朋萬分難受。

鐺！一聲脆響。

曹朋錯步後退，低頭看去，卻見手中百鍊鋼刀的刀口上，出現了一個豁口。

「驚鴻！」

曹朋眸光一閃，反手執盾，架住了趙雲緊跟而來的一劍。

趙雲手中所執的，正是曹朋送給他的驚鴻劍。趙雲明顯也覺察到了這一點，臉色不由得微微一紅。

不過，這個時候卻講不得任何情面，曹朋出現在這裡，說明軍師的計策已經被對方識破！

而諸葛亮此次更用了聲東擊西的計策。劉備駐紮東門外，令所有人都以為，劉備若攻取襄陽，必然是奪東門進入。

可實際上，諸葛亮的安排，卻在北門。

他讓趙雲率三百白毦兵先行潛入襄陽城內，而後用重金收買荊襄悍匪，以及武陵五溪蠻山民在城中作亂，令襄陽變得混亂不堪。再之後，諸葛亮命人佯攻東門，卻使張飛率部藏於北門之外，一旦伊籍動手，則裡應外合。趙雲搶占北門，保證張飛攻入城內，趁亂謀取襄陽。

今天是劉表的頭七，荊襄九郡治下，但凡有些名望的人都會聚集襄陽。

只要拿下了襄陽，再迎奉劉琦回來，則荊襄可定……

哪知道，曹朋竟然會在襄陽！

如果說曹朋的出現，出乎趙雲的意料之外，那麼曹朋藏於北門，那可就有一些不正常了！

就連趙雲自己都不是很清楚諸葛亮的計畫，直到凌晨出發的時候，他才知曉自己的任務。可為什麼曹朋似未卜先知，竟先行埋伏在北門呢？

趙雲心裡一顫，突然間大聲喝道：「從之，何在？」

從之，便是劉備假子，劉封。也是此次隨趙雲一起潛入襄陽城的助手。兩人早已商議妥當，一旦動手，趙雲奪門，劉封阻敵。為此，趙雲還特地分出二百白毦兵，交給劉封統帥，以期能幫助劉封，順利完成任務。

可是，城門下已喊殺聲震天，劉封為何遲遲沒有動靜？

一個古怪的念頭，在電光石火間閃過趙雲的腦海，心中不由得隨之一亂。

也正是他心裡這一亂，被曹朋敏銳的覺察到。曹朋原本被趙雲逼得連連後退，可突然間卻有了對應之策……

「子龍，莫非在等寇從之？」

「你說什麼？」

「呵呵，若非從之，我焉知你今日舉動！」

「你說什麼！」

趙雲原本只是猜想，可這時候卻大驚失色。

曹朋稱呼劉封為寇從之，原本也算不得錯。劉封本就姓寇，後來當了劉備的假子，才改為姓劉。

耳聽曹朋說出劉封的名字，趙雲就知道這事情不會有假，否則他又怎可能知道，劉封隨自己來到了襄陽？也就是說，諸葛亮此次安排的計策，極有可能失敗了……連帶著，伊籍奪取州廨的行動，恐怕也難以成功。襄陽方面，早已有所防備。

城外，鐵蹄聲越來越近！

張飛率部，直奔襄陽北門而來，眼見就要抵達北門，他甚至可以看到城門內亂成一團的形勢。張飛大喜，忙催馬疾馳而來。卻在這時候，忽聞城樓上鼓聲大作，隆隆轟鳴。一彪人馬從旁邊突然間殺出，為首一員老將，鬚髮灰白，精神矍鑠，胯下黃驃馬，掌中一口大刀。

他一馬當先，猶如一股風似的就衝到了近前，掌中大刀舞動，刀雲翻滾，罡風呼嘯。兩名劉備軍中騎將縱馬來敵，卻被這老將在眨眼間斬落馬下。

「屠戶匹夫，黃忠奉命，在此恭候多時！」

一隊騎軍，呼嘯著就衝進了劉備軍中。劉軍士卒在猝不及防下遭此攻擊，頓時慌亂起來。張飛勒馬回身，就看到黃忠舞刀，在亂軍中馳騁縱橫，頓時勃然大怒。他一聲怒吼，催馬就向黃忠衝過去，二馬照面，刀矛交擊。巨響聲迴盪在襄陽城外的上空，兩人立刻戰在一處。

與此同時，趙雲雖有些慌張，但手上卻沒有半點破綻。

論身手，他隱隱壓制曹朋一頭，手中寶劍舞動，將曹朋逼得連連後退。只不過，他占了上風，可他的那些部曲卻漸漸抵擋不住。趙雲帶的人本來就不算多，而張飛在城外，又被黃忠阻攔，一時間也無法前來援助。

城內的荊州兵馬則源源不斷的湧來，將那群白毦兵團團包圍。

趙雲雖勇，奈何曹朋也不是弱手。曹朋持刀盾死死纏住了趙雲，令他無法分身。白毦兵群龍無首，只能各自為戰，眨眼間就被埋伏在北城門內的荊州兵馬剿殺乾淨。蒯越親率家將，登上了城樓，指揮荊州兵馬開始進行反擊。趙雲眼見大勢已去，而卷洞內的部曲也越來越少，心知此次行動已然失敗，若繼續和曹朋纏鬥下去，結果不是被殺，就是被俘。

想到這裡，趙雲虛晃一劍，逼退了曹朋。

一桿長槍刺來，他順勢後退，一把從地上撿起了丈二銀槍，探手就抓住了一匹無主戰馬，縱身而上，扭頭就走。曹朋也不遲疑，忙喝令親隨牽馬過來。他跨上獅虎獸，手持畫桿戟，縱馬追擊。

蒯越雖然試圖阻攔，但曹朋卻充耳不聞。若張飛、趙雲聯手，只怕黃忠危險。

蒯越見此情況，也頗感無奈，忙下令打開城門，全軍出動，以免曹朋遭遇危險。

「翼德，速走！」

「子龍，何故撤退？」

「劉從之已歸降曹操，襄陽已和曹氏勾結，計畫敗露，若再不退，只恐全軍覆沒……主公那邊，必然也有危險。你我速去救援主公，我來斷後……咱們樊城相見，再做計較。」

張飛一矛，將黃忠逼退。

「我早就知道，那假子非善類！」

既然對方已經知道了計畫，必然已有準備。此時若強攻，能否攻取襄陽且不說，就算是謀取了襄陽，也必然損兵折將。而且，劉備在東門，必然遭受威脅……

張飛二話不說，撥馬就走。黃忠正要追趕，卻被趙雲攔住。

這時候，曹朋也殺到近前。

趙雲眼見荊州兵馬出動，也知道不可以戀戰，於是虛晃一槍，撥馬便走。

黃忠要追趕，卻聽曹朋道：「漢升將軍，不用追了！」

「公子，何故棄而不追？」黃忠有些不解，開口詢問。

曹朋道：「有道是窮寇莫追……劉備也非等閒，麾下猛士頗多。加之有諸葛孔明出謀劃策，就算是此次計畫失敗，文聘將軍那邊也未必能討得好處。此荊州內部衝突，你我暫不必參與。待我見過了蔡夫人之後，正式接手荊襄，和劉備交鋒的機會多了去，何必急於一時？」

此時，襄陽城中已亂成了一團。

蒯越督兵馬前來，在曹朋馬前停下，拱手一禮，「曹公子，辛苦了！」

「城中局勢如何？」

「公子勿念，些許跳梁小丑，有王叔平足矣。今日公子既然已經露面，不如且先拜會夫人與少主，如何？」

「我正欲前去拜會！」

曹朋說罷，便命黃忠收兵。

蒯越親自作陪，和曹朋並轡而行，緩緩向襄陽城行去。

襄陽北門已經恢復了正常，荊州兵馬接掌了防務，見蒯越和曹朋前來，紛紛向二人躬身行禮……

也許，會有人覺得奇怪。

曹朋不是在宛城，與荊州交戰嗎？怎麼會突然出現在襄陽城裡？

這話，卻還要從劉表病故說起……

劉表病死之後，蒯良兄弟配合蔡瑁和張允，迅速奪取了控制權。蔡氏本就想要歸附曹操，只是苦於沒有機會。蒯越和蔡瑁商議了一下之後，便在劉表病逝的第二天，派人前往南陽與曹朋聯絡。

曹朋原本只是答應接受蔡氏請降，可賈詡卻認為蔡氏雖然掌控了襄陽，但並不穩固，且不說劉備虎視眈眈，那江夏劉琦也不會善罷甘休……若不能儘快收攏，只怕荊襄會有動盪。所以，賈詡勸說曹朋，前來襄陽與蔡瑁、張允相見，並幫助兩人穩住荊州的局勢。

之所以讓曹朋去襄陽，也有賈詡的考慮。

蔡瑁歸降曹操，還需要有一個能讓荊州人放心的人接收。

曹朋不僅是出生於南陽，還自言為龐德公弟子。單憑這兩個身分，就足以讓許多荊州人穩定下來……他有足夠的名聲，又有足夠的地位，完全可以充當曹操的代表。同時，賈詡派人星夜趕赴許都，懇請荀彧調集兵馬，兵發荊襄。

如此一來，可兵不刃血，拿下襄陽。

曹朋出發之前，賈詡還把他早就布置在襄陽城的幾枚棋子，一併交付曹朋。

除了蔡氏族人蔡中、蔡和之外，賈詡還特意向曹朋介紹了一個人：「此人名叫劉聰，字孟明，是長沙劉氏子弟。因其是旁支庶出，所以不為家中所重，在襄陽城裡經營一些小買賣……當初我招攬此人，並非特意，卻不想此人為我帶來了一個驚喜……他為我說降了一人。」

「他說降了何人？」

「嘿嘿，便是那劉備假子，劉封！」

曹朋乍聽，可著實嚇了一跳。

約法三章

賈詡竟然說降了劉封？

這可是出乎曹朋的意料之外，更使得他出使襄陽多了幾分把握。

「公子，德珪來了！」蒯越突然出聲。

曹朋抬頭看去，就見長街上一隊人馬行來。當先一人，金盔金甲，胯下馬，肋下佩劍，正是蔡瑁。

襄陽，東郊——

諸葛亮面沉似水，看著遠處軍容整肅的荊州兵馬，雙手下意識握成了拳頭，狠狠的砸在輕車欄杆之上。在他旁邊，劉備倒是顯得非常平靜，絲毫沒有顯露出慌亂之色，而是指揮兵馬，緩緩撤退。

這支荊州軍，出現得很突然。

而統兵的將領，赫然正是有荊州第一猛將之稱的文聘。

當文聘出現在襄陽城外的時候，劉備就知道大事不妙。要知道，此前文聘奉命在章陵抵禦曹軍，是何時返回襄陽？至少在此之前，劉備沒有聽到任何消息，說明襄陽方面早有準備。

「此，必為蒯異度之謀。」諸葛亮手持羽扇，眸光閃閃。

劉備卻苦笑一聲道：「機伯先生，危矣！」

兩人的經歷、性格不同，所以考慮的事情也就不一樣。

諸葛亮想的是如何應對這突然發生的變故；而劉備更多的，則是擔心仍在襄陽城中的伊籍。

文聘在這裡，伊籍必然有危險。

而襄陽城之中，必然也有不為人知的變化，讓劉備憂心忡忡。

「玄德公，請來說話。」

文聘並沒有立刻發動攻擊，而是嚴陣以待，監視劉備的動向。片刻後，他催馬上前，橫槍於馬上，搭手叫喊。

「哥哥，我陪你前去。」從北門趕來的張飛，連忙自告奮勇。

但劉備卻擺了擺手，溫雅而笑道：「仲業乃至誠君子，斷然不會行偷襲之事，翼德休要多事。」說罷，他催馬行到了陣前，拱手道：「仲業，有何見教？」

文聘目光極為複雜的凝視著劉備，半晌後輕輕一嘆，「玄德公，襄陽非久留之地，還是趕快離開吧。夫人有子柔和異度先生相助，更暗中與曹操聯絡，將曹朋請來襄陽，決意歸附朝廷。此非玄德公可謀！今日聘念往昔情分，不會追擊；但少主一旦繼位，必將謀取樊城。到時候，你我沙場相見，各為其主，無須容情。」

文聘是道地的南陽郡人，就出生在宛縣。

他對劉備頗為敬重，此前也有往來。當荊襄世族與山陽舊部衝突的時候，文聘處於中立的態度。而後劉備和蔡氏的衝突，文聘雖心向劉琮，可是卻從沒有為難劉備，反而多有照顧。

可現在，他們已成為敵人。

劉備很清楚，文聘能做到這一點，已經是仁至義盡。

他也曾有意招攬文聘，可惜卻不得成功。劉備當時寄人籬下，而文聘已經是劉表手下的頭號大將，執掌步騎，甚為倚重。

文聘又是土生土長的荊州人士，自然心向荊襄。雖說對劉備很尊敬，卻不會輕易放棄自己的前程，而去投奔劉備。要知道，劉備至今連個容身之處都沒有，如何能令文聘臣服？他不是關羽、張飛這樣的老臣子，拖家帶口，很難輕易改換門庭。

劉備心中不免有一絲黯然，但他也知道事不可違。於是，他在馬上一拱手，「仲業今日之情，備牢記在心，早晚必報。」

約法三章

「快走吧！」文聘強笑一聲，「若曹朋和夫人達成了約定，玄德公必有危險。」

話語中，文聘也是在提醒劉備：曹朋現在還抽不出手來對付你，因為他和蔡夫人還沒有達成協議。可一旦他達成了協定，能騰出手來，必然會給你重重一擊。你最好還是早做謀劃。

劉備不再贅言，馬上一拱手，撥馬就走。

「將軍，若這麼放走了劉備，只怕蔡將軍會有責備。」眼看著文聘要放走劉備，麾下親隨忍不住上前，輕聲提醒。

文聘面色安然，看了親隨一眼之後，也不解釋什麼，撥轉馬頭道：「一切，自有我一人擔當。」

當文聘在東郊和劉備對峙的時候，襄陽城內已漸漸的平靜下來。劉備謀取襄陽失敗，也使得城中那些悍匪頓時失了主張。

王威率部連續剿滅了幾支悍匪之後，餘者紛紛棄械投降。原本想著能藉此機會改頭換面，謀一個好出身，可卻未想到竟然是這樣一個結果。悍匪投降之後，襄陽城漸漸趨於平靜。

而這時候，曹朋正端坐在州廨中的一座偏廳，神色悠然。

蔡夫人則在他對面，一身孝衣，略施粉黛，看上去頗為端莊。

在羅大糊弄的《三國演義》中，蔡夫人是一個惡毒而愚蠢的女人，屢次謀害劉備，更一手把荊州讓與曹操，令劉備不得不敗走長阪坡。所以，後世提起蔡夫人的時候，大都是言語中帶有不屑。

可如今，蔡夫人就坐在對面，曹朋卻生出別樣的感受……

這個女人，真的是那麼愚蠢和惡毒嗎？

倒也不見得！

曹朋而今為人父，當然能體會到為人父母的感受。蔡夫人所做的一切，說穿了就是為了她的兒子劉琮。事實上，如果劉琦繼位，絕不會放過劉琮。蔡夫人打壓劉琦，就只是為了保護她的親生骨肉。

而且，劉表一死，荊州人心浮動，荊襄世族各有打算和謀劃，絕非她一個弱女子可以控制。蔡夫人自然需要為她和她的兒子謀劃一個未來。曹操勢大，如果蔡夫人執意要與曹操抗衡，勝負且不說，荊州生靈塗炭，而荊襄世族會容忍這樣的結果嗎？

好吧，她也可以聯絡孫權。

但如果說曹操是一頭猛虎，那麼孫權就是一頭凶殘的惡狼。

江東對荊州，早就垂涎三尺，不管是孫策還是孫權，哪一個不對荊州虎視眈眈？孫權會不會同意聯合且不說，她一個寡婦，雖有家族可以依靠，卻未必能對付得了孫權。更何況，還有一個劉備藏於暗處，隨時可能給她致命一擊。在此情況下，投靠曹操，似乎是最好的選擇。

不要聽信羅大在《三國演義》裡的糊弄編撰。

《三國演義》裡，蔡夫人和劉琮歸降曹操之後，便被曹操謀殺了。可在真實的歷史中，蔡夫人和劉琮基本上都得了善終。特別是劉琮，被封為青州刺史，拜列侯。

這蔡夫人，絕不是一個愚蠢的女人。

此時，她一身孝衣，若梨花帶雨，楚楚動人。

老話說得好，要想俏，一身孝。

蔡夫人雖未刻意打扮，但確實是個實實在在的美人胚子。端坐堂上，若定力差點的男人，必心馳神蕩。好在曹朋也算是見多識廣，並未受到影響。

他靜靜的觀察著蔡夫人，而蔡夫人也在觀察著他……

對於曹朋，蔡夫人也是久聞其名，好奇不已。若論第一次聽說曹朋的名字，恐怕要追溯到十年前。

建安二年，曹朋被黃射陷害，以至於背井離鄉，時龐德公出面為曹朋叫屈，在劉表跟前告狀。劉表一方面寵愛黃祖，另一方面有息事寧人的想法，於是勸說龐德公不要再折騰。

龐德公離開時，曾憤而與當時尚為別駕的龐季說：「景升，早晚必悔！」

這句話後來傳到了蔡夫人的耳中，她也是為之一笑。

當時劉琮尚小，蔡夫人所有的心思都放在愛子身上，故而沒有插手此事。只不過聽到龐德公這句話的時候，她曾好奇的詢問身邊的婢女：這曹朋究竟是什麼人？竟然被德公如此看重呢？

不過，曹朋那時候尚落魄，不為人知。所以婢女們對曹朋也不清楚，自然無法回答。

後來，曹朋以《陋室銘》而初現崢嶸，被劉表所讚嘆。當時劉表已經忘記了曹朋的事情，但蔡夫人卻仍記在心間。

此後，曹朋屢有驚人之舉：望父成龍，做《八百字文》，為世人所傳唱；而後又有《三字經》、《弟子規》問世，被尊為蒙學第一人。若啟蒙，必讀曹三篇之文章！就連劉琮的啟蒙，也是由那三篇蒙文開始，使得蔡夫人對曹朋更加留意。後來，曹朋燒白馬，戰延津，斬顏良、誅文醜……涼州三載，把個蠻荒之地打造成了富庶之所，更平定羌胡，斬殺馬騰，為曹操謀取涼州，更一怒而誅殺韋端，之後令曹操不得不使曹汲出任涼州牧……

這一筆筆、一件件功績，蔡夫人都很清楚。

反觀建安元年，被劉表稱讚為『俊傑』的黃射，如今已成一塚枯骨，這高下也就顯而易見……

她開始明白，為何龐德公當初會留下那麼一句話。

事實上，在曹朋出任南陽郡太守的時候，劉表也曾在私下裡流露了悔意！

可惜，為時已晚。

「公子，是荊州人？」

「正是！」

蔡夫人的聲音很好聽，帶著荊州特有的語調。雖不似吳儂軟語那般的柔媚，卻另有一番風情和滋味在其中。一雙美眸，在曹朋的身上掃過來掃過去……

她柔聲道：「小龐尚書曾言，公子乃當世人傑，大丈夫也。昔年，亡夫曾待公子不公，還望公子勿怪。」

「昔年之事，早已忘懷。若無當年之磨礪，焉有今日之曹朋？孟子曰：天將降大任於斯人，必先苦其心志……而今細想，劉荊州並無什麼不公，又何來怪罪之言？倒是夫人，劉荊州一去，這大小是非紛至沓來，卻是苦了。」

蔡夫人聽聞，眼睛不由得一紅，卻驀的閃過一抹異彩。

真是個能體恤人的可人兒！

細想，蔡夫人心中卻是淒苦。

劉表一死，這荊襄九郡大小事宜盡歸她來決斷。劉琮尚小，而蔡夫人又是個女人，要承受的壓力可想而知。

曹朋這一句話，說中了蔡夫人的心思。

她猛然拿定了主意，抬起頭，盯著曹朋道：「公子，妾身可將信任託付於你嗎？」

「啊？」

「公子所想，妾身明白。只是妾身卻不知，公子可否代表丞相？若可代表，妾身有三個要求。只要公子能答應妾身這三個要求，妾身願將荊襄九郡拱手讓與丞相。」

蔡夫人說完，便看著曹朋，等待他的回答。

你能否代表曹操？

如果你不能代表曹操，也就沒有必要再談下去。我所需要的，是一個能真正做得了主的人與我談判。

曹朋也沉默了！

他能代表曹操嗎？

這世上，曹操是獨一無二，即便是荀彧和郭嘉那種甚得曹操信賴、被視為心腹的人，也不敢輕易開這麼一個口。如果他答應了，就等於是拿自己的身家做賭注。一旦曹操不認可，那麼……

可如果不能迅速與蔡氏談判成功，必有變數。

曹朋手中並無太多兵馬，而且主力大都集中在南陽。他此來襄陽，目的是為了迅速拿下荊州，而後消滅劉備，為曹操南征打下基礎。可現在，蔡夫人要他給一個承諾，著實讓他頭疼。

哪怕曹操再信任他，曹朋是曹朋，曹操是曹操，他始終無法代替曹操。

但問題是，機不可失，失不再來。

現在是消滅劉備的最佳時機，如果不能趁現在消滅，若等劉備逃往江夏，必然與孫吳聯手。到那個時候再想消滅劉備，就有極大的難度。

說實話，曹朋並不希望出現三足鼎立的局面，那代表著之後百年不斷的戰事，代表著漢家元氣大損，實非他所願看到的結果。

沉吟良久，曹朋一咬牙，沉聲道：「夫人權且試言，我須知內容，方可決斷。」

蔡夫人頓時笑了！

如果曹朋大包大攬，她必然拂袖而走。然而此時，曹朋說得並非特別肯定，倒體現出他的人品可以信任。

於是，蔡夫人柔聲道：「其一，我與我兒獻出荊州，須保我兒富貴前程。我甚至可以離開荊州，但必須要有一個體面的方式……曹公子，我兒若獻出荊襄，則丞相可不費吹灰之力而取，這個要求並不算過分。」

要一個體面的方式？

這絕不是一個愚蠢的女人，她很清楚自己需要什麼。

所謂體面，就是不能比如今的地位低……劉琮即將接掌荊襄，為荊州牧。曹操要想兵不刃血拿下荊襄九郡，就不能比這荊州牧的地位差。

當然了，這並不代表劉琮一定要獲得什麼實權，而是需要一個保證。放棄荊襄，往別處安居，事實上也是配合曹操消除劉表在荊襄的影響力，使曹操徹底放心。如果蔡氏母子一力要求留在荊州，那才是犯了曹操的忌諱……

曹朋想了想，「那第二個要求呢？」

「其二，我蔡氏一門，久居襄陽，也算得上是名門望族。然丞相取荊襄，必有動盪。蔡氏不可遭受波及，不知丞相可能保證我蔡氏一門之將來呢？」

古人講究家國天下。

這家族，始終擺在國家之前。

蔡氏不愧是蔡氏之女，在解決了她和兒子的前程之後，就開始為家族謀劃。

這要求，並不算太過分。

蔡氏在荊州的地位，的確是很高，甚至遠勝蒯氏的影響力。四大家中，蔡氏為首。無論江夏黃、中盧蒯，還是鹿門龐，都無法比擬。只是這一朝天子一朝臣，曹操來了，能否保證蔡氏之地位？

曹朋陷入了沉思！

這兩個要求，在情理之中，不算過分。關鍵要看曹操，是怎樣的一個態度……

蔡氏，蔡氏！

曹朋思忖半晌後，一咬牙，沉聲道：「蔡氏之將來，誰也不敢保證，還須看蔡氏一族自身之能力。

我可以代表丞相保證，若夫人獻出荊襄九郡，絕不會針對蔡氏一族，更不會予以打壓。其他我不敢說，若蔡氏人才輩出，必成荊襄豪門。但若是……我只能盡力為之，保證蔡氏之家產不受他人窺視，保妳蔡氏一門，三世富貴。」

所謂富不過三代，窮不過三代。妳蔡氏如果有出息，自然可以發展；但如果妳蔡氏沒那個本事，我只能勉力讓妳蔡氏維持如今的財富，其餘無法保證。但我可以說，不會針對妳蔡氏一門刻意打壓。未來是什麼樣子，還要看妳蔡氏一門自己的能力。

曹朋能做出這樣的一個保證，已經盡力了！

蔡夫人臉上閃過一抹笑容，輕輕頷首。

只要有曹朋這麼一個保證，足矣！蔡氏可不是那種暴發戶，也非小門小戶可比，其底蘊之深厚，非比等閒。只要不受刻意打壓，足以維持如今的局面。

身為蔡氏族人，蔡夫人自有這高門大閥子弟的傲氣。她相信，憑藉蔡氏的底蘊，無須擔心人才匱乏。而如果真有那麼一天，那也不是她蔡夫人可以挽救的了。身為蔡氏子女，她為蔡氏已經付出了許多心血，足夠了！

「至於琮公子的未來，自有丞相決斷。相信丞相也不會虧待了夫人與公子……朋可以保證，會在丞相面前代為說項。別的不敢說，一個關內侯的爵位必不會少了……如若夫人願意，可帶琮公子前往高平定居。劉荊州祖籍高平，雖與丞相相爭，然丞相卻未損毀劉荊州家產分毫。只不知夫人和琮公子如何選擇？」

返回高平縣？

蔡夫人眉頭一蹙，陷入沉思之中。

曹朋接著道：「此二者，尚可商議，卻不知夫人第三個要求，又如何呢？」

蔡夫人的前兩個要求，說實話都不算過分，那麼關鍵必然是在第三個要求上。曹朋也不清楚蔡夫人的第三個要求會如何，若太過分，恐怕不妥，會為曹操所猜忌。可以先聽一聽，如果真的很過分，他也可以勸說一番。

「這其三……」

蔡夫人一雙鳳目異彩閃動，突然站起身來，走到了曹朋身邊。

那淡淡香風襲來，卻讓曹朋不由得怦然心動。他忙緊張的抬起頭，看著蔡夫人，有些疑惑。

「久聞公子乃當今名士，更師出小龐尚書與臥龍孔明門下。《陋室銘》、《愛蓮說》為世人所傳唱，三篇蒙文更為天下人所重……琮兒年幼，正是求學之時。亡夫在世之時，常以公子所著《弟子規》相授，更嘆息若琮兒得公子教誨，必能成大器……」

「而今，亡夫已去，琮兒無人教導。妾斗膽懇請公子代為相授，一來可使琮兒得名師指點，二來也能令亡夫心安。此妾身第三個請求，還望公子萬勿拒絕，不知公子可否答應？」

說話間，蔡夫人盈盈一拜。

那俏麗的身形，隨著她屈身一禮，勾勒出一個美妙而誘人的弧線，將那柔美的線條展露無遺。

兩人距離很近，曹朋甚至可以感受到蔡夫人身體上的溫度。雖未能親手觸摸，卻能體會出那溫香軟玉的感覺。修長白皙的頸子下，衣領微微鬆開，她這一拜，卻使得曹朋看到那兩團軟玉的溝壑……

曹朋的呼吸頓時變得急促起來，連忙眼觀鼻、鼻觀口、口觀心，努力讓自己平靜下來。

片刻後，他才沉聲道：「景升公之謬讚，朋愧不敢當。不過，亡者為天，既然景升公有此念，朋亦不會推拒，只希望不誤人子弟，令夫人失望。」

原本以為蔡夫人會提出什麼過分的要求，哪知道卻是要曹朋收劉琮為學生……

這問題不算大，更何況蔡夫人還把劉表拿出來說事，讓曹朋根本無法推拒她的這個請求。

曹朋大致上可以猜出蔡夫人的想法。

單只是爵位、家產，不足以保證！

這些東西說有就有，說沒有也不過是曹操一句話而已，根本算不得數。最好的辦法，就是將曹朋和蔡氏綁在一起，或者說，讓劉琮綁在曹朋這艘船上。曹朋若能奪取了荊州，乃大功一件，將來曹操一旦……曹朋也必將飛黃騰達，入主中樞。有這麼一個靠山，才可以保得劉琮平安一世。畢竟，這朝中有人好辦事，若沒個靠山，即便封爵，又有什麼用處呢？

在這一點上，蔡夫人非常清醒。

如果前面兩個要求是為了保證自己的榮華富貴，那麼第三個要求，就是讓這榮華富貴不會一世而亡。

聽聞曹朋答應，蔡夫人眸光更顯嫵媚。

「朋公子果然爽快！」

蔡夫人輕輕一福，「既然如此，妾身願獻出荊襄九郡與丞相。只是，還須公子等候數日，待琮兒繼位，方可名正言順獻降丞相……妾身這邊，會竭力為公子爭取時間，但還請公子儘快通報丞相，以安荊州上下之心。妾身斗膽，請公子暫居襄陽，不知可否？」

蔡夫人願意歸降，只是一個意向。

這獻降荊州，首先要保證荊州在她手中。同時，她還要和荊襄各方人士進行商議，需要一個過程……

曹朋倒是可以理解，只是讓自己留在襄陽……

曹朋思忖片刻，慨然應允。他也正好藉此機會，對蒯良、蒯越等人進一步拉攏。

就這樣，曹朋留在了襄陽。

劉備雖然已撤回樊城，可襄陽城內依舊不太平。

當曹朋在蔡中、蔡和恭敬的引領下前往住所的途中，迎面遇到被繩捆索綁、看上去狼狽不堪的伊籍父子。當趙雲在北門開始行動的時候，伊陽奉命向州廨攻擊。奈何，蒯越和蔡瑁早有防備，在州廨中安排了伏兵，把伊籍的部曲一網打盡，更生擒伊籍父子。

伊籍看到曹朋的時候，好像發瘋了似的掙扎，更對曹朋破口大罵。

蔡中勃然大怒，衝過去就是幾個耳刮子，打得伊籍滿臉是血。可是伊籍卻不肯住口，仍大罵曹操國賊，曹朋助紂為虐，不得好死。

曹朋怒了！

他和伊籍沒什麼交情，更談不上尊重。伊籍如此罵他，讓他感到萬分惱怒，下意識的就握緊了肋下佩劍。

就在這時，忽聽偏廳門廊上傳來一道陌生的聲音。

「友學，且息雷霆之怒，劍下留人。」

眼前的男子，大約三旬靠上。一襲月白色鶴氅披身，頭戴綸巾，容顏俊美，風度翩翩，絕對能稱得上是一位美男子。在他身邊還跟著另一名男子，年齡也在三旬靠上，曹朋則認得他旁邊的男子，赫然正是龐山民。

而走在前面的男子，曹朋看著眼熟，卻有些想不起來在何處見過。

「友學，羊冊鎮一別經年，別來無恙！」

男子面帶儒雅笑容，令人如沐春風。

羊冊鎮？

曹朋頓時想起來了眼前的男子是誰，連忙上前幾步，躬身行禮，「學生曹朋，見過水鏡先生。」

司馬徽！

約法三章

曹朋重生之後，認識的第一個三國名人。

當年，他在中陽鎮怒殺成紀，被迫隨同家人逃離家園，前往棘陽投奔鄧稷夫婦。不想風雪交加，在途經羊冊鎮的時候，曹朋遇到了兩個人。

也正是這兩個人，改變了曹朋的命運……

一個是龐季，也就是龐德公的哥哥。另一個便是眼前的司馬徽，歷史上大名鼎鼎的司馬德操，水鏡先生，諸葛亮的老師。

在十年前那個風雪交加的夜晚，曹朋以十勝十敗論，令司馬德操與龐季對他心生重視，隨後才有了司馬徽贈車之舉措。也正是因為那輛馬車，使得曹朋一家在棘陽站穩腳跟。雖然後來遭遇黃射的迫害，但司馬徽給予曹朋的幫助，算起來猶甚於龐德公，曹朋怎能不敬。

司馬徽也在上上下下打量曹朋，心中感慨萬千。當年一念之差，未得良才而授之，如今想來，卻是後悔無窮。

曹朋還車的時候，龐德公二話不說，便贈與《尚書》以及《詩》、《論》。司馬徽當時就是猶豫了那麼一下，結果被龐德公搶先。既然龐德公要收曹朋，司馬徽也不好相爭，並沒有太多後悔。

要知道，他返回襄陽之後，諸葛亮便拜入水鏡山莊。時山莊之中，有臥龍鳳雛，更有水鏡四友，司馬徽能有什麼遺憾？可不久之後，曹朋以一篇《陋室銘》而聞名天下，司馬徽便有些後悔了！

古人講『德行』二字，德為先，行在後。也就是說，你有沒有真本事不重要，重要的是你要有德行……《陋室銘》，正恰恰應和了這個『德』字。

隨後，曹朋拜師胡昭，又做《愛蓮說》。

司馬徽得到了文稿，扼腕長嘆。

一晃十載，昔年那個羊冊鎮瘦弱少年，如今已成為天下人所熟知的曹三篇、曹八百。論聲名，曹朋的才名未必遜色於司馬徽。而他征戰涼州，治理河西，將西北打造成一個富庶之所，也使得司馬徽為之讚嘆。

見曹朋一如十年前恭敬，甚至執弟子禮，也讓司馬徽感到很開心。

「友學，機伯此次行事有虧德行，卻並無私心作祟。他畢竟有大才學，在荊襄甚有名聲。若友學一怒而斬殺機伯先生，只恐會受世人指責……友學莫忘記，當初禰衡之死，乃前車之鑒。我厚顏懇請友學饒過機伯父子，於友學而言，並無害處。」

曹朋激靈靈打了個寒顫。他猛然向伊籍看去，突然間明白了伊籍剛才為何破口大罵。

伊籍是個極具風度的君子，口碑甚好。如今卻口出汙穢之言，與他以往的言行頗有不同。一開始，曹朋以為他是因為失敗所以才會如此，可司馬徽這一說，他猛然醒悟了伊籍的真正用意。

伊機伯，你好算計！

荊襄是一個文風極其鼎盛的地方。在劉表的治理下，荊州雖說不得是風調雨順、國富民安，但這文風之盛，未必就遜色於潁川。君不見徐庶、石韜、孟建、崔均四人紛紛來荊襄求學，不正是因為這文風的鼎盛嗎？

這裡聚集了太多名士，人言荊襄名士冠絕天下，雖有些誇張，卻可見一斑。

在荊州，文士的地位遠遠高於武夫。以文聘之能，還要擺在蒯氏門下求學；蔡氏之所以能強盛，也是因為有蔡諷的名聲作底蘊。

荊州的風氣，頗有些類似於後世的宋朝。

宋太祖曾立下『不得殺害讀書人』的規矩。荊州雖然沒有宋朝那麼明文規定，但文士的地位之高，卻未必遜色於宋朝。禰衡那種『憤青』，數次羞辱劉表，而劉表不敢壞其性命；黃祖只因為殺了禰衡，結果是眾叛親離，連他親哥哥都對他惱怒異常，甚至不肯原諒他。

由此可見，在荊州，名士的地位何等高貴。

伊籍雖是山陽人，但素以風姿儒雅而著稱，為荊襄人士所敬重。如果曹朋殺了伊籍，名不正言不順，更會被荊襄士人所指責。到時候，很可能會出現當年黃祖殺禰衡的狀況，弄得曹朋聲名狼籍。

伊籍，這是要用他自己的性命，來和曹朋做一次交鋒！

曹朋的臉上陡然間露出一抹詭異笑容。

歷史上，伊籍並不出彩。劉表死後，伊籍歸附劉備，就再也沒有登場……也正因為這樣，曹朋才不把伊籍放在心上。

沒想到，這老兒竟有如此能耐……

如果曹朋殺了伊籍，激怒了荊襄士人，則曹朋在荊州的未來必然艱難。同時，這也是為劉備爭取時間……好算計，真是好算計！

「機伯先生，你言我助紂為虐，卻不知曹丞相何以為紂王？想當年，天子東歸，諸侯漠視……劉荊州身為漢室宗親，二十二路諸侯討伐董卓時，他不肯出兵；天子東歸時，他仍舊沒有動作。反倒是丞相面對關中李、郭之強盛兵力，迎奉天子，盡人臣本分。天子定許都，至今十載，荊州未曾貢奉，更不要說劉荊州從未親自前去朝拜天子。」

「丞相迎奉天子十載，治下風調雨順，國泰民安。爭徐州，滅呂布，平劉備，戰袁紹，定關中，鎮西北，取北疆……就連海外藩國也因仰慕我天朝之赫赫聲威，遠渡重洋，前來歸附。此不遜色於霍驃騎、班定遠之功勳，何來國賊之說？」

伊籍聽聞，不禁啞口無言。

曹朋說的這些，都是無可辯駁的事實。

他雖然和曹操為敵對，但是對曹操這十年來所做的種種，有時也會拍案稱讚。不過，稱讚歸稱讚，卻不代表伊籍對曹操認同。說到底，就是因為曹操當年斬殺浚儀名士邊讓，激起了整個兗州士人的憤怒。

伊籍，同樣是兗州人士，而且與邊讓也頗有交情，故而曹操斬殺邊讓，讓伊籍對他極為憤怒。在伊籍看來，曹操的所作所為，就是對名士尊嚴的踐踏和羞辱。

曹操一生中最大的一個錯誤，恐怕就是斬殺邊讓。

若非邊讓之死，引發兗州之亂，激起兗州士人之怒火，令曹操當年好友張邈甚至與他反目成仇。而邊讓之死，逼反了陳宮，引來了呂布，造成此後徐州數年戰亂不止。曹操也因為這個原因，不得不從東郡撤離，遷移到了豫州，安家落戶。

這後果，至今也未能消除。

曹朋見伊籍不言，不禁冷笑。

「倒是爾等，滿口仁義道德，一肚子男盜女娼。伊機伯你自詡賢良，我且問你，於國家、於百姓有何建樹？整日坐而論道，滿口道德文章，只知道誇誇其談，為一己之私，卻不顧生靈塗炭。曹丞相代天討伐不臣，你這種所謂賢良，卻在後面拖後腿。你本為劉荊州幕僚，卻要助那劉備篡奪荊襄……好一個忠臣賢良，好一個風雅名士。」

「伊機伯，劉備何等人也？一織席販履之徒，竊命皇親國戚，為禍天下。當年曹丞相待他何其重，不思報效國家，卻為一己之私而肆虐蒼生。此人歸附公孫瓚，卻在公孫瓚危機時不予援助；此人解徐州之危，卻暗地裡收買人心，竊取徐州。」

「不過，劉玄德終究是個無德行之人，哪怕是得了徐州，最終卻被呂布奪走，惶惶若喪家之犬。丞相收留此人，他卻在汝南招兵買馬，心懷不軌。他假託天子血詔，卻四處招搖撞騙；自稱漢室宗親，卻無半點證據以證明其出身……」

「官渡一戰，袁紹讓他駐守濮陽。他卻帶著袁紹兵馬逃去了東海，與海賊造反，致使東海郡生靈塗炭。走投無路時，劉荊州收留此人。他不思報答恩義，反而私下裡四處招攬，收買人心，令荊襄內部混亂不堪……劉荊州頭七未過，他便要篡奪荊州。此不仁不義、不忠不孝、不知禮儀廉恥之輩，也敢稱之明主？依我看，劉備才是國賊，才是逆臣，而你伊機伯，才是真真正正助紂為虐的卑鄙小人……」

老子殺不得你，但至少要罵個痛快！

罵不死你，也要罵臭你……

伊籍瞪大眼睛看著曹朋，嘴唇顫抖不停，呼吸陡然間變得急促起來。

一旁司馬徽和龐山民想要阻止，卻又不知道該如何開口勸說。曹朋說的，似乎是句句在理，沒有半點虛假。兩人相視一眼，不由得暗自苦笑。

司馬徽更在心中感嘆：十年前，這小曹朋以十勝十敗論，令我等啞口無言，那時候我就該知道他是一個口舌伶俐之人；卻不想十年之後，他不僅功成名就，這伶牙俐齒之能似乎比之十年前更勝一籌，直讓人無法辯駁。

伊籍的臉色蒼白，胸口更劇烈的起伏不停。他想要辯駁，卻又不知道該如何開口。

而曹朋越罵越狠，一個髒字不帶，同時又句句誅心，讓伊籍感到氣短……

他張了張嘴，卻覺得喉嚨發甜，胸口發悶，當曹朋罵他是『助紂為虐的卑鄙小人』的時候，伊籍大叫一聲：「羞煞我也！」一口鮮血噴出，身子隨之癱軟地上，氣息全無！

「機伯、機伯！」

「父親……」

司馬徽和龐山民以及一旁的伊陽，不由得大驚失色，大聲呼喊。可伊籍再也沒有睜開眼睛，靜靜的躺在冰冷的地面。

「機伯，故去了！」

一旁押送伊籍父子的衛士，抬頭駭然向曹朋看去。

卻見曹朋面透冷意，微微一笑，轉過身，看也不看一眼。

而站在曹朋身後的蔡中、蔡和，不由得激靈靈打了個寒顫，再看向曹朋的時候，那目光已透著濃濃懼意……

章十 梳理

伊籍死於怒極攻心！

當然了，東漢末年沒有突發性心肌梗塞這個說法。但在眾人眼中，伊籍就是被曹朋活活罵死。

曹朋沒有動伊籍分毫，只是以言語訓斥。

人常言，不做虧心事，不怕鬼敲門。伊籍怒極攻心而死，荊襄士人非但不會怪罪曹朋，反而會對他交口稱讚。

你伊籍若不是被人說中了要害，如何會怒極攻心？如何又會被曹朋罵死？

這說明，曹朋說的沒錯！

劉備就是一個國賊，而你伊籍，則是助紂為虐的小人……

對此，司馬徽和龐山民也是無可奈何，難以指責曹朋。孔子說，以直報怨，而非後世以德報怨。至於唾面自乾的事情，斷然不可能出現在東漢時期。在這個時代，任俠氣尚重，風骨極為剛烈。你打我一拳，我還你一腳，所謂以德報怨的事情，在世人眼中並非什麼泱泱大國氣象，而是一種懦弱表現。伊籍身為階下囚，能罵得曹朋；曹朋為勝利者，自然可以還口。

只是，司馬徽沒想到，伊籍竟然被罵得吐血而亡。

「友學，你這又……」司馬徽苦笑搖頭，但沒有責怪曹朋。

他看了一眼正抱著伊籍屍身痛哭的伊陽，猶豫了一下，拱手道：「友學，機伯一時糊塗，也算是罪有應得。然東升無罪，不過屈從父命，算不得大罪。機伯於荊州，有教化之功勞，還請友學能看在我的面子上，放過他家人……若實在不行，可以將他一家流放，但請留他血脈。」

曹朋也沒有想到會出現這樣的結果。

他對伊籍沒什麼好感，但也沒有什麼惡感。還嘴，也是出於本能，他實在是看不慣伊籍這種人物。聞司馬徽求情，曹朋倒也真不好駁了他的面子。於是猶豫了一下之後，他招手示意蔡中過來，在蔡中耳邊低聲細語幾句。蔡中臉上露出一絲不情願，卻還是點了點頭，答應下來。

蔡中匆匆離去，曹朋則長出一口氣。

「先生，我已託付蔡中前去拜會德珪，請德珪高抬貴手。至於德珪是否承情，我也說不好。畢竟我非襄陽之主，而今這荊襄九郡的當家人，是少主琮公子。我所能做的也只有這些，成與不成，還望先生勿要怪罪，我已經盡我所能了……」

曹朋大可不必理睬司馬徽的求情，司馬徽也不會怪罪，畢竟伊籍犯下的罪行，抄家滅族並不為過。曹朋求情是情分，不求情是本分，誰也說不得什麼。可自己一番話，曹朋立刻答應下來。這也說明了自己在曹朋心中，頗有些分量。

這種被重視、被尊重的感覺，讓司馬徽非常滿足。

「那……」

司馬徽剛要開口客套，卻見曹朋一拱手，打斷了他的話語。

「機伯先生猝死，朋亦感意外。本只是想與先生爭辯一番，哪料到……先生猝死，朋方寸已亂。正如德操先生所言，機伯先生於荊州有教化之功。功是功，過是過，這功過還須分清楚。人死如燈滅，過往的事情就算了吧。只是，機伯先生這身後事，還須請德操先生與山民兄長費心，須隆重操辦才是。」

「劉荊州方故去，機伯先生亦相隨而走，實荊州之難。朋會請夫人，既往不咎……只是朋不宜出面，就拜託二位。」

曹朋這一番話，可算是給足了司馬徽等人的面子。就連從偏廳裡走出來的那些荊州士人，也不由得連連點頭，表示讚賞。

曹朋與眾人一拱手，告辭離去。自有司馬徽等人看護伊籍的屍首，準備操辦喪祭。

看著曹朋的背影，司馬徽突然間發出一聲幽幽嘆息。他扭頭對龐山民道：「機伯先生故去，只怕還要請德公出面方可。昔日，我以為曹朋有才，卻不想還是小覷了此人……他剛才這一番舉動，可算是恩威並施。世人只會說機伯不曉是非、不知輕重，而不會怪罪友學今日之舉。」

「荊州，要變天了！」

龐山民頷首，露出若有所思之色。

對曹朋而言，伊籍的事情只是一個小插曲，算不得什麼大事。

在內心深處，他更在意劉備接下來的動作。

他發現《三國演義》已經無法給予他什麼幫助，原因非常簡單，《三國演義》中說劉備從新野撤兵，攜帶百姓逃往江夏。如今，劉備並不執掌新野，而是駐紮樊城。他接下來會有什麼動作？曹朋還真無法預測。是集結兵馬，死戰襄陽，抑或是撤離樊城，前往江夏？兩者都有可能，但最可能的還是撤往江夏。

時間！

歸根結柢，還是時間不夠。

曹朋手中若有足夠的兵馬，就會立刻調集兵力圍攻樊城，將劉備徹底消滅。可偏偏他手中除了八百親軍之外，再也無法調動一兵一卒。荊州兵馬盡數被蔡氏所掌控，蔡氏一日不歸降，那麼曹朋就無法真正接掌荊州兵馬。而曹朋麾下的精銳，盡集結於棘陽、涅陽一線。文聘雖然返回襄陽，可章陵劉虎仍在拚死抵抗，與曹真鏖戰不休，成為攔路石。

「公子，何須饒過那伊東升？若不能斬草除根，早晚必然會有後患。」

蔡和、蔡中兄弟，早已經被賈詡收買，可謂忠心耿耿。

蔡和這一番話，倒是真的發自內心……他感覺得出來，由於他的背叛，蔡瑁對他兄弟並不待見。也就是說，在這荊襄九郡，真正可以保他榮華富貴的人，就是眼前這個年紀輕輕，卻享有偌大聲名的南陽太守曹朋。

曹朋一笑，「伊陽此人，能力如何？」

「一腐儒爾。」

曹朋放聲大笑，而後突然壓低聲音，在蔡和耳邊說：「茂才造反，十年不成。一腐儒爾，我懼他甚？若他真有本事，大可放馬過來。不過，若我是伊陽，倒不如守住家業，老老實實做人。而今大勢，輪不到他跳出來搞三搞四。如果他犯傻，那我倒不介意讓伊機伯絕後。」

蔡和聽聞，露出一臉仰慕之色，連聲讚道：「公子胸襟廣闊，見識不凡，和不如公子甚多……呵呵，若我是伊陽，就老老實實，也能為伊機伯留一血脈。否則的話，他又能奈公子何？」

說實話，曹朋身邊大都是做事的人，不管是龐統還是如今杜畿這些人，德行都甚好。如今蔡和靠上來，雖說沒什麼本事，可拍馬溜鬚，卻也能讓曹朋輕鬆不少。

忍不住笑了笑，曹朋對蔡和並不反感，而是拍了拍他的肩膀，以示鼓勵，讓蔡和又一陣興奮。

抵達官驛，黃忠已率兵馬返回。

曹朋見到黃忠，連忙詢問：「老將軍，入城之後，一切尚好？」

黃忠是降將，曾為荊州中郎將。他歸降曹朋，說不定會被人指指點點。老將軍年紀大了，難保會生氣，萬一有個好歹，曹朋可是後悔都來不及。

黃忠忙道：「公子放心，老夫不是那三歲孩童，別人想說什麼，隨他們說去。」

「嗯，他強任他強，清風拂山崗。漢升能有此態度，我也就放心許多……對了，宛城可有消息傳來？丞相那邊，可返回許都？」

「回公子，賈豫州命子璋前來送信，就在偏房等候。」

「速帶他來見我。」

曹朋二話不說，直奔大廳。

蔡和有些不知所措，卻見曹朋走了幾步之後，突然停下來朝他招了招手，頓時喜出望外。他連忙跟著曹朋，在大廳裡坐下。

不一會兒的工夫，就見陸瑁匆匆走進來，朝著曹朋拱手一揖。

「子璋，賈太中有何交代？」

「回公子話，賈太中接到傳訊，江東與春谷集結兵馬，似有異動。文則太守希望撤兵返回弋陽郡，但是被賈太中阻止。並且，賈太中已接掌了汝南、弋陽兩郡兵馬，直接指揮……太中言，孫權身邊有能臣輔佐，恐不會坐視荊州變故。所以，公子還要及早做出打算，儘快接手荊州兵馬，否則會有變數……賈太中已使令明率部屯駐安眾，杜畿也率部與令明會合，文長將軍不日將領大軍抵達涅陽……」

「此外，丞相於昨日返回許都，已使衛將軍出兵進駐南陽。最遲半個月，丞相就會出兵荊襄。請公子儘快做好準備，務必要將劉備徹底平定下來……」

曹朋聽聞，倒吸一口涼氣。

賈文和，你他娘的還真看得起我！

老子手裡只有八百兵卒，如何能平定劉備？再者說了，接掌荊襄兵馬？那不是我說能接掌就可以接掌，這件事，主動權還是掌握在蔡氏手中。

想到這裡，曹朋不由得苦笑著，拍了拍額頭。

「如此，我明白了……子璋，你就暫且留在我身邊，至於回報賈文和，我自會派他人前去。」

「喏！」

陸瑁聽聞，頓時大喜。能留在曹朋身邊，說明曹朋已認可了自己的能力。

這時候，黃忠突然開口問道：「公子，那寇從之已多次詢問公子消息，似想要與公子相見……我讓孟陽暫時安撫住他，不知公子，是不是要見他一見？這寇從之，倒似是真心要歸順公子。」

寇從之？

曹朋立刻反應過來。

黃忠說的是劉封……不對，是寇封才對。

沉吟片刻之後，曹朋點了點頭，「既然如此，就請這位寇公子花園相見，子璋且準備酒宴。」

說心裡話，對於這個在歷史上按兵不動，致使關二爺敗走麥城，而後又投降的劉封劉大公子，曹朋是真看不入眼。可是，此次能順利破壞劉備奪取襄陽的計畫，卻全賴這位劉大公子。

劉封在劉備麾下，地位很尷尬。

身為假子，劉備收他是為了拉攏長沙世族。

原本，劉備沒有子嗣也就罷了，偏偏劉備在今年有了一個兒子，讓劉封的地位一下子變得尷尬起來。

劉備想要反悔，有些來不及了！

他的情況和曹操又不一樣，曹操也有不少假子，但他有這個底氣。曹真當初上面有曹昂壓著，而曹丕也在迅速成長，無須擔心；等待曹昂和曹丕死了，曹彰又迅速崛起，雖才十七歲，卻貴為北中郎將、護烏丸校尉，權柄甚重。至於秦朗，年紀尚幼，不足為慮。

而劉備呢？

長子劉禪剛出生，還是個什麼都不知道的孩子。

劉封身為劉備的假子，又有一定的能力，必然會在將來給劉禪造成一定的威脅。這也是劉備對劉封有所顧忌的一個重要原因。再加上關羽、諸葛亮等人對劉封都不是很看重，也使得劉封在劉備帳下頗有些難熬。

此前，諸葛亮帶著劉封和馬良前往襄陽，勸說劉表出兵，劉封意外與兒時好友劉聰相遇。那劉聰，早已被賈詡所收買，表面上經營生意，但實際上卻是秘密為賈詡刺探情報。他是長沙劉氏族人，自然不會被人留意，所以做起事來倒也順風順水。

與劉封相遇之後，劉聰敏銳的覺察到劉封如今的苦悶和尷尬。他能被賈詡看中，自然有他的能力……就在和劉封重逢後的第二天，賈詡就得到了劉聰的密報。

賈詡那是什麼人？怎可能覺察不出這樣的一個機會？正愁著不知道如何刺探劉備的情報，如今有這麼一條路，他當然格外重視。

於是，劉聰透過各種方式和劉封密切聯絡。劉備棄新野而守樊城，更使得劉封和劉聰二人往來密切。

「兄乃寇氏子，焉得稱他人父？」

在一次極為偶然的機會中，劉聰勸說劉封道：「劉玄德不過沽名釣譽之輩，所到之處都會帶來厄運。他當初收你為義子時，不過是想要拉攏寇氏。可現在，他有了兒子，你這地位可就變得尷尬起來。你做得好，他會心生忌憚；你做得不好，他對你則會有輕視之心，焉能重用？名為義子，實一家奴耳！」

劉封感同身受，卻又無可奈何。

劉聰在這時候才表露出了自己的身分，並勸說劉封歸宗認祖，投靠曹操。

「曹丞相奉天子以令諸侯，乃漢室中流砥柱。想寇氏當年也是名門望族，於朝廷有著莫大功勞。今何故棄朝廷而助逆賊乎？若從之願意，我可以為從之引介。賈豫州算無遺策，曹南陽才華卓絕。若從之能得二人之助，日後必能飛黃騰達，光耀寇氏門楣……總好過寄人籬下，名為公子，實為家奴，效那無君無父之舉。」

劉封怦然心動！

也正是在劉聰的勸說下，劉封下定決心，投降曹朋。

在隨同趙雲來到襄陽之後，劉封第一時間悄悄聯絡了劉聰，並且在趙雲奪門之際，反戈一擊，將那二百白毦兵盡數幹掉。可以說，曹朋能阻止劉備陰取襄陽，劉封是首功一件。

曹朋自然不能怠慢了劉封，在花園中設宴款待，令劉封感激涕零。

劉封……不對，如今劉封已重歸宗認祖，改回寇姓。他詳細的向曹朋說明了樊城的狀況，並給予了一些必要的建議，令曹朋喜出望外。

劉備想要奪取荊州，乃司馬昭之心，路人皆知。

也許日後不會再有這麼一個名詞，應該是劉玄德之心，路人皆知……

劉備手中，如今尚有兵馬數千。關羽和馬良在江夏協助劉琦，抵禦曹軍攻勢。而劉備的手下，尚有張飛、趙雲、陳到、呂吉等人。這些人，皆非等閒之輩，即便是那呂吉，久隨陳到，比之當年也有很大的進步。所以說，劉備手中的實力還是不可小覷。

「以從之之見，劉玄德下一步將會如何？」

「這個……」寇封想了想，「諸葛孔明一直在與江東聯繫，往來頗為密切。劉備對江夏也是虎視眈眈，此次命關羽前往江夏，依我看，甚有可能是想要陰取江夏……江東方面，似乎頗有些與劉備聯合之意。只不過劉備而今尚無棲身之所，所以一直未能成事。」

「江夏，劉備必取江夏。而且據我所知，荊州糧草輜重多囤積於江陵。我曾聽孔明說過，希望劉備能搶先占領江陵，把江陵糧草輜重轉移江夏……他這次陰取襄陽失敗，只怕接下來就會密謀江陵。」

江陵？

曹朋眉頭一蹙，不由得陷入沉思。

這江陵，位於江漢平原之上，也就是後世的荊州市。它西控巴蜀，北接襄漢，襟帶江湖，臂指吳粵，是中原溝通嶺南的要衝，號東南重鎮，亦都會也。從春秋至今，曾為楚國國都。後世兩晉南北朝，江陵更有著極其重要的地位，僅次於七大古都，是荊楚名地。

曹朋聽了寇封的解說之後，感受到了巨大的壓力。

如果劉備占領了江陵，倒真是一件大麻煩事。劉備占領江陵最直接的結果，就是引發荊南四郡的動盪，這樣的狀況，絕非曹朋所希望看到的結果。

不行，絕不可以讓劉備占領江陵。

可問題是，他該如何阻止劉備呢？

襄陽的情況，如今錯綜複雜，需要仔細疏理……

同時，曹操的主力尚未抵達，曹朋要想阻止劉備，就必須要說動蔡夫人以及蔡瑁等荊襄實權人物才行。而這些，都需要時間來處理。曹朋心知他的時間已經不多，必須要加快速度。

寇封頗懂得察言觀色，見曹朋沉吟不語，於是果斷的告辭。

送走寇封之後，曹朋返回書房。

剛坐下來，就見黃忠拉開房門走進，拱手向曹朋一揖道：「公子，可是為江陵之事而煩憂？」

「是啊！」

「忠有一計，請公子指點。」

「漢升但說無妨。」

「忠有一好友，名為賴恭，字伯謙，素有名望，就居住在江陵。」

「嗯？」聞言，曹朋一挑眉。

「賴伯謙乃零陵名士，才具不凡，只是為人有些倔強固執……他當初曾為劉表所重，為交州刺史。後劉表命吳巨為蒼梧太守，伯謙與吳巨不合，被逼去職，返還家中，後在江陵定居。此人在江陵影響力頗大，甚得江陵百姓所重。」

「忠不才，願秘往江陵遊說賴伯謙，請他出面控制江陵。如此，劉備即便是要攻取江陵，也絕非一樁易事。公子在襄陽，儘快取得兵權，而後出兵江陵，則劉備必難以奪取江陵。」

賴恭？

曹朋一怔。他只是覺得，賴恭這個名字實在是太過於陌生。不過黃忠既然如此看重此人，說明這個人也有些本事。如果黃忠真能說降賴恭，控制住江陵的話……

曹朋想到這裡，立刻拿定了主意：「那就請漢升辛苦一趟。」

黃忠領命而去，但曹朋卻沒有因此而感到輕鬆下來。在書房裡徘徊片刻，曹朋一咬牙，走出書房，命人喚來了陸瑁。

「子璋，隨我出去一趟。」

「去哪兒？」

「咱們必須要加快行動，讓蔡夫人儘早下定決心。」

曹朋手裡還有一封信，一封給王威的書信。

王威的職務不算特別高，而且聲名也不太響亮。至少在荊州體系當中，他的聲名遠比不得文聘。但如果因此而輕視此人，那可就大大的錯了！

當時荊州已經投降，但曹操尚未站穩腳跟。王威曾建議，趁曹操立足未穩，出兵偷襲。如若成功，那就是第二次宛之戰的翻版。

《三國演義》當中，王威沒有登場，可是在真實的歷史上，他卻差一點給了老曹致命一擊。

於當時的情況而言，這個計畫執行起來，成功的希望很大。可惜蔡瑁不是張繡，也沒有張繡的那個膽略。最終，蔡瑁否決了王威的主意，也使得蔡氏錯失了最佳的一個機會。同時，也正是因為這個原因，使得曹操對劉氏和蔡氏在荊襄的影響力產生了猜忌。最終，曹操把劉琮趕出荊州，給了一個列侯封爵，徹底架空。

王威曾經是鄧稷的老上級。在曹朋出仕南陽的時候，鄧稷曾寫了一封書信，拜託曹朋轉交王威。只可惜，曹朋一直沒有找到機會……

王威如今為襄城統兵校尉，說起來並不是一個很顯赫的官職。但就荊州而言，這襄陽統兵校尉就類似於衛將軍、執金吾的職務，負責襄陽治安。

這是一個很重要的職務，甚至連文聘都無法擔當。

如果能夠說降王威，就能夠在極大程度上促使蔡夫人下定決心。於曹朋而言，也可以透過王威，來加速他整合荊襄的腳步。

當然了，一個王威還遠遠不夠，蒯良、蒯越、文聘這些人都是極為重要的角色，不可以有半點疏忽。不過，事有輕重，曹朋認為就目前而言，王威是最好的突破口。只因王威是南陽人，與他有同鄉之誼，更曾為鄧稷的上官。有這兩層關係，可以有效的切入襄陽事務……

最重要的是，王威手中有兵權！

入夜後，襄陽開始夜禁。

歷經晝間風波，劉表的頭七喪祭，倉促結束。

過了今天，荊州也就進入了後劉表時期。面對著荊襄紛亂局面，襄陽城看似平靜，實際上卻是暗流激湧。

從王威府中離開時，眼見就快到子時，曹朋感到了莫名的疲憊，但心情卻非常愉悅。

和王威的見面還算是愉快。特別是當曹朋呈上了鄧稷的書信之後，也讓王威的態度頓時緩和許多。王威是典型的荊襄系，卻又不同於蔡瑁、張允這樣的投降派。更多時候，王威是屬於蒯良和蒯越一系，贊成『荊州事，荊人治』的主張。所以，他對曹朋的態度在最初雖有些抵觸，但並不算特別敵視。待看到了鄧稷的書信之後，王威頓時與曹朋親近許多。

「友學，叔孫而今可好？」

「姐夫尚好……此前得到消息，朝廷已任姐夫為河東太守，年後就會赴任。他本打算回來探望故里，不想家姐懷了身孕，姐夫只得留在滎陽。他還派人與我交代，見到王將軍，當執兄長之禮，不可怠慢。小弟早就想拜會將軍，可是……而今終有機會與將軍會面，總算是可以與姐夫有一個交代。」

曹朋這一番話，說得是條理清楚，暗藏寓意。

你別擔心日後的前程，我姐夫可一直都記著你的好呢……以前之所以無法暢言，那是形勢所迫，而今劉表已經死了，荊州如果歸降了朝廷，我一家可以保你前程，遠勝於今日職務。

對於荊州是歸降曹操，還是聯合東吳自立，目前還有一些分歧。

不過總體而言，歸降曹操的聲音占了上風。只是很多人擔心在歸降之後，身後事沒有保障。就比如

梳理

王威，他也擔心這荊州歸附之後，會影響到他的前程。而鄧稷的書信，無疑給了王威一顆定心丸。

與曹朋推杯換盞過後，王威雖然沒有明確表態，但隱隱透出了心思——

只要琮公子歸降，我這邊絕不會設置障礙！

有了這麼一個保證，於曹朋而言，已是極大的勝利。

離開王府，曹朋帶著陸瑁返回官驛。

夜色深沉，不知在何時升起了一層輕霧，將襄陽城籠罩在輕霧之中，視線變得格外模糊。寂靜的長街上，不見人影。街道兩邊的店鋪房舍，在入夜之後，便關門落鎖。整個襄陽城，籠罩在這種奇詭的寂靜之中。偶然間，可以聽到遠處巡兵的腳步聲，以及從城門方向傳來的刁斗聲，更給這座古城增添了許多莫名詭譎。

王威已經表示願意配合。接下來，就要看蒯良、蒯越兄弟的態度……

蒯氏的態度，基本上可以確定，他們也不會設置太多的障礙。只是，從蔡中、蔡和那裡傳來的消息，蔡氏的態度似乎仍在猶豫，這也使得曹朋的心情變得有些沉重。

蔡氏何以猶豫？

究其原因，恐怕還是壓力不夠啊！

曹朋想到這裡，不禁暗自長出一口氣。

也許，應該給蔡氏再增加一些壓力，否則讓他們這樣猶豫不決，終究不是一樁好事……

「子璋，天亮之後，你即派人前往襄鄉。」曹朋想了想，對陸瑁道：「持我令箭，轉告子丹兄長，請他務必在三日之內，給我拿下章陵。」

和蔡夫人交談過，曹朋知道，這位夫人其實並非什麼野心勃勃的女人。她所做的一切，無非圍繞兩個點：一個是她的兒子劉琮，另一個則是她的家族。這兩點，曹朋都可以給予保證，為何還遲遲拿不定主意？究其原因，不在蔡夫人身上，而是因為蔡瑁。

蔡瑁希望憑藉手中的資本，獲取更多的利益。

而他是蔡夫人的兄長，同時又執掌荊州水軍，權柄之重，遠甚於蒯氏。

蔡夫人在很大程度上要受蔡瑁的影響！這一點，卻是出乎曹朋的預料……原本以為問題是在蔡夫人身上，可是根據蔡和打探來的消息，根源卻是在蔡瑁的身上。對此，曹朋在思忖良久之後，決定給蔡瑁一些教訓，最好的辦法便是攻下章陵，徹底拔掉荊州在南陽的力量。

「公子，如此一來，會不會激怒蔡德珪？」陸瑁有些擔心，提醒曹朋道。

畢竟，曹朋如今在荊州，深陷險境。曹真若攻陷了章陵，會不會刺激到蔡瑁呢？

曹朋忍不住笑了，「劉虎乃劉琦臂膀，若子丹真能奪取章陵，蔡瑁非但不會怪罪，反而會感到高興。這傢伙治理水軍，確有手段，只是野心太大，不曉時局……大勢所趨，又豈是他所能抗拒的？早一日歸降，早一日解脫。若給他留有幻想，反而會讓他野心更大，更加麻煩。」

陸瑁想了想，覺得曹朋所言也頗有道理。於是，他不再勸說，拱手應諾而去。

送走了陸瑁，曹朋鬆了一口氣。解決了王威的麻煩，接下來就是蒯氏兄弟和文聘……這三個人不同於王威，一邊是荊襄名士，另一邊則是荊州有數的上將，若不得此三人點頭，恐怕蔡瑁還會有所反覆。

明日一早，拜訪文聘！

曹朋思忖半晌，決定了這先後順序。

蒯氏的態度已經很清楚，經過這些日子的交流，曹朋對他們的顧慮也了然於胸。說到底，蒯氏的問題就是一個鄉黨的問題。他們堅持『荊州事，荊人治』的原則，要解決此二人心中的顧慮，必須由曹操出馬。但在大方向上，蒯氏不會設置障礙，更多的是細節上的問題。

真正麻煩的，還是文聘！

作為荊襄第一名將，文聘在軍中享有極高聲譽。

雖說蔡瑁是水軍大都督，可若以聲望論，卻遠遠比不得文聘。

曹朋和文聘，有過交集。不過，那已經是十年前的事情了……

十年前，曹朋在中陽鎮殺人，連夜逃離，夜宿羊冊鎮車馬驛，與文聘照過面。當時，王猛還與文聘交手，不十招便敗在文聘手中。文聘對王猛頗為讚賞，還邀請王猛從軍，卻被王猛拒絕。除此之外，文聘和曹朋再也沒有任何交集……

這是個大麻煩！

如果不能讓文聘表明態度，終究會影響到蔡氏的判斷。

曹朋很清楚文聘為什麼遲遲不肯表態。說到底，還是他的聲望和地位達不到那個程度。如果換作曹操，文聘很可能已經表明了立場。

曹朋雖然甚得曹操信賴，卻終究不是曹操。在這種情況下，文聘不肯表態，似乎也可以說得過去。

因此，曹朋需要一個強而有力的人物來作為橋梁。只是，這個強而有力的人物，應該由誰來擔當？

這一夜，曹朋失眠了！

他躺在榻上，輾轉反側，眼見雞鳴五鼓，頭腦昏沉時，曹朋終於想到了一個人，精神頓時振奮起來。

司馬徽！

沒錯，就請司馬徽出面，來解決文聘這個麻煩……

心中的大石，總算放下。在天快亮的時候，曹朋迷迷糊糊的睡著了。

「公子，出事了，出大事了！」

一陣急促的呼喊聲，把曹朋驚醒。

他連忙翻身坐起，從榻上抓起一件大袍，披在身上快步走到房門旁邊，拉開了房門。

「子璋，出了什麼事？」

「章陵告破、章陵告破……」

「什麼？」

曹朋聽聞一怔，旋即驚喜萬分。

昨晚剛想著要曹真攻取章陵，沒想到曹真就已經先取下了章陵。

陸瑁氣喘吁吁道：「昨日子丹將軍趁夜偷襲章陵，大敗劉虎……而今，劉虎率殘兵已敗退綠林山，向江夏逃亡。子丹將軍已占領了章陵，並率部挺進白水鄉。嘿嘿，蔡德珪這次怕要急了！」

曹朋嘿然冷笑：「蔡德珪何止是著急？他現在怕是已經坐不住了……子丹出兵，絕非個人行為。此必是丞相所命，他才會攻取章陵。他這一動，只怕丞相馬上要有行動了！」

章十一 援軍

建安十二年十月，曹操返還許都。

就在劉表頭七喪祭的當天，曹操下令兗州、豫州、徐州、司州四州徵發徭役二十萬，迅速向潁川、汝南兩郡集結。同時，又命衛將軍夏侯惇、河南尹夏侯淵、潁川太守鍾繇、梁郡太守史渙、陳郡太守呂虔、陳留太守司馬朗等人率部先行進駐南陽郡，屯紮於南陽郡治宛城。

當日，曹操再次下令，命毛玠為汝南郡太守，接替李通職務；罷賈詡豫州刺史之職，以兗州刺史滿寵代之。同時又下令，南陽兵馬向新野集結，逼近鄧縣。

章陵告破，代表著南郡東部門戶被打開。

曹真率八千兵卒，屯紮白水鄉，對襄陽虎視眈眈。

劉表頭七喪祭的第二天，曹操下令，虎豹騎大都督曹純率部進駐南陽，罷曹朋南陽郡太守之職，曹純代之。隨即，曹操的第二道軍令發出，命曹朋為虎豹騎副都督，暫領虎豹騎……

這個命令一發出，令無數人為之震驚。

誰都知道虎豹騎是曹操的親兵。人數雖不算太多，但的確是曹操手下精銳之中的精銳。

自建安八年以後，曹純雖然一直是虎豹騎大都督，可實際上，他並不執掌虎豹騎。虎豹騎治下，設副都督一人、虎騎郎將三人、豹騎郎將三人，統歸副都督所轄。也就是說，真正執掌虎豹騎的是副都督，而非曹純。

此前，虎豹騎副都督為曹真，後曹真調離虎豹騎，副都督一職懸而未決。在征伐幽州的時候，虎豹騎暫由曹彰所掌。白狼山之戰結束後，曹彰為北中郎將、護烏丸校尉，便卸去了虎豹騎副都督的職務，曹操尚未另行委派。

這一次，曹操使曹朋為虎豹騎副都督，在普通人眼中，看似是對曹朋寵愛有加。可許多人卻感覺到了曹操的另一層涵義：曹丞相，在抑制曹朋！

南陽郡太守、虎豹騎副都督……孰優孰劣，很難說得清楚。

但從權柄上而言，一個是一方諸侯，上郡太守，執掌軍政，大權在握。另一個呢？只是曹操的禁軍、親隨……

從權力上來說，似乎曹朋被削弱了權柄，但在地位上，卻有所提高。至少，他的俸祿從秩兩千石增長到了真兩千石。二者之間，每個月俸祿相差五十斛。表面上看去差距不大，可是所代表的意義卻有著極大的不同。

真兩千石再往上，可就是萬石了。

如果按照後世軍銜解釋，曹朋這個真兩千石，類似於大校。再提升，就邁入了將軍的級別，屬於核心成員。

曹操究竟是怎麼考慮的？無人能夠猜測出來。

據說，在劉表頭七當晚，曹操召荀彧、程昱、郭嘉等心腹謀士，商議了整整一個晚上。究竟商量什麼事情？無人知曉。不過在第二天，就發出了這樣一個命令，意義自然非比尋常。

章十一
援軍

不過，這件事對於曹朋而言，暫時沒有什麼影響。

曹朋身在襄陽，尚與荊襄世族討價還價。而在南陽郡，隨著曹操命令頒布，也發生了許多變化。首先，盧毓受征辟，奉命返還許都，任丞相府東曹掾屬，負責籌備一份西苑報社的機構。其機構設置，完全參照了南陽真理報的形式。盧毓離開南陽郡的時候，甚至將整個南陽真理報的成員全部帶走。

對於曹操的這個舉措，早在眾人的意料之中，包括盧毓本人。

如此一個負責喉舌的機構，斷然不可能局限於一個地區。

輿論的好處，遲早會令曹操重視起來……

在南陽真理報開設之初，曹朋和盧毓就有過一次深切交談。按照曹朋的說法：幽州之戰結束，亦子家你重返許都之時。那時候，你所獲得的資本必然驚人，會得到曹操的重用。

而今看來，的確如此。曹操征辟盧毓，也就代表著盧毓從一個不入流的幕僚身分，正式進入曹氏集團的核心，自然非同一般。

隨著曹操發出徵召令，局勢陡然間變得緊張起來。

徐州刺史徐璆，命東陵島靖海校尉周倉，率剛剛成立起來的水軍，逆江而行，向合肥靠攏。丹徒長呂蒙試圖阻攔曹軍水師，卻在丹徒口為周倉所敗。不是說呂蒙不比周倉，而是周倉背靠廣陵，得廣陵太守徐宣之助，硬生生從丹徒口突破。而呂蒙兵力不足，自然難以阻擋。

周倉水師靠攏淮南郡，也使得江東大亂。

孫權火速下令，命賀齊為廬江太守，負責抵禦曹軍水師，同時又命徐盛和周泰二人，率江東水師攻取武陵郡羅縣，占領汨羅淵，威逼洞庭。

荊州正值動盪，武陵太守劉先雖向襄陽求援，卻遠水解不了近渴。他本身就不是一個善戰之人，加之徐盛、周泰勇猛，更善於水戰，武陵水軍慘敗，劉先只能眼睜睜看著江東水軍屯駐汨羅淵，卻無力阻擋。好在此時，荊州歸降。

面對著曹軍咄咄逼人的架勢，加之曹朋在襄陽的不懈努力，蔡瑁終於支撐不住了。

蒯氏兄弟表示，荊襄九郡乃漢室之荊襄九郡，今劉荊州故去，自當歸於朝廷。不過他們提出，荊州必須由荊州人所治，方能保證荊襄世族之利益不受侵犯。

為此，曹朋在思忖良久後，舉薦王威為南郡太守、文聘為南陽太守，保蔡瑁荊州水軍大都督之職；不過在水軍副都督的位子上，曹朋並未推薦張允，而是舉薦了杜畿為水軍副都督。這個安排，得到了蒯越的認可。

至於許都方面，不需要曹朋費心思。他已接到了消息，卸去南陽郡太守之職。

雖然曹操命曹純接掌南陽郡，但很明顯，那只是一個過渡。曹純早晚入主中樞，斷然不可能留任南陽，甚至當曹操進駐荊州之日，便是曹純卸去南陽太守的時候。文聘的威望和才能，足以擔當南陽郡太守，想來曹操也能分出輕重。

曹朋許諾出兩個重要職務以後，也使得王威和文聘兩人徹底放心。

旋即，蔡瑁得水軍大都督的職務，也心滿意足。

至於張允，歷史上他一直都是蔡瑁的副手。如今，他雖未得到副都督的職務，卻得了曹朋許諾，必得一方太守的職務，也算皆大歡喜。

劉表頭七後第四天，蔡夫人在州廨，命劉琮拜曹朋為師，也算是了卻了一樁心事。

曹朋雖說不復南陽郡太守的職務，可虎豹騎副都督的名頭，似乎絲毫不比那太守之職遜色多少。

第五日，劉琮於襄陽正式繼位，接掌荊州。

同日，劉琮以荊州牧之身分，向許都獻上降書順表，並命人撤出新野、朝陽、鄧縣，於山都集結，

章十一
援軍

由衛將軍夏侯惇派人接掌。與此同時，劉琮更派人前往江夏、長沙，勸說劉琦、劉磐二人停止抵抗。

至此，曹朋的任務已圓滿結束，他終於可以放下心思，開始著手對付樊城劉備。

可就在劉琮宣布歸降曹操的當天，劉備突然率部出擊，攻占黎丘……

對於劉備，曹朋不敢有半分小覷。

劉備、諸葛亮！

當這兩人加在一起，絕對是一個任何人都不敢小覷的組合。

事實上，在劉表頭七之後，曹朋就一直試圖儘快令襄陽歸降。因為他非常清楚，劉備和諸葛亮絕不會善罷甘休，就此放棄對荊州的野心。他們一定會有動作，而且會很快……只是，當劉備和諸葛亮真正行動起來的時候，卻讓曹朋大吃一驚。

攻占黎丘？

這黎丘，距離襄陽不過三十里，朝發夕至。

但劉備占領黎丘，似乎完全沒有意義。難道說，他準備強攻襄陽？

「不太可能！」陸瑁露出沉吟之色，輕聲道：「劉表故去，襄陽雖亂，卻有重兵守衛。王威、文聘皆善戰之將，若強攻襄陽，莫說劉備兵力是否足夠，就算攻下襄陽，又能如何？」

陸瑁的考慮，很有道理。

如今新野、朝陽、鄧縣三縣撤出，襄陽北方門戶大開。更不要說章陵告破，曹真駐紮白水鄉，距離襄陽也不過一、兩日的路程，可隨時發動攻擊……

劉備占領襄陽，又能如何？

他並未得到所有荊襄世族的支持，如何能占據荊州？

襄陽城無險可守，一旦交鋒，以劉備的兵力，根本不可能守住襄陽。他占領黎丘，自然別有用意。

可問題是，劉備命呂吉占據黎丘，隨時威脅襄陽。就好像一隻蒼蠅一樣，威脅不到，卻噁心的到。如果不能奪回黎丘，始終存有威脅。

「琮公子那邊，如何安排？」

「我聽人說，琮公子已下令，命王威率部復奪黎丘。公子，何不派人前往白水鄉，請曹真將軍火速增援，以解黎丘之危？只是，劉備不會只有這一手，他必有後招。我擔心，這劉備攻占黎丘，是項莊舞劍，意在沛公，別有所圖啊……」

曹朋輕輕點頭，「我亦如此以為。只是丞相未至，荊州上下尚存疑慮。我若是這個時候要求兵馬，只恐令他們產生其他想法……不行，黎丘雖距離襄陽近在咫尺，卻只是疥癬之疾。當務之急，還是要盯死劉備。我倒是覺得，劉備很有可能是要撤離樊城，他想要逃跑。」

逃跑嗎？

這可能性非常大。

事實上，陸瑁也想到了這個可能，只是還無法確定。

「這樣，你立刻去見文仲業，看能否從他手中借調兵馬。我自去求見蔡夫人與琮公子……你拜會了文仲業之後，再辛苦一趟，請子柔和異度先生嚴密監視樊城動靜。一旦樊城有動靜，立刻告與我知。對了，再讓人去一趟鄀縣，求見元讓叔父，就說我需要兵馬，請他給予支援……最好，能讓曹太守把虎豹騎給我調派過來。」

「喏！」陸瑁應諾，立刻轉身離去。

曹朋則下令，讓寇封在驛站裡先把兵馬點齊。

寇封歸降曹朋之後，暫時無法予以安排。適逢黃忠趕赴江陵，曹朋便讓寇封暫時在他手下效命。

夏侯惇已兵進朝陽，不過尚未穿越阿頭山。究其原因，還是因為曹操尚未抵達南陽郡……進駐襄陽，必須由曹操率先。到目前為止，所有人都認為荊州之戰已經結束，無須擔心。由曹操第一個進駐襄陽，也是一種尊重……

曹朋對此也無可奈何。

他讓陸瑁離去之後，便即刻趕赴州府。

拜會了蔡夫人與劉琮之後，曹朋提出要小心劉備逃走。

可是，看蔡夫人的意思，她對劉備的死活好像全不放在心上。她現在更看重的是，曹操會給他們母子什麼安排。至於劉備，管他死活？即便是劉備占領了驪丘，對襄陽來說，也沒什麼大礙。

襄陽有多少兵力？

劉備手中，又有多少兵馬？

這還不算上阿頭山以北，以及屯紮於白水鄉的曹軍兵馬……

何懼之有？

當務之急，還是要先把自己的將來安排妥當，其他事情皆不重要。

所以，蔡夫人與曹朋也只是應付了一下，便把話題轉到了他們母子的未來上。按照蔡夫人的想法，如果能留在襄陽，那是最好。若無法居住襄陽，最好是去滎陽，那裡據說也很不錯。

她甚至還向曹朋請教了西域商路的事情，想來是為了日後謀劃。

可說到底，她還是沒有把曹朋說的事情放在心上。至於曹朋向她提出借兵的請求，蔡夫人也有些猶豫。在想了好半天，才答應說從山都抽調三千兵馬，供曹朋使用……

尼瑪，山都？

山都距離襄陽，至少有兩天路程。

而且，妳給我三千兵馬，又有何用？妳在襄陽屯紮了幾萬兵馬，哪怕是從襄陽借調我三千人也不是難事……

蔡夫人分明是推拒，或者說還有些戒心。她擔心，一旦曹朋得了兵權，會發生意外。這絕非蔡夫人願意見到的。

曹朋非常無奈，從州府行出。

在返回驛站的路上，曹朋就在思索劉備的行動。

他攻占黎丘，絕對是一個障眼法，其真正目的恐怕是想要逃跑。至於《三國演義》中借道襄陽，已不太可能發生。劉備和蔡氏早已撕破了臉皮，這個時候借道，分明是自投羅網，自尋死路。

可問題是，他會逃向何方？

曹朋不免感到疑惑……

《三國演義》裡說劉備是撤往江夏。

可陸瑁卻認為，劉備很有可能會偷取江陵。

原因？非常簡單！

江陵的糧草輜重，可以供十萬兵馬三年之用。占領了江陵，劉備才可能有底氣，謀取更多利益。

究竟是江夏，還是江陵？曹朋一時間也拿不定主意……

回到了驛站，曹朋感到有些疲憊，於是便準備躺下來休息一會兒。

可就在他剛準備更衣休息的時候，卻見寇封興沖沖跑過來，「公子，城外援軍抵達，求見公子。」

援軍？

援軍

求援軍的信使剛剛離開襄陽城，援軍就到了？開什麼玩笑！

曹朋愕然不解，連忙帶著寇封，匆匆趕往襄陽城外。

襄陽城北門，城門緊閉，守衛森嚴。

文聘也得到了消息，帶著人急匆匆趕來。當曹朋抵達北城門口的時候，正好和文聘打了個照面。不等曹朋開口，文聘就縱馬衝上前。

「曹將軍，你這是何意？」

「仲業此話怎講？」

「城外兵馬，有何而來？」

「我也是方才聽聞，特來查看……仲業將軍休要誤會，我之前所做的承諾，絕非搪塞之語，否則何必孤身來此險地？此必為丞相遣來前鋒軍，為保護我安全而來，絕沒有其他的意思。若不然，我與仲業登城一觀？」

文聘見曹朋言語真誠，不禁也有些猶豫。

乍聞曹軍兵臨城下，文聘著實嚇了一跳。雖說劉琮已送出降書順表，表示願意歸附朝廷。可按照規矩，曹操會先派人前來，將封賞告之，然後約定時間，進駐襄陽。在此之前，雙方不會調動兵馬，以保持一種平衡態勢。哪知道，曹軍竟然突然抵達，而文聘竟未得到半點風聲。

若非曹朋就在襄陽城裡，他甚至會以為曹朋食言而肥，準備要對劉琮不利……

但是看曹朋的態度，他是真不太清楚。

文聘想了想，便隨同曹朋，一起登城觀望。

城下，曹軍在不遠處，正安營紮寨。看其情況，似乎全都是騎軍。一面黑色大纛，在風中飄揚，上書一個斗大的『曹』字；大纛兩邊各有一面旗幟，一面繡有『虎』，另一面則寫著『豹』字。曹朋一見，立刻認出這支兵馬赫然就是曹軍精銳——虎豹騎。

「仲業，此丞相麾下之虎豹騎前來。想必仲業也聽說了，丞相已命曹純將軍代替我為南陽郡太守，而我則為虎豹騎副都督。此必是虎豹騎前來聽從調遣，仲業將軍想來可以放心。」

虎豹騎？

文聘眼睛一瞇，隨之鬆了一口氣。

他已從斥候口中聽說，除了這支兵馬外，並無其他曹軍到來。曹操大軍，還屯紮在阿頭山以北，也沒有任何進軍出擊的意思。若只是虎豹騎，文聘倒也能夠放心。

他連忙招呼一名親隨，在那親隨耳邊低語兩句，親隨立刻趕往城下。

想來，文聘是讓這親隨通知蔡夫人和劉琮。突然有曹軍抵達，蔡夫人和劉琮等人必然也緊張萬分。文聘安排妥當之後，轉身要開口與曹朋說話。忽聞城下一陣騷動，緊跟著有數騎從曹軍陣營中飛馳而出，來到襄陽城下勒馬。

曹朋手搭涼棚看去，不由得一怔。

「城下，可是令明？」

「公子，令明奉丞相之命，率三千虎豹騎，特來聽候公子調遣。」

為首一員將官，赫然正是龐德。

而在龐德的左右手，兩員大將橫槍立馬。曹朋對這兩人也不甚陌生，認出這兩人竟是曹操的愛將，因平烏丸有功，而加封平狄將軍的張郃、裨將軍高覽二人。曹朋心中暗自吸了一口涼氣。張郃、高覽，這兩人為何會隨同龐德前來？而且看這架勢，似乎以龐德為馬首是瞻。

「仲業，我可否出城詢問？」

文聘也看出了端倪，這支曹軍倒也不是為征伐而來，卻是純粹為保護曹朋而來，心中不由得暗自羨慕曹操對曹朋的寵信。對方既然不是敵人，那就不必擔心……當然了，文聘也不會因此而放鬆警戒。他同意曹朋出城相詢，卻又同時命城上兵卒做好準備，以免有詐。

曹朋帶著寇封，從城中行出，與龐德三人在馬上拱手。

「令明，何以至此？」

他沒有向張郃和高覽打招呼，因為他知道，張郃和高覽隨同龐德前來，必然有秘密使命，否則以二人之官職，斷然不可能為龐德部曲。

龐德才多大的官？曹朋如今為虎豹騎副都督，龐德最多也就是虎豹騎郎將。如果按照俸祿或品秩，大約也就是個校尉。可張郃和高覽卻都是雜號將軍，品秩比龐德高出許多。這二人出現在這裡，必有使命，最好莫說破兩人身分。

好在張郃和高覽也是聰明人，對曹朋的視而不見，沒有任何反應。

龐德策馬上前道：「公子，德受太中之命，前來聽從公子調遣……太中言，荊襄大局已定，然尚有宵小之輩。公子手中只八百兵卒，恐力有不逮，故而命我率虎豹騎前來，聽從公子調派。太中吩咐，務必小心，劉備逃竄。」

曹朋眼睛一瞇。

賈詡也擔心劉備會做那漏網之魚嗎？

有虎豹騎前來，倒是可以解決自己眼下手中無兵的尷尬局面。

「如此，你們就在城外駐紮，不必進城……我會與琮公子說明，請他送來糧草帳篷，你們立刻後撤十里，切記不可擾民……待我安排妥當，再與你們會合一處。」

「喏！」

龐德三人搭手應命，與曹朋告辭。

旋即，三千虎豹騎向北後撤十里，紮下營寨。

而曹朋則領著寇封，再次返回襄陽城中。他叫上了文聘，一起前往州府，與蔡夫人和劉琮解釋。

對於虎豹騎的到來，蔡夫人倒也不甚反感。

想想也是，曹操既然那麼信任曹朋，斷然不會讓他久居襄陽。畢竟，這荊州雖然已表示願意歸降，卻並未真正的掌控。曹朋作為曹操的使者，也不好輕易離開。那麼曹操派人前來保護曹朋，似乎也就變得合情合理。在聽了曹朋的解釋之後，她立刻表示會負責虎豹騎糧草。

隨後，她命蔡和提取糧草帳篷，送往虎豹騎營地，又溫婉的詢問曹朋：「虎豹騎既然前來，曹公子又如何打算？」

很明顯，蔡夫人還是有點擔心。畢竟曹朋手裡還有八百牙兵就駐紮於襄陽城內……萬一，那八百牙兵的剽悍，她雖不太清楚，卻聽文聘等人提過。若繼續留曹朋在城裡，她有些不太放心。

曹朋說：「我這就率親隨出城，駐紮城外。」

「這……怎生使得？」

「夫人，虎豹騎一貫驕橫，我初掌虎豹騎，尚不能震懾。若不與其一起，只怕軍中郎將難以震懾虎豹騎。為襄陽百姓想，我亦當前往營中坐鎮。」

蔡夫人明明是不想他在城中居住，偏偏又要表現出挽留的模樣。曹朋心中暗笑，但言語中還是表現出了足夠的客套。

蔡夫人也很高興，假意挽留一番之後，才送曹朋離去。

「友學，何必非要駐在城外？夫人其實也並非是要你出城，只不過……」

在離開州府之後，文聘忍不住勸說曹朋。

從內心而言，文聘對曹朋的觀感不錯，沒有那種少年得志的飛揚跋扈，越是在得意時，就越是恭謙，

章十一
援軍

進退有度。在荊州這個文風鼎盛的地方，文聘雖是武將，可是卻深受薰陶，對氣度和禮儀非常看重。至少在他的印象裡，曹朋很少有失禮的時候。這也讓文聘對曹朋增添了許多好感，更不要說他二人還是老相識……

再經過曹朋拜訪司馬徽，由司馬徽牽線搭橋之後，文聘和曹朋走得很近。

一來，他也敬佩曹朋的才學，二來，曹朋是南陽人，與他有同鄉之誼；更不要說，他和曹朋早在十年前便相識了。兩人初次在襄陽城內商議時，文聘聽聞王猛的消息，也是好一番唏噓。

當年在羊冊鎮和曹朋分手，他可是沒有想到，那個逃難的小子竟然會有今日的成就。

「友學，可還是擔心……」

在回到驛站後，曹朋命寇封收拾行李，並派人通知陸瑁的工夫，文聘低聲詢問。

曹朋猶豫了一下，點點頭。

「劉皇叔寬厚，乃正人君子，友學何不……」

文聘沒有往下說，可求情的意思卻不言而喻。

曹朋早就知道文聘對劉備有好感。不管劉備是真仁義，還是假寬厚，於曹朋而言，他是曹操的敵人，也就是自己的敵人。三國時代，英雄輩出，因私人感情而令戰局失敗造成嚴重後果的例子，比比皆是。曹朋不會犯同樣的錯誤！如果他有機會，絕不會放過劉備。

「仲業，劉玄德為人如何，我不知道。你也不要以為我要殺他是因私仇。事實上，我和劉備並無太多交集，雖偶有衝突，但多為公義。今曹丞相一統北方，收服江南，指日可待。能與曹丞相為敵者，無非寥寥數人，而這劉備，更是心腹之患。我若不能除掉劉備，則荊州必有禍事……」

「仲業你想，劉備會坐視丞相占領荊州嗎？他斷然不會允許。到時候，他會不斷在荊州製造混亂，所產生的結果，必然是荊襄九郡八十一縣戰火綿延，生靈塗炭……我不敢說曹丞相一定能使荊州富庶，但他也絕不會讓荊州變得如同當年的徐州一樣荒涼。

「有些時候，仲業不可為私人感情，蒙蔽雙眼……難道，仲業你想看到荊州父老鄉親妻離子散、流離失所嗎？」

「這個……」文聘倒吸一口涼氣，陷入沉思之中。

他尊敬劉備，但不代表他會漠視荊州成為廢墟。

曹朋提到了徐州，可算得上是前車之鑒。

是啊，如果不殺死劉備，荊州真的能夠得到安寧嗎？

想到這裡，文聘突然一咬牙，從懷中取出一塊兵符。

「友學，萬山腳下有一處田莊，乃我私產。田莊之中，有兩千兵馬，乃我私兵，而今由我養子文武所統。友學可持此兵符，前去見我那養子。文武年方二十，也當出仕，就讓他在友學帳下聽候調遣，算是為日後謀一出路……」

「至於樊城，我自會派人盯死。」

東漢末年，蓄養私兵算不得什麼大事。特別是在經歷了朝綱不振、諸侯林立的動盪之後，但凡有點身家的人，都會蓄養私兵來作為保存自身的資本。北方的情況相對好一些，蓄養私兵主要集中於荊楚和吳越地區。

想當初，小霸王孫策孫伯符何等囂張強悍，但面對江東世族，很多時候也要保持一種低調姿態。

孫策有生之年，除了征伐天下，便是削弱江東世族的力量。

如何削弱？

非常簡單，便是吞併他們的私兵。

荊楚地區的世族，和江東世族的情況有些不同。這主要是因為劉表的政策。劉表文治荊州，所以荊襄地區的衝突相對緩和。同時又因為劉表對荊襄世族的放縱，所以許多人家中明目張膽的蓄養私兵，防患未然。

文聘只蓄養兩千私兵，說實話並不過分。諸如蔡瑁等人，幾乎將整個荊州水師當成自家私產，劉表也沒有追究。

如今，文聘願意交出私兵。不管人數多少，卻表明了他的態度。

最重要的，是文聘願意讓他的養子在曹朋帳下效力，更進一步說明他的誠意。

也許有人會說，區區養子，算得什麼？文聘為何不把他親兒子交出來呢？事實上，文聘膝下還真沒有兒子，他家中妻妾成群，卻只生養了四個女兒。這文武，是早年間他從兄長的名下過繼而來。

在原有的歷史上，文聘到病故，也沒有兒子。

繼承他爵位的人，恰恰也正是這個即將到曹朋帳下效力的文武。

有了文聘這個保證，曹朋總算是放下心來。

待陸瑁返回時，行李已經準備妥當，曹朋讓陸瑁和寇封率八百牙兵出城與龐德會合。而後他又和文聘一同前去拜會了蒯良、蒯越兄弟，把情況告知二人以後，請二人放心。並告訴蒯越，若有什麼事情，可以派人去軍營中找他。

一應事情辦理妥當，曹朋便在文聘的陪同下，來到了城北二十里外的曹軍大營。

他又和文聘客套了幾句之後，文聘告辭離去。

曹朋一直把文聘送到了轅門外，目送文聘離去之後，這才回身問道：「俊乂、令明，究竟因何故來此？」

「公子，請隨我來。」

龐德和張郃、高覽相視一眼，側身相請。三人陪同曹朋，直奔後軍大營而去。

在一座小帳外停下腳步後，張郃輕聲道：「公子，請入帳說話。」

「你們……」

曹朋發現，龐德、張郃、高覽三人似乎並無意入帳，讓他更感奇怪。

這說明，小帳裡還有人在。而這個人的地位，應該比龐德三人的地位更高。會是哪一個？

曹朋眉頭一蹙，旋即掀起帳簾，邁步進入。

賈毒蛇？

小帳裡，兩根粗大的柱子上，插著兒臂粗細的牛油大蠟。居中有一人端坐長案後，正手捧一冊《三十六計》津津有味的閱讀。看到曹朋進來，他抬頭微微一笑，「友學，快坐。」

「賈先生，你怎會……」

曹朋一眼認出那人就是賈詡，不由得更是一頭霧水。

賈詡起身，上前拉著曹朋的手臂，讓他坐下之後，又命一名小校送來蜜漿水，笑呵呵的說：「友學此次來襄陽，可謂是勞苦功高。荊州能如此順利獻上降書順表，全賴友學之功啊。」

「賈先生，你就別和我說這些虛透巴腦的話了。你出現在這裡……讓我想想，必是受丞相所託前來……而你的任務……莫非是那樊城大耳賊？」

和賈詡合作了也有一年之久，兩人間的關係已非常熟悉。比之當初彼此相互算計拆臺，到如今兩人雖還會鬥嘴，但更多時候玩笑的成分居多。曹朋和賈詡說話，也顯得很隨便，沒有任何的顧慮。若換一個人，曹朋必然不會這麼直接。

賈詡聽聞哈哈大笑，連連點頭。那雙小三角眼中閃過一抹精芒，露出了讚賞之色。

「我就知道瞞不過你！」

章十一 援軍

賈詡深吸一口氣，沉聲道：「不瞞你說，正是丞相派我前來。劉玄德此人心機深沉，手段高明。雖說友若在舞陰城下戰死，可身邊尚有能人相助，不可小覷。丞相不希望劉玄德再次溜走，所以命我前來，務必要助你將劉備除掉，以解心腹之患。」

「我此次是秘密前來，不希望任何人知曉。丞相已離開許都，不日將抵達南陽……丞相擔心，一旦劉備見勢不妙，必會逃走，必成後患。」

曹朋聽聞，深吸一口氣，點頭表示贊成。

「我亦如此認為。大耳賊昨日命呂吉攻占黎丘，我就覺得他有意金蟬脫殼，正在考慮他要逃往何處，不想先生就來了。如此正好，我先把這邊的情況與先生說明一下，還請先生能為我解惑……另外，俊乂二人何故至此？」

「俊乂二人此來，也是為配合你行動。他們馬上就會離開，前往白水鄉，接掌子丹所部兵馬。子丹則返回新野，聽候元讓調派……俊乂二人皆善戰，有他們相助，必能助你一臂之力。」

曹朋聽聞這句話，立刻反應過來。

只怕白水鄉的曹軍已經增兵了吧……

張郃、高覽兩人，不但武藝超群，而且頗有謀略。倒也不是說曹真不行，而是說和張郃兩人相比，曹真不免還是嫩了一些。想到這裡，曹朋心神也就安定下來，喝了一口蜜漿，便開始向賈詡講述起襄陽的情況。

就在虎豹騎抵達襄陽的時候，遠在城東二十里外的黎丘，呂吉和王威展開了一場慘烈的戰鬥。雙方鏖戰足足三個時辰，最終呂吉敗走黎丘，後撤三十里安營紮寨。

王威則趁勢進駐黎丘，休整兵馬，同時又命人通報襄陽，與蔡夫人和劉琮報捷。蔡夫人得知呂吉敗走，喜出望外，立刻命人前往黎丘犒賞三軍，同時在襄陽城中大擺酒宴，宴請城中縉紳名流。曹朋也受命前來赴宴，眼見酒宴喧囂，他卻忍不住微微一蹙眉頭，感到一絲不安。

酒宴在入夜之後開始，足足持續了一個時辰，仍未結束。

蔡瑁、張允皆爛醉如泥，人事不醒。曹朋坐在一旁，暗自觀察酒宴上的眾人。他喝了不少酒，但頭腦卻非常清醒，不時和在一旁司酒的文聘交談兩句，但大多數時候他都是微笑不語。

酒過三巡，菜過五味。

絲竹聲響起，鼓樂齊鳴。

歌姬舞姬在庭上翩翩起舞，不時引得一連串的叫好聲。

姑娘們的身段很柔美，長得也是格外嫵媚。只可惜，曹朋重生十一載，卻始終看不懂這古人的舞蹈，哪怕是舞得再好，他也沒有興趣，反倒是更有興趣和文聘交談，說一些行軍布陣的事情。

如今的曹朋，背著一個名將的名頭，加之《三十六計》的刊印，使得他隱隱成兵法大家。

雖說《三十六計》而今主要是在許都、長安、雒陽三地流傳，可這並不妨礙文聘拜讀。

曹朋前來襄陽之後，便贈送了文聘一冊《三十六計》。所以，兩人有許多共同語言，談論三十六計更是津津有味，興致勃勃。

一開始，劉琮在一旁並未留意。可是蔡夫人卻發現，曹朋似乎對歌舞並無興趣，與人讓人傳話，示意劉琮盡量向曹朋靠攏。

名義上，劉琮可是曹朋的學生，於是上前與曹朋敬酒。

聽兩人談論兵法，劉琮也頗為好奇的在一旁坐下聆聽。

要說起來，這孩子也是個可憐人。

曹朋對劉琮倒也不算反感，既然他願意聽，索性把《三十六計》拿出來，進行淺顯易懂的解釋。一旁的文聘不時發問，讓劉琮收穫頗豐。

就在曹朋談興正濃的時候，忽見蔡中神色慌張，跑到了庭上。

他來到曹朋和文聘跟前，低聲道：「仲業將軍，剛得到探馬回報，樊城有異動。」

樊城異動？

曹朋激靈靈打了個寒顫，酒意頓時消滅。

他和文聘相視一眼，同時長身而起，就要往外走。卻聽身後突然傳來劉琮稚嫩的聲音：「先生，學生可否隨先生同往？」

「啊？」

曹朋一怔，扭頭向劉琮看去。只見一雙烏溜溜的眸子帶著興奮好奇之意，還隱隱有一絲絲的祈求。

曹朋和文聘相視一眼，點了點頭。

不管怎麼說，劉琮都是他的學生。不管劉琮有多少真心誠意，可既然為師，曹朋就不會吝嗇。

就這樣，曹朋和文聘帶著劉琮以及蔡中，匆匆離去。

他們突然離席而去，自然引起了不少人的關注。畢竟，劉琮如今是荊州之主，曹朋則是曹操的代表。文聘呢？執掌著襄陽安危。這三人突然離席，必然是發生了大事。

有人馬上通報了蔡夫人，蔡夫人聽聞，卻絲毫沒有擔憂。

「琮兒，的確是長大了！」

她讓劉琮拜曹朋為師，本就是為了給劉琮尋找一個靠山。

如今，劉琮願意和曹朋在一起，豈不是正合了她的心思?蔡夫人很清楚，曹朋絕不會讓劉琮涉險。能讓劉琮長長見識，對他將來只有好處。

不過，她旋即眉頭緊蹙，露出一抹憂慮之色。

「大都督何在？」

「大都督醉酒，在廂房休息。」

蔡夫人心裡更加不滿：你說你這蔡瑁，難道就缺了那點酒不成？我設酒宴，其實是為了安撫襄陽縉紳。結果倒好，那些人都沒有喝多，你卻喝多了……真真是成不得大事。蔡家日後由你來執掌，真的是一個合適選擇嗎？唉，卻真讓我操碎了心！

章十二 長阪坡

劉備兵分兩路，連夜撤出樊城。

近十萬人，倉皇而走，一路東進，一路南下，只留下空城一座。

東進，自然是往江夏；南下，則直奔江陵。面對著即將到來的二十萬曹軍，面對著日益親近曹操的荊襄世族，劉備也不是傻子，他非常清楚憑藉樊城一座小小的縣城，根本無法抵禦。

唯有撤走，以謀日後。

反正這種事情又不是第一次做，劉備也是輕車熟路。

可他這一分兵，給曹朋帶來的困擾卻是無比巨大……劉備，究竟是要撤往江夏，還是逃奔江陵？

「劉玄德裹挾七萬樊城百姓撤離，罪該萬死！」

文聘大怒，暴跳如雷。

劉備手中有多少兵馬，他心裡最清楚。加起來也不過一、兩萬人而已，所謂十萬，那肯定包括了樊城百姓。

自古以來，華人最重鄉土之情，講究一個家園難捨。就算劉備的聲望再高，也不可能出現舉城百姓隨行的局面。如今出現了，也只有一個可能，那便是劉備裹挾百姓而走，其心可誅。

「劉備，意欲以七萬樊城百姓，延緩我等追擊。」

文聘看著曹朋，急切說道：「友學，咱們立刻追擊，絕不能放過這大耳賊！」

在此之前，文聘對劉備還有些好感，可是裹挾百姓撤離的局面一出現，頓時讓他感到憤怒。這劉皇叔，還真真個不擇手段的傢伙！

與此同時，曹朋也陷入兩難之中：劉備兵分兩路，他究竟走的哪一路？

《三國演義》中，說劉備逃往江夏。可是，如今他卻兵分兩路撤退，讓曹朋難以決斷。

曹朋猶豫了一下，立刻帶著文聘，來到虎豹騎大營之中。

「令明，立刻點起兵馬，準備出擊。」

「喏！」龐德二話不說，領命而去。

曹朋則帶著文聘，直奔後營小帳，拜會賈詡。

「賈先生何時到來？」

文聘如何不知賈詡之名，乍見賈詡也在，不由得大吃一驚。

曹朋解釋道：「丞相有命，不可放走大耳賊。又擔心我非那大耳賊之對手，所以派都亭侯前來，為虎豹騎軍師祭酒。仲業將軍，咱們還是把情況和軍事說一說，請他為我等解惑……」

文聘不再追問，和曹朋把情況解說了一遍。

賈詡眉頭一蹙，立刻命人取來了一幅地圖，仔細查看。

「友學，你如何以為？」

曹朋沒有回答，而是直勾勾的盯著地圖。半晌之後，他心中一聲暗嘆：羅貫中誤我多矣！

「江陵，劉備必走江陵。」

章十二 長阪坡

「何以見得？」

「這個……」

曹朋不知該如何解釋，他之所以如此肯定，只因為在那地圖上他看到了一個地名：當陽縣。

張翼德喝斷當陽橋！

這個典故，在後世可謂人盡皆知。

歷史上，劉備敗走樊城之後，走的應該是江陵，而非江夏，否則也不可能出現長阪坡七進七出，張翼德喝斷當陽橋……

曹朋在思忖如何解釋，一旁的文聘卻露出一抹凝重之色。

他盯著眼前這幅地圖，片刻後突然開口：「友學，可還記得前些時日，劉備密謀襄陽，曾有五溪蠻也參與其中？劉玄德走江陵，所謀可著實不小啊。」

曹朋有些跟不上文聘的思路，反倒是賈詡，眼中閃過一抹寒光。

他在地圖前站立半晌，對文聘道：「仲業，枝江縣可有兵馬駐守？」

「枝江？」文聘一愣，想了想立刻回答說：「枝江長名叫蔡陽，是夫人族弟，是個守成之人……距離枝江西三十里，便是虎牙山，屯紮有一營鄉勇，差不多有四千人左右，就歸於蔡陽所掌控。」

賈詡又問道：「若從襄陽出發，至虎牙山須多少時辰？」

「若輕騎而出，明日晡時可至。」

「仲業，你而今手中，有幾多兵馬？」

「步卒八千，騎軍三千。」

賈詡深吸一口氣，扭頭對曹朋道：「友學，我記得你說過，你已派人前往江陵，是否可靠？」

「自然可靠。」

「那好，你立刻率虎豹騎追擊，務必要趕在江陵失守之前，追上劉備。我會派人前往白水鄉，命俊乂出兵襄助……仲業，你立刻調集襄陽所有可以徵調的輕騎，連夜出發，趕往虎牙山。我敢斷定，大耳賊必是前往江陵。此獠果非等閒，他所謀者，乃荊南四郡！」

曹朋聽聞啞然。

劉備有這麼大的野心嗎？

他有這個能力，謀取荊南四郡？

在歷史上，他可是惶惶如喪家之犬，只為求一棲身之地。莫非是自己重生之後，竟使得歷史發生了變化？

見曹朋和文聘不解，賈詡索性解釋清楚。

「我一直在留意大耳賊，此獠在退守樊城以後，看似老實本分，可是暗中的小動作卻是不絕。過去一段時間，江夏和長沙書信往來頻繁；而且有細作告知，江夏與江東往來密切，特別是從年初開始，劉備數次派人秘密前往江東，似有與江東聯手之意。」

「劉磐與劉琦，有兄弟之誼。劉表在世時，劉磐不顯山露水，可是暗地裡常與劉琦往來……此人和劉琦同時進駐荊州，論感情，遠比琮公子深厚。而今，劉琦與劉備親近，若劉備奪取江陵，則劉磐必反。此其一也。」

劉磐，為長沙郡太守。

劉表頭七喪祭，按道理說劉磐應該前來弔祭，可是卻未見蹤影。

曹朋心頭不由得為之一震，「先生之意，尚有其二？」

賈詡點頭，「正是。」

這一下，連文聘也有些緊張了。更不要說隨同前來，想要增長見識的劉琮。

長阪坡

文聘連忙道：「還請先生指點。」

賈詡說：「友學、仲業，不以為江東此時攻占泊羅淵，有些蹊蹺嗎？」

「此話怎講？」劉琮愕然詢問。

賈詡微微一笑道：「孫權以周泰為主將，徐盛為副將，突然兵出柴桑，進攻武陵，占據泊羅淵，此中意味頗不尋常。丞相征遼大勝，袁氏已難有作為。剩下一個高幹，根本不足為慮……今丞相使叔孫出掌河東，並非沒有原因。」

「友學，你與子廉頗有生意往來，而河東衛氏在過去幾年中，憑藉與你的協議，開闢河西商路，大發其財，可稱得上是你京畿同盟。子孝在河東雖沒有受到什麼阻礙，卻不代表他能指揮得當。而叔孫不一樣，他背後有你襄助，無論子廉還是衛覬，皆不會與之為難，甚至會竭力襄助。而河西之地，又是你一手建立，河西太守龐統也會給予叔孫最大的幫助。更不要說，令尊為涼州刺史。」

「所以，有叔孫出掌河東，足以令高幹難有作為。這北疆再無任何牽制，孫權又豈能看不出丞相接下來的目標？無非荊襄與江東兩地耳……」

「孫權只有兩個選擇，或歸降丞相，或聯合他人，憑藉大江天塹，與丞相相爭。他這時候進攻武陵，只怕也別有用意。而今江東，尚難以吞下荊南，他又不會心甘情願坐視主公謀取荊州，所以助劉備占據荊南，也可以牽制丞相。」

「若我猜測不錯，不出數日，劉磐必出兵援救武陵，而劉先也不可能拒絕，定然極力歡迎。到時候，劉磐占據武陵，就可迎劉備入主荊南。憑藉江陵一地，東聯江夏，南鎮荊南，與江東連為一體，而後與巴蜀結盟。」

「如此一來，則大江天塹橫於前，丞相再想征伐，只怕要費一番手腳。只要劉備坐穩荊南四郡，必與武都馬超勾結，馬超到時候兵進關中，則丞相必然會撤兵返還。此合縱之術，想來孫權身邊也有能人看出了端倪。」

賈詡的一番話，說得劉琮目瞪口呆。

曹朋沉吟片刻，便明白了其中的奧妙。

諸葛亮的孫劉聯盟，終於還是出現了……孫權身邊有魯肅魯子敬，必然也能夠看出端倪……赤壁，終究是難以避免。

曹朋嚥了口唾沫，二話不說，拱手便退出了小帳。

文聘帶著劉琮返回襄陽，而曹朋則立刻點起三千虎豹騎，追擊劉備。

可以肯定，劉備的目標是江陵，這一點不會有假。

可是，曹朋心中還是忐忑……

往江夏的兵馬，無須他去費心。想來賈詡既然露面，一定會說服蔡夫人出兵追擊。有王威在，問題不大。而賈詡使文聘前往虎牙山，一開始也讓曹朋感到不解。按道理說，讓文聘和自己一起追擊，不是更好？可是，曹朋轉念一想，便想清楚了其中的關鍵。

賈詡為何讓文聘前往虎牙山？只因為文聘說在劉表頭七之日，有五溪蠻協助劉備行事，隨後賈詡便有了決斷。

五溪蠻！

必然是這個原因……

劉備聯合了五溪蠻人，所以賈詡才會讓文聘駐守虎牙山。

枝江，在江陵以西，而虎牙山，就在枝江以西。過虎牙山再往西，便是荊門山，便屬於五溪蠻的區域。如果劉備勾結五溪蠻人，那麼他必然會使五溪蠻人出擊，奪取枝江，協助他占領江陵。如此一來，就等於在荊南四郡的大門上了一把鎖，想要再攻取荊南，難度增加。

怪不得這段時日，劉備如此安靜。

曹朋之前也在奇怪，按道理說，劉備偷襲襄陽失敗之後，理應有所行動。那時候荊襄正處於混亂，他為何按兵不動？雖說如今仍舊混亂，可畢竟荊州已有了主人……對於荊州人而言，他們的未來已經明確，不至於像剛開始那樣迷茫而不知所措……

原來，是為了謀取荊南！

好手段，好心計！

曹朋頂盔貫甲，跨上獅虎獸。

「傳我將令，豹騎當先，虎騎隨後……令明，你親率豹騎追擊，我領虎騎跟進。若追擊上劉備，不必客套，直接給我殺過去便是。」

「從之。」

「末將在。」寇封上前一步。

「你即刻前往江陵，告訴漢升將軍，請他開始行動，奪取江陵縣，而後出兵增援，不得有誤。」

曹朋發出命令，旋即深吸一口氣，大聲道：「出發！」

入夜，起了風。

靡靡冬雨無聲飄落，夾帶著細碎如小米粒一樣的冰稜子，紛紛揚揚灑落人間。烏雲密布，遮掩了皓月。

曠野中，漆黑一片，只聞一陣陣急促的馬蹄聲，在蒼穹中迴盪，久久不散……

曹朋身披重甲，催馬急行。

獅虎獸仰蹄狂奔，走在隊伍的最前面。

在他身後，兩千虎豹騎雁行列陣。雖是縱馬疾馳，但隊形卻絲毫不見散亂。

自建安二年，虎豹騎建成之後，歷任郎將對軍陣佇列都非常看重。以前根本就不放在心上的佇列，成為虎豹騎的必修課程。從最初的夏侯衡、曹休，到如今的虎豹郎將，都把這佇列訓練看得極重。

夏侯衡，在建安六年病亡。

曹休，如今已官拜射聲校尉，執掌一營。

細算起來，還真是有些感慨……想當初，夏侯衡和曹休受典韋之邀請，學習了佇列操演，開始嶄露頭角，可是現在，一個故去、一個高升，總讓人感慨世事無常、滄海桑田的變化。

曹朋心事重重，緊握韁繩。

從襄陽出發，眨眼間已經過去了兩個時辰，襄陽城早已不見了蹤影。

冰冷的雨水打在身上，雖隔著衣甲，仍能感受到那徹骨的寒意。荊楚之地的冬天，與北方全然不同。如果說北方的寒冷似刀、似劍，那麼荊楚的冬天則是化指柔，沁入骨髓之中。

「都督，這雨越來越大了！」一名牙兵催馬跟上，大聲喊道。

他臉上蒙著一條面巾，遮住了嘴巴，以至於喊話的時候，聲音模糊不清，讓人感覺非常含糊。可如果不這樣，縱馬疾馳時，根本無法開口。只要一張嘴，一股寒流便衝進口中，直奔肺腑，讓人渾身發冷，說不出半句話來。

「什麼？」

「要不要休整一下？」

「不可！」

曹朋撥馬在路旁停下，虎騎呼嘯從身旁掠過。

「令明已先行追擊，此刻怕已經快要追上賊軍。劉備雖是敗退，手中卻有充足兵馬。單憑令明，恐怕難以抵擋，咱們絕不可停留，否則令明和豹騎危險。對了，白水鄉那邊，可有消息？」

「回都督話，剛才過夷水，途經宜城時，得斥候來報，張將軍和高將軍各領一軍，已離開了白水鄉……曹將軍也派人向章陵求援，言最遲天亮，魏將軍就會率兵馬抵達。都督，再往前就是編縣，是否在編縣休整片刻，再繼續追擊呢？」

隨著夏侯惇兵馬挺進南陽郡，屯紮新野，魏延奉命入駐章陵，一方面是為了隨時支援襄陽的曹朋，另一方面則可以給予平春援助。

白水鄉就是章陵治下，曹真和魏延分屬不同的系統，故而互不節制。賈詡讓白水鄉曹軍出擊，說穿了，也是為了讓魏延跟進。他很清楚魏延是曹朋的人，所以只要告訴魏延，曹朋需要支援，魏延絕不會有半點耽擱。

曹朋想了想，還是認同了牙將的主意。

寒冬夜行，又有細雨阻撓，行軍變得極為吃力，也非常消耗體力。

「傳我命令，在編縣暫作休整，半個時辰後繼續趕路。」

「喏！」

牙將領命而去，曹朋也隨之揚鞭催馬，再次趕上了虎騎部眾。

此時，已過了子夜，天氣越來越冷。靡靡細雨開始狂暴起來，狂風肆虐，在荒原之中呼嘯。

行路難！

不過相信，劉備行軍，也不會太過於輕鬆……

編縣長早已接到了通知，匆忙中召集人手，準備好了熱騰騰的飯菜。

當曹朋抵達編縣的時候，龐德所屬的豹騎也已經休整完畢，正準備出發。曹朋命人把龐德找來，在臨時搭建起來的棚子裡，鋪開了荊北地圖，低聲交談討論。

「劉備也是久經戰陣、通曉兵法之人，他絕不可能沒有方法，所以要多加小心，以免上當。令明當牢記，若追上劉備，務必要一擊致命，絕不可有半點猶豫。只要被劉備發現了蹤跡，他就會立刻展開反擊。咱們兵力不足，所以只能出奇制勝，務必要在最大限度內製造混亂，唯有這樣，才能拖住劉備兵馬。只要能堅持到天亮，文長和俊乂的兵馬抵達，便可以全殲劉備。我已派出斥候打探劉備消息，你也要多加小心，時刻警戒才行。」

「末將，明白！」

龐德領命而去，率豹騎繼續追擊。

「劉備何時自編縣通行？」曹朋喚來編縣長詢問。

那編縣長的年紀不算大，約在三十左右，看上去很年輕。五官端正，相貌堂堂，儀表不凡。聽到曹朋詢問，他連忙拱手回答：「大約三個時辰之前，劉備自城外通行。觀其陣容，當在兩萬餘人上下……當時天色已晚，卑職不敢輕舉妄動，所以只命人守好了城門，嚴陣以待。劉備也似乎無意攻取小縣，匆匆離開。估計此時，他應該已通過藍口聚。」

藍口聚，是漢水畔的一個大聚，約有人口過萬。

曹朋計算了一下時間，詫異問道：「按照行程，劉備這時候該通過當陽了吧，何故說他通過藍口聚？」

「當陽？」編縣長笑了，「公子，若在平日裡，此刻劉備應該已逼近江陵。然戌時起風，細雨靡靡，這荊楚道路本就難行，而今也就變得更加崎嶇。他攜帶車馬，想要加快速度斷然不可能。所以，我估計那劉備，很有可能會在長阪坡駐留，等待這暴雨停息。如此豪雨，想通過長阪坡，絕非易事。公子若要追擊，可即刻啟程，預計在寅時，可以追上劉備。」

這個人，似乎不簡單啊！

長阪坡

曹朋聽聞長阪坡三個字的時候，忽然激靈靈打了個寒顫。

長阪坡，趙子龍？

他心中陡然有些慌亂，突然厲聲喝道：「傳令三軍，攜帶酒水乾糧，一炷香之後啟程追擊。」

單憑龐德，怕有些危險。也不曉得那援軍何時可以抵達，黃忠能否及時趕到當陽……

想到這裡，曹朋不敢猶豫，忙命人出去喚住龐德，讓他暫停追擊。隨後，虎豹騎開始收整物品，曹朋也在飽食之後，抖擻精神，扳鞍認鐙，跨坐獅虎獸背上。可他突然勒住了韁繩，看著那個正在忙碌不停的編縣長。

「還未請教閣下高姓大名。」

「卑職蔣琬，字公琰，乃零陵湘鄉人士。」

「蔣琬，我等離去之後，你即刻啟程趕奔襄陽。抵達襄陽後，你持我令箭，面見都亭侯賈詡，就說是我引薦而來，他自然清楚。以你之才，為這偏僻小縣之長卻有些委屈了，當有更大機緣才是。」

蔣琬一怔，旋即喜出望外。他連忙躬身行禮，從曹朋手中接過了令箭，恭聲道：「卑職多謝公子提拔。」

曹朋點點頭，催馬邊走。

龐德本來已準備出發，卻被曹朋喚住，兩人並轡而行。

行出大約數里地後，曹朋突然勒馬側身，向龐德詢問：「剛才那編縣長說，他叫蔣琬？」

龐德愣了一下，立刻回道：「正是。」

那傢伙，是蔣琬嗎？

他不應該是劉備的手下嗎？

蔣琬這個名字於曹朋而言，並不算陌生。在諸葛亮的《出師表》中，曾列有三人名字，便是那費禕、蔣琬、向寵。諸葛亮對蔣琬也非常看重，甚至對劉禪說：臣若不幸，後事宜以付琬……

只是曹朋沒想到，蔣琬此時也在荊州，而且還擔任一個小縣的縣長，聲名並不甚顯赫。

他突然有些後悔，何苦把蔣琬介紹給賈詡？哪怕是推薦他去涼州也可以啊……這麼一個人才，卻平白的擦肩而過。

不過在此時，曹朋也僅僅是後悔了一下。他沒有時間去考慮太多，因為在前方，就是為他所熟知的長阪坡。

算了，若回去後蔣琬尚未被安排，找賈詡討要過來便是。

想到這裡，曹朋催馬行進，「令明，傳令下去，虎豹騎雁行追擊！」

夜色，深沉。寅時方過，大雨止息。

不過，這雨水雖然停止，可是氣溫卻沒有回升。相反，隨著黎明即將到來，這天氣變得越來越冷。

趙雲驀的從夢中驚醒，探手一把抄起了放在身邊的丈二龍膽槍。

「將軍，何不多睡一會兒？」牙兵見趙雲起身，連忙走上前來。

耳邊隱隱傳來了哭泣聲，似是在強行壓抑著。趙雲用力甩了甩頭，讓大腦清醒了一下，而後沉聲問道：「什麼時辰了？我睡了多久？」

「不過半個時辰，而今剛過寅時。」

「隨我出去走走。」

趙雲說罷，從牙兵手中接過一件大氅，披在了身上。

他持槍扶劍，邁步走出軍帳。寒風襲來，讓他激靈靈打了個寒顫。原本有些昏沉的大腦，頓時完全清醒。他深吸一口氣，舉目環視四周，但見黑夜裡，星星點點的火光散落在荒野之中。

幾座軍帳，設立在旁邊。火光中，可以看到那些正在警戒的軍卒，在寒風瑟瑟發抖。

趕了一夜的路，淋了一夜的雨，再被寒風一吹，對於那些軍卒而言，的確是一種難言的折磨。但最痛苦的，恐怕還是那些被強行裹挾而來的百姓。

從內心裡而言，趙雲並不贊同這樣的方式。這寒冬臘月，讓百姓們撤離家園、流離失所，著實不是一樁好事。可也沒有辦法，主公兵力空虛，需要這些青壯來補充兵力，否則的話，又如何攻取江陵？他對那些被臨時徵召而來的百姓也是懷有很深重的愧疚，但沒辦法，這是亂世……容不得他去憐惜別人。

先前謀取襄陽失敗，曹朋又咄咄逼人，步步緊逼。劉備所承受的壓力，可想而知。

此次謀取江陵，也是不得已而為之的事情。

按照劉備的謀劃，只要拿下了江陵，便可以獲得荊南四郡之中的武陵和長沙兩郡。作為交換，另外兩郡——桂陽郡和零陵郡，則將由江東孫權接掌。這也是孫權之所以派出周泰和徐盛吞併汨羅淵的主要原因。

劉備很清楚，這個決定有些荒唐。可如今他別無選擇，若不能儘快謀取容身之地，一旦曹操進駐襄陽，必然會令他變得更加窘迫。

劉琦雖然願意接納劉備，可江夏實在是太小了！

幸而劉磐表示，可以將長沙讓與劉備，但有一個條件，那就是劉備必須要承認劉琦荊州之主的地位。劉備自然同意……

事實上，他也沒有其他選擇的餘地。如今曹操進駐荊襄在即，若是能占據長沙和武陵兩郡，不但可以和江夏連為一體，更能夠與孫吳遙相呼應，進而西聯劉璋，背靠巴蜀，抵禦曹操大軍……這是一個極為周密的計畫，關鍵就在於——江陵縣。

只要取了江陵，劉備便能進駐長沙、武陵。同時，依靠江陵的地理位置，他進可謀取南郡，退可以大江天塹死守武陵，拒曹軍於荊南門戶之外。

為此，劉備已派遣使者簡雍，秘密前往西川；另外，他還使人到武都，與馬超聯絡，希望馬超能夠在武都出兵，牽制曹軍的行動……

一旦計畫成功，劉備便可以站穩腳跟，進而依照諸葛亮的計畫，謀取西川，掌控巴蜀，與曹操、孫權鼎足而立。

趙雲也清楚這個計畫，只是心裡面還是隱隱有些不舒服。

此時的劉皇叔，已非當初那個寬仁溫和的劉玄德。他如今，頗有些不擇手段的意思。並且，劉備雖然依舊重視趙雲，卻始終不肯委以重任。謀取襄陽失敗之後，劉備甚至把白毦兵抽調出來，交給了陳到執掌。雖然說這白毦兵本就是陳到一手訓練出來的，但這些年卻一直是由趙雲統帥。把白毦兵調走，雖說趙雲依然充當著牙門將軍，卻已是失去了往日風光。

此次撤軍，劉備和諸葛亮以陳到為前鋒軍，直取江陵。張飛隨同劉備和諸葛亮，坐鎮中軍，已過當陽橋。而趙雲呢，則統領後軍，押送輜重糧草，在長阪坡停留。

趙雲心裡或多或少有些不滿。可又一想，主公至少將兩位夫人和公子劉禪都託付在他身上。至於調走白毦，趙雲還真有些委屈。謀取襄陽失敗，是因為劉封的倒戈，但是這個過錯卻背到了他的身上，哪怕劉備溫言寬慰，趙雲心裡還是有些不滿。

「夫人和公子，尚好？」

「都已歇息了。」

「如此，隨我巡視營地……」

趙雲領著親隨巡視，不知不覺，已近當陽縣。

就在這時，忽聽遠處傳來一陣急促的馬蹄聲。那蹄聲陣陣，猶如雷鳴，由遠及近，逐漸清晰。

趙雲嚇了一跳，忙撥轉馬頭，想要派人前去打探。

可是不等他下令，卻見一騎從遠處疾馳而來。馬上的斥候渾身是血，在趙雲馬前滾落下馬，嘶聲喊道：「將軍，大事不好！曹軍……追來了！」

豹騎如風！

這是曹操在觀摩了虎豹騎操演之後，給予的評價。

而另一句則是『虎騎排山』，意思是說，虎騎在發起衝鋒的時候，如同排山倒海一樣，勢不可當。

這也正符合了豹騎和虎騎的性質。從根本上而言，虎豹騎在設立之初，並沒有進行明確的區分，虎豹騎基本上是一個整體。

這與當時曹操所處的環境有極大的關係。

當時曹操手中並無太多的資本，特別是在建安之初，物資極其匱乏，根本無力進行系統的訓練。哪怕各地屯田，也未能改善局面。直到呂布被消滅，徐州迎來了一個大發展、大飛躍的階段。歷經數載的苦心經營，才形成了如今的大海西局面。甚至在官渡之戰的時候，曹操對虎豹騎也沒有進行刻意的區分。

這其中，又有極為特殊的歷史原因。

如果按照現今的分門別類，虎騎是重騎兵，而豹騎則屬於輕騎兵，兩者區別甚大。

虎豹騎建立之初，還是依照著有漢以來的騎兵訓練模式。而重騎兵必備的甲裝騎具還沒有出現，大都是以馬鎧為主。

東漢末年的馬鎧，又名『當胸』。它是用皮革製成，相對簡陋。即便如此，馬鎧也極為珍貴。乃至於在官渡之戰的時候，曹操軍中不過十具馬鎧，可見其何等貴重。而袁紹當時有上萬奇兵，可是完整的馬鎧也只有三百具。正是因為這個原因，造成了重騎兵無法出現，依舊是以普通的訓練模式，來操練虎豹騎。

直到曹朋自涼州負罪而回，在滎陽鬼薪三歲。也是偶然的機會，他和曹真談到了甲裝騎具，並建議虎豹騎分割，設立了豹騎還有虎騎。

在曹朋推動下，建安十年初，河一工坊製造出了第一套甲裝騎具。

依照著前世的記憶，曹朋將甲裝騎具分為六個部分：面簾、雞頸、當胸、馬身甲、搭後以及寄生。

曹朋透過曹真的關係，向曹純建議，把虎騎組建成一支重騎兵。曹純在考慮了建議之後，又檢驗過河一工坊打造出來的甲裝騎具，便欣然應允，同時正式上報與曹操知曉。

曹操隨即開始將虎豹騎分設，進行區別訓練。

再加上曹朋打開河西商路，連通了西域和漠北等產馬地區。特別是山丹牧場的建立，使得曹操無須再為馬匹而費心。

就這樣，隨著河西源源不斷的戰馬輸入中原，而曹操治下的環境也在發生巨大的改變，一個全新的兵種——重騎兵，就提前了兩百年誕生於東漢的末年……

呂氏漢國歸附，曹朋前往許都就命。

他在觀摩了虎豹騎的操演之後，又建議曹純改變對豹騎的訓練模式。

此前的豹騎，多以騎射為主。如今，馬鞍馬鐙馬掌齊備，再配以輕甲，也就衍生出更多的戰鬥方式。

比如，豹騎依然保持騎射的傳統，同時配以特製馬刀，便有了後世輕騎兵的雛形。

馬刀，以覆土燒刃之法打造。在形體設計上，略參考了後世大馬士革彎刀的造型，具有更強的殺傷力。刀長九十公分，寬四公分，短柄。

曹朋將其稱之為手刀。一俟豹騎與對方短兵相接的時候，手刀就能夠產生出巨大的殺傷力。

虎豹騎自建安十年開始改造，重新從各地招集精銳武卒，進行分門別類的訓練。

虎騎的衝鋒，豹騎的騎射，在歷經近兩年的訓練時間，全新的虎豹騎終於在荊州登上了歷史的舞臺。

此前，乃至於幽州之戰的時候，曹操所使用的還是原先的虎豹騎；這一次在荊州，曹操派出了這支重新組建而成的虎豹騎，則有無可掩飾的震懾之意，為的就是宣揚武威。

寅時方過，天色漆黑。

劉備軍中正處於一個最為鬆懈的狀態。

軍卒們在淒風冷雨中奔波一夜，早已經疲憊不堪。這個時間，大多數人都睡得正香甜。少數人在剛才趙雲巡視的時候，勉強抖擻精神，可是趙雲一離開，這些軍卒立刻又變回原先模樣。

黑暗的荒野中，傳來了隆隆蹄聲。

許多軍卒瞪大了懵懂的雙眼，疑惑的向遠處眺望。但大多數人都沒能反應過來，直到一隊隊騎軍從黑暗中衝出，迅速逼近過來時，才有人看清楚了狀況。

那些騎軍，清一色高頭大馬，馬身配有當胸和面簾。馬上的騎士，黑盔黑甲，面覆黑色豹紋面具。眼見他們衝到近前，在馬上輕鬆自如的彎弓搭箭，箭矢如雨……

「敵襲，是敵襲！」

軍卒們這才反應過來，發出了淒厲的叫喊聲。

以三稜箭鏃製成的曹公矢，呼嘯飛來。幾名軍卒瞬間就被射成了刺蝟一樣，倒在血泊之中。

「曹軍來了！」

後軍頓時大亂。

眼見豹騎呼嘯而來，就要衝入軍陣的時候，忽然間向兩邊分散開來，一支很多人從未見過的黑甲重騎出現在視線之中——虎騎排山！

曹朋一馬當先，率領全副武裝的虎騎，發起了迅猛的攻擊。

「虎騎，架槍。」

隨著他一聲令下，兩千虎騎分為四隊，架起鋒利長矛，呼嘯著就衝入了亂軍之中。近四米長的長矛，凶狠的貫入敵軍的胸膛，順勢撞飛出去。許多軍卒在猝不及防下，被飛馳而來的戰馬狠狠的撞上，如同撞在了一面移動的牆壁上，頓時就飛出去，撞得一個骨斷筋折。

重騎兵在這個時代，絕對是一等一的大殺器。

劉備軍中的軍卒，很多都是臨時徵召的農民。在此之前，他們甚至沒有上過戰場，更沒有見過如此恐怖的兵種。隨著虎騎闖入敵軍之中，劉備的陣營頓時變得大亂……

而豹騎散開之後，並沒有露出亂象。在龐德的率領下，豹騎隨同虎騎闖入亂軍之中。被虎騎這麼一個衝鋒，軍卒們早已混亂不堪，豹騎騎士趁機收了弓箭，從馬背兜囊裡取出兩個裝滿了桐油的火油罐，狠狠的砸了出去。一罐罐火油摔落在地上，隨後有火摺子飛落，頓時燃燒起來。

有些火油罐，直接掉進了劉備軍卒燃起的篝火中，頓時炸開。

那飛濺的陶片，把篝火周圍的人們炸得遍體鱗傷，倒地慘叫不止……

不到一炷香的工夫，長阪坡上火光沖天，喊殺聲不絕於耳。劉備部曲根本無法組織起有效的抵抗，在虎騎排山倒海一般的衝鋒之下，迅速潰敗而走，四散奔逃。那些隨同而來的普通百姓更嚇得六神無主，眼看著一隊隊如同魔鬼般的騎士衝過來，發出了一連串的驚叫。

曹朋一馬當先，畫桿戟舞動，捲起重重戟雲。

有幾名敵將縱馬而來，卻連兩、三個回合都撐不住，便被曹朋斬於馬下。

「令明，依令而行。」

曹朋挑殺一員敵將之後，與迎面而來的龐德照面。

火光中，龐德殺氣騰騰，虎咆刀猶如閻王帖子，殺得敵軍血流成河。聽到曹朋的叫喊聲，龐德一怔，立刻反應過來。他想起了曹朋在之前與他的叮囑，連忙答應一聲，調轉馬頭就走。

遠處，一隊敵軍呼嘯而來。

火光中，當先一員武將，年紀在四旬上下，卻已兩鬢斑白。只見他身披鎧甲，掌中一口長劍，在火光的照耀下揮劍大聲呼喊：「休要驚慌，休要驚慌……我乃中郎將麋竺，曹軍人數不多，擋住他們！隨我攔住他們！」

麋竺？

曹朋眼睛一瞇，面具下嘴角微微一翹，露出一抹森然冷意。

「虎騎，衝鋒！」

他大吼一聲，胯下獅虎獸發出龍吟虎嘯般的長嘶，馱著曹朋便向麋竺衝去。

倉促聚集來的弓箭手，在麋竺的指揮下，立刻開弓放箭。只是，面對全身上下被鐵甲覆蓋的曹朋，那呼嘯而來的箭矢根本起不到任何作用。曹朋舞動畫桿戟，猶如離弦利箭，朝著敵軍就衝去。

有道是，將是兵中膽。

主將一馬當先，那些經過嚴苛訓練的虎騎騎士，又豈能落後？

他們的坐騎，全都是從山丹馬場送來的西域大宛良駒。雖然比不得曹朋的獅虎獸，可是這爆發力之強悍，遠遠超過了普通的騎軍。

試想，曹操集中了全部力量，才堪堪訓練出了三千虎騎。其中一千，如今留在曹操身邊；剩餘的兩千虎騎，就集中在這小小的長阪坡上。

虎騎分為四隊，每隊只有五百人。隨同曹朋發起衝鋒的虎騎騎士，只有一隊之眾。可這五百騎，卻讓許多人感受到了莫名的恐懼。那呼嘯而來，儼然似天崩地裂般的氣勢，使得許多軍卒嚇得大叫一聲，丟了兵器扭頭就走。箭矢傷不得對手，一旦衝過來，那就是必死無疑。

糜竺也不知道這支詭異的騎軍究竟從何而來。所有人都戴著面具，而當先的那員大將，更使得糜竺產生了一種極為荒誕的感受——頭戴三叉束髮金冠，身披唐猊寶鎧，腰繫獅蠻玉帶，黑色披風，掌中一桿畫桿戟……除了那匹馬有些不同，儼然就是虓虎再生！

糜竺當年在徐州，可是沒少和呂布交鋒。對於呂布那一身行頭，實在是太熟悉了！而無數次惡戰，更使得糜竺對呂布產生了一種濃濃的懼意。

呂布，又活了？

糜竺也被這當先衝過來的曹朋嚇了一跳。

好在，他膽子也算大，並沒有被嚇得丟了魂，隨即拔劍厲聲吼道：「何人與我取敵將首級？」

「糜中郎，某家願往。」

糜竺話音未落，從身後便衝出一員大將。此人跳下馬身高在七尺六寸左右，胯下馬，掌中槍，風一般迎著曹朋就衝了過去。

糜竺認得那人，他名叫苟安，南陽郡人士。原本是悍匪張武的手下，後投奔劉備，更獻上了張武的坐騎，的盧馬。

這苟安也算得是武藝高強，只是一直沒有機會顯露。

而今糜竺一聲令下，苟安躍馬擰槍衝出。他雙腳扣死了馬鐙，身體在馬上微微彎曲，猶如一張大弓。眼見著就要衝到曹朋跟前，苟安突然大吼一聲，長身而起，手中大槍撲稜稜一抖，呼的直刺向曹朋！

這一槍，可稱得上是凝聚了苟安全部的力量，快如閃電，迅若奔雷。

哪知道曹朋連看都不看一眼，畫桿戟在半空中劃出了一個詭異的圓弧，鐺的劈在苟安的槍脊之上。一股巨力從那大槍上傳來，只震得苟安兩膀發麻，虎口迸裂，鮮血淋漓。苟安大叫一聲不好，棄槍撥馬就走。

可人已經送到了跟前，又怎能走得如意？曹朋大戟架開了苟安的兵器，另一隻手卻順勢從胯邊兜囊中取出一枚鐵流星，抬手發出，唰的便飛向苟安。

這鐵流星一出來，麋竺可就認出了曹朋。

他大叫一聲：「苟安，小心！」

苟安正催馬狂奔，忽聽腦後金風響起，耳聽麋竺的叫喊聲，他下意識回頭一看……鐵流星正到了他的面前，苟安閃躲不及，面門被鐵流星砸個正著！

如今曹朋手裡的鐵流星，和當初所使用的鐵流星有很大的不同，首先是分量上就變重了許多。

在涼州時，曹朋的鐵流星也就是一斤左右，可現在，卻足足有兩斤重。鐵流星的體積沒有變化，可分量卻重了許多，更別說曹朋在經過滎陽三年鬼薪之後，一身武藝已趨於大成。於是，這一記鐵流星飛出，便已夾帶著近百斤的力道！

瞬間只聽到啪的一聲響，那鐵流星狠狠拍在苟安的面門上，把苟安的面門硬生生砸得凹陷進去。苟安慘叫一聲，從馬上跌落塵埃。獅虎獸呼嘯而來，鐵蹄狠狠踏踩在苟安的胸口，把苟安的胸骨踩得粉碎，隨後五百虎騎呼嘯而過，只留下地上一灘爛肉。

苟安一招斃命，讓原本就惶恐不安的軍卒們頓時變得更加驚慌。

麋竺雖然拚命的召集軍士，可眼見著虎騎越來越近，那些軍卒齊聲發喊，扭頭就走……

「麋中郎，大勢已去，速走！」

幾名親隨大聲呼喊，麋竺無奈的看著越來越近的曹朋，大叫一聲，撥馬就走。

他這一走，也使得局勢變得更加混亂。四千虎豹騎，加上曹朋的八百親隨，不足五千人，卻把個聚集了萬餘人的長阪坡攪得天翻地覆。

麋竺抱著馬脖子，狼狽而走，身後的喊殺聲越來越模糊。就在他剛鬆了一口氣，以為危險已經過去的時候，忽聽正前方馬掛鑾鈴聲響……

麋竺嚇得激靈靈一個寒顫，立刻抬頭觀看！

章十二　常山趙子龍

「子仲，何故在此？」

趙雲橫槍攔住了麋竺的去路，大聲喝問。

麋竺奉命統領後軍，如果從階位而言，趙雲還是他的部曲。如今，長阪坡亂成了一鍋粥，麋竺應該指揮兵馬，抵禦追兵，而不是出現在這裡。所以，當趙雲才會攔住麋竺的去路詢問。

只是他這一問，卻惱了麋竺。

麋竺是個極講求風度的人，此時卻顯得狼狽不堪。趙雲也只是隨口詢問，可是在麋竺的心裡，不免生出一種趙雲是故意則折損他顏面的想法。

不過，他也沒有辦法。

聽聞趙雲的問話，麋竺苦笑一聲，「子龍，曹朋來了！」

「啊？」

「也不知他何時訓練出一支銳士，橫衝直撞，根本無法抵禦。而今後營已完全潰亂，根本無法抵禦追兵。子龍速速隨我撤離，儘快通知主公，請他早做防範，以免遭遇小賊襲擊。」

糜竺是好心，但是在趙雲聽來，卻不免有些晦氣。

「三位夫人，還有公子何在？」

「啊？」

糜竺一怔，驀的激靈靈打了個寒顫。

剛才只顧著自己跑了，卻忘記了甘夫人、糜夫人還有向夫人還在亂軍之中。更重要的是，主公的骨血，公子劉禪和公子劉理也都在軍中！

那劉禪是甘夫人所出，而劉理則是向夫人所出。這也是劉封為何不受待見的一個原因。劉備有兩個親兒子，哪裡會在意他一個假子？

趙雲一看糜竺這個表情，就知道大事不好。

劉備小五十的人了，半生戎馬，好不容易有了兩個骨血，如今竟然都陷在了長阪坡上。他頓時大怒，忍不住厲聲喝罵道：「子仲何故如此？置夫人與公子不顧……罷了罷了，我這就返回長阪坡，尋找夫人和公子蹤跡，子仲速速趕去通知主公，請主公和軍師早做提防才是。」

說罷，趙雲領親隨，便催馬離去。

糜竺看著趙雲遠去，心中不免有些羞愧。但轉念一想，他也不敢耽擱時間，忙催馬朝著當陽橋方向趕去。

此時的當陽橋畔，劉備已經得到了消息。乍聞曹軍追擊而來，他也是大驚失色，連忙喚來了諸葛亮，詢問對策。

諸葛亮也沒有想到，曹軍竟然這麼快就追上來。

最主要的是，他並不知道曹朋手中還有一支虎豹騎。在此之前，曹朋手中並無太多兵馬，如今他率領大軍追擊，說明了什麼問題？

這說明，荊州劉琮已經徹底歸降，將兵權交給了曹朋，否則的話，曹朋又從何處找來的兵馬？

想到這裡，諸葛亮也不由得微微一蹙眉，露出了凝重之色。

「主公，曹朋追擊，必是荊襄已徹底歸附……想來那曹操大軍也將抵達，否則蔡氏斷然不可能如此乾脆的將兵權交付曹朋。而今我等已沒有退路，必須破釜沉舟，強攻江陵，以求棲身之地。只要拿下了江陵，待五溪蠻老王攻占虎牙山，奪取枝江，便可以與曹操老賊相爭。」

「主公當下定決心，立刻趕赴江陵督戰。當陽這邊，可使翼德斷後。一方面可接應子仲他們，另一方面，若曹軍追趕上來，也能與之抵擋，為主公攻取江陵爭取充足時間。主公，而今且不可再猶豫，應立刻命叔至出擊。」

劉備聽聞，不免有些躊躇。

是強攻江陵，還是逃亡江夏？一時間，他也是非常猶豫。若打下了江陵，皆大歡喜；但如果江陵未攻取，而曹軍追上來，那可就是腹背受敵。不過又一想，江陵兵力不足，而武陵劉先此時也無力救援，確實是奪取江陵的最好時機。所謂機不可失，失不再來……劉備想到這裡，一咬牙，下定了決心。

「就依軍師之計。」

他和諸葛亮商議之後，命張飛留守當陽橋，接應糜竺。

隨後，他立刻動身，命陳到為先鋒，立刻出發，連夜趕奔江陵。而他親自督軍，隨後跟進……

劉備和諸葛亮前腳剛走，糜竺就到了當陽。

聽聞劉備已趕奔江陵，糜竺也是大驚失色，「三將軍，三位夫人陷在亂軍之中，兩位公子而今生死不明。子龍已前去尋找，可是……三將軍，請與我一支兵馬，前往協助子龍援救。」

張飛濃眉一蹙，強忍著要去長阪坡的念頭。

劉備出發前，諸葛亮再三叮囑張飛，務必要在當陽橋堅守半日。他若離開，豈不是擅離職守？可眼睜睜的看著趙雲在亂軍中出生入死，又有些不甘。

張飛和趙雲有點小矛盾，但並不影響他和趙雲惺惺相惜。說實話，張飛也為趙雲感到不值，一身的好本事，卻始終沒有機會統領兵馬。可又有什麼辦法？相比之下，陳到跟隨劉備的時間更久，而且能力更加出眾。

至於襄陽奪門失利，有不少人都認為是趙雲辦事不利造成。可張飛卻清楚，襄陽奪門之所以失敗，並非趙雲之過，而是劉封的倒戈。這若是追究起來，還得說是劉備和諸葛亮的問題。當初劉備不收劉封為義子，也就不會有後來的麻煩。而關羽和諸葛亮對劉封的提防，甚至是壓制，也使得劉封鬱鬱不得志，最終被賈詡所乘，不得不反。

所謂一飲一啄，天註定！

趙雲被罷去了白毦兵的統帥之權，雖為牙門將軍，卻比不得一個普通的校尉。說穿了，他是給劉備和諸葛亮頂雷……可這些話，張飛卻不能說出來，只能藏在心裡。

見麋竺態度堅決，張飛想了想，便答應下來。

「子仲，我與你八百騎軍，協助子龍。若事不可違，萬不可強求。我會在這裡堅守，至晡時之後。你見到子龍之後，讓他多加小心。」

劉備留給張飛三千人。而八百騎軍，幾乎是張飛全部的兵力。

麋竺答應一聲，也顧不得喘口氣，立刻帶著人趕回長阪坡。

此時，天邊已露出了魚肚白的光亮。

長阪坡火光四起，濃煙滾滾。萬餘百姓以及軍卒皆慌亂不堪，四散奔逃。

放眼看去，到處都是潰不成軍的殘兵敗將，還有那些慌不擇路、四處逃竄的平民百姓。有聰明的，躲在低矮的灌木叢中，一見有兵馬過來便立刻高高舉起雙手；不過更多的人，好像沒頭蒼蠅似的奔走。

曹朋在出發之前曾有嚴令：只要沒有攜帶武器，或者是那些老弱病殘，盡量不要攻擊。

可饒是如此，亂軍之中，誰又能顧慮許多。

豹騎如風，呼嘯而過，但見有那可疑之人，便立刻彎弓搭箭，當場射殺……到處都是殘屍斷臂，橫七豎八的倒在血泊之中。原本因暴雨而變得泥濘的土地，此刻更被鮮血染紅，呈現出可怖的暗紅之色，令人不由得怵目驚心。

趙雲縱馬疾馳，身後十幾名親隨緊緊跟在他身後。

遠處，一隊虎騎呼嘯而來。

這隊虎騎，人數大約在十人左右。遠遠看到趙雲，便立刻架起長矛，縱馬而來……趙雲眼見虎騎那一身重甲，不由得大吃一驚。他看得出，這支虎騎與他之前所見過的騎軍完全不同。可是，此時四處都是敵軍，只能迎頭而上。

想到這裡，趙雲大吼一聲，催馬而上。掌中龍膽槍撲稜稜一顫，幻出數朵斗大槍花。

一名虎騎騎士到了跟前，長矛狠狠刺出。趙雲卻絲毫不慌，大槍一合陰陽把，撲稜稜迎上前去，順著那長矛一攔，而後大吼一聲，將那長矛架開。龍膽槍順勢刺出，夾帶著巨大的勁力，碰的正中那虎騎騎士胸口。只一槍，便震碎了那騎士的胸甲，趙雲順勢一探，便把那虎騎騎士挑殺於馬下。

說時遲，那時快！

趙雲兩個回合，將一名虎騎騎士斬殺，看上去似乎非常容易，也很輕鬆，可是趙雲卻暗自叫苦。

這些幾乎被重甲包裹得嚴嚴實實的騎士，本身就不是普通的軍卒。一名虎騎騎士若放到軍中，那至少也是個都伯、屯將的水準，可是在虎豹騎中，卻只是一個普通的軍卒。殺這麼一個虎騎騎士，必須要獅子搏兔，不留餘力。一個、兩個，乃至十個、二十個……趙雲都不會害怕。可是，曹軍有多少這樣的兵卒？

只是在戰場上，容不得趙雲多想，只能竭力拚殺。

眨眼間，十名虎騎騎士便倒在了血泊之中。無主的戰馬四處奔走……只是，十名虎騎騎士是殺死了，趙雲身後的親隨也折損了一半還多。而且，十名虎騎騎士全都是被趙雲所殺。他手下的親隨面對著這些猶如妖魔鬼怪般的虎騎騎士，根本無法抗衡，只能短暫的拖延。

趙雲心裡有點慌亂了！

他看了看身後的親隨，一咬牙，催馬繼續前行。

不管怎麼說，都必須要找到三位夫人和兩位公子，才不負劉備所託。

就這樣，趙雲一路上一邊尋找，一邊和虎豹騎搏殺。一路下來，他倒是招攏了不少殘兵敗將，人數約在百人左右。而死在他槍下的虎豹騎，也有三、四十人……可隨著人數的增加，目標也隨之變大。越來越多的虎騎騎士蜂擁而來，鳴鏑聲四起！並且，虎騎騎士再次出現可就不是幾個人一隊了，二、三十人一撥，呼嘯而來……

趙雲眼見虎騎騎士越來越多，也不由得暗自叫苦。

龍膽槍，已不知斬殺了多少虎騎騎士。掌中的驚鴻劍，更是飽飲鮮血……

趙雲見情形不妙，連忙大聲呼喊：「爾等立刻往當陽橋，休再跟隨……」

這麼聚成一堆，目標實在是太大。趙雲也顧不得那些兵卒的死活，擎槍拔劍，硬生生從亂軍中殺出一條血路，奪路而走。

身後，咻咻的鳴鏑聲不絕於耳，趙雲心裡面也越發變得慌亂……

追兵，已丟下很遠。趙雲勒馬，反手將驚鴻劍放回劍鞘，撕下一塊戰袍，將龍膽槍上的鮮血抹去。

「可見到夫人？」

「你們，有沒有看到夫人和公子？」

趙雲一路走，一路詢問那些難民，可是卻無一人知曉三位夫人和公子的下落，他心裡越來越煩躁。與此同時，不安的感受也越來越重。他很清楚，這天已經亮了，曹軍的追兵還會源源不斷的抵達。這時候他還能輕鬆的尋找，可時間拖得越久，這危險也就越大。

「誰知道夫人下落？」

正前方一片疏林，裡面聚集了不少逃難的平民百姓。

趙雲也是病急亂投醫，催馬上前詢問。他本只是隨口詢問，也沒有抱著太多的希望。哪知道，他話音剛落，就聽到那林中傳來一聲悲呼：「子龍，我在這裡！」

一個女人，披頭散髮、衣衫不整的從人群中跑出來。

天，已經大亮。

太陽升起，驅散了烏雲，將陽光普照大地。

在陽光的照耀下，這女人雖然衣衫凌亂，看上去狼狽不堪，可是卻無法掩飾住那裸露在外，如玉一般光澤的肌膚。她到了趙雲馬前，抬起頭，放聲大哭，「子龍若再不來，妾身必死無疑……」

「啊，是夫人！」

趙雲一眼認出，這女人正是甘夫人。

劉備有三個老婆，若按照大小排列，甘夫人最大。她跟隨劉備的時間最久，甚得劉備所愛。因其肌膚如玉，故而被劉備讚為玉美人。只是，在三個夫人當中，甘夫人的地位最低。麋夫人有兄長麋芳可以照拂；向夫人則父兄俱在，而且還是荊州人士，背後又有諸葛亮支持。若不是甘夫人生下阿斗劉禪，地位甚至會繼續掉落。

不過，她雖生了劉禪，也只是改善了一點而已。

向夫人也為劉備生下一子，名叫劉理。只比劉禪晚了一個月，故而為弟。但劉備對劉理的喜愛，明顯超過了劉禪。若非關羽、張飛都認為，劉禪是長子，理應是劉備的繼承人，否則劉理倒是最有可能得了繼承人的身分。可饒是如此，劉理所受的寵愛，遠遠超過劉禪。

趙雲看到甘夫人，也是喜出望外。他連忙跳下馬，上前一把將甘夫人攙扶起來，「累夫人受苦，皆雲之過也。」

「子龍，此也非你之過……對了，皇叔何在？」

「皇叔尚在當陽，夫人莫急，待我搶來坐騎，保護夫人與皇叔會合。」說著話，趙雲翻身上馬。

就在這時，一隊豹騎飛馳而來。趙雲也不贅言，催馬便迎過去，大槍上下翻飛，如同出水的蛟龍，那一隊豹騎被趙雲瞬間斬殺於馬下。他從五匹馬中選了一匹最好的戰馬，牽到了甘夫人的面前。

甘夫人跟隨劉備四處奔波流浪，雖是一弱女子，但騎術並不是很弱。她穩了穩心神，上前抓住了轠繩，翻身跨坐馬上。

「夫人，公子呢？」

劉禪是甘夫人所出，在趙雲看來，理應在甘夫人身邊。可甘夫人卻是獨自一人，劉禪不見蹤影。

聽聞趙雲詢問，甘夫人露出一抹苦澀的笑容。

「子龍，阿斗昨夜並未隨我。小環擔心他受冷，所以帶在身邊。曹軍追襲而來的時候，營中混亂不堪……我匆忙從帳中出來，本想要去尋找小環，不想曹軍已衝入營中。我趁黑逃走，而後藏於百姓之中一路逃到了這裡。所以，小環和阿斗今在何處？我也不太清楚……只聽人說，向將軍保護三妹撤離，但如今也下落不明。子龍，你還是先去尋找阿斗和小環他們，她孤兒寡母，更加危險。」

甘夫人和麋夫人的關係很好，可稱得上是同甘共苦。

劉備幾次落難，甘夫人和麋夫人都在一起。麋夫人至今沒有生育，所以對阿斗視若己出。甘夫人調養身子的時候，就是麋夫人照顧阿斗。她對劉禪投入的感情，甚至比甘夫人還多。

趙雲心裡沒來由的一顫。

麋夫人和阿斗，下落不明？

他看了看甘夫人，見甘夫人一副疲憊模樣，楚楚可憐。

「夫人莫急，公子吉人天相，麋夫人聰慧無比，斷然不會有事。我且護送夫人前往當陽，待夫人安全，我再來尋找不遲……三夫人那邊，倒是不用擔心，有向將軍父子保護，不會有危險。夫人，且隨我來……曹軍很快就會過來，咱們在這裡耽擱一時，便多一分危險。」

甘夫人想了想，便答應下來。

兩人撥轉馬頭正要離開，卻聽林中百姓哭喊道：「子龍將軍、夫人……休要棄我等而走！」

趙雲的身子一僵，臉色頓時變得難看。

而甘夫人更是露出不忍之色，輕聲道：「子龍，要不然，帶著他們一起走吧。」

「夫人不知，曹軍悍勇，我可保得夫人，卻保不得所有人。而且，此次領兵的是曹朋。此人並非那種冷血之徒，這一路下來，我倒是少見曹軍殺戮搶掠。留在這裡，他們還能保得性命，若是跟我們一起走，就只有死路一條，請夫人三思。」

甘夫人臉上閃過了一抹淒苦。

她不忍捨棄這些百姓，因為這些人是被她的丈夫強行裹挾而來。可她也知道，趙雲說的並非沒有道理……她見過曹朋，雖然那已經是很久遠的事情，但是對曹朋的印象卻非常好。那時候的曹朋，不過是個十六、七歲的少年，看得出來他不是個嗜血殘忍之輩。

甘夫人猶豫片刻，點頭剛要答應，就在這時候，忽聽遠處傳來一陣陣喊殺聲，馬蹄聲大作，似有千軍萬馬抵達……

趙雲臉色大變，連忙撥馬向遠處觀望。

「夫人，速走……曹軍援兵抵達！」

天光已經大亮。

明媚的陽光灑在長阪坡，卻沒有帶來多少溫暖。瀰漫在長阪坡上空的血腥之氣，令人心生悸動。而哭喊聲、叫嚷聲、馬嘶聲，還有那如雷的鐵蹄之聲，都讓人感到了無盡的恐懼。

一隊隊曹軍呼嘯而來，瞬間衝進了長阪坡。

曹朋策馬登上一座高岡，舉目眺望，臉上流露出一抹哀傷之色。

按道理說，張郃、高覽、魏延的兵馬抵達，他應該高興才是，可不知為什麼，他卻絲毫沒有喜悅的心情。數萬曹軍湧來，也代表著曹朋再也無法控制……此前，他可以強令虎豹騎不得殺戮劫掠，因為他是虎豹騎的副都督，曹純之下的最高指揮官。然而現在，隨著張郃和高覽等人的抵達，他沒有理由去約束張郃、高覽等人的行為。

哪怕他可以靠著和魏延的關係，勸說魏延約束手下，但對於張郃和高覽兩人，卻沒有任何的用處。而且，他沒有理由勸阻……

成王敗寇，自古如是。

曹軍夜行數百里之遙，頂著淒風冷雨而來，若再去約束他們，於情理上也說不過去。

曹朋原本希望儘快結束這場戰亂，只是沒想到那些百姓還有劉備的部曲，卻不聽從教誨。此時曹軍大軍抵達，他們想要後悔，怕已是來不及了！

想到這裡，曹朋嘆息一聲。

常山趙子龍

「傳我命令，響長角號三通，收攏人馬。」

虎豹騎有他們獨特的信號，一種形似牛角的長號。這種長號，聲音獨特，對於馬匹而言，最為敏感。一般來說，只要長角號響起，虎豹騎就會知道，這是主將的收兵命令。不管他們是否願意，都必須要聽從命令。軍中七禁五十四斬可不是擺設，違反了，就要人頭落地。

悠長的號角聲響起，迴盪在長阪坡上空。

那蒼勁、悠揚的聲音，掩住了喊殺聲，很快便傳入虎豹騎騎士耳中。

虎豹騎立刻開始收攏兵馬，向曹朋所在的位置集結。與此同時，高覽率部抵達高崗之下。

但見高覽催馬直奔高崗，來到了曹朋面前，在馬上一拱手，「大都督，何故收兵，止步不前？」

高覽和曹朋，說起來並不陌生，甚至兩人之間還存有些許尷尬……

官渡之戰時，高覽在延津偷襲曹營失利，被曹朋在十里營伏擊，生擒活捉。這導致高覽在見到曹朋時，會本能的處在一個弱勢的地位，有些不太願意見面。可是亂軍之中，他怎可能避而不見？

張郃是從另一路追襲過來，魏延則須繞過內方，從章山渡口過漢水，截斷劉備的路途。這也使得高覽最先抵達長阪坡，與曹朋合兵一處。自官渡之後，除了之前在襄陽城外相會以外，兩人就再也沒有見過面。這也使得他口吻不免生硬。

若是張郃在此，斷然不會這麼說話。因為高覽的這番言語，帶著質問之意……

張郃雖然也是降將，而且是先被俘虜，而後歸降。但性質與高覽不同，張郃是被甘寧俘虜。加之張郃與曹朋有那麼一段交情，所以說話時就講究許多。

曹朋聽聞高覽的話語，不由得眉頭一蹙。

「高將軍，虎豹騎連夜追擊，隨即投入戰鬥，至今已有四個時辰，水米未進。你既然已經抵達，我自當收兵休整。而且，長阪坡上的局勢已經被控制起來，無須虎豹騎繼續出動。」

你對我不客氣，我也不需要對你客氣。我已經擊潰了劉備，而今長阪坡的局面，根本不需要我虎豹騎出手，還是交給你來解決吧。

高覽聽聞，心生不快。

可他又奈何不得曹朋，因為論階位，曹朋高他一頭。

只不過兩人並非同一體系之內，所以誰也不會插手對方的事務。只是，曹朋那倨傲口吻，讓高覽非常惱火。他不想再和曹朋囉唆，一拱手，沉聲說道：「既然如此，高某就告辭了……」

「不送！」

曹朋連手都懶得動，只是微微一點頭。

高覽怒氣沖沖的衝下山崗，旋即發出命令：清理長阪坡殘局，若遇到抵抗，一律格殺勿論。

這命令也就是說，你們酌情而定吧。

所謂的抵抗，只在一心。

你說他們抵抗了，那就是抵抗了；你說他們沒有抵抗，誰也說不得什麼。

曹朋舉目眺望，只見一隊隊曹軍殺入長阪坡……原本已經趨於平靜的長阪坡，頓時變得混亂起來。

這時候，虎豹騎已緩緩朝高崗方向歸攏。

曹朋命人帶上了兩個俘虜，打聽劉備、諸葛亮的去向。

聽聞這長阪坡上，不過是劉備的炮灰，而劉備和諸葛亮率領精銳，已過了當陽橋，正在向江陵逼近。

曹朋考慮了片刻，決定繼續追擊劉備。對曹朋而言，劉備才是他當前最大的敵人。如果能幹掉劉備，也就代表著三足鼎立的局面不復存在，持續百年的三國戰亂也會隨之消失。

想到這裡，曹朋命人清點兵馬。

經過一夜的亂戰，虎豹騎也有不小的損失。

虎騎折損了近兩百人，而豹騎則損失三百有餘……曹朋的飛駝兵，同樣死傷在兩、三百人之間。也就是說，這一夜間，他折損了近千人。

看到如此巨大的損失，曹朋也不由得倒吸一口涼氣。

「令明為何沒有回來？」

按道理說，號角聲響起，龐德應該回來才是。可大部分虎豹騎都返回了，龐德所部的五百豹騎卻至今沒有音訊。

曹朋不由得一蹙眉，剛要派出尋找，就在這時候，張郃率部抵達長阪坡……

從高覽部曲口中聽說了他和曹朋的矛盾，張郃也是無奈苦笑。

高覽，長了一張得罪人的嘴！可你要得罪人，也應該看清楚對象才是。那曹朋乃是曹操最為倚重的人之一，你沒事得罪他幹嘛？

於是，張郃立刻前來拜會曹朋。

曹朋自然不能避而不見，與張郃交談片刻後，他沉聲道：「我與高將軍並無恩怨，只是剛得到消息，劉備兵馬已過當陽橋，正在向江陵進發。文長所部，而今尚未渡過漢水，恐怕無法阻攔劉備。江陵方面，我雖派出了人手，可兵力薄弱，未必能抵擋住劉備的攻擊……這裡，就暫時交與俊乂，我自去追擊劉備，以免那大耳賊走脫……主公對大耳賊，勢在必得啊。」

張郃聽聞，也立刻緊張起來。

「友學，我麾下尚有兩千騎軍，一併交由你來統帥。」

「甚好！」

曹朋正發愁兵力不足，張郃這兩千騎軍，無異於雪中送炭。

他拱手與張郃道謝，而後命人點起兵馬。可就在這時候，忽有小校前來，在曹朋耳邊低聲細語幾句。

曹朋一怔，臉上旋即露出一抹古怪的笑容。

「你且讓龐將軍小心看護，我這就派人前去接收。」

「友學，發生了什麼事？」

「沒什麼，只不過……呵呵，俊乂還是速速支援高將軍吧。」

曹朋一臉高深莫測，讓張郃感覺有些莫名其妙。可是曹朋不願意說，他也不好追問下去，只好與曹朋拱手道別，自領兵而去。

長阪坡上，隨著萬餘曹軍的加入，變得更加混亂。

趙雲狠下心，捨棄了那百餘名百姓，帶著甘夫人往當陽橋方向走。此時，曹軍剛剛進入長阪坡，而虎豹騎正在回撤，所以這一路上並未遭遇太多的抵抗，趙雲保護著甘夫人，一路順暢通行。

遠遠的，麋芳就看到了趙雲。

前方，行來一支人馬。為首之人，正是麋竺。

只是此刻的趙雲，全無往日的風采，看上去狼狽不堪。白錦緞子製成的戰袍已經變成了血紅色，殘破不堪，而身上的衣甲更血跡斑斑，顯然是經過了一場極其慘烈的搏殺造成。

「子龍，夫人可曾找到？」麋竺大聲呼喊。內心裡，他更希望趙雲找到的是麋夫人，畢竟那是他的同胞妹妹。

可遺憾的是，趙雲回答道：「子仲先生，甘夫人在此。」

是甘夫人？

麋竺一驚，忙催馬上前。

甘夫人看到麋竺，忍不住放聲大哭，「若非子龍救我，我已死於非命。」

章十三
常山趙子龍

「夫人休要驚慌，三將軍就在當陽橋頭，請夫人隨我速速前往。」

「皇叔呢？」

「皇叔已奔赴江陵，臨行前曾叮囑三將軍，若夫人回來，即刻前往江陵會合。」

麋竺可以肯定，劉備絕不會說這樣的話。對劉備而言，妻子如衣服，猛將賢臣如手足……衣服舊了尚可換，手足若斷了，可就難以接上。麋竺曾經對劉備這種義氣也非常看重，可隨著年紀的增長，他很清楚，若沒了麋夫人，他麋子仲以後的日子只怕也難以熬過去……

君不見，自向朗父子歸附之後，劉備對荊襄部曲越來越重視。而他和麋芳，則漸漸的被疏遠了許多。對此，麋竺嘴上雖然不說什麼，可心裡面還是存有怨念。特別是麋芳在宛城被俘後，生死不知。劉備卻從不過問，表面上依舊看重麋竺，可私下裡卻暗自削弱他的權力。

麋竺見不是麋夫人，也有些急了，「其他兩位夫人，以及公子何在？」

說是兩位夫人，可趙雲卻知道麋竺問的是他的妹妹，麋夫人。趙雲苦笑一聲，「夫人與我知，麋夫人懷抱公子，於混亂之時走失，而今尚在長阪坡。我本欲請大夫人回去之後，再往長阪坡尋找。不想遇到了子仲，就請子仲你將夫人帶走，我這就回去，不尋回夫人與公子，絕不甘休。」

麋竺卻吸了一口涼氣。

「子龍，我聽說，曹軍追兵已至？」

「我回來時，聽說由高覽率部增援……不過，這一路上倒是沒有碰到。曹朋麾下的那支騎軍，似乎正在集結，我擔心他們會繼續追擊主公，還請子仲先生提醒三將軍，讓他多加小心。」

「我省得！」麋竺猶豫了一下，語帶期盼道：「子龍，你多保重。」

「告辭！」

趙雲撥轉馬頭，剛要走，又被麋竺攔住。

糜竺撥出了三百騎軍，交給了趙雲，「曹軍勢大，你要多小心，若事不可為……早些返回。」

「子仲，保重。」

趙雲點點頭，率領三百騎軍，便朝著長阪坡方向行去。

糜竺嘆了口氣，催馬來到甘夫人馬前，低聲道：「夫人，我們走吧，三將軍還在等候消息呢。」

再次返回長阪坡，局勢已大不一樣。

到處都可以看到曹軍兵卒，不過與之前遇到的虎豹騎相比，這些曹軍明顯要弱了很多。趙雲領著部曲一路殺將過來，所過之處，曹軍被殺得人仰馬翻，血流成河。短短數里路，趙雲槍挑劍劈，斬殺了十餘名曹將的性命。

可是，隨著深入長阪坡，曹軍的人數也隨之變得越來越多，再想尋找糜夫人等人的下落，也就變得越來越困難。而隨行的三百騎軍，已經死傷過半。趙雲不免有些焦躁起來……

這長阪坡南北二十餘里，東西十餘里，說起來面積並不是很大，可是想要找人，卻如同大海撈針。身邊的隨從，越來越少。而曹軍卻如同潮水一般，不斷從四面八方湧來。趙雲催馬舞槍，在亂軍中殺出一條血路，眼看前方有一土丘，連忙策馬而去，衝了上去……

此時，已近午時。

陽光耀眼！

舉目環顧，卻見到處都是曹軍的旗號。

趙雲猶豫了一下，目光所在正北方向……那裡的難民最多，同樣曹軍的人數也最多，說不定夫人和公子就在那些難民之中。

趙雲一咬牙，拿定了主意。不過，往正北方尋找，危險係數將會大大增加，且不說曹兵援軍已到，曹朋以及他的部曲，還有那支戰力可怖的騎軍都在那邊。趙雲自認能取曹朋性命……可如果加上虎豹騎的戰力，自己過去，如飛蛾撲火。

可不管怎樣，他都必須殺進去！

「兄弟們，再往前，如龍潭虎穴，凶惡萬分。諸位兄弟若想退後，這時候走還來得及，雲絕無怨言。若隨我前往，雲卻無法保證大家的安全，你們自行定奪，我去也！」

趙雲不等隨從回答，便挺槍躍馬，衝下山丘。

一干隨從你看我、我看你……片刻後，數十騎縱馬追出，隨著趙雲殺入敵軍。不過更多的人，卻露出畏懼之色，相視一眼後，紛紛向南而走。

關鍵時候，還是各顧各吧！這許多人，都是荊襄人士，對劉備的歸屬感並不算強烈，陪著劉備殺到這裡，已經足夠了！若明知道前方是死路一條，還要跟隨過去，那絕對是腦殼壞了。眾人撤退後，立刻就四散而走……

趙雲並不知道那些人已經臨陣脫逃，自顧自的殺入亂軍之中。

迎面，三名曹軍催馬上前，攔住了去路。趙雲卻毫不畏懼，擰槍而上……四馬盤旋，不過三兩回合，三名曹將便被挑殺於馬下。

趙雲一邊往裡衝殺，遇到逃竄的難民，便上前詢問。

「可見到了夫人？」

「有誰看到了夫人……」

就在這時，一隊曹軍突然從側面殺出。為首一員大將，金盔金甲，胯下馬，掌中一桿丈二長矛。

「賊將，休走……高覽在此！」

趙雲也不囉嗦，立刻縱馬迎上前去。

高覽帶著部曲，在長阪坡巡視，不想卻與趙雲相遇。遠遠的，他就看到趙雲在亂軍中橫衝直撞，頓生怒氣。

在曹朋那裡受了一肚子氣，高覽心裡正不痛快，於是領兵攔住了趙雲，想要將趙雲斬殺在陣中。

哪知這趙雲也是憋了一肚子的火，久尋夫人不見蹤影，早已經心如火焚，高覽攔住了去路，令趙雲惱怒萬分。他縱馬上前，一桿龍膽槍在他手中，彷彿有了生命一樣，槍影幢幢。

和高覽戰了十餘個回合，趙雲也暗自讚嘆：此人槍馬純熟，卻是一個好對手……

不過，越是如此，他就越是起了殺心。二馬錯蹬之時，趙雲猛然騰出一隻手，拽出驚鴻劍，反手就劈向了高覽。

高覽被趙雲殺得焦頭爛額，狼狽不堪，那裡料到趙雲會有這槍裡夾劍的招數？一個閃躲不及，被趙雲一劍斜劈下來，大半個膀子被趙雲硬生生劈了開來……

高覽慘叫一聲，屍體跌落馬下。

一時間，曹軍大亂。

而趙雲則趁勢殺出了重圍，繼續朝正北方向而去。在他身後，已無一個扈從跟隨。

「老人家，可有見到夫人？」

在途中，趙雲攔住了一個老漢詢問麋夫人等人的下落。

那老人顯然認得趙雲，聽聞後一怔，脫口問道：「子龍將軍，問的是哪位夫人？」

趙雲心中一喜，連忙道：「老人家，你知道夫人的下落？」

「天亮之前，我曾看到麋夫人在一口枯井旁邊休息。不過後來那邊又出現了很多曹軍，所以也不知生死……向夫人剛才倒是見到。她與父兄一起，往西南方向撤走，而今卻不清楚狀況。」

麋夫人？向夫人？

常山趙子龍

兩個夫人，兩位公子……

趙雲感到有些為難了！老人手指的方向，分明是兩個不同的方向。該救誰呢？

趙雲一轉念，老人是在天亮前見到了糜夫人，那時候曹軍的援兵尚未抵達。如今曹軍援兵抵達，糜夫人未必會繼續留在那邊，他就算現在去尋找，也未必能找得到糜夫人蹤跡。

也罷，先救向夫人！

趙雲想到這裡，讓老人找地方藏起來，而後順著老人手指的方向，縱馬而行。

不過數里地，就聽到從前方傳來一陣陣喊殺聲。趙雲心中一急，馬上加鞭，朝著那喊殺聲傳來的地方就衝了過去。

一座疏林，被曹軍圍得密不透風。

數名曹將正指揮兵馬，向裡面發動攻擊。

看得出，疏林之中的人是個懂兵法的……人數雖然不算太多，可是卻頗有章法，將曹軍攔在外面。

一面大纛下，一名曹將跨坐馬上。他跳下馬，身高在九尺開外，生得膀大腰圓。掌中一口沉甸甸、明晃晃的龍雀大環，刀口上沾染血跡。

這傢伙，是曹軍主將！

趙雲看清楚了目標之後，猛然催馬向前，口中一聲厲喝：「向將軍休要驚慌，趙雲來也！」

說時遲，那時快，白龍馬馱著趙雲，猶如離弦之箭，便闖入了敵軍之中……

曹將正指揮兵馬，猛攻疏林。

趙雲突如其來的殺出，讓他也吃了一驚，連忙扭頭凝望。只見那趙雲，人如虎，馬如龍，如一頭下山猛虎殺入軍中，一桿大槍上下翻飛，所過之處竟無一人能夠將他的腳步攔住。

曹將一蹙眉，提刀縱馬迎上前來。

「來將，通名！」

「某乃常山趙子龍！」

話音未落，趙雲縱馬已到了那曹將跟前，掌中大槍撲稜稜分心便刺，槍疾馬快，若迅雷閃電一般。一抹槍影飛出，大槍就到了跟前。曹將也嚇了一跳，忙舉刀相迎。只聽鐺的一聲響，刀槍交擊，發出一聲脆響。一股巨力襲來，令曹將不由得手一麻，險些把大刀脫出手。

咦？卻是一員猛將！

所謂行家一伸手，便知有沒有。到了趙雲這等層次的武將，一個回合便能試探出對方深淺。

「曹將，你叫什麼名字？」

「某家曹彭，特來會你！」

趙雲一怔，立刻勃然大怒：「冒人名號之徒，焉敢猖狂！」

說起來，這曹將有點虧。他的確是叫曹彭，不過不是曹朋的『朋』，而是曹彭的『彭』。論年紀，他比曹朋大了有七、八歲；論輩分，他比曹朋高出一輩。

這曹彭，是曹操的族弟，也是一員猛將。而且，他和曹朋還認識……當年曹操的祖母，也就是曹騰的對食妻子吳老夫人前往許昌時，曹朋和曹彭一路同行。只不過，曹彭相對低調，不太引人注目，所以當時主要和曹朋打交道的是夏侯恩。

因為『曹朋』這個名字，曹彭也是憋了一肚子的火。

兩人的名字同音，所以常出現對錯號的狀況。曾有一次，曹操在府中設宴，曹朋和曹彭都參加了，偏偏在場有人高喊了一聲『曹彭』，曹彭沒有吭聲，曹朋卻站了出來，引出了不少笑話。

章十三

常山趙子龍

這些年來，隨著曹朋聲名愈加響亮，曹彭更是有些尷尬。

聽聞趙雲的話語，曹彭也一愣，卻馬上反應過來：又弄錯了！

他很想告訴趙雲，他是曹彭，不是曹朋，他沒有冒名頂替。可趙雲槍疾馬快，已到了跟前，曹彭也非常無奈，擺刀相迎，和趙雲戰在一處。

要說起來，這曹彭的武藝不差，也是準超一流武將的水準。只是他性格有些魯莽暴躁，得罪了不少人，所以一直沒有崛起，僅在軍中擔當校尉。此次之所以出現在長阪坡，卻是因為隨曹真而來。

曹真奉命前往新野聽命，曹彭便留在了軍中，聽候高覽調遣。

劉備撤離，高覽命曹彭為先鋒，負責追擊劉備。

來到長阪坡的時候，這局勢已經混亂不堪，曹彭二話不說便率部衝入戰場，四處殺戮難民。不想，在途中遇到了正保護向夫人和二公子劉理逃亡的向朗、向條父子。曹彭不認得向朗父子，可是看那儀仗，便知道這些人身分不一般，於是率部將他們圍在疏林。

按照趙雲的想法，他衝入亂軍之後，向朗父子會率部趁機反擊。

而曹軍正處在短暫的混亂之中，可以輕而易舉的將擊潰對方……曹彭雖然悍勇，殺法驍勇異常，奈何在趙雲看來，卻算不得什麼。他一桿大槍翻飛，便殺得曹朋盔歪甲斜，狼狽不堪……

可偏偏，疏林中的向朗父子卻沒有任何反應。

「是子龍將軍來了！」

向條年紀在二十四、五，頭戴亮銀扭獅子盔，身穿亮銀吞獸甲，手持寶劍，正與曹軍搏殺。

聽聞趙雲的呼喊聲，向條大喜。

「父親，子龍將軍前來營救我們，咱們殺出去。」

「且慢！」

就在向條要衝出去的時候，卻聽一個女聲響起。一個身穿華服，腰繫環珮的妙齡美婦在幾名親隨的保護下走上前來。她伸手攔住了向朗，輕聲道：「父親，若此時出去，必是死戰；子龍將軍雖勇，卻未必能護得咱們周全。而今他在林外牽制曹軍，我們正可以從另一面突圍而出……父親，子龍將軍終究不和咱們一條心啊。」

向氏一語，卻道中了向朗的要害。

沒錯，趙雲忠於劉備，卻不是他們的人。

特別是在劉禪和劉理的問題上，劉備也曾詢問過趙雲。趙雲雖然以『主公家事，末將不好言論』為理由，沒有給出明確的答覆，可私下裡，趙雲還是和甘夫人、糜夫人走得較近。

原因嘛，非常簡單。

甘夫人和糜夫人跟隨劉備的時間很長，而趙雲也是劉備的舊臣。特別是在劉備投奔袁紹、官渡之戰的那個階段，趙雲奉命保護甘夫人和糜夫人，可謂盡心盡力。而相比之下，他和向氏沒有任何聯絡，甚至在平日裡，很少和向家的子弟接觸交往。

向朗立刻便明白了向氏的心思。

同時，向夫人說的也不錯。這疏林之外，凶險萬分，哪怕有趙雲在，又怎能保證周全？此時，趙雲已吸引了曹軍的注意力，正是他們突圍的時候。雖然這樣做有些不太厚道，可為了劉理，為了他的外孫安全，倒也不是不可以考慮。

想到這裡，向朗便不再猶豫，朝向夫人點了點頭。

「傳我命令，向南突圍。」

「父親，子龍將軍還在外面……」

常山趙子龍

「我知道！」

向朗的眼中閃過了一抹羞慚之色，但旋即隱去。

能執掌一個大家族，自然有他的過人之處。這種厚臉皮的本事，是每一個家主都不可或缺的必修課程。有的時候，必須要抹去良心，為自己謀劃。既然他已經歸附了劉備，自然要爭取最大的利益，而他如今最大的資本，便是向夫人的孩子。所以，向朗很容易就做出了取捨。

「休要贅言，立刻突圍。子龍將軍武藝高強，曹軍焉能攔阻他去路？若不儘快行動，只怕要辜負了子龍將軍的心意。」

向條雖說不滿，卻也無法反對向朗的命令。他嘆了口氣，立刻指揮人馬向南面突圍。

而此時，趙雲正在亂軍之中殺得難解難分。那曹彭雖不是他的對手，卻也不是一時半會兒能取得勝利。更重要的是，隨著時間的流逝，越來越多的曹軍蜂擁而至。十幾名曹將將趙雲團團圍住，與那曹彭聯手，趙雲漸漸有些不支。

「敵軍突圍了！」

「啊？」

趙雲忽聞曹兵的呼喊聲，心中一愣。他沒有看到向朗帶人衝出來，難道說……

這是在戰場上，容不得他三心二意。就是這一眨眼的分心，只見曹彭催馬上前，掄刀一記抹丘刀斬向趙雲。與此同時，兩名曹將擰槍而上，惡狠狠的刺向了趙雲！趙雲猝不及防下，險些被曹彭劈中。可即便如此，他還是被一名曹將的大槍所傷，槍刃撕裂了衣甲，在他的肩頭上留下了一道深深的血痕，鮮血順著傷口汩汩流出，瞬間便染紅了衣袍……

趙雲怒了！

他大吼一聲，反手一槍把那曹將挑於馬下，而後右手拔出驚鴻劍，劍貼在大槍下，直刺曹彭。曹彭閃身，躲過了趙雲的大槍。哪知道趙雲還有後招……

這在槍法之中，名叫槍裡劍，也是趙雲的絕招之一。

當曹彭閃身躲避的一剎那，趙雲突然撤劍而出，向前順勢一抹。曹彭再想閃躲可就來不及了！只聽卡嚓一聲，鋒利無比的驚鴻劍砍下了曹彭的首級。其餘曹將眼見這突變，都嚇了一跳。而趙雲則厲聲喝道：「擋我者死！」

他一手槍，一手劍，衝入人群中，左槍右劍，硬生生殺出了一條血路，奪路而走。

曹軍主將喪命，又折損了五、六員大將，曹軍不由得心生畏懼，眼見著趙雲逃走，卻無一人追趕。

趙雲從重圍中殺出來，已是渾身浴血，有敵人的血，也有他自己的血……

從凌晨到正午，他足足殺了一個晌午，期間水米未進，這體力不免透出了不足。不過，他並沒有急於撤離，而是繼續在亂軍中尋找麋夫人的下落。

向朗背他而走，險些使他陷入死地，可食君之祿，為君分憂，他忠於的是劉備……所以無論如何，都要找到麋夫人和大公子劉禪，若不然，卻是愧對了劉備對他的看重。不過，他內心深處，卻不免有些發冷……

我千辛萬苦前來為你向朗解憂，你怎能就這樣背我而走呢？

趙雲性情耿直，卻不是個傻子。如果說，在剛開始他還沒能想明白其中的緣由，那麼時間一久，他也能反應過來。

莫非，又是為了那立嫡之事？

趙雲不願意參與那些亂七八糟的事情，卻不代表他不清楚那裡面的貓膩。

事實上，自荀諶故去之後，舊有的劉備勢力和新興的荊襄派系，一直都在糾纏不休。之前有荀諶在，憑藉荀諶的資歷和聲望，以及他那無人可比擬的家世，雙方一直保持在一個平衡狀態。但荀諶死後，諸葛亮雖然挑起了大梁，卻達不到荀諶那種威懾力。

荀諶死前，無論是諸葛亮、馬良等人為首的荊襄派系，還是張飛、陳到、麋竺這些劉備老臣，都極為尊敬荀諶。甚至包括那位素來輕士大夫、重庶民的關二爺，對荀諶也是保持足夠的尊重。

偏偏，荀諶死後，卻無人能取代他的位子。

而劉禪和劉理的出生，則使得這種內部的矛盾在不經意中尖銳起來。

趙雲不明白劉備為何遲遲不肯立嫡。也許，劉備有他自己的考慮，畢竟如今基業未成，這立嫡就成了笑話。

可問題是，你認為基業不成，但那些在你手下做事的人，卻有其他考慮。人，都是有私心的。就算是聖人，都不能免俗……

趙雲在私下裡曾勸說劉備，儘快確定下來。並且他以袁紹作為一個反面例子，勸說劉備拿定主意。

劉備當時的回答是：「曹操尚未立嫡，我又何須急於一時？」

可問題是，曹操有足夠的能力，保持他在臣工面前的威信。而劉備以寬宏仁德著稱，也就註定了他無法像曹操那樣隨心所欲。

趙雲勸說不得劉備，也就沒有把這件事放在心裡。但沒有想到，也不知是誰傳了出去，說他支持劉禪。想必也是因為這個原因，向朗才不願和他同行……

只不過到如今的狀況，還要考慮這些事情？連性命都保不得了，卻偏偏斤斤計較……這些荊楚蠻子，果然不是可以與之大事之輩！

趙雲心中滿懷怨氣，在隨後的出手中，變得越發兇狠起來。

在長阪坡遊轉許久，他還是找不到麋夫人的蹤跡。眼見天將晡時，長阪坡上的曹軍人數越來越多，讓趙雲不敢再繼續逗留。

歷史上，他曾在長阪坡上七進七出，斬殺曹兵曹將無數；如今，他依舊是在長阪坡七進七出，同樣殺得曹兵曹將望風而逃。趙雲決意，先退往當陽橋，與張飛會合一處。此時，長阪坡上的戰事，業已漸入尾聲，隨著曹軍源源不斷的抵達，劉備部曲的抵抗越來越弱……

而張郃與高覽，又是兩個性子。

他和高覽的不同在於，他能聽得進曹朋的勸說。

曹朋召回了虎豹騎之後，勸說張郃，盡量以招撫為主，少做殺戮之事。這也是為曹操製造聲望的時候……那些難民離開家園，也不全都是心甘情願。你殺得越狠，他們反抗就越激烈；可如果你能軟硬兼施，便可以迅速平息戰事。

既然戰事將要結束，那麼繼續逗留下去對趙雲而言，意義不大。

他已經走遍了長阪坡，卻遲遲找不到麋夫人的蹤跡……想來，麋夫人要麼是已經逃出生天，要麼已經凶多吉少……趙雲自認他盡了全力。再一次殺出重圍之後，他打馬揚鞭而去。

當陽橋，就在前方。

只要到了當陽橋，也就算是安全了！

趙雲疲憊不堪，幾乎是趴在馬背上，靠著意志力，勉強催馬行進。

遠遠的，已經能聽到那當陽河水的流淌，趙雲的精神也不由得為之一振！可就在這時候，忽聽前方傳來一陣喊殺聲。聽上去，距離有點遠，卻正是當陽橋的位置。趙雲心裡不由得一驚，連忙打起精神，舉目向前方眺望，卻見當陽橋方向狼煙滾滾，喊殺聲越來越清晰。

出事了！

趙雲頓時大驚，顧不得人疲馬乏，強催戰馬疾馳。

還沒等他趕到當陽橋，就見一隊兵馬狼狽而來。趙雲認得出那正是己方的兵馬，為首的一員軍侯也不算陌生，名叫傅士仁。

傅士仁，表字君義，說起來也算得上是劉備的老臣。他是幽州廣陽人，早在黃巾之亂時，程遠志偷襲涿郡，便投奔了劉備。二十年來，他追隨劉備轉戰南北，東征西討，沒有立過什麼大功，但也算得上是不離不棄。這傢伙運氣極好，多少次劉備遭難，他都能活下來。只不過，他沒什麼大本事，所以一直不上不下，如今在軍中擔任軍侯之職。可是，很多軍司馬，乃至於校尉，對他是極為尊敬。

傅士仁和趙雲認識，遠遠的看到趙雲，他就大聲喊道：「子龍將軍，快走、快走……」

「君義，怎麼回事？」

趙雲上前攔住了傅士仁的去路，卻見傅士仁也是盔歪甲斜，看上去非常狼狽。

「主公敗了，主公敗了！」

「啊？」

趙雲一聽，急眼了。他一把拉住了傅士仁的馬韁繩，厲聲喝問：「君義，究竟怎麼回事？你給我說個明白……」

傅士仁扭頭看了看周圍，而後急促道：「主公襲取江陵，你當知曉。」

「我知道。」

「原本，主公以為江陵無甚難處。哪知道，曹朋早已命其麾下大將黃忠在江陵說降了賴恭，強奪江陵……主公原本見襲取不成，準備強攻。哪知道，曹軍大將信義將軍魏延突然自章山強渡漢水，襲擊主公身後。主公遭曹軍前後夾擊，幸得陳到將軍拚死保護，和軍師等人幾十騎逃離，而今不知去向。」

「那黃忠和魏延兵合一處之後，便率部攻擊當陽。三將軍不妨之下，被打了個措不及手。而曹朋率一支兵馬，也同時發動了攻擊，三將軍而今身陷重圍……子龍將軍，大勢已去，快隨我走吧！實在不行，咱們可以先去江夏，稟報二將軍。」

趙雲的腦袋嗡的一下子就亂了！

他瞪大了眼睛，半天沒能回過神來……

主公敗了？和軍師一樣，下落不明？怎麼可能！

可他也知道，這件事十有八九是真的……蓋因那魏延、黃忠，他可都聽說過。之前在襄陽奪門之時，他曾與黃忠交鋒。那老黃忠年紀雖大，可刀馬純熟，根本就不像是一個老卒……

趙雲自認，若他和黃忠交手，三百合內難分勝負，三百合後他才能勝出一籌。

「子龍將軍，快走吧！再不走，就來不及了！」

傅士仁不停勸說趙雲，卻未發現趙雲的目光漸漸陰冷下來。

「君義，主公於我有知遇之恩，而今之時，我怎能棄他而走？」

「可是……」

「你若要走，便走吧。」趙雲深吸一口氣，將纏綁在肩膀傷口處的戰袍緊了緊，順勢抓緊了手中銀槍。「我當死戰，救出翼德。」

說罷，趙雲催馬就走。

傅士仁有心再勸說，可是被趙雲那陰冷的目光掃了一眼之後，到了嘴邊的話又硬生生嚥了回去。

罷了，你要送死，我何須攔你？

如今再趕去當陽橋，與那送死又有何異！

章十四 迫降

當陽橋頭，喊殺聲震天。

一隊隊曹軍猶如神兵天降，從南面掩殺而來。放眼望去，也不知究竟有多少人馬，只見塵煙滾滾，狼煙遮天蔽日。黃忠和魏延兵分兩路，從江陵方向突然殺來。張飛雖得到了消息，卻還是有些晚了。等他準備撤退的時候，曹朋率領虎騎出現在當陽橋頭，使得張飛無法脫困。

不足兩千虎騎，卻非三千普通軍卒可比。

裝配甲裝騎具的重裝騎兵，猶如排山倒海般衝過來的時候，張飛的陣腳頓時大亂……

從沒有見過如此一支凶悍的兵馬，竟有這種強橫的衝擊力。己方人馬根本就無法阻攔那黑色洪流的衝擊，虎騎所過之處，留下屍山血海。張飛也是大驚失色，連忙指揮兵馬，拚命阻攔。

亂軍中，張飛遇到了曹朋。

兩人已非第一次交鋒，早在十年前，張飛和曹朋就有過交手。只不過在當時，曹朋的武藝遠非張飛的對手，靠著甘寧等人的幫助，才算把張飛拿下。那一戰之後，張飛深以為恥，近十年來苦心修行，想要斬殺曹朋，報仇雪恨。如今兩人在當陽橋頭再次相遇，張飛自然不能放過。他拍馬舞丈八蛇矛槍，惡狠狠的就朝著曹朋衝過去。

有道是，仇人見面，分外眼紅。

張飛和曹朋之間，絕對是仇深似海……

他原本以為曹朋不是對手。可沒想到，十年不見，曹朋的身手已達到了超一流武將的水準。

而張飛呢，卻已過四旬年紀，氣力比之當年已有衰退。

論經驗、論武藝，張飛和曹朋在伯仲之間；論氣力，張飛勝曹朋一籌。無回槍法在他手中，猶如疾風暴雨，氣勢逼人。只是，老不以筋骨為能。曹朋雖略處下風，但卻足以將張飛纏住，一桿畫桿戟舞動起來，同樣不容張飛小覷。兩人甫一交手，張飛便知道情況不妙……

曹朋纏住了張飛，使得三千兵卒群龍無首，亂成了一團。

雖然張飛拚命想要甩脫曹朋，可是曹朋卻緊逼不捨。時間一長，張飛可就有點頂不住了！耳聽周圍不斷傳來己方兒郎的慘叫聲，更有人高聲叫嚷：「休要動手！我等投降，我等投降了！」

兒郎們本就被虎騎排山倒海的氣勢嚇得魂飛魄散，而張飛又被曹朋纏住，自然更沒了鬥志……幸好，剛剛趕來的向朗父子率部拚死抵抗，才算是擋住了虎騎的衝鋒。然而就在他們動手之際，黃忠和魏延從身後掩殺過來，令得當陽橋頭頓時大亂。萬餘人在這狹窄的區域中，展開了一場慘烈的搏殺……

方經大勝的曹軍，氣勢如虹，劉備的人馬自然很快就潰敗下去。

張飛急得在馬上哇呀呀大叫，卻又無可奈何……

遠處，向朗見形勢不妙，大聲呼喊道：「三將軍，休要戀戰，速走！」

張飛這才反應過來，咬牙切齒一陣疾風暴雨般的猛攻，硬生生將曹朋逼退，撥馬就走……可沒跑出多遠，迎面就見一員老將，金盔金甲，掌中一口大刀，胯下黃驃馬，呼嘯而來。

「三將軍，何故走得匆忙？且與老夫大戰三百合！」

話到，馬到，人到。

馬上的老將軍掄起大刀，在馬背上長身而起，朝著張飛就狠狠的劈斬過來。

那張飛也不畏懼，舉矛相迎。刀矛交擊一起，發出一聲巨響。一股巨力襲來，令張飛胯下那匹烏騅馬希聿聿長嘶不止，連退數步。而老將軍卻是得勢不饒人，刀快馬急，眨眼間就再次到了跟前。張飛暗自叫苦！眼前這老將軍，他並不陌生……此前，在襄陽城外，他和黃忠交過手，當時是不分伯仲。

按道理說，黃忠一路追襲，而張飛是以逸待勞，占了上風。可剛才張飛和曹朋鏖戰數十回合，卻消耗了不少力氣，再加上心慌意亂，被黃忠搶了先手。

好在，張飛也非等閒之輩，片刻後便穩住了心神，和黃忠打在一處。

遠處向朗見張飛被纏住，也知事情不妙。他連忙指揮兵馬，想要援救，可是就在這時，魏延率部趕到，迅速加入了戰團。而另一邊，曹朋率領虎騎，也已經衝過了當陽橋，殺入亂軍之中。

劉備的兵馬接連受到衝擊之後，哪裡還有鬥志？任憑向朗呼喚，卻無人聽從指揮……向朗見勢不妙，只得親自斷後，命向條保護著向夫人、甘夫人、麋竺和二公子劉理撤走。

沒錯，向夫人母子和甘夫人，此時都在當陽橋頭休息。

在經過了一番驚心動魄的變故之後，一群人也都疲憊不堪。劉備率部偷襲江陵，他們又不敢孤身前往，於是便決定和張飛一起撤走……卻不想，遇到了這種結果。連麋竺也不得不拔劍參戰了！

此時此刻，麋竺再也沒有半點往日那種雍容的氣度，一口利劍舞動，將逼近的曹軍砍翻在地，口中更大聲呼喊：「夫人，速走！速走！」

甘夫人在一群護衛的簇擁下，不斷向外突圍，不知不覺便和向朗父子失去了聯繫。

這亂軍中，哪裡能顧得了許多？向朗父女和甘夫人，原本就算不得同一路人。眼見甘夫人走失，他們也不會著急，只是悶著頭拚命的逃跑。

糜竺連斬數人之後，便已氣喘吁吁。

歲月不饒人！

想當年，他和兄弟糜芳投奔劉備，何等的雄心壯志？可是而今……

說起來，他也算是經歷過無數次腥風血雨，艱苦磨難。可是這一次，他有一種感覺：怕是難以逃走了！眼見從四面八方湧來的曹軍越來越多，糜竺絕望了。他大叫一聲，把寶劍橫在頸前，「主公，恕子仲不能輔佐主公，成就大業！」一咬牙，他就要自刎於亂軍之中。

就在這時候，忽聽一人高聲喊喝：「全都給我閃開！」

獅虎獸馱著曹朋，從遠處飛奔而來。那獅虎獸快如閃電一般，眨眼間就到了糜竺近前……曹朋在馬上抖手發出一枚鐵流星，啪的正中糜竺手腕，疼得糜竺大叫一聲，再也無法拿得住寶劍，掌中利劍立刻脫手。與此同時，曹朋已經到了跟前，畫桿戟輕輕一拍，就把糜竺從馬背上拍翻在地。不等糜竺站起來，幾名彪形大漢衝上前，把他死死按在地上。

「速殺我，速殺我！」

糜竺拚命的掙扎，可曹朋卻不理睬。

「給我看好此人，若壞了性命，爾等提頭來見。」

「喏！」

「曹友學，速殺我！」

糜竺被彪形大漢拖著走，口中猶自高聲呼喊。

眼看著糜竺被拖走，曹朋卻不由得微微一蹙眉頭。又是一個死心塌地跟隨劉備的人……可是，為什麼？曹朋也說不清楚這樣的一種感覺究竟是怎麼回事。也許，劉備的確是一個很有魅力的傢伙吧？只是他卻無法感受出來。

作為敵人，他對劉備不會有半點惺惺相惜，他所要做的，就是把劉備幹掉，而後就是孫權……早早結束這該死的亂世，還世上一個朗朗乾坤。

想到這裡，曹朋深吸了一口氣。那空氣中猶自瀰漫著一股血腥之氣，令他感覺很不舒服。

魏延的適時出擊，令劉備功虧一簣……只不過，這傢伙是小強命，每每都能化險為夷，逃出生天。

他這一逃走……

曹朋不由得倒吸一口涼氣。

接下來，該如何解決呢？想要再找到這傢伙，恐怕如大海撈針一樣。

就在這時，當陽橋頭再次起了變化。只見一員大將，血染戰袍，如同一頭瘋虎般衝向當陽橋頭。胯下馬，掌中丈二銀槍，一口驚鴻劍在手，左衝右突，如入無人之境。

當陽橋的另一邊，尚有虎騎騎士駐守，眼見那大將衝過來，這些虎騎騎士二話不說便衝上前阻攔。可是這大將卻勢無可當，槍挑劍劈，一連斬殺十餘名虎騎騎士，令曹軍也不由得為之慌亂。

「趙雲？」

曹朋一眼認出，那個如同瘋虎般的大將正是趙雲，眼中不由得閃過一抹冷意。

沒錯，他挺喜歡趙雲，喜歡他勇猛無敵，喜歡他剛烈忠直……可是，如今趙雲是他的對手，那就由不得趙雲繼續猖狂下去。別看趙雲此時凶猛，卻明顯是強弩之末。想到這裡，曹朋一催胯下馬，厲聲喝道：「虎騎讓開，我來戰他！」

虎騎騎士聽聞，立刻讓開了一條路。

曹朋縱馬疾行，畫桿戟倒拖，身形在馬上微微彎曲，呈一個弓形形狀。隨著獅虎獸不斷加速，曹朋的氣勢也不斷的提升。只見他衝過了當陽橋，眨眼間來到趙雲近前，猛然長身而起，畫桿戟順勢掄開，如同開天巨斧般，呼嘯劈向趙雲。畫桿戟上，帶著一股令人窒息的罡風，那種剛烈無儔的氣息，猶如一團烈焰熊熊燃燒，周遭的曹兵曹將立刻向邊上退去。

而趙雲也看清楚了曹朋，心中不由得暗自叫苦。

他很清楚自己此刻的身體狀況，若是在全盛時期，說不得能戰勝曹朋，可是現在……不過趙雲並沒有因此生出畏懼之心，反而舉槍相迎，槍法陡然間生出了一種詭異的變化。如果說此前趙雲的槍法是那種剛猛無儔的招數，那麼此時的槍法卻顯得陰柔而綿軟，大槍吞吐猶若靈蛇，隱而不發，勁力內斂。

可越是這樣，就越是透出凶險之氣。

曹朋那猶如烈焰般的招數，在趙雲跟前，竟有一種一拳頭打在棉花上的感覺。

趙雲手中大槍，根本不與曹朋的畫桿戟接觸，在外人看來，他一直是在躲著曹朋的攻擊，不敢硬碰硬的迎戰。可是曹朋卻生出一種被毒蛇盯上的感受，趙雲每一次閃躲，都給他帶來一種莫名的警兆。

曹朋看似占了上風，可事實上，數個回合下來，兩人的兵器竟沒有碰觸一次。

越是如此，曹朋就越是感覺危險……

盤蛇七探槍？

依稀記得，後世傳說這趙雲趙子龍有一種獨門槍法，名為盤蛇七探，是他自己所創。只是在此之前曹朋從未見識過，故而也沒有那麼多的想法。在曹朋看來，那更像是一種小說家的演義，而非事實。可現在，他開始相信了這種說法……這傢伙，可能真的還有後招。

二馬盤旋，眨眼間就是十餘個回合。

就在兩人錯身而過的一剎那，趙雲手中的銀槍突然一轉，從肋下橫裡嗖的刺出，直奔曹朋軟肋。

這一槍來得太過突然，讓曹朋也是嚇了一跳。

幸好，他一直都警戒著趙雲的後招，當這如同靈蛇捕食般的一槍刺來時，下意識身體向旁一側，一個鐙裡藏身，堪堪躲過了趙雲的攻擊。可饒是如此，曹朋也被嚇出了一身冷汗，翻身重又坐穩之後，他

曹賊

章十四

迫降

大叫一聲：「好槍！」

「友學，休要擔驚，我來助你！」

從當陽橋的另一側，又衝過來一員大將。

「文長，此人驍勇，尤勝虓虎，你我雙戰他。」

曹朋一句話，算是讓趙雲徹底揚名。

能被他稱之為虓虎的人，那絕對不一般。魏延很瞭解曹朋，更知道曹朋是個心高氣傲的主兒。能被他如此稱讚，對方必然有過人之處，斷然容不得小覷。

原本魏延還有點輕敵，可經過曹朋這一提醒，立刻抖擻精神，拍馬舞刀，便困住了趙雲。

好一個常山趙子龍，面對曹朋和魏延兩人夾擊，卻毫無懼色，掌中銀槍使得越發詭譎陰狠，槍槍致命。只是，在長阪坡鏖戰一整日，趙雲水米未進。曹朋本就不是一個容易對付的主兒，而魏延雖算不得超一流武將，也算得上是準超一流武將的巔峰。哪怕是在平常，他要對上這兩人也會感到吃力，更不要說這個時候已經人困馬乏。

曹朋和魏延聯手，很快就占了上風。不過，曹朋卻暗自讚嘆：子龍，真猛士也！

兩人聯手，趙雲已落在下風。偏偏這傢伙韌性極強，槍法也變得陰柔詭譎，無從捉摸。三人馬打盤旋，在當陽橋頭又打了十餘個回合。趙雲雖然已露出了敗相，可曹朋卻遲遲取不得勝。

明明看他沒了還手之力，卻突然間神來一槍，逼得曹朋和魏延退後。盤蛇七探，守禦力超強，同時又把攻擊手段摻入其中的槍法，令兩人想要速戰速決變得有些困難起來。

曹朋這心裡不由得有些著急！

當陽橋另一邊，黃忠和張飛的搏殺卻有了分曉。

老黃忠與張飛鏖戰百餘合，張飛終因心慌意亂，無意再戰，瞅了個空子，將黃忠逼退，落荒而走。

黃忠本打算追擊張飛，卻發現曹朋和魏延雙戰趙雲，遲遲沒有結果。特別又聽聞曹朋稱讚趙雲『尤勝虓虎』，黃忠就有點不舒服了！

要知道，當初南陽郡太守張諮曾讚他『可比虓虎』。

如今曹朋稱讚趙雲『尤勝虓虎』……豈不是說，這趙雲比他還要厲害？

老將軍別看年紀大，可是心裡面那不服輸的勁頭，比年輕小夥子還要強盛幾分。越是隨著年紀增長，他就越是不服老。如今，好不容易尋得明主，能一展身手，黃忠又怎可能容忍趙雲比他還要厲害……

「公子、文長，且讓老夫與此人一戰！」

說話間，黃忠縱馬衝過了當陽橋，口中一聲高喝。

很顯然，他不願和別人聯手，而是想要和趙雲一對一的交鋒……曹朋和魏延相視一眼，二話不說，撥馬閃開。黃忠掄刀而上，便與趙雲鬥在一處，而曹朋和魏延則在一旁觀戰。

趙雲心裡暗自叫苦。他剛才和曹朋、魏延纏鬥，已經力有不逮，此時這老傢伙……

他也曾領教過黃忠的厲害，即便是在他全盛之時，也僅能說三百回合能略占上風而已。如今人困馬乏，又和曹朋兩人鬥了一陣，趙雲只覺得手中的銀槍越來越重，快要使不起來。

憑藉著盤蛇七探，他勉力和曹朋、魏延相爭。而黃忠上來之後，壓力雖說減輕了不少，可時間一長，趙雲也知道必死無疑。

這老頭雖說和張飛鬥了百餘合不分勝負，耗費了不少氣力。可比起趙雲，卻仍舊有充足的力量。

這曹朋身邊，怎的有這許多的好手？

趙雲心裡不免發苦，同時也知道，再打下去凶多吉少。和黃忠鬥了幾個回合之後，趙雲猛然發力，盤蛇七探一槍連著一槍，一槍快似一槍，硬生生把黃忠逼退，撥馬就走。

曹賊

章十四 追降

黃忠又怎能這麼放過趙雲？見趙雲走，他立刻催馬就追上去。

趙雲趴在馬背上，渾身痠痛，兩臂發沉，腦袋也開始昏沉起來，神智更有些模糊不清。忽聽前方傳來馬掛鑾鈴聲，蹄聲響起，一匹踏雪烏騅迎面而來。

馬上一員大將，手持大刀，高聲喝道：「老將軍，此人乃公子所重，就把這功勞讓與某家，如何？」

啊？

趙雲激靈靈打了個寒顫，忙勒馬定睛觀瞧。

卻見龐德縱馬而來，揮刀便劈斬過來。雙臂已經痠軟，渾身更使不出力氣，可趙雲不得不強打精神，擰槍和來人戰在一處。

又是一個稱曹朋『公子』的人，這傢伙的手下，可真是猛士如雲……還真就想不明白，為何有如此多人願意聽從他的吩咐？不過無論如何，卻休想讓我屈服。今日我就與你們拚死一戰，至少也要讓你曹朋折損幾個手下，方才如意！

想到這裡，趙雲出手更加狠辣。

龐德和趙雲打了幾個回合之後，忽然聽到遠處曹朋喊道：「令明，你且退下。」

趙雲這時候已經快神志不清了，腦袋一陣陣的發昏。龐德退下之後，他迷迷糊糊順著曹朋的聲音，撥馬就衝上前去。

卻耳聽曹朋厲聲道：「子龍，且看清楚，你面前何人！」

趙雲聽聞一怔，腦袋隨之清醒了許多。他停下馬，舉目看去……可這一看，卻讓他頓時大驚失色。

「曹朋，焉敢如此？」

此時的趙雲，已身陷重圍。

虎騎在前，豹騎在後，曹朋、魏延、黃忠還有龐德，從四個方向將他包圍在正中央。這個時候想要逃走？根本沒有可能！且不說曹朋四人哪怕抵不住他，也僅僅是遜色半籌而已。若四人聯手，即便是全盛時期的趙雲，也抵擋不住十個回合，更不要說如今這種狼狽狀況。

但這並不是最重要！

最讓趙雲害怕的是，在曹朋身前，押著一排男男女女，有老有少。而這些人，恰恰是最讓趙雲感到忌憚的人……從左手一字排開，是向朗和向條父子、向夫人母子、甘夫人、麋竺……另外，還有趙雲從凌晨開始，一直苦苦尋找到現在的麋夫人和阿斗。

我的個天……這等於是把劉備的家眷給一網打盡了！

不過細想起來，這種事倒也算不得稀奇。劉備偷襲江陵，家眷自然不可能帶在身邊。原本是萬無一失的一次行動，卻因為黃忠說服了賴恭，聯手奪下江陵，而最終告以失敗結局。

本來，劉備讓張飛留在當陽橋，也有收攏殘兵敗將、尋找家眷的想法。

可張飛又如何能料到，魏延會饒過內方，從章山渡河襲擊……結果，被麋竺護送回來的甘夫人，以及剛剛隨向朗父子逃到當陽橋的向夫人母子，也就難以逃脫。至於麋夫人和劉禪，則是被龐德擒獲。

當曹朋殺進長阪坡的時候，就命令龐德尋找麋夫人和阿斗等人的下落。

沒想到，甘夫人被趙雲搶先一步救走，所以未能尋獲。

可是麋夫人母子，卻沒有那麼幸運了……龐德抓了幾個劉備軍中的降卒，帶著他們在長阪坡找到了麋夫人和阿斗。本來，依著麋夫人那剛烈的性子，很有可能會自盡於長阪坡，可是她懷中還抱著阿斗，使得麋夫人也無可奈何，只得做了龐德的俘虜。當張郃開始收拾長阪坡殘局的時候，龐德押送著麋夫人和劉禪，聽從曹朋的召喚，趕來當陽橋頭與曹朋會合。

在他們的身後，是一排刀斧手。

曹朋看著遍體鱗傷，已筋疲力盡的趙雲，輕輕嘆了口氣，「子龍，你已盡力，何故執迷不悟？」

「曹朋，你竟卑鄙如斯？」

趙雲看到這情況，也知道再打下去已失去了意義。

眼看著那一排俘虜，趙雲突然把大槍倒插在地上，橫劍於頸前，就準備自刎身亡。可是，他剛一動作，就聽到曹朋道：「子龍，你若自盡，可休要怪我心狠手辣，絕了劉備的血脈。」

「你……」趙雲一怔，厲聲喝道：「曹朋，你欲如何？」

曹朋微微一笑，「兩條路，降，或者死。」

「你要我投降？」

「正是！」

曹朋回答的斬釘截鐵，而後嘆了口氣，「子幽與我說過，子龍你是個耿直的性子，乃忠貞之士。然則，良臣擇主而事，良禽擇木而棲的道理，你也當明白。劉玄德而今大勢已去，他圖謀江陵失敗，已難以挽回局面。而今，丞相大軍即將進駐荊楚之地，他的覆沒不過是早晚之事……」

「你今日在長阪坡，所做的已經夠多了！你看看你現在的模樣，還記不記得當年你和子幽在常山學藝時，立下的宏願？我記得子幽說過，你生平最大的願望，便是做那守護家園、抵禦胡虜的英雄豪傑。當初你在公孫瓚帳下時，不管怎樣，你至少是照著你的理想去做……可現在呢？」

「子幽遠不如你，卻坐鎮河西三載有餘，與那漠北胡虜交戰數十次，殺敵不計其數。可你呢？卻如同喪家之犬，連個棲身之所都沒有，跟著那野心勃勃的之輩四處流竄……你言劉玄德乃明主，但在我眼中，他不過是沽名釣譽的小人而已。」

「人言丞相國賊，可是丞相在許都，平定四方，戰功顯赫，令番邦來朝。丞相之下，百姓衣食無憂，生活無虞，至少能過上一個溫飽的日子。可劉玄德呢？每到一地，必帶來無盡戰火。」

「他在徐州四載，徐州人口減少三分之一，田地荒蕪，百姓流離失所，苦不堪言，把個原本富庶的江淮魚米之鄉，折騰的殘破不堪；到了汝南，又是徵召百姓，招攬山賊盜匪，橫行無忌。丞相出兵之後，他一拍屁股走人，還美其名曰千里迂迴……可是，那些當初支持他的百姓，又是怎樣一個結局？若非丞相命人從徐州送糧，只怕就是餓殍遍野的景象。」

「而今到了荊州，又是如此。在南陽，他擅自開戰，結果損兵折將。在樊城，他密謀襄陽，為眾人所唾棄……此等人物，真的值得你追隨嗎？抑或，你跟隨劉備太久，已忘記了當年在常山，於童淵大人面前所立下的宏願嗎？也許，你已經麻木了……」

趙雲的臉色變得極為難看。他低頭看了看手中寶劍，再抬頭看了一眼那些被刀斧手押解的俘虜。

噹啷！

趙雲把手中劍丟棄於地上。

「曹友學，我絕不會歸降曹操。」

這句話，說得是斬釘截鐵，沒有任何轉圜的餘地。

「子龍將軍，休要顧忌我等，當速速突圍，離開此地，尋皇叔去……」

向夫人突然大聲叫喊，卻見一名刀斧手上前，一把扯下了她的衣袖。時值隆冬，向夫人身上的衣衫也頗厚。可即便如此，被扯下衣袖時，她仍舊忍不住發出一聲尖叫，旋即那刀斧手將衣袖揉成了團，塞進了向夫人的嘴裡。

「住手！」趙雲大驚，探手就要去抓槍。

卻見曹朋一擺手，笑道：「子龍，你莫緊張，我只要你一句話。」

「什麼話？」

「為我效力，我就放他們離開。若不然，我可以交與丞相，亦可以將他們處死……這許多人的性命，只在你一念之間，你可要想明白才是。」

趙雲聽得出，曹朋說的是為『我』效力，而非為『丞相』效力。

他不由得一怔，向曹朋看去，卻見曹朋神色自若，面帶笑容，心裡一下子變得紛亂起來……

曹朋剛才的那一番話，對趙雲而言，並非沒有震撼。

當年，他曾在童淵面前發下宏願，要守禦邊疆，痛擊胡虜。

而他之所以投奔公孫瓚，甚至在劉備第一次招攬他的時候，他明明並不得公孫瓚所重，仍執意回去。固然有忠義在其中，但更多的，還是公孫瓚守禦邊疆，白馬將軍之名令他敬佩不已。只不過後來，公孫瓚有了野心，殺劉虞，戰袁紹，最終落得個淒慘下場。

趙雲在那之後，不遠千里投奔劉備。

當時夏侯蘭明明寫信相邀，可是趙雲卻不願去輔佐曹朋。

原因嘛，固然有曹朋聲名不顯的因素在其中，但真正的原因，還是他認為劉備能建立一番事業，讓他實現理想。可是，投奔劉備十年，卻連一個胡虜都沒能殺掉，反倒是隨著劉備東奔西走，四處流浪。最讓趙雲感到難過的，還是劉備始終不肯讓他獨領一軍。哪怕是白甠兵，也僅止是隨他上陣殺敵而已，沒有半點的權力。

趙雲若是個沒本事的，可能也就罷了。偏偏他一身的武藝，不遜色於關、張二人，可謂劉備帳下翹楚，這就讓他心裡有些不太舒服……特別是後來呂吉都能獨領一軍，而他卻始終無處施展才華，心裡也就更加鬱悶。十年過去，當年的宏願他真的快要忘記了！若非曹朋提起，他可能已拋在了腦後。

閉上眼睛，趙雲面色陰晴不定。

曹朋道：「子龍，你做決定吧。而今我尚可做主，但若是遲了，只怕就難以再處置了。我可以保證，只要你歸降於我，我便把這些人都放了……若你不願與劉備為敵，我還可以送你去涼州，以免你感到尷尬。何去何從，你速做決斷。從現在開始，我計數三十息，你拿主意吧。」

曹朋也知道，他放走劉備家眷，可是一樁大過。

曹操肯定會知道，而且會非常生氣，甚至有可能會罷免他的官職，但如果能收得趙雲歸心，倒也算是值了。畢竟，常山趙子龍可是他前世的偶像。雖說趙雲沒有小說《三國演義》中形容的那麼英俊，可依然值得他冒險。再說了，丟官罷職又不是沒有過……他才不會害怕。

曹操，能忍心殺他嗎？

只不過，這些事他現在可以做主，若過一會兒張郃來了，恐怕就有麻煩了……

曹朋已經給趙雲劃下了道，接下來，就要看趙雲自己的選擇。

趙雲抬起頭，怔怔看著曹朋。若說心裡不感動，那是瞎話……他當然知道，曹朋這是冒了多大的風險。雖然不明白曹朋何故這般看重自己，但他心裡面卻極為感激。曹朋對他的看重，他不是不知道。從第一次在舞陰見面，他就覺察到了這份重視。想他不過一介武夫，何德何能被曹朋如此重視呢？

就連在一旁的龐德和黃忠，都覺得有些吃味了！

「我若歸降，你真敢放走他們，不壞他們性命？」

「自然！」

「若我歸降，你真可以不讓我與皇叔為敵？」

「我可以保證。」

「如此，請公子且放過夫人和公子他們……只要公子放他們離開，趙雲即刻下馬歸降。」

趙雲說出這一番話的時候，心裡面不是個滋味。

想他這一輩子視忠義為生命，如今卻要背主歸降，當然心中難過。

「公子，休要上當。」黃忠上前，輕聲提醒。

曹朋微微一笑，「子龍乃至誠君子，斷然不會哄我……來人，把他們都放了，任他們離開。」

眾人心中雖然不服氣，卻無法拒絕曹朋的命令。

於是，刀斧手撤下，向朗父子連忙上前攙扶著向夫人母子。而糜竺則攙扶起糜夫人和甘夫人，回頭看了一眼趙雲，心中輕輕一嘆，拱手朝著趙雲一揖到地，才對兩位夫人道：「咱們，走吧。」

「曹朋！」糜夫人把阿斗交給了甘夫人，突然大聲喝問：「我二哥何在？」

「你說糜芳糜二老爺嗎？呵呵，他而今在涼州武威郡做事，倒也頗為快活。至於那位向寵公子，則被我發配到河西廉堡效力……我聽人說，他在那邊倒也還好，立下不少功勞。」

糜夫人沒有再開口，只是深深的看了曹朋一眼，攙扶著甘夫人母子，隨糜竺緩緩離去……

原來，二哥沒死！

糜夫人並不是第一次見曹朋。早在十年前，曹朋還只十五、六歲的時候，她便和曹朋打過交道。那一次，她也是成了曹朋的階下囚，而且最後也是被曹朋放了……沒想到十年過去，那過去的往事又重複了一回，讓她心中不由得感慨萬分：昔日小賊，而今竟已成長如斯了嗎？

「姐姐，妳沒事兒吧？」

「我沒事！」

糜夫人點點頭，也不理那已經離開的向朗父子和向夫人母子，回身朝著趙雲，深深一福，「子龍將軍，妾身會記下將軍這份情意……不管別人如何說，但妾身知道將軍今日之無奈。就此一別，後會無期，還望將軍保重。」

這句話一出口，不僅趙雲愣住了，連一旁的曹朋也愣住了。

聽上去，糜夫人似乎只是在感謝趙雲，可話語中，卻是開脫趙雲：莫要太過在意，我們都知道，你今日投降不是你背主求榮，而是迫於無奈。我也知道你趙子龍是怎樣的一個人物。所以，你不需要太牽掛了，從此以後，各為其主就是。

趙雲在馬上，拱手道：「夫人，保重。」

他曾負責保護甘夫人和麋夫人近一年時間，與麋竺的關係也非常親近。

從前，他們是朋友，可過了今天，再見即是敵人。

夕陽，夕照。當陽橋頭，染上了一抹血紅之色。

遠處的濃煙猶自在空中彌散，遍地的屍體，還有那無主的戰馬，以及斷去的刀劍，與潺潺當陽河水勾勒出一派淒然的景色。

麋夫人他們走過了當陽橋，朝著遠方離去。

曹朋則在一旁，靜靜的目送麋夫人一行人漸行漸遠，而後撥轉馬頭，虎目炯炯有神，凝視趙雲。

你提的要求，我已經做到了！那麼接下來，該你了……

趙雲緩緩摘下頭盔，隨手丟棄在一旁。他在馬上深吸一口氣，而後甩蹬離鞍，跳下馬來。雙腳落地的一剎那，趙雲感到一陣頭暈目眩，下意識伸手一把抓住了銀槍，卻引得周圍曹兵一陣騷亂。

也難怪，趙雲給他們留下的印象實在是太深刻了！

長阪坡上，他斬殺虎豹騎過百，戰將無數；當陽橋頭，又槍挑虎騎十數人，更輪番與曹朋四人交鋒，可謂是勇猛無敵。

曹朋一擺手，示意眾人休要慌張。

卻見趙雲閭了閭心神，上前一步，「雲得公子器重，從此以後，這條命便為公子所有。」

曹朋聽聞，大笑！

他跳下馬來，上前幾步，一把攙扶住了趙雲。

「我得子龍，如虎添翼……」

章十五 負荊請罪

當陽橋，早就不見了蹤跡。

天已經黑了，烏雲遮月，預示著一場風雨即將到來。

甘夫人和糜夫人坐在車裡，情緒低落。阿斗不時發出啼哭聲，吵鬧不停。

「小妹，看這天色，怕是有風雨到來，咱們要不要在前方找個避雨之所？」

糜竺的聲音，傳入了車中。

「大哥，先找地方避雨吧。」糜夫人想了想，輕聲回道：「今夜必然寒冷，阿斗受了驚嚇，實當不得風寒，還是歇息一下。」

甘夫人和糜夫人，一個性情溫婉，一個則是果決。在遇到事情的時候，甘夫人一般不會開口，大都是由糜夫人來做主。

糜竺趕著車，答應一聲，一抖韁繩，趕著馬車繼續行進。

馬車是曹朋贈與他們的，原本是兩輛車仗，還有一些兵卒。可不成想，離開當陽橋之後，向朗父子帶著向夫人母子離去，根本不理睬糜竺四人。如此一來，糜竺和甘夫人母子以及糜夫人，不得不孤身上路。而那些兵卒也大都跟隨向朗父子離去，剩下一些人則不願再繼續為劉備效力，向糜竺請辭，各自返回家園去了。

糜竺也很無奈，卻又無法阻止他們的行動。人心散了，隊伍不好帶了，大家有各自想法，也很正常。只不過，對於向朗父子的舉動，糜竺感到非常不滿。

行進了大約一段路，糜夫人突然在車中道：「大哥，且停。」

糜竺一怔，連忙停住車馬，掀開車簾，疑惑的看著糜夫人，低聲道：「小妹，何故要停下來？」

「往回走。」

「往回走？」

「嗯，不要走大路，咱們走小路。」

「為什麼？」

「是啊，妹妹，何故要走小路？」甘夫人同樣疑惑不解，看著糜夫人低聲問道。

「咱們這是去哪兒？」

「雲杜啊！」糜竺疑惑的說：「先前不是說主公撤往江夏？那雲杜屬江夏，雲杜長廖化，亦是主公部曲，只要咱們到了雲杜，就算是安全了。到時候請元儉聯絡主公，豈不是輕而易舉？」

糜夫人卻道：「哥哥，廖化，是中盧人。」

「呃，沒錯。」

糜夫人苦笑的看著糜竺，心裡暗自嘆了口氣。

自家這個兄長，人品不錯，而且學識和修養也挺好，能力也很強，只是有時候卻過於迂腐，甚至看不清楚如今這局面。向朗父子帶著向夫人母子匆匆離去，甚至不願理睬自己四人，是什麼原因？這裡面的彎彎繞繞，恐怕兄長到現在都沒能想明白……

曹賊

章十五

負荊請罪

「向三妹，出身宜城。」

「那又如何？」

「兄長，你以為向朗父子會允許我們，再見到主公嗎？」

一句話，讓糜竺激靈靈打了個寒顫。

他愕然看著糜夫人……雖然光線昏暗，看不清楚糜夫人的表情。可是從那雙澄亮的眸子中，他看到了一絲凝重。

許久之後，糜竺故作輕鬆的笑了：「小妹，妳想的太多了！」

「兄長，非是我想多了，而是你想的太簡單了！」她輕輕嘆了一口氣，「自從向三妹來了之後，皇叔對其的迷戀，無須贅言。而向三妹背後的荊襄人士，也在不斷的侵蝕咱們的權力。兄長可還記得，主公初至荊州時，你執掌了一應事務，可向三妹來了之後，你的權力漸漸就被取代。若非二叔和三叔他們的堅持，你早就不知道被打發到了什麼地方。」

「我不否認諸葛先生有雄才大略，但是相比友若先生，卻少了分大度。友若先生從來都是人盡其才，而孔明先生卻喜歡事必親躬……以至於他所任用的人都是荊襄人士，連簡雍先生也不似從前受重視。」

「在立嫡一事上，孔明先生沒有說什麼意見。可我知道，他內心裡更傾向於向三妹母子……只是大姐隨主公時間久了，感情深厚，加之阿斗年長，所以他也不好說。加之二叔和三叔的態度堅決，這才有了今日僵持不下的局面。」

「如今，皇叔戰敗，損失慘重。手中可用之人，大都是荊襄人士。二叔和三叔雖勇，卻非智謀之士……若姐姐和阿斗不在，則向三妹母子再無人反對。想來，這不僅僅是向三妹他們的想法，也是所有荊襄士人的想法。向朗之所以匆匆把我們拋下，所為者……」

甘夫人的臉色蒼白，而糜竺則沉默無語。

良久，他輕輕嘆了口氣，「向朗，敢如此大膽？」

糜夫人沒有回答，只是用力的點了點頭。

片刻後，她低聲道：「若兄長不信，可尋一隱秘之處藏身。若小妹猜的不差，用不了多久，必有人從雲杜來。不過我相信，他們不是為了迎接咱們，而是為了……只要咱們死了，他們大可託罪於曹公子身上。哪怕皇叔心裡明白，在這種時候也不會怪罪他們，反而會順水推舟，承認下來。而二叔和三叔他們，也不會繼續追究。你我喪命，他們也只有支持向三妹母子，從此以後皇叔帳下其樂融融，再也不會有任何衝突。」

「我不信！」

「子仲既然不信，那就聽二妹的主意。我記得咱們剛才在拐彎兒處，見到一片密林。且躲進林中，一來能躲避風雨，二來也可以證明一番。若雲杜沒有人來，那就是二妹猜的錯了；若雲杜來人，手持利器，咱們最好……另做打算。」

甘夫人性子柔弱，可一旦做出決定，糜夫人也不會阻止。

既然她這麼說，那糜竺也不好再反駁。內心裡，他已經接受了糜夫人的說法，可是又不願相信，只得聽從了甘夫人的建議。

於是，糜竺調轉馬頭，趕著馬車往回走，躲進了一片密林。

不一會兒的工夫，冬雨落下。

糜竺把一根樹枝銜在馬口中，然後站在樹下，向林外張望。他身上披著一件蓑衣，冰冷的雨水打在臉上，卻好像沒有半點知覺……

大約過了半個多時辰，遠處突然傳來一陣急促的馬蹄聲。一隊騎軍從雲杜方向飛馳而來，在密林外停下了腳步。

曹賊

章十五
負荊請罪

「人去了哪裡？」
「不知道……按照腳程，咱們應該在途中相遇才是。」
「是啊，我也正在奇怪，怎麼不見了蹤跡……你說，會不會是他們覺察到了什麼，所以……」
「不可能！」
一名騎士大聲道：「子仲不是個有心計的，兩位夫人也只是女流之輩，焉得知曉？」
「那怎麼辦？」
「咱們再往前走走，若是到漢水畔，仍不見蹤跡，再回去與廖縣長報知。」
「如此，那就再趕一程。」
騎隊繼續向前走，很快就不見了蹤影。
遠遠的，只聽到隱隱約約的馬蹄聲響起，漸漸沒了聲息。
糜竺手腳冰涼，站在雨水中，半晌不動……好半天，他突然抹去了臉上的雨水，跑到馬車旁邊，跳上車梁。
「咱們走。」
「去哪兒？」
「往北，往西，往南……都可以，只要不是往東就好。」
「兄長，你……」
糜竺不理糜夫人，趕著馬車，冒雨向北行進。一直走出了二十餘里，他才停下了車仗……
「小妹，咱們該怎麼辦？」
糜夫人道：「兄長既然有了主張，何必問我？」
「我……」

糜竺嘴巴張了張，卻不知道該如何說才是。他追隨劉備整整十四年，可謂是盡心竭力，費盡了心思，連自家的產業都搭了進去，可如今依舊一事無成。兄弟，成了階下囚，而自己，恐怕也是有家難回。這樣的感受，實在讓他不舒服。

可要他背叛劉備，卻又於心不忍。

甘夫人聽不太明白這對兄妹的言語，好奇問道：「妹妹，妳究竟是什麼意思？」

「姐姐，妳以為皇叔如何？」

「皇叔……真英雄也。」

「我亦知皇叔英雄，但姐姐以為皇叔日後，可還能復起？」

「這個……妹妹，妳怎麼看？」

糜夫人苦澀笑道：「姐姐難道不覺得，真正瞭解皇叔的人，非是曹操，而是曹朋？自皇叔遇到了曹朋，束手束腳，從未占過便宜。而今，謀取江陵不成，他對荊襄士人的依賴必然更重。只是單憑江夏，卻難以阻擋。我以為，皇叔恐難在荊楚立足，到最後……必難有結果。」

「那我們……」

「姐姐，且不說咱們能不能再見到皇叔，就算見到了皇叔，因為阿斗的存在，也會令皇叔手下四分五裂。為皇叔考慮，也是為阿斗考慮，咱們最好還是別再回去。咱們不回去，二叔三叔他們必然不會再和孔明先生抵觸，會全心全意輔佐皇叔。說難聽一點，將來若皇叔失敗，只怕是難留下血脈，倒不如趁此機會離開，一來可以令皇叔不再為難，二來也能使皇叔血脈延續……」

「我記得那曹朋說過，二哥如今在武威做事。咱們可以偷偷去投奔二哥，尋求庇護……無論皇叔是發達，抑或……阿斗都能有個安全穩定的環境，為皇叔延續一條血脈……我的意思是，咱們去武威郡。」

甘夫人頓時倒吸一口涼氣。

負荊請罪

糜夫人這個主意實在是太大了，大的讓她有些吃驚、有些恐慌。

自從跟了劉備，無論劉備是春風得意，或者是落魄江湖，甘夫人從未想過捨棄劉備而走。

可現在，糜夫人的主意，分明就是要和劉備斷絕關係。

這如果換一個人，甘夫人必然怒斥。

但糜夫人卻不一樣，她同樣吃了很多苦，甚至做過階下囚。她對劉備的敬慕，甘夫人非常瞭解。如今糜夫人說出這番話語，分明是說……可轉念一想，甘夫人又覺得，糜夫人所言不是沒有道理。劉備手下的那些人鬥得很厲害！說一千道一萬，就是因為阿斗的存在才造成。

如果阿斗不在了，自然也就沒了那許多分歧。

可是，讓甘夫人害死自己的親生骨肉？她萬萬下不得手……畢竟，甘夫人並不是後世那個能不擇手段的武曌武則天。

但是，就這樣走了？甘夫人又覺得不捨。

她看了看糜夫人，又看了看糜竺，問道：「妹妹，難道就沒有其他辦法？」

糜夫人搖了搖頭。

「可涼州距離南郡，何止萬里。咱們四人，又如何前往？」

糜夫人臉上也露出了難色。

是啊，涼州距離這裡，路程那麼遠……糜夫人也好，甘夫人也罷，包括糜竺，雖說是見多識廣，卻從未到過涼州。更何況，他們身無分文，除了這輛馬車之外，再也沒有其他錢帛。

賣了車馬？那就要徒步而行！

若是盛世，還好說一點。可如今這是亂世，哪怕曹操治下挺好，恐怕這路途中也會有很多危險。

甘夫人的一番話，讓糜夫人也為難了。她有急智，同時也有眼光……可是面對這種狀況，不免也是手足無措。

「我有一個辦法。」麋竺深吸一口氣，「只是有些冒險。」

「哦？」

麋竺輕聲道：「夫人可還記得，之前子龍歸降，與曹友學約法三章，不與主公為敵。曹友學也說了，會讓他前往涼州……如果可能的話，咱們不妨與子龍聯絡，請他護送我們去武威。子龍，君子也！若他肯相助，必無問題。只看他是否願意，再助皇叔一回。」

糜夫人和甘夫人相視一眼，卻不禁苦笑起來。

這聽上去似乎有些荒唐，可就目下而言，卻似乎是最好的辦法。趙雲……已經為她們做了很多，為劉備做了很多，如今他是否會再幫一次？卻尚在兩可之間，難以瞭解。但不管怎麼說，這也是目前唯一的辦法……只要趙雲願意幫忙，那麼一切事務也就變得不再複雜。

「如此，就依子仲所言。」

建安十二年十一月，劉備撤離樊城，謀取江陵。

曹朋率四千虎豹騎連夜追擊，在長阪坡大敗劉備。隨後，魏延千里奔襲，自章山渡河，奇襲劉備，化解江陵之危，大敗劉備。劉備在江陵敗走之後，幸得關羽率部迎接，才算是安全下來。劉琦忙派兵救援，助劉備在安陸穩住了陣腳……

十二月，劉磐派人前來江夏，與劉琦結盟。劉磐表示，願意讓出長沙予劉備，協助劉備攻取武陵。在和諸葛亮商議一番之後，劉備答應下來。他率張飛、陳到、呂吉、廖化以及馬良等人前往長沙；諸葛亮留江夏，與關羽協助劉琦，抵禦曹軍。與此同時，曹操率領大軍抵達襄陽，荊州就此歸降……

曹朋心裡，卻因為曹操的到來而有些忐忑不安。

當陽橋，他放走了劉備家眷，這件事肯定無法隱瞞。天曉得曹操會有什麼想法？

曹朋嘴上說不懼，可內心裡終究還是有些害怕。曹操進駐襄陽當日，曹朋幾經思忖，最終做出了一個決定。

章十五 負荊請罪

入冬以來，天氣變幻莫測。

忽而晴，忽而陰，有好幾次看天色好像要下雪了，可是到最後也沒有看到半片雪花。然而，在曹操抵達襄陽的當天，初雪終於將臨。

鵝毛大的雪花，從午後紛紛揚揚開始飄落下來，入夜之後也未能停歇。

曹操沒有住在州廨，依舊讓蔡夫人母子留在那裡居住。襄陽這段時間所發生的事情，他也聽說了不少，包括曹朋收劉琮為弟子的事情，曹操也一清二楚。

對於這件事，曹操倒是沒有太在意。

蔡夫人這般作為，其目的非常明顯，是想要尋一靠山……

曹朋是他帳下最為得寵的部曲，加之文名在外，蔡夫人這樣安排，也是在情理之中。

早在抵達荊州之前，曹操已經想好了對蔡夫人母子的安排。劉琮將承襲劉表成武侯的爵位，拜中郎將、議郎，加諸冶校尉，賞食邑五百戶，留守滎陽。這也算是曹操賣曹朋一個面子。

你看，我對你的學生還是很照顧的……

當然了，這些職務，基本上沒有任何的權力。不管是成武侯還是議郎，都是虛職；而諸冶校尉，顧名思義就是負責冶煉兵器，執掌河一工坊。可問題是，劉琮根本就不懂這些，也不可能插手到河一工坊的具體事務當中，還是一個虛職。

曹朋定居滎陽，你作為曹朋的弟子，就老老實實給我待在那裡。你所需要的一切，都不會少你半分。而且在滎陽，頂著曹朋的名號，當地官員也不會為難劉琮。

蔡夫人母子對此非常高興，雖然沒有了權力，但榮華富貴卻一樣不少。最重要的是，曹操默許了劉琮拜曹朋為師的事情，也就等於是給他們母子增添了一個保障。

只是，曹操並不高興。

「丞相，友學在外面已跪了多時。」

「我知道。」

曹操走到門後，從縫隙中向外看去，就見鵝毛大雪紛紛揚揚飄落，把天地染白。庭院中，曹朋光著膀子，背著幾根荊條，孤零零的跪在那裡，那模樣看上去，要多可憐就有多可憐……

一肚子的不滿，似乎一下子削減了很多。

曹操咬牙切齒道：「若不好好教訓他一番，他就不知天高地厚。以前私縱了呂布家眷，我饒他性命；而今卻越發張狂，竟然連劉備的家眷連帶子嗣一同放走，實在是太狂妄了！」

曹朋私縱劉備家眷的事情，瞞不了曹操。

當陽橋頭那麼多人，有虎豹騎，也有普通的曹兵曹軍，誰又能保證裡面沒有幾個曹操的心腹？曹操還沒到襄陽，就聽說了這件事情。

當他得知曹朋私縱劉備家眷後，勃然大怒！

不過別誤會，曹操可不是心疼甘夫人她們。他雖然好色如命，而且對人妻極為有愛，但也大都是你情我願，少有強迫的舉動。當初他也俘虜過劉備的老婆，到頭來還不是還給了劉備？固然，當時曹操有心招攬劉備，可禍不及妻小的道理，他也不是不懂。若非不得已，他也很少做那種滅門的事情。

別看《三國演義》中動輒就是滿門抄斬……實際上，曹操在位的時候，若非不得已，他是不會下達

負荊請罪

這種命令。

曹操惱怒，是惱怒曹朋的肆意妄為。

就算是要放走劉備的老婆孩子，也應該是我來做……

你可倒好，連通知都不通知，便在戰場上直接放走了。如果你是因為貪戀美色，我也能接受。但你只是為一員武將，就做出這種膽大的舉動。若不給你一些教訓，日後豈不是沒了法度？

曹操已經想好了，到了襄陽，一定要好生教訓曹朋。

哪知道，不等他開口，曹朋就自己送上門來。而且還是一副負荊請罪的模樣，光著膀子跪在外面。

這也讓曹操的心情好轉了不少……

還以為你有多大膽，原來你這小子也知害怕。

這樣一來，曹操的心情倒是更舒爽了一些。

他對值守在身邊的許褚道：「仲康，讓那混帳小子，給我報門進來。」

這兩年，許褚和典韋臨戰的機會漸漸少了。不過每逢戰事，這哼哈二將猶如兩尊門神，必然跟隨曹操自己呢，也是如此，若身邊沒了典韋和許褚，就會感覺很不安全，甚至徹夜難寐。

今天正好是許褚當值，就見他走出房間，笑呵呵的來到曹朋身邊。

「友學，丞相要你，報門而入。」

一般而言，這報門而入是一個帶有極端侮辱意味的命令。只是這對曹朋來說，在這狹小的庭院裡，也沒有什麼外人。曹操還是給他留著面子，早早讓一干近衛撤離，只有心腹跟隨。

所以，這『報門而入』，更多是為了警告曹朋，而非侮辱。

曹朋在雪地裡跪了許久，著實冷得不輕。也是他身子好，這些年來修習五禽戲和白虎七變，更大大改善了體質，讓他得以能堅持下來。可即便如此，長時間的跪在雪地裡，還是把他凍得臉色發白、嘴唇

發青。聽到許褚的話，他連忙站起來，可身子僵硬得很，險些一頭栽倒。

許褚伸手，攙扶著曹朋。

「你這孩子，怎的……每每把你放出去，你做得很好，卻總要惹出禍事。」

「這個……」

「好了好了，快些進去吧。」

曹朋活動了一下四肢，咳嗽一聲，向前邁出一步，同時大聲道：「末將曹朋，拜見丞相。」

屋子裡沒有動靜！

「末將曹朋，拜見丞相。」

曹朋又走了一步，屋子裡還是沒有動靜。

就這樣，曹朋一連喊了七次，曹操總算是開口道：「混帳東西，還不進來！」

曹朋三步併作兩步的走進房間裡，兩個小校迎上來，一個為他解下身上的荊棘，另一個則持一件棉袍，披在了曹朋的身上。小校把荊杖放在了曹操的身邊，朝曹朋一笑，退出房間。

屋子裡，只剩下了曹朋和曹操兩人。

曹朋站在房間裡，一個勁兒的哆嗦，頭上的雪花融化成水，順著臉頰滑落，滴落在地板上。

屋子裡，有六個火盆，令房間裡非常溫暖。

曹操看著曹朋那狼狽的模樣，突然間哈哈大笑，從大椅上撿起一塊乾燥的面巾，扔給了曹朋。曹朋連忙接過來，擦了擦臉，又把濕漉漉的頭髮抹乾，小心翼翼的把面巾擺放在一旁，而後俯伏在地，恭敬的說：「謝叔父不殺之恩。」

「我何時說過，不殺你了？」

「叔父賜朋面巾，乃是對朋的愛護。若要取朋性命，又怎會如此？」

「我那是要你死得體面一些。」

曹操話說完，卻忍不住又笑了起來。對曹朋，也不知為什麼，他就是生不起半點怒氣。他深吸一口氣，頗有些哭笑不得的問道：「好了，現在告訴我，為何要放走劉備的家眷妻小？我聽說，你是為一武將，才如此做？」

「叔父，得劉備家小，又有何用？」

「這個……」曹操一怔，搔了搔頭，「總是能有些用處吧。」

「叔父當知，那劉玄德薄情寡義，乃是天底下最最無情的男子。他能說出『妻子如衣服，兄弟如手足。衣服破，尚可縫，手足斷，安可續』的話語來，就說明他對妻兒並不重視。此人，乃梟雄也，善沽名釣譽。丞相若以常理而推論，並無太大意義。」

「即便是得了他家眷妻小，也不會讓他屈服，相反，還會使丞相蒙受罵名。而且，殺之，不祥；不殺，留之無用……與其這樣，倒不如讓他們離開。」

曹操看著曹朋，不置可否，也不言語。

曹朋接著道：「叔父當知，夏侯子幽？」

「你是說，河西統兵校尉夏侯蘭，當年那個和你打賭輸了，做你家臣的夏侯子幽？」

「正是。」

「劉備帳下，有一悍將，驍勇異常。此人名叫趙雲，與子幽師出同門。子幽曾拜託姪兒，若遇到趙雲，最好能勸他歸降……可是，那趙雲卻是個死心眼，也不知他究竟看劉備哪裡好，對他忠心耿耿。小姪見他武藝高強，實不忍壞他性命。加之子幽曾經託付，小姪思來想去，也只有用這個辦法讓他歸降……不過，小姪放走劉備家小，卻還有另一層意思。」

曹操說：「你這廝，生得七寸不爛之舌……我倒要聽聽，你能巧舌如簧，說出個什麼道理。」

曹朋深吸一口氣：「據姪兒所知，劉備帳下，並非一心。劉備自涿郡起兵，於徐州崛起，轉戰北方，最終落戶荊楚。其部曲來自五湖四海，彼此間矛盾重重。此前，有荀諶在，所以劉備無須為這些事情擔心，荀諶足以壓制住重重矛盾。可現在，諸葛亮為劉備謀主，此人足智多謀，常自比管仲、樂毅，才華卓絕，只是他才能雖高，但資歷卻淺。」

「劉備來到荊楚之後，招兵買馬，廣納賢臣。如此一來，也使得他舊部人馬和荊襄士人產生矛盾。此前甘夫人誕下一子，名為劉禪；而向三夫人也誕下一子，名為劉理。為此二子何人為嫡，劉備的部曲有許多衝突……而今放他們回去，就為了要讓劉備的帳下繼續爭鬥。他們爭鬥的越狠，於叔父豈不是越有好處？」

「這個……」曹操不由得緊蹙濃眉，陷入沉思。

曹朋說的有道理，這些事情他也曾聽說過。甚至在出征前，郭嘉也曾為他分析，其中就談到了這件事。如今聽曹朋說出來，他也覺得頗為贊同。

於是，曹操沉吟片刻後，抬起頭來。只是看曹朋露出得意之狀，曹操這心裡氣就不打一處來。

「你言那趙雲武藝高強，乾脆就讓他來我帳下效力。」

「啊？」曹朋一聽，就苦了臉，「叔父，不是我不願意讓趙雲效力，只是我剛才也說了，那傢伙是個死腦筋……他投降，是出於無奈。此時若用他，並無任何好處。再說了，這趙雲武藝雖好，尚不足以獨當一面。倒不如讓他留在我身邊，待姪兒好生磨礪他一番，再與叔父大用，如何？」

曹操只是覺得，趙雲這個名字有點耳熟。

他也聽張郃說過，此人在長阪坡七進七出，斬殺曹將數十名、尋常兵卒不計其數。此外，有至少五、六十個虎豹騎騎士死在他的槍下。由此可見，這趙雲的確是一員驍將……但驍勇歸驍勇，並不代表曹操一定要用他。

曹操身邊，尚有典韋和許褚，未必就輸於那個趙雲。而他帳下猛將如雲，不說那張遼、徐晃、于禁、李典、張郃和樂進等人，單只是本家，就有曹仁、曹洪、曹純、曹休、曹真和曹朋等……特別是曹朋，同樣有萬夫不當之勇，曹操倒也真不算太看重趙雲。

他只是想要噁心一下曹朋，免得他太得意。

見曹朋一臉的苦相，曹操樂了！

「罷了罷了，此前我從你那裡搶走了一個甘興霸，就讓你嘀咕了許久。如今要再搶了你的趙雲，豈不是又要被你說三道四？你既然想要磨礪他，就留在你身邊好了。不過，他畢竟是降將，如你所言，降你也是迫於無奈，還是要小心一些才是。」

「末將省得！」

曹朋拱手道：「家父前些時候派人送信，說武都馬超這幾年得張魯支持，漸漸恢復了元氣，兵強馬壯。那錦馬超，也是驍勇之人，家父身邊雖有良將，但能抵住馬超者，並不太多。姪兒想讓趙雲前往涼州，協助家父抵禦馬超。有趙雲之雄武，加之元直等人出謀劃策，必可令關中萬無一失。」

「嗯，這倒也是個可行的辦法。」

曹操想了想，覺得也不是不可以，於是便點頭答應。

曹朋身邊尚有黃忠和龐德，足以應付那些傢伙。如今，他已命此二人為虎騎郎將和豹騎郎將，官職雖說不重，但論權力，卻比得上北軍七校。

北軍七校尉，也不過是執掌兩千人而已。而虎騎和豹騎，在曹操抵達之後，各五千人，比之北軍七校尉所轄兵力更多。更不要說虎豹騎的性質遠非北軍七校可以相提並論。若論重視，曹操對虎豹騎更甚一籌。

「這次的事情，就這麼算了。」

曹操想了想，沉聲道：「不過你之前立下的那些功勞，卻不會計算其中，你自己心裡清楚就是。明日子和就會抵達襄陽，我已罷去了他南陽太守之職，使他前往汝南。這南陽郡校尉，還有南郡校尉，我會另行安排……子和也將卸任虎豹騎大都督之位，你就接替他的職務吧。」

「這幾日，你駐紮城外，聽候調遣。今荊州新附，百廢待興，有很多事情要做。你帶虎豹騎，巡視南郡，清剿盜匪，必不可使其亂了而今的局面。待來年開春，會有益州使者前來，到時候你就代我去接待一下吧……」

練兵，這是本分，曹朋並不覺得奇怪。

只是，這益州派遣使者前來，又是怎麼回事？

益州來使

隨著曹操進駐襄陽，曹軍二十萬人馬浩浩蕩蕩進駐荊州。

曹操旋即下令，以趙儼為都督護軍，以曹純、樂進、張郃、朱靈、李典、馮楷和路招七路兵馬並進，掃蕩荊楚殘餘的反抗力量。徐晃為奮威將軍，屯紮中盧負責清剿襄陽附近的盜匪，保證襄陽地區的安全穩定。

對於這個命令，曹朋欣然接受。

此前他立下許多功勳，曹操沒有予以任何封賞。也許在別人眼裡，曹操這樣做有些怠慢了曹朋。可是在曹朋看來，曹操如此安排，是對他最大的保護。這說明，曹朋私縱劉備家眷的事情，就這樣不了了之，將來萬一有人說起來，曹操大可以用『功過相抵』四個字解釋。而且，榮升虎豹騎大都督，本就是曹操對曹朋最大的獎賞。

這個職務，可不是什麼人都可以出任。即便是親如曹真，當年也只是一個副都督的職務。而此前出任大都督的曹純，則是曹操如今的心腹。

也就是說，從這一刻起，曹朋已徹底融入丞相府的核心位置。

「你是說，甘夫人和麋夫人，都沒有回去？」

剛安定下來，趙雲就前來報到。

經過長阪坡一場慘烈廝殺，趙雲迫於無奈而歸降曹朋，內心裡也著實經歷了一陣子的波動，甚至在最初幾日茶飯不思。不過，隨著時間的推移，趙雲也漸漸的冷靜下來。曹朋沒有給他任何的安排，只是讓他統帥白駝兵，負責白駝兵的操演。

本來，這是黃忠和龐德的責任，可經過南陽一場磨練之後，龐德不可能繼續留在曹朋身邊，早晚會被曹操予以重任。

這一點，曹朋已經和龐德談過。

龐德內心裡，不是很願意離開曹朋，奈何曹朋曉之以理、動之以情，說服了龐德。

若龐德離開後，曹朋身邊也只剩下黃忠。依著曹朋的意思，是希望把黃忠也推薦給曹操，可是黃忠不太願意。荊州歸降之後，黃忠似乎變得開朗許多，如今他最大的心願，是能陪著曹朋前往涼州，建功異域。所以，曹朋也就順從了黃忠的意思，把他留在自己身邊……

王雙率部，已抵達襄陽，為曹朋親兵牙將。

但黃忠有點不太放心，認為王雙雖勇，卻不足以統帥白駝。

如今曹朋以真兩千石的俸祿，可以組建一千人的親軍。而這支親軍，就名為白駝；飛駝兵人數沒有增加，但是也會加以調整，人數增至五百。也就是說，曹朋手中有一千五百親軍，加上虎豹騎八千人，兵力幾近萬人。

趙雲暫時統帥白駝兵，黃忠倒是沒有什麼意見。畢竟趙雲的武藝，已得到了他的認可。

趙雲來拜見曹朋，也是經過了反覆的考慮。

之前，麋竺帶著麋夫人和甘夫人母子突然來到他面前的時候，著實讓趙雲嚇了一跳。他收留了麋竺四人，可心裡面總是有些忐忑，畢竟他已經歸降了曹朋，再收留舊主家眷，似乎有些不妥。可是，昔日的情分讓趙雲又無法拒絕，麋竺說出來的理由更讓他難以推拒。

「我若返回江夏，則皇叔必敗。」

麋竺面帶苦澀笑容，對趙雲解釋道：「兩位夫人也是考慮良久，才做出這樣的決定。一來，她們不回去，可使皇叔帳下再無矛盾，可以全力應戰；二來，若皇叔敗了，也能為皇叔留一條血脈。」

趙雲真的為難了！

在考慮了許久後，他最終拿定主意，找曹朋說明情況。

若曹朋能接納，他便死心塌地為曹朋賣命；如果曹朋……他就帶著麋夫人、甘夫人四人遠赴西域，從此不再返回中原。

聽了趙雲的解釋，曹朋無奈的搖了搖頭。

「子龍，你這是在讓我為難啊……我當初放走了夫人們，已經是殺頭的大罪。如今，若再收留兩位夫人，還有那位阿斗公子……也罷，送佛送到西，這件事我權作不知。兩位夫人和麋子仲先生已戰死於亂軍中，你過些日子帶他們前往涼州，就去武威郡，投奔麋芳吧。那傢伙在武威，做得挺好。」

「但如果你們有什麼異心，可別怪我心狠手辣。涼州那邊，皆能人。我醜話說在前面，一旦被我發現他們有不軌舉動，我必取他一家性命。」

趙雲連忙跪倒在地，「公子大德，雲敢不肝腦塗地以報效?請公子放心，夫人們已心灰意冷，而麋子仲麋先生，乃君子，絕非那種善以陰謀之輩……」

曹朋一聽，卻笑了。

「卻不知當年劉備在徐州時，如何得到下邳?」

這是一樁往事。

當初呂布遭難，劉備收留。後呂布奪取了下邳，把劉備驅逐走，從此展開了無休止的爭鬥。曾有一次，呂布擊潰了劉備，將糜竺等人俘虜，但呂布並未殺死糜竺，反而委以重任。不想劉備復奪下邳時，呂布出戰，糜竺突然造反，將城門關閉，使得呂布慘敗，險些送命。

那場戰鬥，早已成了過往雲煙。曹朋突然提起來，就是告訴趙雲，糜竺這個人也並不是看上去那樣溫文爾雅，同樣心機深沉。

趙雲聽罷，一咬牙，拔出驚鴻劍。他割下了一縷頭髮，沉聲道：「雲今日割髮立誓，若糜竺膽敢耍弄心計，即便千萬里，雲誓殺之！」

曹朋點點頭，「子龍心裡清楚就好。」

就這樣，趙雲在數日後，率白駝兵前往涼州，聽從曹汲任命。

白駝兵一走，曹朋倒也不覺得什麼。他命王雙徵召兵卒五百人，與飛駝兵合而為一。黃忠為護軍中郎將，統帥飛駝兵，而王雙作為副將，協助黃忠。

又三日，曹操下令，任龐德為蕩寇校尉，獨領一軍，與樂進聯手，進攻烏林。龐德內心裡雖然不捨，卻也知道曹朋是為他的未來著想。

昔日，甘寧跟隨曹朋三載，如今為淮南郡太守。

今日，又有龐德入仕，率部出擊……

在他們的身上，都留有深深的曹朋印記。他這次領兵出擊，不僅僅是為自己謀取前程，更代表著曹朋的臉面。一如當初甘寧那般，甘寧給曹朋的臉上增了光，現在也輪到了龐德效命。

龐德離去後，曹朋旋即向曹操拜請，任黃忠為虎豹騎副都督。他將統帥三千虎騎騎士，而剩餘五千豹騎騎士，則歸於曹朋統帥。

曹賊

章十六

益州來使

在襄陽駐紮了幾日，曹朋便得到了曹操的命令，命他移駐樊城，協助徐晃清剿襄陽周遭盜匪，維持襄陽的穩定繁榮。

建安十二年十二月中，劉備與孫吳聯手，共擊武陵。

樂進、龐德旋即出擊，與劉備鏖戰於西陵縣……

「公明大哥，你是說劉璋已派過了使者？」

曹朋在抵達樊城之後，徐晃便來拜訪。

論官職大小，應該是曹朋拜見徐晃。可是曹朋如今的名聲和資歷，絲毫不遜色於徐晃，而且若以親疏遠近來論，徐晃遠不似曹朋那般得曹操的看重。

如今的徐晃，也是功勞顯赫，地位非凡。

幽州之戰結束後，曹操論功行賞，分封五子良將，徐晃名列其中。

這五子良將，分別是張遼、徐晃、甘寧、樂進和于禁。與歷史上的五子良將相比，唯一的偏差，就是張郃未能入選。也難怪，此時的張郃，尚不是歷史上那個被諸葛亮極為忌憚的張俊乂。

而甘寧的功勞和名聲，包括資歷，又遠非張郃可以比擬。特別是駐紮合肥之後，甘寧與江東交鋒，大大小小近百戰，勝多負少，保得淮南之地安寧，令孫權不敢窺視合肥，聲名響亮。況且他又是曹朋推薦來的人，自然甚得曹操信賴。加之甘寧的背後，還有黃承彥這種新興的潁川名士為他說話，相比之下，張郃明顯有些不足。

徐晃來拜會曹朋，一來是為了拉近關係，二來也是希望在日後的合作能更加默契。

兩人坐在一起，不知不覺間便談到了益州來使。

之前，曹操曾對曹朋說過，讓他負責接待益州來使。可事實上，曹朋對這件事情有些拿捏不住。

看曹操的意思，似乎不太待見益州來使。

可問題是，歷史上益州來使，好像是在赤壁之後，怎麼現在就出現了？

曹朋不知道，他所知道的歷史是《三國演義》中的歷史，而非真正的三國歷史。

徐晃點頭笑道：「丞相返回許都之前，劉璋就秘密派遣使者，與丞相聯絡。後來，丞相幽州大勝，取袁熙首級，劉璋又派了別駕從事張肅，帶著一些輜重前來拜會……當時丞相剛返回許都，見張肅前來，也很高興，就加封劉璋為振威將軍，任張肅為廣漢太守，賞賜錢帛無數。」

「可沒想到，這劉璋竟然貪婪成性，以為丞相對他有所畏懼。這不，丞相還沒有進駐襄陽，他就遣人來告知丞相，他派了別駕從事張松前來，為丞相道賀，同時還有一些輜重奉上。上次，他用了三百車破爛，換走了一個振威將軍，還有一個廣漢太守，同時丞相賞賜他的東西，差不多有三千金之多。可這傢伙居然不滿足，又來向丞相討要好處。」

「你是說……張松？」曹朋心裡一咯登，抬起頭來，看著徐晃。

「是啊！」徐晃點頭道：「我打聽過，好像就是叫做張松，字永年，是益州名士。對了，先前來出使的張肅，就是那個被封了廣漢太守的傢伙，便是這個張永年的兄長……」

曹朋心裡倒吸一口涼氣。

怎麼張松這時候就來到了荊州？

歷史上，張松應該是在赤壁之戰結束後，出使許都。其人桀驁不馴，令曹操極為不滿，於是拿出《孟德新書》炫耀。不想那張松有過目不忘之能，瞬間把《孟德新書》通篇記下，而後背誦，說曹操是抄襲別人，惹得曹操把那《孟德新書》毀掉。

當然了，如今曹操即便是想要毀掉，也不太可能。

早在建安十一年初，《孟德新書》和《三十六計》就被曹朋以活字印刷之術刊印，並向外發行推廣。

章十六

益州來使

首批一千五百冊《孟德新書》和八百冊《三十六計》早已經流通於市面上，無須擔心張松投機取巧。

曹朋所考慮的，是張松身上那幅《西川地形圖》，以及他在西川的人脈。

根據李儒送來的情報，益州如今的經濟極為混亂。隨著大量的劣幣投入益州，而曹操自建安十年開始整頓貨幣之後，益州的市場上充斥著大量的劣幣，使得物價較之五年前上漲了五倍之多。而且這個局面有越演越烈的趨勢，劉璋雖然有所覺察，卻不知道該如何下手。

同樣，河西商會透過過去五年間的不斷交易，將益州大量的財富輸送到涼州。

這些財富對涼州而言，起到了至關重要的作用。曹汲在過去幾年中，大面積推廣桑基魚塘、果基魚塘，以及桑蠶紡織等事務，需要花費大量錢帛。雖說有關中世族的協助，但對於廣袤的涼州而言，畢竟杯水車薪。據王雙此次帶來的帳冊，過往五年，曹汲在涼州投入近三百七十萬貫，其資金的總額甚至比許都一年的稅賦還多，而涼州也因此有了巨大改變。

涼州的富饒和繁華，加速了河西商路的進一步開發。

這種良性的循環，令得涼州潛力無限……與之相對稱的，便是益州的衰落。

據說，益州如今有不少人對劉璋心生不滿。老牌的益州士人相對好一些，可是新一輩的益州士人對劉璋已生出了抵觸的情緒。

按照歷史的發展，張松是因為劉璋無能而生出反意。

那麼現在，益州面臨這樣的困境，張松是否會對劉璋生出不滿情緒？

對此，曹朋也有些拿不準主意……

送走了徐晃之後，曹朋又帶著王雙，巡視了樊城的守禦。

偌大的樊城，在經歷了劉備逃離、遷移百姓的事件之後，變得冷清許多。雖然後來王威率部追擊江夏，奪回了不少百姓，可是比之早先的繁華和熱鬧卻明顯不足。

登上城樓，曹朋烏瞰冷冷清清的樊城城市。他心中不由得生出了幾分感嘆，回身對王雙道：「劉備不除，必為國之大患。」

「公子，而今丞相大軍來到，何不趁機消滅劉備？」

「消滅劉備？」曹朋苦笑一聲：「卻談何容易！」

劉備沒有得諸葛亮之前，便縱橫天下，如今有了諸葛亮，更如虎添翼……要消滅此人，絕非一樁容易的事情。還要看曹操接下來會如何計畫……赤壁之戰，赤壁之戰！曹朋長出了一口氣，怎樣都不能讓那赤壁再次重現。

只是，這件事該如何與曹操說明呢？

曹朋心裡面還有些遲疑……總不能過去告訴曹操：你不能中連環計，你最好要小心那周公瑾。

和曹操見了幾面，曹朋能感覺得出來，曹操而今有些志得意滿。

後世對曹操在赤壁之戰的失敗，有種種解釋。有的說曹操是因為得意忘形，也有的說曹操失敗是因為時疫發生……曹朋記得，曹操曾把失敗的原因歸結於疾病。他曾寫信給孫權：赤壁之役，值有疾病，孤燒船自退，橫使周郎虛獲此名。

意思是說：所謂的火燒赤壁，根本不存在。那把火是我燒的，結果卻成就了周瑜的威名……

這是事實？抑或是曹操的推脫之言？

曹朋也不太清楚。

不過既然突然想到了這件事，那曹朋就不敢掉以輕心。

「對了，明天派人去襄陽詢問一下，華佗、董曉、張仲景，何人隨軍前來。南方氣候多變，北人未必能夠習慣，須小心時疫發生……另外，你立刻安排人求購治療時疫的藥物，越多越好，不必在意錢帛！

曹賊 章十六

益州來使

嗯，此時可以讓從之出面，與劉聰聯手在各地求購。」

「喏！」

王雙跟隨曹朋日久，對於曹朋的命令，絕不會有半句疑問。

他是曹朋的家臣，但如果論資歷，恐怕也就是當年的夏侯蘭、周倉這些人，比他的資歷老一些。餘者，皆不如王雙的資歷。他很清楚什麼時候可以發問，什麼時候不可以發問。曹朋雖不是以命令的口吻說出，但王雙卻知道，這件事情他只需要去執行，不用去過問原因。

巡查了一圈之後，曹朋準備返回府邸，在路過城門口的時候，忽聽一陣喧譁……

「我不是奸細！我不是奸細！」

「怎麼回事？」

曹朋停下腳步，舉目看去。只見城門口燈火通明，一隊軍卒圍成圈，也不知道發生了什麼事。

王雙立刻跑過去詢問緣由，不一會兒的工夫，就見傅僉押著一個男子，匆匆的來到曹朋面前。

「傅僉，這是何人？」

「回稟大都督，末將剛才在城門口巡查，發現此人鬼鬼祟祟。上前盤問時，注意到此人雖是關中口音，卻夾雜著益州的口音。問他時，他又不肯說明，只說要面見大都督。末將正準備把他拿下，而後通稟大都督知曉……不想大都督卻來了。」

曹朋聽聞一怔，示意傅僉將那人放開。

火光中，卻見此人身高在八尺左右，體型略顯纖瘦。看年紀在三十出頭，相貌堂堂，儀表不凡。一雙丹鳳眼，兩道濃眉，鼻直口方，頜下一縷黑鬚。他身著一身粗衣，卻無法掩飾那卓爾不群的風範。

曹朋眼睛一瞇，開口問道：「你是何人？有何事見我？」

「你又是誰？」

「大膽……此乃我家大都督當面。你剛才不是說要見大都督嗎？怎的如今見了，卻不拜見？」

「你，是曹朋？」那人盯著曹朋，沉聲問道。

觀其態度，不卑不亢，氣度不俗。

曹朋一擺手，示意兵卒退下。他上前兩步，朝著那人一拱手：「在下正是曹朋，未請教先生高姓大名？」

「在下受玄碩先生所託，有書信為證。」

來人並沒有報上自己的名字，卻說出了一個讓曹朋吃驚不已的名字。

玄碩先生？

那不就是李儒！

李儒早兩年離開河西，前往成都主持大局。這兩年來，他很少有書信傳送，曹朋也只是從河西商會那邊傳來的消息，得知李儒的狀況。據說，李儒在成都混得不錯，頗有些如魚得水的感覺。

而他在成都所用的名字，正是玄碩。

「先生，請隨我到府衙一敘。」

曹朋擺手，請那人和他一同離開。

來人倒也沒有客氣，從一名扈從手中接過韁繩，翻身上馬。與此同時，曹朋又誇獎了傅僉幾句，讓他帶人繼續巡查，便領著親隨離開。

一路上，曹朋和那人沒有交談，只是默默的行進。

回到府衙，曹朋請來人和他一同到書房說話。

他讓人準備了蜜漿水，喝了一口之後，道：「書信何在？」

第十六章 益州來使

「書信在此。」

來人從衣袍的夾層裡取出一封信來。看得出他很小心，在夾層裡還專門做了一個夾層，如此一來，即便是有人撕開了衣袍的夾層，還有一層掩護。

他把信雙手呈遞到曹朋的面前，曹朋接過來，卻沒有立刻打開觀看，而是把書信放在案上，目光炯炯，凝視著來人。

「還未知先生大名。」

「在下法正，扶風郿人。」

這原本只是一次非常普通的通報姓名，卻使得曹朋心裡一顫，手指敲擊書案的節奏也為之一亂。

「法正，法孝直？」

這一次，卻輪到法正吃驚了。

「公子也知法孝直嗎？」

我當然知道，我怎可能不知道……你這傢伙，可是劉備入主西川、建立蜀漢的元勳功臣！劉備奪取益州成功，便授予法正高位，在蜀漢集團當中，地位僅次於諸葛亮。後來，又是這法正獻策，鼓動劉備攻取漢中，並獻計斬殺了夏侯淵。劉備自立漢中王以後，法正被任命為尚書令、護軍將軍……對於法正的奇謀妙策，連諸葛亮也為之讚嘆。這樣一個人，曹朋又怎可能不知曉他的名字和來歷呢？

不過，法正不是益州人嗎？怎的聽他口音，卻好像是關中人士……

而且他自己也說，是扶風郿人。這個『郿人』，是扶風郿縣人士的意思。這傢伙是關中人士嗎？抑或，和那歷史上的法正並不是同一個人？

可他也說了，他叫法孝直嘛！又是從益州而來，想來不會有錯。

想到這裡，曹朋已經站起身來，繞過書案走到法正面前，「未想竟是孝直先生當面，朋方才多有得罪，還望勿怪。」

法正聽聞，不由得心裡一陣激動。他連忙還禮道：「法正不過一卑賤之人，焉得公子如此大禮？」

法正並不是客套，而是發自肺腑之言。他原本是扶風郡郿縣人士，其父法衍，也是當時關中高士，後來因得罪了權貴而罷官去職，最後鬱鬱而終。

建安元年，關中大亂。漢帝東歸，李傕和郭汜又生了矛盾，相互攻擊，令關中大地狼煙四起，混亂不堪。在這種情況下，法正和同鄉孟達一起入蜀避難，投奔了劉璋。

哪知道，到了成都，法正才知道世事艱難。

他沒有任何根基，雖被劉璋收留，卻不得劉璋看重。相比之下，同鄉孟達因武藝卓絕，從軍而得重用，被劉璋的心腹大將張任所看重，提拔為校尉。法正靠著孟達的接濟，在成都勉強過活。不過，也因為這段時間的落魄，他倒是結實了不少成都名士，即將到來的張松便是其一。

建安七年，法正在益州滯留七載，才在張松的推薦下，被任命為新都縣令。

只是，那新都也是個極為複雜的地方。法正本身並不是一個善於內政治理的人物，面對錯綜複雜的關係，他在新都待了三年，最後不得不黯然離開。不過幸有張松幫襯，回到成都之後，又擔任了代理軍議校尉。

什麼是軍議校尉？

簡而言之，就是類似於後世參謀的職務。軍中有事情的時候，你過去旁聽一下，提一些建議。當然了，會不會被採納，是另外一回事。

後世不是有一句話嗎？

參謀不帶長，放屁也不響。

章十六

益州來使

更何況法正這個軍議校尉，還是個代理。他即便有好的主意，誰又會放在心上？所以說，這個軍議校尉的職務，其實就是看在張松的面子上，給他的一個職務。俸祿不過六百石，在成都那種繁華之地，生活艱難可想而知。

而李儒開始攪亂益州經濟之後，成都的生活費用也隨之高漲。

法正雖然不需要靠別人的救濟，可是想在成都生活，卻也是大不易的事情。

也就是在這種情況下，法正認識了李儒。只不過，他並不知道李儒的真實身分，只知道他叫袁玄碩，頗有能力。

李儒用整整一年的時間考察法正，發現此人有奇謀，非比等閒，於是便開始試圖拉攏法正，漸漸的試探出了法正的心思。

曹操征伐幽州，在淮南設立三郡；曹朋入主南陽，與劉備交戰不止……在這種狀況下，劉璋卻不是考慮著如何發展壯大，平抑成都飛漲的物價，反而大肆謀取私利，想著偏安一隅。

法正覺得，跟隨劉璋，難有作為。他和李儒的幾次交談中，不自覺的流露出想要另尋明主的想法。可是，投奔何人？

劉備？

如今連一個容身之所都沒有，法正並沒有考慮。

那麼孫權？

雖說孫權手握江東六郡，卻由於地域限制，同樣很難壯大。長江天塹固然給江東六郡以屏障，同時也阻隔了江東謀取中原的可能。

在這樣的情況下，似乎可以選擇的，只有曹操一人。

偏偏這曹操手下，能人無數。法正一沒有名氣，二沒有靠山，三沒有資歷，想要立足也非常困難。

用一句很『三國』的話來說，那就是：苦於沒有引介之人……

同時，他對曹操也不太瞭解，搞不清楚這曹操究竟是怎樣一個人物。

這時候，李儒便為他提出了建議。

「我聽人說，曹丞相手下有一人，才情卓絕，胸懷乾坤。他乃曹丞相本家，甚得曹丞相信賴。曾做《陋室銘》、《愛蓮說》，被世人所稱讚，品德高尚；此人有三篇文章傳世，為天下讀書人所知。曾助其姐夫建設海西，造就如今之兩淮富庶之地。」

「此人重義，只因當年呂布借他二百虎賁，在呂布死後，拚著身家性命，送呂布家眷遠赴海外。此人重情，因結義兄弟被人所害，不惜拋棄學業，出山報仇。」

「此人有大德行，官渡之戰時，斬顏良、誅文醜，為酸棗數萬百姓之性命，長跪堂前，使得曹丞相不得不同意護送百姓撤離。延津一戰，此人不顧性命，將曹丞相從危難中解救出來。可又因為其家人長者被人所害，一怒之下怒闖護國將軍府，斬了那刁奴，幽居三年。」

「此人有大義！當年臨沂侯劉光出使匈奴，為保住朝廷顏面，捨生忘死。後出鎮河西，安撫羌胡，穩定邊塞，戰馬騰，取金城，復奪隴西……」

「若孝直能得此人看重，則必能有大前程。我聽人說，凡他門下所出，而今最差的也是個千石大員。不知孝直可有意向？」

法正一開始還有些迷糊，可聽到後來，恍然大悟。

「先生所言，莫非是那大名鼎鼎的曹三篇，公子朋嗎？」

法正是關中人，對於關中這些年來的狀況也頗為關注。關中在曹氏父子治理下，繁榮穩定……而當年那被人稱之為苦寒之地、荒蠻之所的涼州，如今也變成了一塊繁華之所，特別是河西商路的開啟，連通西域和中原。想當年，班定遠置西域都護府，卻在百年前斷絕了和中原的聯繫，如今河西走廊的開啟，令整個關中受益匪淺。

更重要的是，隨著河西商路重啟，西域三十六國也不得不小心翼翼。在去年，龜茲、大月氏等國紛紛派遣使者，請求歸附。昔日大漢雄風，似乎又再現端倪。

而這一切，蓋因曹氏父子在涼州投入了大量心血。

古人的故土之情，遠非後世人可以想像。法正在李儒的勸說下，動了返回家園的心思。於是，在建安十二年開春，法正便離開成都，重返關中。到了老家郿縣之後，他才知道家鄉的變化簡直是翻天覆地。而曹朋當年傾力營建河西的好處，歷經曹汲數載經營，也初顯端倪。

建安十一年，涼州迎來了前所未有的豐收。

人口自建安九年曹朋離開時的兩百多萬，增加至近五百萬，已隱隱比肩豫州和益州人口，甚至超過了益州的人口總和。曹汲在涼州未動一兵一卒，可是所展現出來的強大勢力，讓西域三十六國膽戰心驚。很多西域商人都願意來中原做事，也為關中帶來了巨大的財富。

關中人口在建安十二年時，達到三百萬。

也就是說，算上涼州，八百里秦川人口總和近千萬，和整個中原人口基本持平。

當然了，這巨大的人口基數背後，不可避免的會有無數血淚史。曹朋當初設立了販賣人口的政策，在檀柘等人的幫助下，從漠北草原上擄掠來的奴隸已超過百萬之眾。這，又是何等可怕的一個數字！一百萬奴隸，也就預示著無數家庭的破滅。

曹朋耗費大量的資金，換來了整個關中的平穩。而河西郡的面積已慢慢的走出了石嘴山口，向漠北地區擴展開來。可以說，只要曹操願意，他可以在最短的時間裡，在關中徵調數十萬大軍，馬踏塞北。

如此輝煌政績，讓法正心悅誠服。

在三思之後，他最終決定前來襄陽投奔曹朋。

雖說他的最終目的是為曹操效力，而且他也知道，投奔曹朋，他的身上必然會有很重的曹朋烙印……可是那又如何？

似他這種毫無根基、毫無名氣、毫無資歷的三無人員，若沒有一個靠山，休想成就大事。別看曹朋是曹操的臣子，單是從曹操對本族的關愛來看，到了曹朋的帳下，就等於是進入了曹操的派系。可別忘了，曹朋還是曹操三子曹彰的啟蒙老師……

這種親密的關係，註定了曹朋日後根基深厚。

有這麼一個靠山在，自己也能夠有更大的前程……

不過，在見到曹朋之前，法正心裡還有些忐忑不安。他手中雖有李儒的介紹信，可卻不知道李儒究竟是什麼身分，只知道李儒肯定和曹朋有關聯，但是更深一層的事情他就不太清楚了。而且他又沒有見過曹朋，對曹朋的瞭解大都取自傳聞。

曹朋，能看中我這個三無人員嗎？

法正有些迷茫。

哪知道見到曹朋之後，曹朋根本沒有去看李儒的書信，竟然還知道他的表字。

法正心裡激動萬分，一塊大石也隨之放回肚中。

曹朋笑道：「朋當年為河西太守時，曾聞司隸校尉張既張德容先生提及令尊之名。德容先生還說，法孝直有大能，可惜遠赴益州，不得為家鄉出力，非常遺憾。原以為我離開關中，再難與孝直相會，卻不想在這樊城能見到孝直，豈不是天賜孝直助我？呵呵，此朋之幸也。」

張既，原安定太守。

建安十一年，替衛覬而出任司隸校尉一職。

曹朋也是沒有其他的主意，只好借用張既之名。而且，這也是最好的一個藉口，張既本就是關中人

士，而法正也不可能跑到張既跟前，問張既說：你是不是在曹朋面前誇讚過我呢？

法正聽聞，不禁喜出望外，心中的疑惑也隨之消失：原來是張既向曹朋介紹過我。怪不得曹朋沒有看那封介紹信，便知道我的名字。

同時，在法正的心裡，對劉璋更多了幾分怨恨。

也難怪，法正這些年來在劉璋的手下，可是被壓制得不輕。如今能得別人重視，心裡在感激的同時，也就對劉璋有了怨念。

曹朋肅手，請法正落坐後，這才拿起李儒的那封書信，就著燈光看去。

李儒在信中大力讚揚法正，說此人能力卓絕，不遜色於龐統。曹朋輕輕點頭，仔細的看了一遍之後，將書信放在燈前，燒了。這種東西，心裡知道就好，最好不要留下什麼痕跡和證據。

「先生能來助丞相，乃丞相之幸。」

曹朋這句話，可不是亂說。

在《華陽國志》裡，曾記載著一段曹操對法正的評價：吾收天下奸雄略盡，獨不得法正邪？

這《華陽國志》的內容是否屬實且不說，但由此可見，曹操後來對法正也是極為讚賞。

不過，現在的法正，想要在曹操帳下得重用，並非一樁容易的事情。曹操有荀彧籌謀後方，有郭嘉、賈詡等為其出謀劃策，有荀攸為參謀長，有程昱可正律法森嚴。這五大謀主，如今有著巨大的影響力。特別是郭嘉，並未如歷史上那般早亡，更顯出曹操身邊人才濟濟。

法正一個三無人員，在這種情況想要進入曹操的核心權力圈子，的確是很困難。哪怕是曹朋舉薦，曹操也不可能馬上重用。

所以，曹朋開門見山的說：「孝直的謀略，朋深信不疑。然則貿然舉薦，恐丞相未必看重。畢竟孝直如今寸功未立，丞相有心重用，怕也難以服眾。」

曹朋這是掏心窩子的說話，法正聽了，也是連連點頭。

「正也知此事。」

曹朋笑了笑，擺手打斷法正的言語，「孝直大才，朋早已知。不過有些事情，還是要敞開來說才好，以免孝直心生誤會。丞相進駐襄陽，早晚必有大戰……朋忝為虎豹騎大都督，到時候也會上陣搏殺。若孝直不棄，朋希望能得孝直之謀，助我一臂之力。想來你也知道，我之幕僚，大都在涼州。而身邊之人，有漢升勇猛，有王雙忠直，也有寇封為地頭蛇，只缺一能為我分擔憂愁、出謀劃策之人，故想請孝直留下，可否？」

曹朋把話說得很明白。

你有才能、有才幹，我很清楚。但是我現在不會推薦你……曹操謀取荊州之後，僅荊州士人就提拔了十五人，這些都是有名望的主兒。你卻不一樣，你沒有名望、沒有資歷，就算讓你占居高位，也必為人所忌。

法正點點頭，深以為然：「能為公子分憂，亦正三生之幸。」

曹朋不由得哈哈大笑，「我得孝直，如虎添翼！」

這句話很老套，可也說出了曹朋的心事。

在出任南陽郡太守以後，雖說他也得了不少人幫助，比如鄧芝，比如杜畿，比如盧毓……可這些人，終究算不得謀主。鄧芝相對好一些，似盧毓，在後世那就是一個學者，而杜畿更多的則長於治兵。

隨著曹操奪取了南陽郡，杜畿出任荊州水軍副都督，協助蔡瑁執掌水軍，或者說是監視蔡瑁。而鄧芝呢，則被曹操看重，擔任了曹操的丞相府功曹掾、軍師中郎將。剩下的盧毓，也已返回許都，籌備報紙事宜。

如此一來，曹朋就又一次面臨當初赴任南陽的尷尬局面：身邊無可用之人。

章十六
益州來使

濮陽逸和陸瑁，尚不足以獨當一面，僅可以為幕僚。但這謀主的位子，一直懸而未決，令曹朋頗為頭疼。

得了荊州，大家都有好處。偏偏曹朋沒有任何收穫，還搭進去了鄧芝和龐德。好不容易收服了趙雲，一時間又不得用，也使得曹朋心裡有些不太舒服。如今有了法正，倒是可以讓他略感開懷，至少身邊多了一個可以商量的人，以後能避免許多不必要的麻煩。

「我欲請先生，暫代虎豹騎軍師祭酒之位。明日我會上奏丞相，請他正式任命。在此之前，先生就且住在我這裡，朋也好隨時請教。」

法正連忙拱手：「正敢不從命？」

樊城府衙的很大。結構雖然簡單，只有前後兩進，但房舍林林總總，足有百十來間。

而今曹朋隻身前來，也沒有攜帶家眷。黃月英和夏侯真還留在中陽鎮，負責整治新家。其實，也沒太多事情處理，不過作為曹朋的出生之地，日後哪怕不會在此常駐，也要花費一些心思拾掇才好。而另一個原因，則是夏侯真又懷了身孕……天氣日寒，曹朋也不願她們長途跋涉的跑來襄陽。

所以，偌大的樊城府衙，顯得很空蕩。

曹朋把前進作為處理公務的場所，而後宅則分為三個部分。

曹朋自己有一個院落，裡面還設有演武場；黃忠、寇封、王雙住一個院落，濮陽逸和陸瑁則住在餘下的院落當中。除此之外，尚有五十名隨同王雙前來的闇士住在這裡，負責曹朋的安全。

法正被安排在和曹朋同一院落裡，有一間很寬敞的房間，設施齊全。

而當法正看到疊摞在眼前的那些公文時，也不由得搖頭苦笑。他心裡面是很高興，曹朋把這些卷宗案牘交給他處理，是對他的信任。只是看這架勢，曹朋分明是要做一個甩手掌櫃，讓法正哭笑不得。

想想也是，曹朋平日裡要操演虎豹騎，如果有戰事，他隨時會出征。這虎豹騎軍師祭酒的職務，說穿了就是曹朋的大管家，所要負責處理的東西涉及方方面面。若不是有濮陽逸和陸瑁協助，法正還真是不知道該從何處著手。

有事情做，總好過被人無視。

法正痛並快樂的接手了這些案牘，開始了繁忙的工作。

三日後，曹操正式任命法正為虎豹騎軍師祭酒，食俸祿八百石……

眼見著年關將至，曹操和劉備不約而同的下令停止攻擊。

雙方以沅水為界，劉先屯紮沅南，背依沅水；周泰則駐守羅縣，比鄰泊羅淵；劉備則命陳到駐紮益陽，以向朗為軍師，與孫吳兵馬遙相呼應，形成夾擊之勢，氣勢洶洶，咄咄逼人。

面對這種情況，曹操並沒有急於發動戰爭。而是徐晃自中盧開拔，駐守漢壽，對武陵郡郡治所在臨沅形成有效的保護，同時隨時可以跨沅水，支援沅南的劉先。

戰事雖然停息，可是衝突卻沒有停止。最為明顯的，便是壺頭山的五溪蠻加入戰場。也不知道劉備是如何說服了五溪蠻人，五溪蠻老王竟派他的長子沙摩柯，率領三千五溪蠻人參戰。不過，總體而言，沅南雖然局勢緊張，但一時間也沒有危險。

隨著曹軍源源不斷的深入荊楚之地，相信沅南的壓力也會隨之消減。

曹操依舊留在襄陽，靜候益州使者到來……

「如此說，益州而今的狀況，並不是很好嘍？」

在樊城府衙裡，曹朋和法正坐在門廊上，一邊喝著酒，一邊聊著天。

法正發現了一件很奇怪的事情，那就是曹朋似乎對益州的興趣，遠遠比眼前的興趣更大一些。

章十六
益州來使

要知道，曹操進駐襄陽，大戰一觸即發。可是和曹朋談論起來的時候，法正卻發現，曹朋更多時候是圍繞著益州的問題，而非是荊楚戰事。

不過，既然曹朋有這個興趣，法正倒也不會隱瞞什麼。

他點點頭，輕鬆回答道：「正如公子所猜測，益州而今的情況，的確是不太好……一方面，這幾年益州的物價飛漲，已非當年天府之地。二來，許多當年從涼州逃亡益州的人，眼見涼州發展迅猛，故而生出了回鄉之意。另外，便是南蠻之亂……」

「想來公子不知道，南蠻雖地處偏荒，卻不可小覷。聽人說，那新任的南蠻王孟獲，是一個極有野心之人，繼位以來一直在小心試探。可惜劉季玉卻沒有覺察，對南蠻絲毫不存防範。長此以往，必成大禍。」

南蠻，孟獲？

孟獲已經出世了嗎？

對於這個名字，曹朋可是一點都不陌生。前世聽評書《三國演義》，七擒孟獲的故事可謂是耳熟能詳。猶記得當初聽七擒孟獲的時候，他時常譏笑那孟獲不知羞恥。重生十一載，由於種種緣故，他幾乎快將此人忘記，沒想到卻從法正口中又聽到了消息。

孟獲？

曹朋嘴角一翹，不由得露出一抹詭異的笑容。

法正喝了一口酒，看著曹朋，猶豫半晌後輕聲道：「公子，莫非想攻取西川？」

「哦？何以見得？」

「公子這幾日，三句話不離益州。若非要謀取益州，何來如此掛懷？不過以我之見，此時攻伐益州，並非最佳時機。益州雖出現亂象，但劉季玉麾下尚有能人無數，他文有黃權、劉巴、鄭度，武有嚴顏、張任、冷苞……這些人，皆非等閒之輩，若無外因，必做殊死抵抗。而且益州地形複雜，若沒有一個全盤的瞭解，想要攻取益州，勢必要耗費巨大的力量。我知丞相實力雄厚，奈何並州高幹、江東孫權，還有那劉備劉玄德掣肘……故而要去西川，時機恐怕還沒有成熟啊……」

曹朋敏銳的覺察到，法正言語中提到了『外因』兩字。

他心裡一驚，扭頭向法正看過去，半晌後若有所思，輕輕的點頭……

「如今沅水休戰，公子可有看法？」

「沅水休戰，無非是丞相害怕耽擱了農時……待春耕結束，沅水必然再啟戰端，有何古怪？」

「可依我之見，丞相如今的心思，怕不在長沙，而在江東。」

曹朋心裡一動，對於法正的話語，卻沒有感覺驚異。

赤壁之戰嘛……曹操不打江東，何來赤壁之戰？不過，聽法正的意思，似乎並不贊同曹操此時與江東開戰。

此前，曹朋自信滿滿，有他參與，曹操赤壁之戰焉能敗北？

連環計？龐統如今遠在河西。

苦肉計？闞澤如今也在涼州。

而甘寧，則駐守合肥，正在與孫吳鏖戰。

這主角都不在，又有何擔心之處？

至於火燒赤壁，沒有了連環計、沒有了苦肉計，就算那周瑜和諸葛亮能借來東風，又能怎樣？

所以，曹朋內心裡對赤壁之戰的結局，可說得上是很有自信。

可是，法正為何……

「孝直，莫非另有高見？」

法正笑了，「高見不敢說，只不過有些許小小想法。」

「但講無妨。」

法正知道，這將是他的一次機會，於是在組織了一下言語後，對曹朋道：「正以為，此時征伐江東，並非最佳時機。」

「何以見得？」

「俗語有云：北人騎馬，南人操舟。此地域所致習俗，難以改變。若江東北上，必敗無疑，原因就是這江東少馬，難以征戰；可如今，卻是丞相南下，自然少不得要有精銳水軍。我知道，丞相在兩年前便命人在徐州東陵島興建水軍。可這水軍，卻不是一日可成……南人自古生活在大江以南，操舟已成為習慣，這期間差距，遠非東陵島兩載操演可以比擬。」

「而此次丞相急匆匆征伐荊州，何也？無非就是為斷大江之龍腹，謀荊州水軍。可這有一個問題，丞相，能對蔡瑁和他的荊州水軍，信任如公子邪？」

曹朋無語了！

這個問題，根本不需要回答。

歷史上，蔣幹盜書，不過一封書信，便使得曹操殺了蔡瑁、張允，令水軍群龍無首。以曹操那種多疑的性格，恐怕除了少數幾個人，他誰都無法相信。似曹操對曹朋那種寵信，很難複製。可以說，整個丞相府下，無一人能夠如此。一方面，曹朋確實有一些才能令曹操難捨；同時，不管怎麼說，曹朋也算是曹操的族人、本家，而曹操對族人、對本家的關照，也不是普通人可以得到。

至於第三點，則是曹朋那種性子，一怒之下什麼都不顧，甚至不惜殺人犯法……這樣的性子，也不可能對曹操造成威脅，於是便造成了曹操對曹朋的寵愛。

換一個人試試？

就算是典韋、許褚，也未必能如曹朋這樣的地位。

蔡瑁就算有天大的本事，甚至比諸葛亮、荀彧還要厲害幾分，也不可能比得上曹朋所得到的寵信。

法正抿了一口酒，「蔡德珪，不過一介小人。若非是他執掌水軍多年，而且又是荊襄大族之一，丞相未必會對他另眼看待。所以，只要使出一點點的手段，就有可能製造出丞相對蔡瑁的殺機。蔡瑁的本領如何，我不好說，但若論統領數十萬水軍、操演兵馬，只怕丞相府中還無人能夠與之相比。可是在過去多年裡，荊州和江東交手，敗多勝少。若不是蔡瑁有個好妹子，換個人早就已經人頭落地了，是不是？」

「是！」曹朋無奈苦笑。

雖然說曹朋早已經提醒過曹操，但是曹操對水軍的關注並不太大。哪怕是在東陵島組建了水師，卻從未聽曹操詢問過。也許，在曹操的心裡，更看重荊州二十萬水軍的能力。

不過，法正說到了一個關鍵：曹操帳下善於水戰者，幾近於無。那蔡瑁，不過是周瑜的手下敗將，卻已經是水軍的最佳人選。空有水軍，卻無人指揮，徒嘆奈何？

曹朋聽到這裡，不由得倒吸一口涼氣。

「除此之外，劉備未除，西川未破，此皆心腹之患。此時貿然出兵，征伐江東，丞相有三敗，而江東有三勝。」

「願聞其詳。」

「江東周瑜，威名赫赫，自從孫伯符以來，歷經大小戰事不下百餘回，經驗豐富，智謀過人。而丞相身邊，只有一個蔡瑁可用。若換作普通對手，這蔡德珪或許能派上用場，可是要對上周瑜，只怕不是對手。此江東將勝，而丞相將敗。」

「江東水軍人數雖少，卻是百戰雄兵。孫氏父子占領江東六郡以來，從未停止過用兵，加之周瑜操演得當，雖不過數萬人，卻盡為精銳。荊州水軍空有二十萬，大都老弱殘兵，能用者不過十之五、六，疏於訓練，士氣低落。若與江東水軍交戰，必敗無疑，此江東之兵勝，而丞相之兵敗。」

「丞相徵召二十萬大軍進駐荊楚，然則皆長於陸戰；若取江東，無強橫水軍難以奏效。況乎尚有心腹之患未滅，便匆匆與江東交戰，此勢敗，而江東勢勝。以此三勝三負，若丞相強行對江東出擊，正已知勝負。」

曹朋聽聞，再次倒吸一口涼氣。

他沉默許久，站起身來對法正一揖到地：「若非先生提醒，我險些誤了大事。」

旋即，曹朋猶豫了一下，沉聲問道：「那敢問先生，可有良策？」

法正溫雅一笑，「江東孫權雖有六郡，卻因先天不足，難有作為。孫權更非孫伯符，不過一守門之犬耳，不足為慮。以我之見，放孫、捉劉、謀取西川，同時苦練水軍，以待時機。」

「洞庭，毗鄰雲夢，勾連大江，乃是最佳的練兵之所。故正以為，先取武陵長沙，擊潰劉備，而後謀取西川……選拔將領，操演水軍，不四、五年，待水軍練成，則江東可一舉拿下。公子何不請丞相，以重金與孫仲謀，令其不再防範；同時堅守合肥、廣陵等地，命東陵島水軍襲擾沿岸，封鎖江東……公子於益州之計，未嘗不可再施於江東。」

曹朋一怔，旋即驚訝的看著法正。

關於益州的經濟戰，曹朋並沒有和法正說過，但看得出，他已經看出了端倪。

此人，果然不同尋常。如此謀略，如此心思，絲毫不遜色於龐統等人。可為什麼在蜀漢中，法正的地位在諸葛亮之下？

曹朋猶豫了一下，旋即笑而點頭：「如此，還請孝直書以文字，我當呈遞丞相。」

「不可！」法正連忙擺手，阻止了曹朋的這個想法。「我非是小看公子，只是丞相而今志得意滿，單憑公子恐難以令丞相重視。上書此信者，當為丞相謀主，唯有如此，才能得丞相重視，改變主意……公子，可有人選？」

謀主？

夠分量？

曹朋腦海中，立刻閃現出三個名字——郭嘉、荀彧和程昱。

曹操有五大謀主，其中也有遠近親疏。

相比之下，賈詡是後來才投奔了曹操，所以地位最差；而五人之中，單以能力來說，荀攸又遜色於其他四人，所以也不足以擔當重任。剩下的三人裡，程昱追隨曹操最早，郭嘉和荀彧最得曹操所看重。其中，曹操對郭嘉的喜愛，又勝過荀彧一籌。蓋因荀彧心裡始終有一些漢室情節，而且身後尚有一個龐大的家族，與曹操的利益略有抵觸。所以，五大謀主之中，郭嘉無疑是最合適的人選。

只是，郭嘉此前因北伐幽州，染病不起，雖得醫生的及時救治，但卻需要調養。故而此次曹操南下，郭嘉並未相隨，而是留在鄴城養病休息。

郭嘉，郭嘉！

曹朋猛然站起身來，「王雙何在？」

「末將在。」

「著你立刻前往鄴城，面見奉孝時，就對他說，丞相有大難，請他立刻前來。沿途要好好照顧他，途經許都，可以請華佗先生隨行，讓他們一併前來，就說是十萬火急。」

王雙聽聞，不敢怠慢，立刻領命而去。

「孝直，你且將你剛才所說的那些好好整理一下，書以文字，我有大用。」

法正喜出望外，忙拱手應命。他也顧不得吃酒水，便返回書房開始工作。

而曹朋則站在門廊上，看著陰沉沉的天空，眼中閃過一抹憂慮之色。

看來，我還是太年輕了！原以為自己有一千八百年的優勢，可以幫助曹操打贏赤壁一戰；可現在看來，我想的還是太簡單了些。

想到這裡，曹朋忍不住輕輕嘆了口氣，轉身回房。

章十六 益州來使

襄陽城中，張燈結綵。

年關馬上到來，突然一場大雪，為即將到來的新年平添了幾分氣氛。所謂瑞雪兆豐年，大致如此。曹操也顯得非常輕鬆，帶著文武百官，一同欣賞雪景。

只不過這種輕鬆，與曹朋並沒有太大關係。他在二十二日接到了通知，說是益州使者已抵達朐忍。於是，曹操下令，讓曹朋率豹騎前往秭歸，迎接使者到來。

秭歸，位於西陵峽，再往前，過了巫縣，就進入巴郡境內，也就是益州治下。雖說曹操對劉璋的貪得無厭非常不滿，可是場面上的東西還是要照顧好。

你看，我派我最寵愛的部下，帶領我最精銳的人馬，前往秭歸迎接你們，可是給足了你們面子。

曹朋接到命令後，立刻啟程。他命寇封留守樊城，濮陽逸和陸瑁輔佐。而後，他親率黃忠和法正，率領大軍，浩浩蕩蕩離開了樊城，直奔秭歸而去。

隨行之人中，尚有一名文士，是丞相府書記。此人是負責記錄曹朋迎接益州使者的過程，回到襄陽以後，還要呈報於曹操。

曹朋在馬上問道：「還未請教先生大名？」

自曹操開設丞相府以後，征辟了不少人。以前一些幕僚，大都委以重任，如今的幕僚，曹朋都覺得很眼生。看這書記相貌頗為秀氣，舉手投足間更有幾分書生特有的儒雅氣，不免心生好感。

他這一問，卻讓那書記緊張起來。

身在丞相府，怎可能不知道曹朋的名號？這可是曹操最寵信、最看重的族姪，同時在士林中，更享有極高的聲望。

於是乎，文士連忙在馬上欠身還禮，畢恭畢敬的回答道：「學生蔣幹，字子翼，乃九江人氏。久聞公子大名，卻未得機會拜見。此次與公子同行，實乃幹之幸甚……這一路上，還請公子，多多關照。」

章十七 野望

曹朋差點笑出聲來了！

他強行壓住內心那種想要爆笑的衝動，可是嘴角還是忍不住的翹起來，眼中閃過一抹古怪的笑意。

誰是三國第一倒楣蛋？

蔣子翼首當其衝！

群英會，蔣幹盜書，害得曹操殺了蔡瑁和張允；二次過江，遇到了龐統，結果一個連環計，讓曹操百萬大軍灰飛煙滅。這廝絕對是一個掃把星，被周瑜玩弄於鼓掌間，猶自得意洋洋。

可以說，蔣幹絕對是《三國演義》中，一個極具喜感的人物。

曹朋沒有想到會在這種情況下與蔣幹相識。

而且，你蔣幹騸子一把，三十多歲的人了，卻口口聲聲『學生』，讓曹朋情何以堪？耳聽著蔣幹自稱學生，曹朋突然覺得自己真的老了！

不過算一算，他年紀的確不小了。算上前世今生，他活了五十多年，蔣幹自稱『學生』，倒也沒什麼問題。

「九江蔣子翼，我亦久聞大名。」

「公子也知子翼之名？」

蔣幹驚喜非常，卻讓一旁的法正忍俊不住扭過身子偷笑。

哥哥，曹公子那明顯是一句客氣話，你老兄怎麼就當真了呢？在這年月，什麼久仰大名啊、什麼如雷貫耳啊，很多時候是一種客套。一般而言，除非是那種久負盛名的人物，否則還真沒有人會當真。

可偏偏這蔣幹就當真了，而且顯得是非常激動。

曹朋笑道：「子翼之名，我當然知道，當年我隨姐夫在海西赴任，曾聞兩淮名士，子翼儀容不俗，辯才無雙……只是有些時候，卻太過老實，難免被他人利用，日後還需要謹慎才好。」

這句話一出口，法正愣住了！

看來，曹朋是真的知道這個人。

莫非這蔣子翼，真的有不俗之處？畢竟，曹朋不僅說出了蔣幹的優點，同時也說出了他的缺點，還要他小心被人利用。這一席話，意思可就深了，讓法正對曹朋不由得心生忌憚。

不過，以曹朋而今的名聲，教訓蔣幹綽綽有餘。

蔣幹聽了曹朋的話，非但不惱，反而欣喜異常，連連道謝，表示自己一定會多加小心。

就這樣，一行人風塵僕僕趕往秭歸。

一路上倒也沒有遇到什麼危險，不過在途經夷陵的時候，曹朋遇到了奉命駐守夷陵的王威。

王威是此次曹操入主荊州後，提拔的十五名荊州士人之一，官拜中郎將，荊門校尉。

乍一看，這職務似乎不是很高，可實際上呢，卻是一個獨領一軍，有極大權力的軍職。夷陵，自古便是荊州連通巴蜀的要地。王威駐守夷陵，不僅僅是守住荊楚西大門，同時南有夷水為屏障，拒長沙來犯之敵。過去一個月裡，五溪蠻數次對夷水偷襲，但都被王威覺察，並一一擊潰，也因此得曹操看重。

算起來，王威算是曹朋一系。他與鄧稷有些情義，而當初說降王威者，又恰恰是曹朋。

也因為這個原因，王威歸降之後，非但沒有被壓制，反而甚得曹操所信。以前沒有歸降的時候，王威還不覺得曹朋有多大的影響力，只有在他歸降之後，才能感受到曹朋在丞相府中巨大的能量。

據說，丞相府十三曹，與曹朋有千絲萬縷的關係。

而曹操手下那些將領，莫不是和曹朋有密切生意往來，就連典韋、許褚這樣的人，也和曹朋聯手經商。巨大的利益糾葛，已經在不經意間形成了一面巨大的網，令曹朋在曹操手下高枕無憂。

如果說，之前王威還有點清高自傲，那麼如今他很清楚，要想飛黃騰達，他必須要抱緊曹朋的大腿。所以，當曹朋抵達夷陵時，王威極為熱情的招待。於大江之上設宴，宴請曹朋、黃忠等人。

酒席宴上，曹朋偶然詢問起五溪蠻的事情。

王威不禁苦笑道：「五溪蠻人，自有漢以來，便是荊楚心腹之患。乃至於當年伏波將軍馬援親自率兵平定，也未能徹底剿滅。這些年來，朝綱不振，五溪蠻趁勢坐大。加之早先戰亂不止，許多人躲入山中避難，也漸漸被五溪蠻人同化，實為一個心腹之患。劉荊州在世時，漢升將軍曾征討壺頭山，但結果……」

王威沒有說下去，引起了曹朋強烈的好奇心。

他扭頭向黃忠看去，疑惑問道：「忠伯，結果如何？」

黃忠的年齡比曹汲都要大，如果按照這年月的習俗，做曹朋的爺爺輩也不冤枉。出於尊敬，曹朋尊黃忠為世父。而黃忠在勸說無用之後，也無法拒絕曹朋這個稱呼，但卻尊曹朋『公子』。

也正是這一聲『世父』，讓黃忠的態度發生了天翻地覆的變化。

眾所周知，黃忠曾有一子，早年夭亡。此後，他再也沒有孩子。原因呢？卻無人知曉。黃忠表面上似乎無所謂，可內心裡還是懷著一分遺憾。曹朋喚他世父，猶如他的孩子一般，讓黃忠內心裡生出了許多感慨。從單純的效力，到如今的維護，他之所以不肯離開虎豹騎，其中有很大的原因就是在這一聲『世父』。在黃忠眼裡，曹朋和他的孩子，似乎並無二致。

聽到曹朋詢問，黃忠苦笑道：「壺頭山山勢綿延，地形複雜。當初我出鎮長沙，曾率部征伐，可一入山裡，便沒有章法。那些五溪蠻子更善於在山中作戰，以至於傷亡慘重。這些傢伙，出山為匪，入山為民，根本無法剿滅。我也有點奇怪，劉玄德何以得五溪蠻為己用？我曾建議巨石公子以懷柔之法招撫，但效果卻不明顯。五溪蠻子性情粗暴，而且極為狡詐。

「對了，還有一件事，公子當小心……那五溪蠻小王名叫沙摩柯，年紀和公子相差無幾，卻生得一身神力，有萬夫不當之勇，他日若遇上，還須小心。」

沙摩柯嗎？

曹朋隱隱對這個名字有印象。

此人，似乎就是射傷了甘寧的凶手吧。

「若有機會，倒是要領教一二。」曹朋冷冷一笑，便不再就這件事繼續討論下去。

當晚，眾人在江上盡興而歸。第二日，曹朋便帶領著人馬再次啟程，踏上了前往秭歸的路途。

兩日後，一行人抵達秭歸。

從前方也傳來了消息，說益州使團業已從朐忍出發，正趕往魚復。

「公子，可知張永年其人？」

就在曹朋準備進入秭歸縣城的時候，法正卻將他攔住，提出了一個問題。

張永年，也就是這次出使襄陽的益州使者張松。說實話，曹朋對他的瞭解還真不算太多，只是從前世的記憶中，隱隱約約有點印象。此人有過目不忘之能，且能言善辯，有急智之能，可除此之外，就再無半點印象。

不過，張松和法正不是朋友嗎？曹朋看著法正，眼珠子滴溜溜一轉，頓時計上心來。有法正在這裡，何必再費心思？

「卻知曉不多。」

法正笑了，「永年其人，外表放蕩不治，常使人生出輕慢之心，實則心機深沉，有大志向。當年我在成都，與永年多有交往，故而知他心思。永年少年因形容秉異，故而心思極為敏感，且頗自重……人若敬他，必十倍以報答，若慢他，必會全力報復。當初正自新都返回成都，任軍議校尉時，正值成都物價飛漲，混亂初顯之時。永年曾勸說劉季玉，讓他多加留意，不想卻不為劉季玉從，因而在私下裡曾與我說：劉季玉非成大事之人，還須早做打算。」

「接著說。」曹朋顯得很平靜，臉上也沒有流露出不耐之色。

法正說：「此前永年兄長出川，只是為謀己身官職。然則永年此次前來，依我看未嘗沒有另尋明主之心……公子既有心西川，就不可以怠慢了此人。秭歸太遠，不足以表現公子誠意。正以為，公子當前往巫縣，而後命人淨街洗塵，以迎永年。正會伺機與永年接觸，將其引薦予公子，不知公子意下如何？」

曹朋陷入了沉思！

說實話，他不是很清楚張松在歷史上究竟出使過幾次。不過按照《三國演義》裡的說法，應該只有一次。可那應該是在赤壁之戰結束，劉備奪取了荊南四郡之後才發生的事情。如今提前到來，張松身上是否帶有《西川地形圖》？尚在兩可之間。

根據《三國演義》記載，曹操的確是輕慢了張松，而劉備卻以極為隆重的儀式來款待張松，令其心悅誠服，獻出了《西川地形圖》。如果是這樣，張松此次出使，應該會帶著地圖。即便是沒有帶地圖，法正不也說過，張松其實早有反意……結一段善緣，未嘗不可，也就是幾步路的事情。

想到這裡，曹朋也就拿定了主意：「既然如此，那咱們立刻動身，前往巫縣。」他喚來了秭歸長，讓他做好準備，清理街道，以迎接使團到來。為了保證不出意外，曹朋還把蔣幹留下，讓他負責監督。隨後，隊伍再次啟程，踏上了前往巫縣的路途。

對於曹朋的這個決定，法正也非常高興。他所以高興，不為別的，只因為曹朋對他的重視。他滿腹經綸，所求的不就是一個能重視他的主公？而今，曹朋可以因他一句話，就改變了行程，又是何等的重視。如果說，此前法正還存著藉曹朋的門路，為曹操效力的心思，那麼現在，就有了一些改變。

曹操身邊都是些什麼人？

程昱，兗州名士；賈詡，姑臧名士。這兩個人，有著極為深厚的資歷，尋常人無法相比。荀彧和荀攸？那就更不用說了！論能力、論才學、論出身，曹操手下沒幾個人能和他二人相比。那可是正經的潁川豪門，書香門第出身。

唯一一個看上去似乎沒有太多背景的郭嘉，年紀雖小，卻跟隨曹操有十幾年光景。十幾年啊！他一直為曹操所重用。職務雖說不高，可是謀略過人，是曹操的智囊。

法正自詡能力未必遜色那五大謀主，可要想超越他們，談何容易？與其拚得頭破血流爭那位子，倒不如在曹朋身邊幫忙……至少，曹朋不是個薄情寡義之輩，也不會虧待了自己。

法正的心思變化，曹朋並不清楚。

一天一夜的工夫，他們抵達巫縣城外。早有巫縣長得到消息，出城相迎。詢問之下，曹朋才知道，益州使團已經抵達魚復縣。按照行程，明日傍晚將會到達巫縣境內。

曹朋看天色，已經快要黑了，沉吟片刻後，立刻對巫縣長道：「傳我命令，徵發全城百姓，連夜清掃官道。就說，凡從此徵發者，可免除來年傜役。」

「忠伯，你帶人前往十里亭駐紮，等待使團到來；孝直率部，前往州界，迎接張永年一行。」

依著黃忠的脾氣，斷然不會做這種迎奉他人的事情。可這話從曹朋的嘴巴裡說出來，黃忠卻覺得是天經地義。

「這有何難，我這就去安排。」

黃忠率領一部兵馬，直奔十里接官亭而去。而曹朋則在巫縣長的引領下，進入巫縣的縣城中。

當晚，巫縣長徵發徭役，命治下百姓打掃街道，清理汙穢之所。有曹朋那道命令在，巫縣的百姓倒也沒什麼意見，連夜走出家門，舉著火把清掃街道，幹得熱火朝天。

曹朋在巫縣縣衙中端坐，並沒有休息，他在考慮如何與曹操解說這件事情……曹操如今攻占幽州，奪取荊州，可謂是志得意滿。而且，曹朋也知道，曹操對益州的貪得無厭非常反感，如果張松來了，他未必會給張松好臉色。

可是，這個張松又恰恰是奪取益州的關鍵。

曹朋閉上眼睛，思忖良久，最終決定以書信的形式，把事情的嚴重性一一稟報曹操。可是，又該用怎樣的一口口吻來寫這封信呢？曹朋坐在書案旁，不停的斟酌用詞，直到天亮時，才把這封書信寫完。而後，他命人以六百里加急，把書信送往襄陽。

只希望曹操接到這封書信以後，能夠改變態度，對張松一行人重視起來……

若真無法改變曹操的態度，那就只有殺了張松。反正不管張松最終如何決定，曹朋絕不允許他和劉備勾結一處。

忙完了手中的事情，曹朋總算是輕鬆下來。

他和巫縣長交代了一聲，回房間歇息，也好養足精神，迎接張松一行人的到來。

這一覺，直睡到了午後。晡時過後，巫縣長派人把曹朋喚醒。曹朋洗漱了一下，而後吃了一點東西。

就在他吃東西的時候，卻聽到門廊外傳來急匆匆的腳步聲，緊跟著房門拉開，那位巫縣長走進房間。

「啟稟大都督，大事不好……黃老將軍在接官亭，與益州使團的人打起來了！」

「啊？」曹朋聽聞，也是嚇了一跳。「立刻與我備馬！」

他也顧不得吃東西，披上一件棉袍，便衝出了房間。

早有兵卒準備好了馬匹，曹朋翻身上馬，打馬揚鞭，直奔接官亭而去。

只是，曹朋這心裡有些疑惑，黃忠不是那種分不清楚輕重的人，他應該知道自己在圖謀什麼，為何還要與益州使團打起來了？而且，他這時候也想到了一件事情。巫縣長在通稟他的時候，是說『黃忠和益州使團的人打起來了』，注意，是『和益州使團的人打起來了』，而不是『打了益州使團的人』。也就是說，在這益州使團當中，有人能與黃忠不相上下。

黃忠那是什麼人？

蜀漢五虎上將！

六旬高齡，仍可以和關羽打得不分勝負。

而現在，黃忠還不到六十，精氣神比他到六十歲時要強盛許多。連趙雲都說，想要和黃忠分出勝負，須三百回合以上。而現在，益州使團裡居然有人能抵得住黃忠，絕非等閒之輩。

大腦急速的轉動起來，曹朋仔細的回憶蜀中大將。

這西川能數得上號的人物，屈指可數……張任、雷銅、冷苞？對了，還有一個老將嚴顏！

究竟是誰，隨同使團前來？曹朋心裡不免生出幾分好奇……

人還未到接官亭，就聽到從接官亭方向傳來喊殺聲。

官道上，兩隊人馬分列道路兩旁，兩員大將在官道上走馬盤旋，殺得難解難分。其中一個，就是黃忠。但見他胯下黃驃馬，掌中龍雀大刀，口中不斷發出一聲聲暴喝，刀光閃閃，刀雲翻滾，聲勢駭人。

而那個和黃忠戰在一起的益州將領，看年紀和黃忠應該相差不大……也是五旬靠上的年紀，頷下灰白長髯飄揚，胯下一匹紫驊騮，掌中同樣是一口鋒利的百鍊龍雀大環。面對著黃忠凶猛的攻擊，這員老將絲毫不懼，舞刀相迎。

兩人在官道中央盤旋廝殺，殺得是難解難分。不過可以看得出，益州這員老將似乎不是黃忠的對手。雖然從表面上看去，兩人不分伯仲，但氣息卻透出幾分凌亂。

果然是他！

曹朋看清楚那員老將，立刻明白了對方的身分。

也就是在這時候，黃忠突然變幻刀勢，大刀在他手中，好像有千斤之重，似慢還快，唰的朝著那員老將劈去。而那員老將卻猝不及防，眼見勢無可擋，一咬牙，舉刀便迎上前去。

曹朋知道，黃忠這一刀，名叫連山九轉。準確的解釋，就是從刀法的『抹』字訣中轉換而來，一刀連著一刀，一刀快似一刀，威力無窮。

曹朋不敢怠慢，縱馬疾馳而來。

「漢升將軍、嚴老將軍，都是自己人，休動干戈。」

說話間，馬已到了陣前。益州使團的隊伍中，立刻衝出一員小將，縱馬擰槍，厲聲喝道：「爾等欲以多欺寡乎？」

卻見曹朋，對那小將視若不見，人在馬上突然轉動，手中唰唰唰飛出數道光毫。

鐵流星帶著巨大的力量呼嘯而去，小將嚇得連忙閃躲，而戰場上，黃忠與那員老將抬刀磕擋，躲過了曹朋這一手九星奔月的暗器手法。

黃忠撥馬而回，那老將也勒馬橫刀，厲聲喝道：「來者，何人！」

嚴顏，字不可知。出身於巴郡五大家族之一，嚴氏門第。性剛直，勇烈過人。

劉焉初掌益州時，嚴顏已官拜白水校尉，在西川有著超高的威望。後出任巴郡太守，鎮撫一方。由於他久歷軍中，故而門生無數。西川許多將領皆出自嚴顏門下，其中包括泠苞等人，對嚴顏都敬服不已。

也正因此，劉璋才讓他坐鎮巴郡，執掌西川門戶。

歷史上，劉備入蜀，至巴郡時，嚴顏捫心自問曰：此所謂獨坐窮山，放虎自衛也。

也就是說，當劉備最初入蜀的時候，嚴顏便已經看出了劉備的意圖。無奈劉璋不聽勸阻，嚴顏也無可奈何。後來劉備和劉璋反目，張飛攻至江州，破巴郡，生擒嚴顏。張飛怒斥嚴顏說：「大軍至，何以不降而敢拒戰？」嚴顏則回答說：「卿等無狀，侵奪我州，我州但有斷頭將軍，無降將軍也。」

一句話，令得張飛大怒，要砍嚴顏首級，而嚴顏卻絲毫不懼，慨然赴死。

後張飛壯而釋之，引嚴顏為賓客。

《三國志》自此後，嚴顏再也沒有登場。與《三國演義》不同，《三國演義》中嚴顏有感張飛氣度，歸附劉備，建立了許多功勳。可在正史當中，嚴顏只是當了張飛的賓客，並未歸附劉備。甚至後世有傳言說：嚴顏聽說成都告破，便自斷頭也，自殺了……至於是否真實，卻已無從考究。

曹朋對嚴顏也是極為讚賞和尊敬。

這是一個和黃忠一樣的老將，和黃忠不同之處在於，黃忠從頭到尾都沒有得到別人的重用，歸降劉備倒也正常；而嚴顏呢，身為一郡太守，歸降劉備就顯得有些……不過，嚴顏真的降了劉備嗎？抑或如傳聞那般，他成了張飛的賓客，成都告破時，嚴顏便自盡身亡了？

曹朋也非常好奇。

「此我家大都督，曹朋便是。」法正催馬上前，向嚴顏介紹。

在嚴顏的身旁，有一個五短身材的男子，看年紀近四十左右。騎在馬上倒還好，可是和周圍的人一

曹賊

章十七

野望

比，就個頭太小。此人便是張松……曹朋用眼睛估算了一下，恐怕連一百六十公分都沒有，果然是如史書上所記載的那般五短身材。

此時張松正端坐馬背上，神情倨傲。聽聞法正介紹，張松一怔，臉上露出一抹古怪的表情。也許，在他看來，曹朋實在是太年輕了！

「卻是曹公子當面。」嚴顏在馬上一拱手，內心裡同樣唏噓曹朋的年輕。

別看他身在巴郡，但也久聞曹朋之名。特別是曹朋那一篇《陋室銘》，更甚得嚴顏所喜，還專門命人書寫，懸掛於書房之中，時時揣摩。如今，見到了曹朋，嚴顏一方面驚異於曹朋的年輕，另一方面又暗自駭然。剛才曹朋的鐵流星以九連環的手法打出，著實讓嚴顏吃一大驚，也幸虧是曹朋沒有惡意，否則以剛才的局面，他必死無疑。故而在言語中，嚴顏沒有絲毫輕慢。

「忠伯，老將軍如何？」曹朋見過了嚴顏之後，笑呵呵的向黃忠問道。

卻聽黃忠道：「有些手段，不愧當初公子所言……」

乍聽，黃忠這句話似乎頗有些輕慢。可是領教過黃忠手段之後，嚴顏倒是不覺得黃忠說的有錯。在黃忠面前，他的勇烈也許的確就是『有些手段』而已。再聽曹朋對黃忠的稱呼，嚴顏不禁有些吃驚，回頭再看黃忠時，目光就有些不同。畢竟，能被曹朋在眾人面前尊稱伯父的人，絕不會簡單。他本就欽佩黃忠的武力，此時對黃忠更多了幾分好奇之心。

「大都督何以知我？」嚴顏疑惑問道。

的確，早在曹朋趕到的時候，便直接喊出了『嚴老將軍』，豈不是說明他對嚴顏並不陌生？問題是，巴蜀偏僻，少與中原來往。嚴顏在西川名聲響亮，但是出了西川，知道他的又有幾個？他內心裡不免有些驕傲。畢竟曹朋不是普通人，能被曹朋知曉名號，也算得是一樁好事。

曹朋笑道：「我不僅知道老將軍之名，更知老將軍來自臨江，乃臨江五大姓之一嚴氏所出……我提一人，卻不知道老將軍是否知道。昔年巴郡米熊，可還有印象？我正是從甘老先生口中知曉。」

臨江，在巴郡境內。在臨江，有五個大家族，也被稱之臨江五大姓，分別是嚴、甘、文、楊、杜。嚴顏正是出自臨江五大姓之一的嚴氏家族，而甘寧則是臨江五大姓之一甘氏子弟。所謂巴郡米熊，就是當年曹朋在涅陽張仲景家中偶遇的老家人甘茂。最初，曹朋並不知道這『米熊』二字何意，直到後來甘寧歸附，才清楚了其中的內涵。

米熊的米，乃是指五斗米教，也就是後世的天師教。

張陵創五斗米教，行善西川。甘茂便是五斗米教的教徒，因其習練熊搏術，故而得米熊之名。不過，張魯接掌五斗米教後，教眾出現了內鬨，甘茂懶得理睬那些瑣碎事務，便離開西川。

所以，當曹朋提到米熊二字的時候，嚴顏不由得一振。

不僅是嚴顏，就連一旁在默默觀察曹朋的張松也不由得緊蹙眉頭，露出了若有所思的表情。

「你識得甘茂？」嚴顏詫異問道。不過，他旋即笑了，「倒也是……我聽說那錦帆兒如今已官拜合肥太守，更在你門下效力。怪不得！原來是甘茂老兒的原因。那老傢伙如今可好？我也有多年未聽聞他的消息。」

「茂伯而今在許都，幫張太守料理事務。」

曹朋沒有說明甘寧投奔他，並非是甘茂的關係，而是因為黃承彥的緣故。這種事沒必要向嚴顏解釋，他只需要知道，當年錦帆賊如今已成為一方諸侯，便足矣。至於真相，就算曹朋有心解釋，嚴顏也不會在意。

經過這一番寒暄，雙方的距離一下子拉近了很多。

張松依舊是顯得很沉默，一言不發。但嚴顏對曹朋的態度，卻有了明顯的變化……

細說之下，曹朋才知道黃忠和嚴顏交手的原因。起因其實很簡單，是益州使團中一名副將挑起了爭端。那員副將，就是先前試圖阻攔曹朋的小將，名叫羅蒙。而他的祖籍，便是在襄陽。

本來張松在邊界見到法正前來迎接，心裡非常高興。一行人行來，在到達接官亭的時候，見黃忠迎接，張松更感開懷。大家聊起來的時候，法正下意識的稱讚了曹朋幾句，哪知道卻引得羅蒙惱怒萬分。他開口言：「朝廷無人，使豎子成名。」

言下之意頗有曹朋是靠著和曹操衣帶關係，才有如今威望。這一句話，頓時惱了黃忠……曹朋視黃忠為長輩，黃忠看曹朋更如自家孩子。再者說了，曹朋的好壞，那輪得到你一個黃毛小子評論。黃忠一怒之下，就要斬了羅蒙。嚴顏自然不會坐視，便出手阻攔黃忠。

於是乎，兩人就打了起來。

幸好黃忠知道輕重，手下留了幾分力道，否則的話，嚴顏很有可能在曹朋趕來之前，便被黃忠斬於馬下。

「此事，乃羅蒙失言，並無惡意。不過曹公子手下好大的威風，竟欲刀劈使團成員？莫非，曹公子要使益州與朝廷衝突不成？」

在抵達巫縣府衙後，眾人分賓主落坐。身為益州使者的張松，卻突然間開口，氣勢咄咄逼人。

他話語中的意思，就是要曹朋處置黃忠。黃忠聽聞，頓時大怒，大手扶住肋下西極含光寶刀的刀柄，眼中閃過冷意。

張松這番話，明顯偏袒羅蒙，更指責黃忠不曉禮數。

面對這個歷史上連曹操都敢諷刺的主兒，曹朋面色如常，忽然一笑，「益州，朝廷之益州，非番邦異國。今永年先生前來，所代表的是劉益州，卻不知朋前來迎接，亦代表朝廷。羅蒙說我，卻無大礙。可他言語之間冒犯朝廷，卻是大大不該。」

「忠伯……不，黃老將軍乃虎豹騎副都督，亦代表朝廷體面。依我看，他所為非是逼反益州，實為劉益州排憂解難。永年先生乃益州名士，飽讀詩書，何故不知這禮儀尊卑，上下之分？」

曹朋的回答，甚是犀利。

你說益州和朝廷的衝突？難不成，你以為你那益州可以和朝廷相提並論？普天之下莫非王土，率土之濱莫非王臣。你益州就算再牛逼，也是朝廷的下屬。至於衝突？難道劉璋要造反，自立為王嗎？若不是的話，你代表著劉璋，我可代表著朝廷。一個小小的副將，就敢肆意抨擊上官，而且諷刺朝政，這就是你益州的氣派？你張松是益州名士，書都讀回去了？

張松臉色一變，凝視曹朋，半晌沒有說出話來。

沒錯，而今朝綱不振，漢室名存實亡。但朝廷這塊大牌子一天不倒，那麼益州就是朝廷治下。曹操奉天子以令諸侯，記住，是奉天子！他代表的，就是朝廷的正統。而曹朋也就代表著朝廷的體面……至少在這個時候，還沒有人敢公然自立為王造反。袁術前車之鑒，哪怕是張松，也不敢隨意說出曹朋話語中的錯處。

黃忠維護朝廷的體面，何罪之有？倒是那羅蒙，又豈是『失言』二字可以推脫過去？

大廳中的氣氛頓時緊張起來。嚴顏蹙眉，看了張松一眼，無奈的輕輕搖頭。

張永年剛才那一番話，說得的確是有些不妥，但作為此次使團的副使，嚴顏也不好當面指責。好在，曹朋突然展顏而笑，「不過張先生既然說是誤會，那就是誤會。咱們今日在這裡相聚，也算是有緣。我早就聽人說，張先生是益州名士，才幹非凡，今日一見，果不其然，想來丞相見到張先生，必然非常高興。都不是外人，張先生與孝直是好友，而嚴老將軍，我亦久聞其名。今日咱們在這裡，須一醉方休，張先生，老將軍，請酒。」

張松，我可是給足你面子了！

張松不是不知好歹的人，見曹朋高高舉起，輕輕放下，把剛才的事情淡而化之，也不好再說什麼。

章十七
野望

於是，眾人推杯換盞，盡興而歸。

張松回到住所，剛準備歇息，就聽到有人敲擊房門。

「永年，可曾歇息？」

聽聲音，張松便知道來人的身分，於是起身拉開房門，就見法正站在門外。

「孝直，進來吧。」

法正邁步走進房間，在他身後跟著幾個隨從，捧著醒酒湯和蜜漿水進來，擺放在書案上。

「公子擔心永年吃酒多了，會宿醉難受，故而讓我送來醒酒湯，與永年解酒。」

法正說罷，擺手示意下人退走。

張松端起一碗醒酒湯，放到嘴邊，卻又突然停住，「孝直，可是為曹朋說客？」

法正微微一笑，也不回答，自顧自的端起一碗蜜漿水，喝了一口。

張松卻突然嘆了口氣，低聲道：「早先孝直突然離開成都，我甚是不解。按道理說，以你我交情，就算離去，也會告知一聲才是。而今想來，孝直離去，怕是有諸多隱情，可否告知？」

很顯然，張松心裡有些不滿。

法正笑道：「當初我離開成都，確有隱情。永年，你我結識十載，西川四百萬人中，唯有你與孟達堪稱我至交。這麼多年，若無你和孟達相助，我早就不知是什麼模樣。可是，劉季玉非成大事之人，想必你也看得很清楚。」

「我聽人說，家鄉近年來甚是繁華，便動了歸鄉之心。可我也知道，若我與你告別，你必會阻攔，甚至會為我在劉季玉面前抱屈，惹怒了那些傢伙。我當時想，回家先看看，若不好，再來找你。不想回到家鄉，才知郿縣變化巨大，世人皆稱曹友學之能。我本欲到許都謀一出路，可我也知道許都藏龍臥虎，人才濟濟，想要出頭，何其艱難？幸好，當初我在成都認得一人，與曹公子關係甚好，於是便前來一試……而公子虛懷若谷，求賢若渴。如今，我為虎豹騎軍師祭酒，配享八百石俸祿……」

「我正想著如何與你聯繫，卻不想你居然出使襄陽。曹公子聽說你要來，便自動請纓，要來迎接你。怕你不知，丞相本不太在意，可是聽了公子的勸說，才讓他秭歸迎接。但公子還是覺得，秭歸相迎，有些無禮，便趕來巫縣。他知道你我相識，還讓我在州界相迎，並命人連夜清掃街道，甚至不惜以一年徭役為代價，才有永年而今所見到的隆重相迎……」

張松面色平靜，可內心裡，卻有一種莫名的感動。

他在益州，確有虛名，但那是因為他出身於益州張氏，乃當地豪門望族。可實際上呢？他並不受待見。劉璋雖然辟他為別駕從事，卻從不徵求他的意見，更不會把他放在心上。若真受重用，他數次推舉法正，何故無人理會？而且，因為他長得難看，不免被許多人私下恥笑。

這也使得張松，有著超乎常人的自尊。

他聽了法正一席話，不由得感慨萬千……

劉璋排他前來的目的，張松很清楚。說穿了，就是想要占便宜，討好處。關鍵是此前兩個月，他老哥張肅剛得了一個廣漢太守的便宜，而劉璋則用三百車破銅爛鐵，得了一個振威將軍的封號。劉璋此次前來，是希望能得到三公之職……

三公啊，你劉璋未免太過貪婪！

這不是個好差事，但張松又不得不來。

聽聞曹朋對他如此重視，張松心裡也不免有些奇怪：「孝直，非是你向曹朋提起我的名字？」

法正搖頭，「非也。大都督似早知永年之名。」

「哦？」張松心裡不免也感到幾分疑惑。不過，他很快就冷靜下來，思忖著曹朋何以如此看重他。

莫非，曹朋知道我帶著《西川地形圖》？

不可能啊！這件事我沒有告訴任何人，而且是臨行之前才臨時決定的，他又如何知曉？可除此之外，曹朋沒有必要待我如此客套。以他的名聲，絕對不需要對我如此重視。除非，他是真的看重我？

張松兩道殘眉，不自覺的扭成了一團。

而法正在一旁也不開口，只是靜靜的喝水，看著張松。

半晌後，張松突然笑道：「孝直苦盼多年，而今終有賞識之人。曹友學雖只是虎豹騎大都督，但也不算屈了孝直。」

「永年，你又何必諷刺我？」

法正哪裡聽不出張松話語中的意思，笑道：「曹公子雖只是虎豹騎大都督，可是卻甚得曹公所重。永年難道不知，公子門下千石俸祿，已為世人所知？似你我這等人物，想要在許都站穩腳跟，談何容易？若無人幫襯，只怕難有作為。公子待我甚厚，我倒是不覺得委屈。相反，我更希望永年你也前來，這樣你我兄弟就可以再次團聚。」

這，已經是赤裸裸的拉攏。

張松聽罷，啞然而笑，「所謂忠臣不事二主，更何況，我妻兒皆在成都，孝直休要說笑。」

「永年，你欲為忠臣，奈何劉季玉視你為草芥。再者說了，這天下還是朝廷的天下，劉季玉也不過是朝廷臣子，你為朝廷效力，何來不忠之說？至於妻兒，你若願意，我可以保證他們能平安抵達許都。說不定什麼時候你就能衣錦還鄉，讓那些小覷你的人不敢正視。此乃大好機會，永年當知機不可失，失不再來。」

張松聽聞，心裡一動。他猛然抬起頭，凝視法正，久久說不出話來……

夜已深！

法正告辭離去，房間裡只剩下張松一人。偌大的房間，使得張松那五短身材更顯詭異。他靠著長案，眉頭緊鎖，陷入了沉思之中。

如今天下時局，張松如何能不清楚？

漢室早就名存實亡，而那個許都皇城裡的漢帝，不過是任人擺弄的傀儡而已，早已不被人重視。不過，不被重視歸不重視，卻無人能忽略了漢帝是漢室江山的主人。單只這個名頭，就足以讓許多人為之顧忌。有漢四百年，漢室血脈早已經深入人心，融入了這江山社稷當中。也正是因為這個原因，沒有人敢去冒天下之大不韙，造反稱帝。但這種狀況，又能持續多久？

曹操執政以來，大力推行屯田新政，平定北方，開發兩淮，重啟河西商路，治下越發興旺。在中原地區，知曹操而不知當今漢帝為何人者，不計其數。同樣，在江東地區，早已經是孫氏的天下，漢室律令不過虛有其名，根本沒有作用。如此下去，誰又能保證江山還會姓劉？

張松並不是迂腐之人，內心深處總希望能建立功業。

可劉季玉，絕非明主……

剛才法正那一番話，透露了許多消息，讓張松心驚肉跳。他知道，曹操已經把目光投注在了益州，甚至近年來益州出現的物價波動、貨幣貶值，都有可能是曹操一手所為。如果這兩年益州出現的波動真是曹操所為，那麼這個曹丞相未免太過於可怕。張松知道，如果照目前的情況繼續下去，用不了三年，益州必然崩潰。到時候，曹操可兵不刃血拿下益州。

好高明的手段，好毒辣的手段……

法正用這種方式提醒張松，是時候做出決斷了！

而曹朋，很有可能就是曹操這個計畫的執行者……

曹賊

章十七

野望

要說起來，法正算是夠朋友了，把這麼機密的事情都告訴了張松。但在張松看來，事情並沒有表面看上去那麼簡單。法正敢告訴他這些機密，背後必定有曹朋的同意，否則法正怎可能把這些事情輕易的告訴他？而且，曹朋也算定了，就算是他回去稟報劉璋，也沒有什麼用處。暫且不說劉璋是否會理睬，有一個很大的問題，那就是局勢已經糜爛，劉璋如何應對？

經濟戰，對這個時代而言，無疑是一個新興事物。

即便如張松般自負，也不敢說能想出對策。若說整個西川長於經濟之事者，張松屈指算來，也只想出了一個劉巴。可是，劉巴能想出對策嗎？至少在張松看來，劉巴恐怕也很困難……

為什麼，為什麼？

為什麼曹朋要讓法正把這些事情告訴自己？

張松思忖良久，驀的露出一抹古怪的笑容。他似乎想到了什麼，但旋即又搖了搖頭……

他站起身，走到房門邊上，拉開房門。

深夜，很冷！那夾雜著江水濕氣的寒意，冷得沁入骨髓。

張松激靈靈打了個寒顫，走下門廊，負手站在庭院正中，舉目向天看去。半晌後，他突然拿定了主意，雙手握成了拳頭。

「若真無所求，某卻不介意，與你一個驚喜。」

他自言自語，半晌後甩衣袖，轉身返回屋中。

冀州，鄴城——

自曹操攻下河北之後，便看重了鄴城這塊風水寶地。

它位於漳水之南，地勢平坦。西元前四三九年，魏文侯封鄴，把鄴城當作了魏國的陪都。此後，鄴城一步步發展，成為侯都、王都、國都……而最有名的典故，莫過於西門豹為鄴城令，在這裡治河投巫，將鄴城打造成河北地區最為富饒和繁華的城市，也是冀州的治所所在。

曹操平定冀州，血洗鄴城，為曹丕報仇。

但在此之後，他對鄴城的修建卻未有片刻的怠慢。如今新鄴城已興建完畢，整個城市東西長七里，南北長五里，設內外城，內城設有四門，而外城則設有七門。

建安十一年，受曹操所命，冀州刺史程昱在鄴城西門外開鑿人工湖，訓練水軍。只是，這湖泊方建成，荊州戰事便已經開始，水軍也就無從訓練。這人工湖，便成為鄴城一景，引得無數人前來觀瞧。

建安十二年八月，曹操平定幽州。程昱再次受命，在鄴城外興建銅雀臺、金鳳臺和冰井臺，號鄴城三臺，以慶賀北方之一統。

時值寒冬，冀州千里冰封。

年末的一場豪雪，令冀州銀裝素裹，分外妖嬈。

郭嘉的身子骨，經過一段時間的調養，已經好轉許多。這一日，他被董曉逼著用了藥，正躺在榻上看書的時候，忽聞有家人來報，說襄陽來人，奉虎豹騎大都督曹朋之命，求見郭嘉。

郭嘉聽聞，不由得愕然。他和曹朋關係不錯，卻想不通曹朋為何在此時派人找他。

難道說，荊州有變數？

「快快有請。」郭嘉連忙坐起來，吩咐家人。

不一會兒，就見家人領著一名青年，匆匆走進房間。

郭嘉認得來人，不由得更加詫異，「王雙，你不是在涼州？何故言自襄陽而來？」

王雙上前給郭嘉見禮，恭敬回答道：「此前公子有命，調雙自涼州往襄陽。後雙至襄陽，公子已受命執掌虎豹騎。此次雙前來，乃是奉公子之命，有書信一封呈於軍師，並請軍師速往荊州。」

曹賊

章十七

野望

「嘶！」郭嘉倒吸一口涼氣。

以郭嘉對曹朋的瞭解，若不是出了大事，他斷然不會這麼貿然的派人前來。於是，他連忙直起身子，沉聲道：「將書信呈上來。」

王雙連忙把書信遞給郭嘉。

郭嘉打開信，一目十行，迅速流覽，一雙劍眉旋即扭成『川』字，臉上隨即也露出凝重之色。

曹朋這封書信，內容非常簡單。除了簡單的寒暄和問候，便是請教郭嘉幾個問題。

丞相水軍，強橫否？

江東六郡，詳知否？

而今可渡江一統否？

劉備、孫權、劉璋、高幹、張魯，當擇誰人？

一連串的問題，看似莫名其妙，卻把曹朋所要表達的心意一一告知。郭嘉不是傻子，焉能看不出曹朋的意思？他緊蹙眉頭，沉吟不語。片刻後，他突然抬起頭來，厲聲喝道：「來人！」

「在。」

「立刻打點行裝，天黑之前，動身前往襄陽。」

「啊？」

「休得多問，只管聽命。」

說罷，郭嘉又讓人取來了筆墨紙硯，飛快的寫下一封書信，喚家人過來，「把這兩封書信，以六百里加急，送往許都尚書府，呈於荀侍中。若侍中詢問，就說我正在前往襄陽的路上。」

郭嘉吩咐完畢，便對王雙道：「王雙，你且休息，天黑前我們就出發，前往襄陽。」

王雙連忙應命，並回稟道：「公子在雙出發之前曾有命令，若軍師要去襄陽，須帶兩人同行。一為董曉，二為張機先生。同時，公子已派人前往許都，請華佗華元化先生趕赴襄陽。雙先去通知董先生，晡時於城外恭候軍師。」

「也好，你且下去吧。」

郭嘉讓王雙離開，站起身來在屋中徘徊。他基本上已經清楚了曹朋的心意。別看曹朋書信裡什麼都沒有說，卻是在告訴他：丞相有點志得意滿，有點忘乎所以了……你得過來，勸說丞相。

曹操是個很容易驕傲的人，而且他一旦驕傲，就很容易忘乎所以然。

郭嘉拍了拍額頭，突然間閃過一抹笑容，「原來你這傢伙也知道這人情世故的重要……希望，還來得及。」

建安十二年十二月二十八，益州使團抵達襄陽。

於歷史上那個驕傲張狂的張松不同，此次出現在曹操面前的張松，表現得非常低調。而曹操呢，在接到曹朋的書信之後，態度也發生了一些變化，待張松一行人顯得是非常的熱情。

曹朋把張松送至襄陽後，受命駐紮城外。

當晚，他參加了曹操為張松準備的接風宴，回到營地時，已近子時。

他正準備休息，忽聞帳外有小校來報：「賈軍師求見。」

曹朋愣了一下，連忙道：「快快有請。」心裡面同時感到困惑，這大半夜，賈詡何故前來？

不一會兒的工夫，就見小校帶著賈詡走進了中軍大帳。與曹朋拱手見禮後，賈詡倒也沒有客套，開門見山道：「友學，你我大難將臨，還須早做打算。」

「先生，何故出此不祥之言？」

賈詡坐下來，苦笑道：「丞相近日與諸公商議，準備在開春之後，自烏林出兵，征伐江東。然，劉備占據長沙，江夏劉琦未滅，西川劉璋亦蛇鼠兩端，意向不明。此時征伐江東，勢必出現腹背受敵之局面。而且，丞相新得荊州水軍，尚未能完全掌控，在這個時候出兵江東，絕非最佳時機。我欲力諫丞相，請他暫止征伐江東之念，全力鎮撫荊州，消滅劉備餘孽……待荊州休養三、四年，兵強馬壯，民心歸附之後，再取江東猶未晚矣。」

聽到賈詡這番言語，曹朋愣住了。

賈詡不贊成曹操攻打江東？

是他臨時起意，還是原本如此？

歷史上，曹操在赤壁之敗以後，曾言：若奉孝在，何至於此敗。

可現在看來，不是沒有明白人，而是沒有一個能說服曹操的人。

「先生……」曹朋站起身來，走到軍帳門口，向外面看了看，而後返回來對賈詡道：「對於此事，我亦反對。然則丞相而今興致甚高，你我諫言，只怕未必有用。不瞞先生，我已派王雙前往鄴城，請奉孝前來。而今能說服丞相者，非奉孝莫屬……在此之前，你我最好是謹言慎行，盡量把利弊陳述於丞相面前，請丞相自行考慮，而莫提出主張，否則的話，只怕會適得其反……」

賈詡既然來找曹朋商議這件事，恐怕也是擔心自己說服不得曹操。

可問題是，曹朋也沒有把握能說服曹操改變原有的主意。他之所以勸說賈詡不要進諫，也是擔心曹操在得意忘形之下，生出抵觸的念頭。

曹操這個人，喜歡和人對著來──你不讓我做什麼，我偏要做什麼！而且還好面子，哪怕他明知道錯誤，也是死不認錯的主兒。

在曹操一生，這樣的事情不止一次發生。

呂伯奢，那個在曹操刺殺董卓失敗後，逃難途中收留他的老人。只因一個誤會，便殺了呂伯奢全家。

後來他明知錯誤，仍堅持道：寧我負人，毋人負我……

赤壁之戰的時候，周瑜設計，蔣幹盜書，使蔡瑁、張允被殺。曹操後來明白過來是上了周瑜的當，可對外仍堅持說蔡瑁和張允密謀造反。諸如此類的事情有很多，也說明了曹操的性情。

對於征伐江東一事而言，賈詡不夠資格勸說曹操，曹朋也沒有這個資格。

恐怕在曹操的心腹之中，有資格勸說他的，只有郭嘉和荀彧兩人，偏偏這兩人都不在襄陽。

這是一個大方向的問題，不比之前曹操對待張松的態度。

態度可以改變，可是策略一旦制定，想再變動，就沒有那麼簡單。

如果曹朋和賈詡此時勸諫，弄不好會讓曹操產生抵觸之心，那麼等郭嘉來了，也未必能說服曹操。倒不如只陳述利弊，不言決策。如何抉擇，是曹操的事情，等郭嘉來了以後，再言其他。

賈詡想了想，覺得曹朋說的也有道理。

「既然如此，就依友學之言。」

兩人又商議良久，確定了具體的方案，賈詡這才告辭離去。

送走賈詡後，曹朋獨坐與帳中，睡意全無。說實話，歷史的發展，似乎已經漸漸脫出了他的掌控。未來將如何發展，已經成為他如今最頭疼的事情。如果沒有赤壁之戰，會是什麼結局？郭嘉被他救活了，張松被他說動了，歷史，還會如原先一樣，沿著原有的軌跡發展？

重生十一載，如今的曹朋，已經不再是那個十一年前剛來到這個時代的懵懂少年。

隨著地位的變化，他要考慮的事情也不再如原先那般簡單……一旦曹操避免了赤壁之敗，將是怎樣的一個局面？

曹朋想到這裡，也不由得一陣陣頭疼。

他走出軍帳，站在營地中。

野望

邦邦邦，隨著刁斗三響，三更天已至……曹朋深吸一口氣，負手仰望蒼穹，久久沒有行動。

張松在襄陽所受到的待遇很高。

雖說他相貌醜陋，但才情過人，辯才無雙，很快便得到了荊州士人的認可。曹操呢，對張松也很熱情，時常把他找來聊天。言語之間，難免會談到益州的風土人情，包括如今的狀況。

也許是先入為主的緣故，張松總覺得曹操談起益州的時候，眉宇間透露著一絲得意……

這也更讓他肯定，益州這兩年的變化，與曹操有莫大關聯。只是，曹操不問，他也不說。兩人就這麼交談了幾次之後，也使得張松對曹操有了全新的認識。

除夕夜，曹操在襄陽州廨設置酒宴，款待文武百官與荊襄士人。

所有人都忙碌著酒宴的事宜，而曹朋則顯得輕鬆愜意……就當他待在軍營操練人馬的時候，忽聞曹操派人找他前往府衙問話，曹朋連忙把事情安排妥當，跟隨曹操親兵直奔州廨。

蔡夫人和劉琮，已帶著家人前往滎陽定居。

曹操也沒有派人去追殺這母子二人，在他看來，蔡夫人和劉琮並無大礙，加之有曹朋作保，沒必要斬草除根。荊州已經歸附，何必再祭起屠刀？更不要說劉表治荊州十四載，而蔡夫人本身又代表著荊襄豪門，若殺了，有可能引起荊襄士人的不安，反倒會有不必要的麻煩。

在滎陽，蔡夫人母子毫無根基，能掀起什麼風浪？且讓他們母子老老實實待在那裡……

蔡夫人母子離去之後，曹操便搬進了州廨。

曹朋趕到州廨時，正逢典韋當值。

見到曹朋，典韋依舊非常熱情，也使得曹朋放心不少。雖然這兩年和典家的交往少了，但兩家的關係卻沒有絲毫疏遠，甚至由於河西商路開啟，典韋受曹朋鼓動，也派人參與其中，獲得了巨大的收益。

明面上，兩家不怎麼走動，可實際上，兩家的利益已經捆綁在一起。

典韋見曹朋到來，嘿嘿笑道：「阿福，丞相說了，讓你到了之後，直接去後花園說話。」

「叔父，近來可好？」

「甚好。」

「那我就不打攪叔父做事，聽說過幾日三哥要來，到時候再來找叔父一同飲酒。」

曹朋和典韋的交談，並沒有表現得很親密。但話語之中，卻已經把彼此想要說的話，都表達得清清楚楚。

曹朋問典韋：丞相找我，有沒有問題？

典韋回答：沒事兒，你只管去吧。

幾句話，曹朋便放下心來。與典韋告別後，他直奔後花園而去。

已經是舊歲的最後一天，新年將至。後花園中，紅梅綻放，景色甚美。曹操身著一件黑色大袍，在涼亭中獨坐。四面懸掛竹簾，遮擋風寒，在亭中有一座三墟酒壚，上面溫著玉漿。

還沒有走進去，便能聞到一股酒香。

曹朋在亭前停下腳步，恭聲道：「姪兒曹朋，參見叔父。」

曹操看到曹朋，臉上頓時露出一抹燦爛笑容，「阿福，休要客套……今日園中梅花綻放，甚是動人。我突然想起，當年我自徐州凱旋之後，曾與你在許都青梅煮酒的事情。一晃多年過去，友學已長大成人，不復當年懵懂少年。你我叔姪，也有許久未能一起暢言，所以喚你前來，一起賞梅煮酒。」

說著話，曹操站起身來，走到亭邊。他笑咪咪的看著曹朋，輕聲道：「阿福，你確是長大了……竟做得好大事情！」

章十八
赤壁不復現

曹操說得是不帶半點煙火之氣，可是在曹朋聽來，卻恍如巨雷在耳邊炸響，令他激靈靈一個寒顫。

倒也不是說他心裡有鬼，而是這句話，涵義太多。

做好大事情？什麼才算做好大事情？

這個標準因人而異，很難說得清楚。但在曹操今時今日的地位，這『好大事情』可就有點嚇人了。哪怕是曹朋心中無愧，猛然聽到曹操說這麼一句話，也要心驚肉跳，生出幾分懼意。

「叔父，此話怎講？」

曹操哈哈大笑，卻沒有回答。

只見他走出涼亭，拉著曹朋的手臂，一同進入亭中坐下。

自有美婢奉上了溫好的玉漿，曹操端起一杯，微微一笑道：「阿福，且滿飲此杯，再說不遲。」

酒是好酒，可曹朋心裡沒底，吃到嘴裡也沒有滋味。

待曹操放下酒杯，曹朋苦笑道：「叔父，還請你為姪兒解惑，否則姪兒這心裡惶恐，難品滋味。」

「是嗎？」

曹操笑了，那雙細目幾乎瞇成了一條線。

半晌後，他沉聲道：「阿福若未做虧心事，何故心慌？」

「非是心中有鬼，實叔父今時不同往日。叔父而今執掌朝政，一人之下，萬人之上，氣勢不同凡俗。叔父一言，若思不得奧妙，自感迷濛萬分。因敬而懼，因懼而慌……此非虧與不虧心，實叔父之氣勢，令姪兒感到慌張。」

你老人家現在不是平常人，你一句話，我們這些人需要三思再三思。

曹朋說的是大實話，而曹操更忍不住哈哈大笑。

「阿福，你有才學，但並非最出色；你有急智，卻非最敏銳；你有勇烈，卻非天下無敵；你精通兵事，但也算不得謀略過人。在眾人之中，你是中上之姿，然則我卻信你，可知為何？」

你就是個萬金油，樣樣通，但樣樣都算不得精。

這也可能是後世人的一個顯著特點。資訊爆炸、知識爆炸，以至於不管哪個方面的東西都能夠知曉一些。而一千八百年後的知識，於這個時代而言，無疑有著超前的意義。但是，單憑這個，或許還不足以讓曹操重視。

「那我告訴你，你敢說實話？」

曹朋聽聞，尷尬的搔搔頭，「姪兒不知。」

「啊？」

「似你剛才說的道理，我焉能不知？可是，除你之外，卻無人敢在我面前如此放肆言語。我喜歡你這一點，所以我也相信，阿福你胸懷坦蕩。」

「姪兒，惶恐。」

曹操笑道：「你切莫急著惶恐，我有一事問你，你要好好回答。」

曹朋忙回答：「叔父但問，姪兒必知無不言，言無不盡。」

「哈哈哈，好一個知無不言，言無不盡……阿福，那我問你，袁玄碩何人？益州而今崩壞，可與你有關？」

「這個……」

曹朋萬萬沒有想到，曹操會突然問這件事情，讓他多多少少感到吃驚。不過，細想一下，倒也不用驚奇。他在益州所作所為，既然透過法正告之張松，那麼張松難免會在言語中透露風聲。曹操知曉此事，也算不得什麼。只是袁玄碩……曹朋有些為難，不知是否當如實相告。

不過，思來想去，曹朋決定還是隱瞞李儒的身分。

倒也不是別的，而是這李儒的身分，實在太過於敏感。

若曹操知道了李儒的身分，會如何反應？殺抑或用？對曹操而言，都是一個麻煩。同樣，對曹朋來說，也是一樁頭疼的事情。

「袁玄碩，是長安人氏。玄碩非他本名，乃其法號……早先曾為白馬寺住持。當初我四哥被害，姪兒奉命出任雒陽北部尉，偵破此事。於偶然機會發現袁玄碩頗有才幹，便強行將他征辟，留在身邊聽用。此人長於財貨，頗有奇思妙想。之前我在河西，曾與他探討財貨上的問題，無意間談及錢幣優劣，便想出了這個辦法。」

「最初，姪兒倒也沒有考慮太多，只是希望藉由這種手段，大量收購益州物資，以補充河西之用。但後來姪兒發現財貨之妙，難以言述，居然在益州產生了巨大影響。本來想與叔父知曉，可不想出任南陽太守，也就將此事拋在腦後。不過，關於這件事情，姪兒曾在中央銀樓的開設問題上提及過一些……但當時尚無有經驗，以至於大多為猜想，叔父未能留意。」

曹操愣了一下，細想當初曹朋的奏章，似乎的確提及了這方面的問題。只不過當時他也沒有太過留意，所以還真怪不得曹朋。

「阿福，那你和我詳細說說，你們在西川，究竟是如何操作？」

說起來，西川的事情本只是曹操的一個猜測。在他看來，能有這奇思妙想之人，除曹朋之外，再無他人能夠做到。至於袁玄碩這個人，他還真不清楚底細，不過是從張松口中知曉了一個大概，故而才會詢問曹朋。

袁玄碩是誰？對於曹操而言並不重要！重要的是，曹朋提出了一個全新的戰略思想，讓他頗感好奇。

縱觀春秋戰國，乃至兩漢近千年，也不是沒有這樣的例子。但大多數時候，經濟戰是作為戰爭的輔助手段進行，從沒有人單獨將它使用。

從益州目前的情況來看，這經濟戰有著不俗的效果。

這也就讓曹操產生了濃厚的興趣，於是把曹朋找來，詳細的詢問。

曹朋倒也沒有隱瞞什麼，一五一十的講述了一遍。

事實上，這經濟戰的手段並不單單只用於益州，甚至早在對益州下手之前，曹朋的漠北攻略也摻雜這經濟戰的痕跡。不過，兩者手段不同。

於益州而言，曹朋是擾亂市場，針對西川的貨幣進行打擊；而對於漠北羌胡匈奴等異族，則是以奴隸買賣的形式，透過利益來擾亂塞北局勢，製造種族部落間的矛盾，引發部落之間的戰爭，令塞北局面變得更加混亂。

曹操聽得非常認真，不時的點頭稱讚。

兩人談論了一會兒之後，曹操突然話鋒一轉，詢問道：「阿福，我欲征伐江東，以為如何？」

這個問題，著實讓曹朋一驚。

蓋因他早已經和賈詡商議妥當，不會正面反對曹操的意見。

可是現在曹操主動提出來，卻讓曹朋感覺有些為難。他不知道自己說出意見後，曹操是否會贊同；若是不贊同，會不會產生抵觸情緒，為日後郭嘉的勸說增添不必要的困難和麻煩？

「這個……」

「阿福，而今這裡，只有你我叔姪二人。你莫以我為丞相，亦不要把自己當作下屬，只管大膽說便是。」

「那姪兒，便斗膽一言。」

曹朋思來想去，覺得還是應該給曹操提個醒。

他想了想，組織了一下語言，而後沉聲道：「叔父以為，與江東戰，有何憑藉？」

曹操頗為自得道：「而今我平定北方，兵強馬壯。十月徵發徭役，短短兩月便徵集二十萬大軍……而今，又新得荊襄水軍步卒十餘萬，兵力強盛，自可與江東一戰。當初阿福你也說過，與江東一戰，須有水軍。荊州水軍十餘萬盡歸於我，兵力遠勝江東，自可一舉攻破。」

曹朋卻沉默了！

半晌後，他輕聲道：「叔父可知羊與虎的差別？」

「哦？」

「江東水軍，荊州水軍，可比羊與虎。江東水軍，自孫伯符執掌江東，柴桑組建以來，歷經大小戰事無數，可比之虎；而荊州水軍，看似強大，卻因劉表重文輕武，使得水軍戰力低下，與江東交戰，少有勝績，可比之羊。羊，再多也還是羊；虎就算再少，終究是虎……一食草，一吃肉。羊虎相遇，孰勝孰敗？」

「這個……」曹操遲疑了一下。

「況乎，江東地勢複雜，非一戰可以功成。又因其地形所限，叔父仗以馳騁天下之虎豹騎，到了江東，未必能有用武之地。江東主以水軍，輔以步卒。而且山巒縱橫，地形險要，叔父縱有百萬之眾，又如何在狹窄地域鋪陣？若百萬之眾無法鋪陣開來，這兵力之優勢，又從何談起？」

「故而，姪兒以為，欲取江東，須有如狼似虎的水軍，更要有一支可以適應江東地勢的步軍加以輔佐。可這些東西，都不可能一蹴而就。除此之外，叔父以為誰可督帥水軍，抵禦江表諸將？」

「據姪兒所知，江東善水戰者無數……水軍大都督周瑜且不言，另有賀齊、朱然、丁奉、徐盛、蔣欽、周泰，皆長於水戰。而步軍將領，又有程普、黃蓋、韓當等人，乃三世老臣，對孫氏忠心耿耿。有這些人在，叔父想要奪取江東，怕困難重重。」

曹操聽聞，眉頭一蹙。

「難道，我帳下無一人可與之相比？」

「若是步戰，於北方平原之上，徐晃、張遼、樂進、于禁，還有元讓叔父、妙才叔父、子廉叔父和子孝叔父，皆可與之一戰。但若是水戰，以叔父而今之人手，恐怕難以找出合適人選。」曹朋自信的回答著。

「這樣啊……」

曹操心裡有些不快。可仔細一想，曹朋說的也不是沒有道理。

陸戰和水戰，是兩碼事，還真就不能相提並論。曹朋說的沒錯，曹仁、夏侯淵那些人能打，可他們大都是陸戰的將領。而江東，則是以水戰為主，他們能夠抵住周瑜那些人的手段嗎？

曹朋這一番話裡，隱含著另一層意思。

你現在去打江東，等於捨棄了你陸戰的優勢，而以你不擅長的水戰交鋒。這不是幾千人，或者幾萬人的戰事，而是幾十萬人的大戰，一旦你輸了，你能承受這種損失嗎？或者說，一旦你失敗了，那麼再想攻取江東，就要花費更多的心力。

曹賊

章十八 赤壁不復現

如果說之前曹操對征伐江東是信心滿滿的話，那麼曹朋這一番話，卻讓他產生了些許動搖。但也只是動搖，還無法改變他的主意。

曹操此時一心想要一戰功成，不想這分裂割據的局面繼續持續。若放棄了這次征伐江東的機會，也許就要登上很長時間，才能再尋找到這種機會……這也是曹操一意要征伐江東的原因之一。

曹朋沒有再勸說下去，有些事情點到為止即可，他不必要咄咄逼人。若是逼得急了，老曹臉一拉，非要征伐江東，那才是大麻煩。

更何況，曹朋已經給了曹操一個誘餌：益州局勢，日益糜爛，正是你奪取西川的最佳時機。如何選擇，就要看曹操的決斷了！

除夕當晚，歡宴至深夜。

曹操似乎並沒有受到曹朋那一番話的影響，在酒宴上滿面春風，興致勃勃。到酒興酣暢處，曹操竟在州廨亭臺上橫槊賦詩。而所作詩歌，名為《短歌行》，赫然正是他那首名揚後世的『周公吐哺，天下歸心』。

曹朋在席間，靜靜聆聽，而內心中的駭然，卻無法與他人表述。

曹操還是向世人透露出了他的野心，周公吐哺，天下歸心……他一統天下的決心，似乎已無可動搖。就連張松，也不由得為曹操豪氣所奪，對這首《短歌行》連聲稱讚。

但曹朋卻在賈詡的眼中，看出了一抹憂慮之色。兩人相視一眼，誰也沒有開口，只是焦急的期盼，期盼著郭嘉的早日到來。

翌日，正月初一。

曹操正式上表朝廷，加封劉璋為大司徒，位列三公。

不過，與歷史不同的是，曹操征辟了張松為丞相掾，要張松留在襄陽。對此，張松倒也沒有什麼意見，劉璋派他前來，本就是為了那三公的頭銜。如今劉璋得償所願，那麼張松是否回去，也就變得不再重要。

在襄陽逗留數日，嚴顏持朝廷詔書，踏上了返回成都的歸途。

曹朋再次奉命相送，一直把嚴顏送到了州界。

來的時候，是以張松為主，嚴顏為輔，羅蒙副將；如今返回西川，卻只剩下了一個嚴顏。

羅蒙本就是襄陽人，早年也是為躲避黃巾之亂，隨家人去了西川。

如今，荊州歸附，襄陽穩定。羅蒙內心裡，自然希望是留在家鄉，畢竟不管他在西川生活多少年，對於益州人而言，他始終是一個外人。可是在襄陽，則又不一樣。在這裡，他能感受到那種落葉歸根的感覺。

嚴顏也沒有責怪羅蒙，反而勉勵了羅蒙一番。

在襄陽這段時間，嚴顏和黃忠走得很近。一方面兩人年紀相仿，另一方面，黃忠勇烈過人，也讓嚴顏格外敬重。兩人時常在校場中比武切磋，結下了深厚友誼。羅蒙要留在老家，嚴顏便找到了黃忠，他透過黃忠，請求曹朋能對羅蒙予以照應。曹朋也毫不猶豫的點頭應下。

旋即，曹朋以虎豹騎大都督之命，征辟羅蒙為郎將，在虎豹騎效力。

抵達巫縣州界的時候，曹朋突然對嚴顏道：「老將軍，他日若有難處，可派人與我知曉……這是我的令牌，老將軍到時候可以持我令牌，告與我知。但能幫襯，朋絕不會予以推辭。」

這，可是一份大禮。

曹朋用這種方式來告訴嚴顏：我是有多麼的尊敬你。

嚴顏心中暗自感慨：這位曹公子，確是一個值得結交的人物。單看這份摯誠，就少有人能比。

不過，自己身屬劉璋部曲，怎可能與曹朋有交集？如若真有一天，要和曹朋兩軍對壘的話，那麼他絕不會手下留情。至於這令牌，倒是可以為家人謀一條出路。

「顏，多謝公子看重。」

嚴顏在馬上，拱手與曹朋道謝，而後率領人馬，踏上了歸途。

望著嚴顏離去的背影，曹朋不禁心中嘆息。

「公子，既然如此看重舜華，何不將他留下？」黃忠走到曹朋身邊，低聲道：「那劉璋是個沒志向的人，就算公子留下舜華，他也不會有什麼怨言。依我看，劉璋所為，不過一虛名耳。」

舜華，是嚴顏的表字。

聽上去有點女性化，據說是取自《詩・鄭風》裡『有女同車，顏如舜華』的典故。

曹朋微微一笑，「忠伯，留下嚴老將軍的人容易，留下他的心卻難……他祖籍巴郡，世代為西川效力。哪怕我強行征辟他過來，恐怕也是身在曹營，心在益州。與其這樣，倒不如讓他回去。將來若有機會再見，有一份情意在，也好說話。他既然收下我的令牌，也就承了我這個情。留不留他，都不重要……重要的是，有這份情意在，足矣！至於劉璋，嘿嘿……」

曹朋冷笑一聲，不予置評。

但是在黃忠聽來，曹朋這一聲冷笑，卻包含了許多內容。

只是在目前而言，他還說不清楚那究竟是什麼內容。可黃忠相信，曹朋絕不會無的放矢……

就這樣，在巫縣停留一夜。

第二天天一亮，曹朋和黃忠便帶領人馬，踏上了返程的道路。

三天後，一行人抵達樊城，曹朋總算是鬆了一口氣。樊城一如他離開時那樣，顯得很平靜。在歷經兩個月的休整過後，樊城也慢慢的開始恢復往日的繁華。

回到府衙，卸下盔甲，曹朋正準備回屋小憩片刻，不成想沒等他回房，就聽到寇封來報：「啟稟都督，丞相派人前來，在門外求見。」

「啊？」

曹朋一怔，心中不免有些奇怪。他才離開襄陽沒有幾日，怎的曹操就派人前來？

「帶他進來。」

不一會兒的工夫，就見一個熟人在寇封的領引下，走進府衙。

曹朋驚訝道：「子翼何故來此？」

蔣幹連忙拱手，恭敬回道：「奉丞相之命，請都督即刻前往襄陽，有要事商議！」

郭嘉來了！

不僅是郭嘉，連荀彧也趕到了襄陽。

就在曹操猶豫之際，兩個最為他所信任的謀主，抵達襄陽。而且，郭嘉和荀彧也力諫曹操，勿輕易對江東開戰，兩人所執觀點，竟與曹朋有驚人的相似……曹操在兩人的勸說下，原本就有些動搖的決意，更顯猶豫。

不過，也不是所有人都反對出兵江東，不少武將還有謀臣則認為，如今是出兵江東的最佳時機。而其中的代表人物，便是以董昭為首的清談名流。

「公今新平江漢，威懾揚越；資劉表水戰之具，藉荊楚楫棹之利，實震盪之良機，廓定之大機。不乘此取吳，將安俟哉？」

董昭等人認為，曹操如今奉天子以令諸侯，平定北方，橫掃幽州，兵不刃血奪取荊楚，氣勢正盛。而今又得了劉表水軍，正是大展宏圖的好機會。如果錯過這次機會，恐怕要等很長的一段時間才可以平定江東。

曹朋奉命前來襄陽，正是為商議此事。

不過，在雙方爭論的時候，曹朋從不參與其中。

他的確是甚得曹操寵信，卻更要謹小慎微。該說的都已經說了，他現在只是虎豹騎大都督，不需要參與這種討論，一切由曹操評判。曹朋也相信，曹操一定可以做出正確的選擇……

曹操的確是很苦惱。

內心深處，他自然想要一戰功成，建立中平以來，未有之大功勳。可是曹朋之前的提醒，不斷在他腦海中迴盪。而郭嘉和荀彧更不遠千里趕來，以一種極為強硬的姿態，反對他出兵。此三人，都是曹操最為信任的心腹，讓曹操不得不慎重考慮。

不得不說，曹朋提出的幾個觀點，仔細想來，也頗有道理。

只是萬事俱備，只欠東風。

曹操已經行了九十九步，只差一步，便可以把江東攻取下來。此時讓他放棄，不免有些不捨。

董昭說的也沒錯，此時征伐江東，氣運正旺。如果錯過這次機會，恐怕再想奪取江東，就沒有那麼容易。

是徐徐圖之，抑或一戰功成？這是一個關係重大的決定。

曹操很為難，一會兒認為董昭說的最合心思，一會兒又覺得郭嘉所言不無道理。但哪怕是內心深處更傾向於對江東開戰，曹操仍舊無法拿定主意，搖擺不定。

環視庭上眾人，曹操眉頭緊蹙。

半晌後，他突然問道：「奉孝，若不取江東，又當如何？」

「東撫孫權，南取劉備，西聯劉璋，此上上策。」

「那，如何安撫孫權？」

郭嘉深知，如今是關鍵時刻，斷然不能有半點放鬆。既然曹操這麼問，那就說明他內心裡還是有些贊同。只不過，眼前的大好局面讓他難以割捨，必須要有一個極為穩妥的策略，使他改變決定。

「既然丞相能捨大司徒予劉璋，又何惜一大將軍予孫權？」

反正你已經封劉璋大司徒的職務，又何必吝嗇給孫權一個大將軍的頭銜？如今朝廷重設丞相府，三公之位，名存實亡。給他們一個虛名，讓他們老老實實的待在原地，何樂而不為？想當初，袁紹不也得了一個大將軍的頭銜？但是到最後，勝利之人卻是丞相你啊！

所以，在這個時候，不要吝嗇什麼官職頭銜、金銀錢帛，只管用就是了……當務之急，是要幹掉劉備，奪回長沙和武陵兩郡，徹底將荊州掌控手中。

而劉璋……

不管是曹操還是郭嘉，都從未把劉璋當成威脅。

曹朋在一旁，輕輕點頭，暗自讚嘆郭嘉這個主意。

別看大將軍只是一個虛名，卻足以讓人垂涎三尺。孫權如今封爵吳侯，可以說已經無可再升。吳侯之上，就是封王，這對於曹操而言，自然不可能接受。而大將軍之職，於目前來說，早已不復當初之威望。很多時候，這三公之位是階，而不是職，是代表著身分的象徵。

孫權的出身並不高貴，他老子孫堅也不過是一個商人出身。

所以，如果能抬高官階，對於他控制江東，也有莫大的好處。

只不過，孫權或許能接受這種封賞，但他的屬下們能否贊同？孫權的手下，有周瑜、魯肅這等人物，絕不可以等閒視之。他們未必看不穿曹操的意圖，弄不好就會說動孫權，令其出兵。

呼！

章十八

赤壁不復現

曹朋覺得自己的腦袋，有點不夠用了。

三國，不僅僅是鐵馬金戈，還有數不盡的陰謀詭計。和這些人玩心思，的確很辛苦……

不過，他能夠考慮到的事情，郭嘉他們又豈能考慮不周全？

一場爭執，最終也沒有爭出一個結果。

天將晚時，曹操讓眾人散去，獨留下了郭嘉、董昭、荀彧、賈詡、荀攸和曹朋六人。在家臣的招呼下，六人來到了後宅。

曹操在書房中接見六人，臉上依舊帶著為難之色，希望能有一個結果。

「諸公皆智謀之士，亦今世名流。我請諸公，非要諸公仿效那市井之輩爭論不休，而是希望能求同存異，找一個最佳的方案。」

「阿福此前也曾與我說過，而今非是征伐江東的最佳時機。但公仁所言，也不是沒有道理。江漢新平，我軍氣勢正旺，若不能奪取江東，就要等待時機……說實話，我亦猶豫不決，難以決斷。所以請你們過來，就是討論一個具體的方案。」

不等曹操說完，荀彧突然問道：「昔日秦滅楚國，何以功成？」

「啊？」

這也是荀彧今天第一次發言，卻讓曹操心思不由得一顫，猛然抬起頭來。

秦滅楚國？

曹朋想起來了……

《史記》記載，秦滅楚國，也是自荊楚而動。但在之前，秦得巴蜀百年，令國庫充盈。更藉大江龍頭之利，練出百戰水軍。水陸並進，而一戰功成。

巴蜀……荀彧突然提出這個問題，自然有他的想法。他不想再繼續這種無休止的爭吵，與其爭吵不休，不如用事實來說話。

同時，荀彧提出了一個全新的方向：諸位，別總盯著江東，可以看一看西川嘛！

江東六郡和益州相比，究竟哪一個更好對付？

從表面上看，江東的人口基數比不得益州。西川四百三十萬人口，幾乎是比江東多了一倍。

經濟上，益州天府之國，物產豐富，錢糧廣盛。而江東雖說富庶，可比之西川，略顯不足。

而人才方面，益州素以人傑地靈著稱，能臣武將絲毫不遜色於江東。

但如果讓董昭選擇，他一定會選擇西川。

原因？非常簡單……兵熊熊一個，將熊熊一窩。孫權和劉璋，一個天上，一個地下，實在是無法相提並論。劉璋這個人，絕不是一個能夠守住西川的明主。

董昭也立刻閉上了嘴巴。

曹操看了一眼荀彧，而荀彧只笑了笑，不再開口。

「可是，即便丞相有心安撫，江東未必能夠接受。」

「是啊，我聽說周瑜和魯肅皆智謀之士，更有江表虎臣為輔，孫權能否同意，尚在兩可之間。」

曹操突然開口道：「阿福，何以沉默不言？」

「啊？」

「休要痞賴，大家都在出謀劃策，唯你這平日裡最好惹事的傢伙一直沒有出聲。莫非，你已有了主意？」

曹朋連忙躬身道：「主意倒是沒有，不過卻有些想法。」

「說來聽聽。」

曹朋深吸一口氣，努力的回憶著歷史上那場赤壁之戰，上演的一幕幕膾炙人口的故事。片刻後，他

曹賊

八十章 赤壁不復現

沉聲道：「丞相欲安撫江東，須留意幾件事情。其一，若丞相攻伐江東，江東何人會降，何人主戰？」

「孫伯符故去時，曾留有一言：內事不決問張昭，外事不決問周瑜。這就是說，在江東內部，本就存有派系。張昭張子布，代表著一個體系；而周瑜，亦代表著另一個體系。至於孰遠孰近，未必能有定論。所以，我們需要求和派堅定支援，求戰派矛盾叢生。」

「我依稀記得老家有一句俗語：再堅厚的城市，也擋不住內部的分裂。所以，欲使孫權按兵不動，必須要從其內部著手。張昭此人，確有才華，而江東世族，亦能人無數。可這些人，皆有私心……」

曹操橫眉一挑，輕輕點頭。

而一旁的郭嘉和荀彧，則露出了讚賞之色。

「其二，江表虎臣，亦有新老之分。程普、黃蓋、韓當，都是從孫堅之老臣，資歷甚厚；然則自孫伯符起兵，大量啟用新人，如周瑜、太史慈、張昭等人；同時，孫權繼位以來，又提拔了一批能臣，其中又以魯肅、諸葛瑾為代表人物。這三系之中，未必就能和諧相處。至少在我看來，似程普這樣的老將軍，不一定對周瑜心悅誠服。畢竟周瑜年少，與程普等人相比，資歷不足，卻身居高位。」

「此前孫伯符在世，憑藉強橫之姿，可以令程普等人無話可說，但其內心裡，未必就贊同周瑜……而周瑜與孫伯符連襟，孫權繼位以來，對孫策家人頗有壓制，對周瑜也未必親近。否則的話，周瑜也不會駐守柴桑，多年不返吳郡，兩人之間必有猜忌。」

「江表看似一團和氣，內部實則勾心鬥角。主戰者，我估計會有以下幾人：魯肅、周瑜、黃蓋、諸葛瑾……但其餘人等，未必贊同。孫權本人，可能也是猶豫不決，是戰是和，非短時間能有決斷。」

「還有一人，須多加留意。」賈詡突然開口，沉聲道：「據我所知，孫權身邊有一賓客，名叫馬達。此人來歷不明，但是卻甚得孫權所重。平日裡隨同孫權出入侯府，不離片刻。這個人，也要小心提防，不可懈怠。」

馬達？

曹朋愣住了！這又是何方神聖？

他可以肯定，在他的記憶裡並沒有這個人的資料，甚至一點印象都沒有。

在沉吟片刻後，曹朋輕聲問道：「先生也打探不出，馬達來歷？」

賈詡苦笑搖頭，「此人深居簡出，行蹤詭異。我派出許多細作，但都沒有任何消息，想來他自己也是非常小心。」

「那可有畫像？」

「也沒有……這個人總是戴著一頂竹笠，以垂簾蒙面。估計江東內部，認識他的人也不多。所以到目前為止，還弄不清楚這個人具體的身分。」

馬達……馬達……老子還發動機呢！

這是一個變數，對曹朋而言，不得不小心謹慎。

不過，曹操卻未在意，他把所有的心思都投注於先前曹朋的那一番話當中。

良久，曹操突然開口道：「那麼阿福以為，當派何人前往江東？」

這我哪能知道？

曹朋還真說不好誰適合出使江東。因為弄個不好，此人將會在江東與諸葛亮相遇。

對於那個能舌辯群儒的諸葛亮，曹朋還是有些顧忌。這傢伙的辯才絕對驚人，想要找一個能比肩他的對手，絕非容易之事。

不過，腦海中突然閃過了一個念頭，曹朋猛然開口道：「我聽說，蔣子翼與周瑜，有同窗之誼？」

「你是說，子翼可擔此重任？」

「錯，我的意思是說，派誰去都可，就是不能派子翼去。」

「啊？」

曹朋這一句話，卻把所有人都說得愣住了。

曹操頗有些好奇的看著曹朋，半晌後突然笑問道：「那你說說，為何不能派他前往江東？子翼以辯才而著稱揚越，你又說他和周瑜有同窗之誼，這不是最好的說客，可以遊說周瑜嗎？」

「問題是，子翼是個老實人。」

對於曹朋這個理由，曹操一怔，旋即哈哈大笑。

郭嘉也輕輕點頭，笑道：「若是老實人，的確不適宜出使江東……周公瑾多謀之人，讓個老實人去，平添紛亂，於事無補。不過，我倒是可以推薦一人，此人曾出使江東，而且與張昭等人頗有交情。他名聲甚好，孫權也不敢怠慢此人……休若為人謹慎，且有急智，更兼辯才過人，可以出使江東。」

荀衍？

這的確是一個極佳的選擇。

首先，荀衍不會太過於倨傲。他那個人的性子，溫文爾雅，是個極為注重風度和儀表的人，待人也頗為和氣，在江東也有聲名，與江表文臣有些交情。

這幾年，荀衍很少拋頭露面，特別是在荀悅辭官之後，更顯低調。而今他為鄴城校尉，奉命督造鄴城三臺，倒也不甚繁忙。

曹操想了想，又問道：「那還有何人，可以出使？」

荀彧、董昭等人，一一推薦了人選。其中董昭推薦劉曄出使，更得曹操之心。

這些事情，和曹朋已沒有太大的關係。對他來說，該說的都已經說了，剩下的就是郭嘉他們的事情。所以，他躲在一旁，喝著蜜漿水，顯得悠閒自得。

哪知道，荀彧卻不願意就這麼放過他。

荀彧很喜愛曹朋，但是和曹朋也有些恩怨。此前他兄長荀諶，戰死舞陰……於荀彧而言，也知道這件事情怪不得曹朋。兩軍對壘，不是你死就是我活。荀諶既然選擇了輔佐劉備，那麼就是敵人。可不管怎麼說，荀諶都是他的親哥哥，自家哥哥被殺，又如何能沒有怨言？

見曹朋這麼清閒，荀彧突然道：「友學而今，為何差事？」

「呃，友學駐守樊城，清剿襄陽周遭盜匪。前些時日，他還負責迎送益州使團的事務，倒也做得極為出色。我正思忖，接下來給他安排些什麼事情。」

荀彧頓時笑了！

可是曹朋卻有一種不祥預感。

他剛要開口，就聽荀彧道：「其實，丞相何必躊躇？而今既然定策，要安撫江東，那麼荊州勢必要儘快掌控。而今荊州之亂，無非江夏劉琦、長沙劉備。何不兵分兩路，一路攻取江夏，一路牽制劉備？若占領江夏，也可以給孫權平添幾分壓力。」

「我知阿福用兵如神，此前在南陽，更使得劉備連連敗北……乾脆就讓他牽制劉備，而後丞相全力攻取江夏……呵呵，想必阿福，必不會拒絕。」

曹朋愣住了！

說實話，如果不是迫不得已，他是真不願意和劉備交手。

那是一個老狐狸，狡詐異常。曹朋雖然說取得了不少勝利，卻也不敢說能勝過劉備。畢竟，老狐狸戎馬一生可不是吃素的……

南陽之戰雖然獲得勝利，但裡面的偶然性實在太多。

如今，劉備雖新得長沙和武陵，卻有劉磐全力相助，加之五溪蠻人助陣，更有江東兵馬為外援，實力已非當初可比。

反觀曹朋這邊，荀彧既然說要全力攻取江夏，那就是說，不可能給予曹朋太多幫助。二十萬大軍，能有多少人馬聽從曹朋調遣？看荀彧這架勢，好像還是一個未知數！

這傢伙……莫非公報私仇？

曹朋眼珠子滴溜溜一轉，已猜到了一點端倪。

他也清楚荀彧未必是要害他，但讓他難受一下的心思，肯定存有。

「阿福，你意下如何？」曹操也有些意動，看著曹朋，沉聲問道。

「丞相既有差遣，朋焉敢不從？只是，劉備而今得劉磐之助，兵強馬壯，非當初南陽可比。單憑朋一人，只怕難以應對。故而朋斗膽，求丞相令文若先生助我一臂之力，則劉玄德不足為慮。」

賈詡突然間撫掌大笑。

而郭嘉則莞爾，向荀彧看去。

荀攸面帶笑容，連連點頭，表示贊成，「友學此請，也在情理之中。」

曹操突然想起來當年白馬之戰時，賈詡使計推薦曹朋，結果卻被曹朋拉扯進去的情形。眼前這一幕，與當年何其相似。不過也就是曹朋才敢說出讓荀彧輔佐的要求，換個人未必能說出口。

荀彧何人？

那是荀氏的代表人物！

當朝尚書令、侍中……如果單從職務而言，和曹操平級。可曹朋卻要荀彧做他的軍師，端地是膽大妄為。

不過，這似乎也挺有意思……

曹操笑著向荀彧看去，「文若，你以為阿福此請，是否可行？」

荀彧的臉，拉長了……

曹操並沒有說他不再征伐江東。

可是，所有的跡象都表明，他已經改變了主意！

赤壁不復，不曉得日後還會不會有大江東去浪淘盡之類的詩詞？想必也會讓很多文人騷客少了感懷的典故。遙想當年，小喬初嫁了……哈哈，公瑾意氣風發，又如何再羽扇綸巾？

當曹朋走出州廨大門的時候，心裡沒來由的一陣輕鬆。

一直壓在他心裡的那塊石頭終於放下，沒有了赤壁之戰的威脅，雖然讓他再也無法掌控歷史的脈絡，但他並沒有感到失落。這場該死的戰爭，可以早點結束了吧！所謂的百年三國，也許從今天開始，就再也不復……

不過，他內心裡還有一個疑惑：那個該死的馬達，是誰？

章十九 假節

鎮撫荊州，圖謀西川。

這與曹操早先平定江漢、鯨吞江東的計畫，可說是南轅北轍。如此一來，勢必出現很多變化，早先所做出的種種安排，都要進行調整和改變。二十萬大軍的動向，也必須要重新計畫。

比如之前曹操的目標是江東，所以兵馬集結於烏林地區。除了龐德和樂進所部，還有路招、馮楷、朱靈三路大軍，屯紮於當地。

也就是所謂的東重西輕。

在荊州西部地區的兵力安排相對薄弱，比如南郡西部，王威駐守夷陵、文聘駐守夷道。除了這兩支兵馬，曹操沒有投入更多的兵力，甚至把秭歸和巫縣放出去，不安排一點兵馬屯紮。

現在，計畫改變了，那麼西部兵馬定然需要重新安置。

加之劉備坐擁長沙和武陵，以向朗為武陵太守，命陳到駐守充縣，隨時都有可能威脅到夷道安全。

另外，五溪蠻人的態度改變，也是一個變數。

荊州西南部地區，山脈縱橫，起伏綿延。五溪蠻人藏於山中，進可攻，退可守，是一個巨大的威脅。

單憑王威和文聘兩人，恐怕有些抵擋不住，所以在經過三思之後，曹操決定調樂進所部，駐守屯駐臨沮。

而此時，曹軍亦源源不斷的進駐荊州。

夏侯惇、曹仁所部兵馬的抵達，更進一步增強了曹操的兵力。

曹操旋即任劉先為南郡太守，而武陵太守一職，則由賴恭出任。這賴恭，字伯謙，曾為交州刺史，後因為和蒼梧太守吳巨交惡，被罷官去職，定居江陵。劉備謀取襄陽失敗，試圖奪取江陵。不想曹朋密令黃忠趕赴江陵，說服了賴恭，由他出面召集人手，一舉拿下江陵。

曹操進駐荊州後，便把賴恭招攬過來。

如今防務調整，他命朱靈屯紮江陵，負責保護江陵的輜重物品。

不過，派賴恭擔當武陵太守，卻讓很多人感到了一絲迷茫。

襄陽城外，水鏡山莊——

司馬徽迎來了一個貴客，正是鹿門山龐德公。

本來，龐德公在曹朋出事、黃承彥離開後，就有些心灰意冷，不願意理睬紅塵俗世，隱世於深山之中。哪知後來，曹朋崛起，更出任了南陽郡太守一職，龐德公才從深山裡走出，默默觀察曹朋的一舉一動。曹朋在南陽，休整民生，興辦報業，抵禦劉備……所做的每一件事，都讓龐德公感到非常滿意。現在，荊州已經歸附，讓龐德公既悵然，又感到歡喜。

他今日前來水鏡山莊，則是為了另一樁事務。

什麼事？

那就是曹朋將在今天正式拜入鹿門山，成為龐德公的弟子。

這也是龐德公一直很掛懷的事情。

當年如果沒有黃射的插手，說不定曹朋早已經拜入他的門下。可正是黃射的出手，令曹朋背井離鄉。一晃十載，龐德公終於可以得償所願，也算是了卻了他心中的一件遺憾。

東漢末年，拜師沒有太多的局限。

這個時代的儒生，尚未完全定型，與後世拜師從一而終的規矩，有很大區別。

所謂尺有所短、寸有所長，每個人研究的方向不同，擅長的類別也不一樣。比如龐德公，在《尚書》的研究就很強大，而其他如《詩》、《春秋》的領域，略顯不足。一個名士需要博古通今，涉獵各種學問。加之這年月，又不似後世那般書籍發達，所以很多時候可以拜師多家。

曹朋已拜師胡昭，卻不代表他不能拜師龐德公。

事實上，早在他還在棘陽的時候，就曾以鹿門學子的身分示人。只是這造化弄人，令他最後離開了老家。如今他返回荊州，雖說已功成名就，但對鹿門龐氏的感激，卻從未減少過。也正是這個原因，曹朋在請示了曹操，並寫信給胡昭並得到胡昭的同意之後，便請司馬徽出面，希望能正式拜師龐德公，完成他當年在棘陽時的一個夙願。

龐德公已多年不出門了……聽到這個消息，卻喜出望外。

他立刻答應下來，願意收下曹朋這個弟子。

這不僅僅是他的一個心願，更是為龐門考慮。一朝天子一朝臣，隨著時間的推移，曹操對荊州的掌控力度，必然會有所增強。那麼，荊州世族的力量也將會被重新洗牌。身為荊州老牌世族的龐氏，需要一個強而有力的支援。若是和曹朋坐實了師生關係，龐氏必能屹立不倒。

看蒯氏，就可以看出端倪。

如今蒯氏族人，已有多人進入仕途，而且前程遠大。

棘陽鄧氏、岑氏，兩家已經沒落多年的世族，現在也重新崛起。

龐季不在了，龐德公就要擔負起家主的責任。他必須要為龐門的未來考慮，也就更不會拒絕曹朋的這麼一個請求。

水鏡山莊的拜師典禮，很隆重。

曹氏的嫡系人馬，紛紛前來道賀。而那些身負重任、無法趕來的人，則派來了使者，送來賀禮。曹操甚至親自前來觀禮，更透出了曹朋而今的地位不俗。

隆重的拜師典禮後，曹朋正式成為鹿門弟子，令得龐德公笑逐顏開。

飲宴過後，各方賓朋離開，曹操也因為公務繁忙，返回襄陽。龐德公、司馬徽、還有曹朋，這才得以清閒，在廬中暢談。

龐德公居中，司馬徽在上首，而曹朋執弟子之禮，坐在下首。一旁，尚有童子煮酒。

龐山民和一個青年，則跪坐龐德公身後。

那青年的年紀，和曹朋相差不多。身高八尺，長得眉清目秀。他正好奇的打量著曹朋，不時和龐山民竊竊私語。曹朋倒是沒有留意這個青年，只是聆聽龐德公的教誨。

「德公，而今這一幕，卻讓我突然生出許多感懷。」

「哦？」

「十年前，我與大兄在風雪之夜，途經羊冊鎮車馬驛，與友學相逢。那時候，友學還是個小孩子，羸弱不堪，卻能對我等侃侃而談……十年後，大兄已故去，而友學更聲名鵲起，成為當今名士。我常感慨，這世事無常。今觀友學，真覺得自己老了。」

司馬徽才四十出頭，臉色有些蒼白。

年初，他患了一場大病，幸得董曉及時趕來，才挽回了性命。

卻不知，歷史上他正是因為這場大病，在幾個月後丟了性命。董曉發現，司馬徽這場病源於一場瘟疫，而這場瘟疫的發源地，就是距離襄陽不遠的黎丘。在張仲景等人趕到之後，迅速的平息了這場初露端倪的疫病。而此前曹朋命人搜集藥材，也著實起到了巨大作用。

司馬徽身體還有些虛弱，卻透著幾分超然的氣概，那雙眸子中，似乎已看破了生死世情……

他已經決定了，等身體完全康復之後，前往終南山尋仙問道。這恐怕也是最後一次和老友相聚，自然有幾分感慨。

龐德公突然問道：「友學，丞相何以令賴伯謙出任武陵太守？」

「怎麼了？」

「我倒不是說伯謙品行不好，事實上此人才器不凡，為人也極為仁謹，是一個君子。然其人刻板，不曉時事，喜歡引經據典……有時候，他自己都不知道得罪了人。早先為交州刺史的時候，固然是吳巨囂張跋扈的因素，但未嘗沒有他不懂變通，而最終被罷官去職。」

若在治世，賴恭或許能成一個守成太守。但如今武陵戰亂不止，劉備居於前，孫權居於側，正是極度混亂的時候，讓賴恭出任武陵太守，不是一個最好的選擇。龐德公和賴恭也有些交情，故而和曹朋說起此事，也是希望將來有一日賴恭惹了禍，曹朋能幫他一把。

說白了，這賴恭就是個不懂得人情世故的書呆子。

「老師放心，我自省得。」

司馬徽笑了，「德公，難道還聽不出來嗎？只怕過些時日，友學就要前往武陵赴任了……賴恭雖不曉時事，但想來令其為武陵太守，非是為他才情如何，而是要他去穩定人心。莫忘記，賴恭本就是荊南人氏，在武陵頗有聲名。」

「你要去武陵？」龐德公疑惑的看著曹朋，忽然間露出恍然之色。

武陵太守已經有了人選……所以曹朋不可能是擔當武陵太守。

不為太守而赴武陵，那目的只有一個——曹操，要奪取荊南四郡！

曹朋笑而不答，卻讓龐德公感慨萬千。

猶豫了一下，他突然開口道：「友學可知，山民之安排？」

這句話問得結結巴巴，頗有些難以啟齒。可是，龐德公卻不能不問……

此次曹操進駐荊州，提拔十五名荊人。而龐山民原為荊州別駕從事，至今沒有安排。眼看著蒯正已前往許都赴任，蔡氏則有蔡瑁為水軍都督；原來的江夏黃氏如今已經沒落，但黃承彥尚在，而黃碩與曹朋這層關係也在，也不需要太過於擔心。本來，龐氏家族也不需要擔心，畢竟有龐德和龐林兄弟，一個為河西太守，一個為涼州從事，前程遠大。

只是龐山民是龐季之子，龐德公不得不為他花費心思。他主要是擔心，龐山民會因為妻子的緣故，遭受到曹操的打壓。

龐山民的妻子是誰？

就是那諸葛亮的長姐，諸葛玲。

曹朋笑了笑，向龐山民點頭，而後對龐德公道：「老師不必擔心山民大哥的問題。山民大哥的才學，毋庸置疑，只是而今時機不到，所以還未有安排。不如這樣，過些時日我將前往臨沅，山民大哥與我一同去吧，權作我的賓客，也可以幫我拾遺補漏，出點主意。」

曹朋不會讓龐山民當他的幕僚，而是請他做客卿。

用後世的話，就是顧問。

你顧得上就問，顧不上就不問……

畢竟他是龐德公的姪子，若讓其為幕僚，於龐德公的臉上無光。

不等龐山民回答，司馬徽突然道：「友學，我也有一事相求，還望你莫拒絕。」

假節

「嗯？請先生但講無妨。」

「叔全，你且過來。」

和龐山民並坐一起的青年，忙站起身來。

司馬徽深吸一口氣，對曹朋道：「友學，過些時日，我將往終南山求仙問道……我之一世，無甚憾事，除卻當初德公下手比我快，收下你為他弟子。而今，我出世以後，不復紅塵，心中尚有牽掛的便是叔全。」

「水鏡山莊開設十載，乃我最得意之事。只不過，我門下弟子被你拉走了不少，士元兄弟暫且不說，元直、廣元和公威，都曾為你效力，而今也出人頭地，他們有了自己的事業，無須我花費心思。只有叔全，我一直很猶豫。他的身分可能有些尷尬，實不知如何安排。」

「哦？」曹朋詫異，向那青年看去。

龐山民苦笑道：「叔全乃孔明三弟。」

「諸葛均？」

「正是！」

曹朋在占領了襄陽後，曾命人尋訪諸葛亮家人下落。但是，諸葛亮卻提前把妻子送往江東避難。曹朋原本以為，諸葛均也隨同諸葛亮一起離開，卻不想他竟然在水鏡山莊。

歷史上，諸葛均為蜀漢長水校尉，並未留下太多事蹟。

《三國演義》當中，也只有劉備三顧茅廬時登場，此後沒有出現。

不過，看司馬徽對諸葛均的態度，似乎極為重視。曹朋不免感到奇怪，司馬徽何故如此？還專門託付！

司馬徽道：「若言憾事，倒也有一樁。我門下弟子，能得我真傳者，唯孔明耳。孔明聰慧，氣度和胸懷極為出眾，然則他早早出世，讓我多少有些失望。叔全的才情遠不如孔明，卻有一個好處，便是肯用功。這幾年他在我身邊，也是盡心盡力。本來他要去江東投奔子瑜，但最後，我還是把他留了下來。友學，可知為何？」

曹朋不解，搖頭表示不知。

事實上，他能猜出一個大概，只是卻不好說出來。

所謂不要把所有的雞蛋放在一個籃子裡，這也是所有世家大族的生存之道。諸葛瑾去了江東，如今已是孫權座上客，頗受重視；諸葛亮投奔了劉備，乃劉備身邊第一謀主；可是，卻沒有人看重曹操，說來也有些奇怪。

司馬徽思忖良久，而且苦口婆心的勸說了諸葛均一番。他有種預感，恐怕諸葛瑾和諸葛亮未必能成大事。或者說，他們雖得明主，卻難成氣候……

原因？很簡單！

曹操大勢已成，北方一統。只要他不犯下致命的錯誤，那麼將來這天下大勢，必歸於曹操。

司馬徽希望諸葛家能留下一條血脈，曹操是最好的選擇。

歷史上，蜀漢滅亡，諸葛亮和諸葛瑾的後代都沒有好下場，唯有諸葛均一脈，卻保留了下來。不過，作為代價，諸葛均一脈把諸葛複姓拆分為諸姓和葛姓兩支。也許是早有預感，兩兄弟在諸葛均有長子諸葛望的情況下，諸葛亮過繼次子諸葛企為諸葛均次子，諸葛瑾過繼次子諸葛謙為諸葛均三子。

這其中，自然留給後人許多猜想。

如今司馬徽要把諸葛均推薦給曹朋，想必也是希望留下一條血脈。

曹朋猶豫了一下，輕聲道：「叔全，我對令兄素來敬慕，早在幾年前便聽說過令兄才情卓絕。可造化弄人，而今我和他不得不刀兵相向……若有朝一日，你和你兩位兄長對決疆場之上，可能狠下心來？」

諸葛均面頰微微一顫，沉默了！

畢竟是親兄弟，如何能說狠下心來？

在這一點上，諸葛均和諸葛亮的差距就顯現出來。

歷史上，孫權為討還荊州，扣押了諸葛瑾一家，讓諸葛瑾向諸葛亮討要。結果呢，諸葛亮明裡答應，可私下裡還是狠狠耍了諸葛瑾一回。

諸葛亮能分得清楚這公與私，而諸葛瑾同樣能看出輕重。

但是諸葛均，卻不一定能夠釐得清，這也讓司馬徽心裡暗自著急。

「這樣吧，你先留下來。我相信，叔全你有才學，不遜色於你兄長。不過，我也知道你必不希望和你兄長對決於疆場之上。去河西吧，士元也在那裡。河西郡而今的發展，已至瓶頸，不日將向漠北擴張。原本河西五縣，有可能會再增加三縣，日後還會繼續擴張。如今士元正是用人之時，你能過去，他必然會非常高興。環境可能苦了一些，卻能開疆擴土，有一番大作為。叔全若有意，我這就書信一封，可以隨時前往河西。先生，以為如何？」

司馬徽想了想，點頭表示同意。

而諸葛均則站起身來，恭恭敬敬一禮，「多謝公子，全我兄弟之義。」

天底下的牛人多了去！

三國百年間，更號稱凝聚了華夏幾千年的精英人物……那麼多牛人，曹朋也不可能一個一個的招攬過來。所以諸葛均不願留在他身邊，他也不會在意。不管那『兄弟之義』是真實，抑或是藉口，反正得之我幸，失之我命。能重生三國走上一遭，已經是一樁莫大幸事。

轉眼間，已至月末。

在樊城逗留了十日，龐德公再次返回鹿門山，遁世山中。

也許這一入山，他再也不會出現。不過對於心願已了的龐德公而言，能終老山林，同樣是一樁美事。至於俗世紅塵中的爾虞我詐、紛紛擾擾，從此和他再也沒有關係。

離開樊城前，龐德公把他多年收藏的典籍全都贈給了曹朋，而目的只有一個，希望曹朋能把這些書籍刊印成書，傳於世上。龐德公的典藏，也許比不得當年蔡邕那麼豐富，但許多孤本、珍本甚至是絕本，絕對稱得上珍貴。

曹朋不禁有些感動，與司馬徽商議了一下之後，最終說服了司馬徽，請他暫緩求仙問道的計畫，前往滎陽住持校檢書冊、刊印發行等事宜。

司馬徽本就是一個教育學者，否則也不會傾盡家財開設水鏡山莊，教書育人。如今，曹朋請他校檢書冊，無疑是一樁功在當今、利在千秋的大事業。他在三思之後，終於答應下來。

隨後，曹朋又派人前往陸渾山臥龍谷，請求胡昭出山。畢竟刊印書冊、校檢是一樁極為重要的事情，單憑司馬徽一人，未必能夠用。反正胡昭在陸渾山也是教書育人，如果真的能讓書籍普及起來，對於胡昭而言，也是一樁了不得的功德。

曹朋相信，胡昭不會拒絕。

在說服了司馬徽以後，曹朋還派人前往許都，與孔融等人聯絡。包括黃承彥在內，一併獲得他的邀請。隨後，他又讓人前往滎陽，請母親張氏出面，在浮戲山下買一塊土地，用於校檢書籍。浮戲山風景如畫，是個很不錯的去處，而滎陽地處中原大地，本就是一個學風盛行之所。

曹朋在做出這一連串的安排之後，就準備不再過問此事。

可法正看在心裡，忍不住勸諫道：「公子人脈廣闊，而今校檢書籍、刊印發行，乃一樁盛事。既然請了這麼多人，而且這又不是一件短期能夠完成的事業，何不開設書院，一邊校檢，一邊講經開課，教授人才？這可是一大盛事，別人窮一生之力也未必能做成這樣。而公子有如此的手段，也無須為錢糧費心，為何不大張旗鼓興辦呢？」

身為曹朋的謀主，法正考慮的遠比曹朋更多。

如果說，刊印書冊、校檢經典只是曹朋一時興起的話，那麼法正的存在，就是讓曹朋從這件事當中，最大程度的獲得好處。

開設書院？

是個不錯的建議！將來這書院開設起來，說不定能比肩潁川書院。身為書院的創始者，日後所有從書院走出的學子，都將是曹朋的門生。

曹朋有些為難，輕聲道：「我哪有工夫開設書院？」

法正笑道：「公子此言差矣，是讓你開設書院，又不是讓你管理書院。說實話，公子聲名響亮，但想要坐鎮書院，這資歷和學識恐怕還不足以擔當重任。問題是，公子有強大的人脈。此次校檢典籍，更聚集了司馬徽、胡昭、孔融還有令岳黃老先生。這些人，哪個不是飽讀詩書的博學鴻儒？而今能聚在一起，恐怕連潁川書院都要退避三舍。」

「公子只需要把書院開設起來，然後交給他們處置就好。呵呵，孔明先生是公子老師，黃老先生乃公子丈人，還怕他們不盡心盡力？」

曹朋連連點頭，「孝直所言極是。」

當下，他又書信數封，派人分別送往各地。

同時又派人到中陽山，把計畫告訴了黃月英和夏侯真。畢竟這不是一樁小事，母親張氏雖然精明，但畢竟是一個大字不識幾個的農家婦人，這種事情還是讓黃月英她們出面，效果會更好。

再說了，滎陽為河南尹治下，而夏侯淵又是河南尹，那也算是曹朋的一畝三分地。

把這件事情安排妥當以後，龐山民自鹿門山返回，來到了樊城。

荊州刺史尚未定下人選，龐山民這個別駕從事也就變得無所事事。他長於內政，也懂得兵事，是一個極好的幫手。曹朋倒是想把他招攬過來，卻無奈曹操已經有了安排，只是短時間還無法任命。沒辦法，曹朋只能讓龐山民作為賓客，幫助他處理一些事情。

法正的確很牛，但這廝強項是在出謀劃策，布控大局。很多細節方面，的確需要有人來拾遺補缺。曹朋請龐山民為賓客，暫為舍人。隨後，又讓濮陽逸和陸瑁負責協助龐山民，倒是為他減少了許多麻煩。

與此同時，曹操也在緊鑼密鼓的進行安排。

正月十七日，荀衍奉命出使江東；隨後，又派出使者，向孫權提出請求，希望將女兒嫁於孫紹。

孫紹是誰？

孫紹就是孫策的兒子。

孫策有一子三女。

如果按照歷史的進程，陸遜的老婆，就是孫策的一個女兒。

奈何當年陸遜與顧氏女成親，因曹朋的參與，得以締結良緣。所以孫策的女兒，自然也不可能再下嫁陸遜，否則的話，孫權就要和顧家產生矛盾。偏偏顧雍又是孫權繼位信賴的肱骨之臣，自然不可能做出這種自毀長城的事情。而且，陸遜在兩年前誕下一子，名為陸抗。

真實的陸抗，應該是在二十年後出生。可是在這個時空裡，這位東吳後期的名將卻提前誕生了……

由於陸瑁這層關係，曹朋和江東陸氏的聯繫一直沒有中斷。得知陸抗出生的時候，曹朋也是禁不住感慨萬千：亂了，這個世界似乎已經完全亂了套……

不過，對曹朋而言，卻並非不可接受。

孫權繼位吳侯後，封孫紹為上虞侯。表面上，他對孫紹非常關愛，可實際上，卻多有猜忌。畢竟孫權這個吳侯的位子，是從他哥哥手裡得來。按照習俗，父死子繼天經地義。孫權雖是得孫策親口承認的繼承人，但是在不少人的心裡，還是希望將來孫權走了，由孫紹繼任。

有這個心思的人可不少！

周瑜肯定算是一個，畢竟從親疏關係上，孫紹是周瑜的外甥。

張昭也有這樣的想法，還有當初那些被孫策提拔而忠心耿耿的文臣武將。

當然了，孫權也有自己的班底，比如魯肅、諸葛瑾這些人，都堅定的支持以孫權為核心的路線。這就讓孫紹的地位顯得非常尷尬，孫權一方面對他關懷有加，另一方面又對他小心提防……

也難怪，孫紹頗隨其父，年僅十三歲，卻天生神力，勇烈異常，有乃父之風。

不過，他空有上虞侯封號，卻無用武之地。孫權是斷然不會讓孫紹出風頭，甚至讓他隨繼母大喬居住富春老家。

歷史上孫紹怎麼死的？誰也不知道，反正史書中只留下了他的名字，還有一個上虞侯的封號。除此之外，再也沒有任何關於他的記錄。

曹操不是第一次和孫氏結親。

別忘了，曹彰名義上的老婆，就是孫氏族人。

只是這一次，曹操要把女兒許配給孫紹，一定會讓孫權感到很頭疼吧……拒絕，抑或接受？

無論哪一個選擇，都會讓孫權非常難受。

曹朋聽到了這個消息後，卻露出了一抹苦澀的笑容。

「是大妹還是小妹？」

「是二小姐。」

曹操如今有三個女兒，長女曹憲，次女曹節，幼女曹華。其中曹華的年紀還小，如今方才兩歲。曹憲十五，而曹節十二。

曹朋感慨，曹節這一嫁給孫紹，日後恐怕是難以善終。而今曹、孫尚未反目，可一旦反目，她又豈能有好果子吃？政治聯姻的結合，最終都不會有好結果。

更何況，那孫紹……

曹朋甩了甩頭，把這消極的念頭拋開。

這種事情，不是他可以摻和。曹家三女既然生在了曹家，也許都無法避免這最終的悲劇吧……歷史上，曹家三女後來都成了皇后貴人。可是，她們卻成了曹家的敵人。

「對了，陌刀兵訓練的如何了？」

早在一月初，曹朋從軍中抽調出八百壯士，配以特製的陌刀進行訓練。由於陌刀分量奇重，加之其特殊的構造和使用方法，所以這陌刀軍的成員也是千挑萬選，費了好一番心思。

身高低於一百八十五公分的，不要！

身體瘦弱，力氣不大的，不要！

沒有練過武的，不要……

總之，好不容易湊足了八百人，曹朋命寇封負責訓練。為此，他還向黃忠請教，繼而創出三式刀法，配以陌刀使用。經過一個月的時間，也有了一些成績。寇封雖算不得超一流的武將，可是在練兵方面倒是有幾分天賦。

「陌刀兵已成雛形，但還須戰陣檢驗。」

「甚好！」

章十九 假節

曹朋又詢問了一些關於虎豹騎訓練的事情，準備明日前往校場觀摩。

哪知道就在這時候，忽有人來報：「丞相派人前來，求見都督。」

曹朋心道一聲：來了！

自從之前荀彧提議讓曹朋前往武陵牽制劉備後，曹朋就知道，曹操基本上已經同意了請求。

這一次的對決，可不比在南陽郡。

劉備在新野的時候，畢竟受到了諸多節制，難以全力施展拳腳。可現在，他坐擁兩郡，內有江夏為援，外與孫權暗通消息，可以說是實力大增。雖說武陵和長沙兩郡的人口，比不得南陽郡那麼多，但畢竟是曹朋來做主，可以減少很多不必要的牽制。所以這一次，曹朋很是小心。

至於曹朋要荀彧幫忙，曹操並沒有答覆。

反正，那只是小小的報復而已，曹朋也沒有真的指望曹操能把荀彧派過來。畢竟，荀彧是尚書令、黃門侍郎、侍中……他的身分著實太高，讓荀彧當曹朋的下手，曹操未必同意。

曹朋身邊，內有龐山民輔佐，外有法正出謀劃策；武有黃忠，有萬夫不當之勇，治兵有寇封，也是一把好手，再加上王雙、傅僉等人，也不缺人手。不過，曹朋不打算帶領虎豹騎前往武陵，不是曹操要罷免他，而是荊南地區的地形根本就不適合騎軍衝鋒。

荊南地區山川縱橫，頗有些小江南的味道。在荊南地區作戰，最主要的還是依靠步兵，特別是山地步兵。騎兵，在荊南只可以作輔助兵種，無法作為主力。

相反，對江夏的戰事，騎兵就能派上用場。

曹朋最近一段時間，除了保持對虎豹騎和陌刀兵的訓練，還特意加強了一些刀盾兵的演練。也不知曹操這次會給他多少兵馬。這次前往武陵，絕不會是一樁輕鬆的事情……

就在他思忖的時候，丞相府使者走進了大廳。

曹朋一見來人，頓時笑了，「永年兄，近來可好？」

由於曹操強行征辟張松，委以丞相掾的職務，張松在益州使團離開後，便留在了襄陽。與歷史上那個桀驁不馴的張永年相比，張松表現得低調了很多。後來，他在觀察了曹操一段時間後，獻上了《西川地形圖》。也正是因為這個原因，張松在曹操的身邊過得也頗為輕鬆。

聽到曹朋的問話，張松頓時笑了。

「大都督，日後還要請你多多關照。」

「哈哈，永年兄說笑了，而今你可是丞相的身邊人，該說關照的人是我，你可別諷刺我了。」

「誒，我可沒有說笑。我方與丞相懇求，前來為大都督效力。丞相已經准許，任我為長史，聽從大都督調遣……所以，從今天開始，我就是大都督的部曲。不是大都督關照張某，又是何人來關照我張永年呢？」

「你來我這裡？」

張松笑了，「正是。」

「可我恐怕很快就要前往武陵，那裡可是非常凶險。」

「誒，凶險又有何懼？」張松說著，轉身從身後的隨從手中，拿起一卷錦帛，「大都督不是很快要前往武陵，而是三天之內必須動身。丞相任大都督為橫野將軍，假節，都督荊南。」

說罷，他雙手將錦帛奉上，而後又讓隨從將一個錦盒放在曹朋的面前。

節，是古代代表皇帝的信物，有著至高無上的權力。

依照漢代律法，分為假節、持節、使持節和假黃鉞四種。其中，假黃鉞權力最大，包括假節、持節和使持節的大臣，皆可先斬後奏，有生殺大權；而使持節，則是指無論是在戰時還是平時，兩千石以下官員，可以先斬後奏；持節，是說平時可以斬殺無官位之人，而戰時則可以斬殺兩千石以下官員。

曹操授予曹朋的假節，是四種之中權力最小的一種——平時沒有處決犯人的權力，但是在戰時，可以斬殺所有違反軍令之人。

而現在，正是戰時！

一般而言，能得節鉞的人，地位都很高。

曹操本身是假節鉞，但是在他的帳下，曹朋卻是第一個得到假節權力的將領。

曹朋的臉色頓時變化，連忙起身，恭恭敬敬的接過來。

只是，他有些想不明白，曹操為何要給他這麼個假節的身分。都督荊南，也就是說，整個荊南四郡的戰事皆由他來掌控。這可是曹操對他的信賴，一般人根本不可能獲得這樣的權力。

「永年兄，丞相還有其他吩咐嗎？」

「丞相有書信一封。」

張松取出一封書信，遞給了曹朋。

曹朋打開來，一目十行的看去，臉色頓時變得有些古怪起來。

曹操將於三月，向江夏發動攻擊。給曹朋的任務非常簡單，就是要切斷長沙與江夏郡之間的聯繫，把劉備死死拖在荊南。同時，他還要做好對付江東的偷襲，但是絕不可以對江東開戰。

這個難度，可是有點大啊！

江夏郡和長沙郡，必經下雋縣。要切斷二者的聯繫，就要占領下雋，將長沙和江夏分隔。

說實話，攻取下雋，難度不大；可是要打下雋，就必然要經過汨羅淵。偏偏汨羅淵為江東所占據，周泰、徐盛都不是等閒之輩。曹操又不許曹朋和江東發生衝突，這個難度，的確不小。

曹操雖說已經派人聯絡江東，欲安撫孫權，令其不參與荊南戰事。

可孫權能否答應，尚在兩可之間。就算孫權嘴上答應，也保不齊他會在暗地裡支持劉備。

脣亡齒寒的道理，孫權又豈能不知？

所以說，要想攻取下雋縣，就勢必要和江東衝突。

這個麻煩端的不小……

曹朋眉頭緊蹙，繼續往下看，卻突然間露出了一抹古怪的笑容！他似乎明白了曹操為何要授予他假節，原來如此……

因為，除了讓曹朋都督荊南事之外，曹操還有一項任命。

尚書令荀彧，參丞相軍事，屯駐作唐，監荊南軍事……一個是都督荊南軍事，一個是監荊南軍事。

意思就是，荀彧為曹朋副手，同時又有監軍之責。

讓曹朋假節，除了是為方便他在荊南行事之外，也有為荀彧充當曹朋副手做解釋。畢竟，假節後的曹朋，將代表皇帝，身為尚書令的荀彧就不會有什麼尷尬，或者心中產生不滿。

只不過，讓荀彧過來……

曹朋心中既歡喜，又有些緊張！

章二十 荊南

春風襲來，萬物復甦。

昨夜的一場小雨過後，令園中的空氣變得格外清新。

荊南本就不是一個缺雨的地區，而春季的雨水更加頻繁，倒真應了那首『隨風潛入夜，潤物細無聲』的詩句。院牆上，還殘留著雨水的痕跡，園中桃杏芬芳，散發著沁人肺腑的氣息。

劉備披著一件單衣，在園中漫步。

這本應該是一個極為愜意的早晨，可是昨晚傳來的消息，卻讓他感到心頭莫名的沉重。

曹朋，將都督荊南軍事！

不知從什麼時候開始，劉備把曹朋看成了一個真真正正的對手。雖然說此前和曹朋的幾次交鋒，曹朋大都占據著優勢，而他有諸多顧忌，但不得不否認，這曹朋的確是讓他有些頭疼。此人好像那水中滑不溜秋的魚兒，一不小心被他掙脫出去，翻身就是一口，把劉備咬得鑽心疼痛。

站在一棵杏樹下，看著滿樹盛開的白色杏花，劉備的思緒已飄飛到了九霄雲外……

江陵慘敗，對於劉備而言，絕對是一個巨大的打擊。

他不僅僅是損兵折將，還搭上了妻兒，以及愛將趙雲。

甘玉、糜環……兩個隨他出生入死、同甘共苦十餘載的女人，如今下落不明。甘夫人和糜夫人，是在他最困難的時候來到他的身邊，歷經了多少次磨難，卻始終沒有背棄。可現在，連帶著他的兒子阿斗劉禪，都下落不明。這也讓劉備感到萬分的心痛！

為梟雄者，不拘小節，要有一顆冷酷的心。但梟雄也是人，也有感情……更何況，那是他的妻子，那是他的親生骨肉啊！

說甘夫人和糜夫人死於亂軍之中？劉備並不相信……

而向朗等人說趙雲背主求榮，投降了曹軍，劉備也不相信。

從長阪坡逃回來的人，把當晚的情況說了不少。趙雲在長阪坡七進七出，殺死曹軍曹將無數。有名有姓的曹軍將領就有十幾人，其中還包括了大將高覽，以及曹操的愛將曹彭。

劉備曾在袁紹帳下待過一段時間，自然知道高覽的厲害。

一個在敵軍中殺得血流成河，七進七出仍不放棄尋找他妻兒的人，怎可能輕易的背主求榮？

而且，據說包括向朗在內，都被曹朋俘虜。那麼趙雲投降的原因，劉備大致上能猜出一個端倪：這是一個交易。趙雲用他投降為代價，換來了向朗等人的活路。

可為什麼只有向朗等人回來了？而甘夫人、糜夫人和糜竺都沒有回來？

結果只有一個，只是劉備不敢往深處想。

向朗說，糜夫人和甘夫人死於曹朋手下。

但是，和曹朋打過好幾次交道的劉備，雖然說不上對曹朋特別瞭解，卻清楚曹朋絕不會做這樣的事情，否則趙雲恐怕會第一個造反，殺了曹朋報仇。而趙雲沒有反應，也就說明曹朋和這件事沒有關聯。不是曹朋，那麼真相就只有一個。可是，劉備卻不能去責問向朗等人。

十二章

荊南

嘆了一口氣，劉備感到心情有些失落。征戰了半輩子，到頭來……

他半瞇著眼睛，良久，轉身準備回屋。就在這時候，忽聞小校來報：「軍師自江夏趕來，有要事求見主公。」

「有請。」劉備連忙道。

諸葛亮在江夏，一直負責與江東的聯絡。如今突然回來，又所為何也？

劉備是一個很能調整自己情緒的人，迅速將滿腹的兒女情長拋開，開始思忖諸葛亮的來意。

不一會兒的工夫，諸葛亮來到了廳堂。他身著一襲淡青色鶴氅，手持羽扇，頭戴綸巾，看上去飄然脫俗。

他與劉備見禮之後，劉備問道：「軍師不在江夏，何故返回長沙？莫非，江東那邊發生變故？」

「正是！」諸葛亮微微一欠身，而後回答道：「曹操突然下令，停止在烏林集結。荊州水軍從三日前開始後撤，而今向雲夢澤集結……而且，從江東傳來消息，曹操連續派出十一批使者，出使江東。其中有荀衍荀休若，大都是與江東重臣關係密切之人，似有意求和。」

求和？

自古以來，都是弱者向強者求和，從未聽說過有強者與弱者求和。

劉備激靈靈打了個寒顫，連忙問道：「是否有詐？」

他戎馬一生，又豈是善與之輩？

從諸葛亮的言語中，劉備立刻醒悟到了什麼，聲音頓時透出緊張之氣。

諸葛亮搖了搖頭，「恐怕，曹操是真的要與孫權說和。我還聽說，曹操從江陵抽調樂進所部，屯紮臨沮。其意圖，分明是把兵力向西部集結……」

聯吳滅劉！

劉備道：「我昨夜剛得到了消息，曹操命曹朋都督荊南軍事！之前我還在奇怪，這好端端，曹操為何把曹朋派來……而今聽孔明一說，我倒是有些明白了。老兒此舉分明是要安撫孫權，全力攻取荊南，掌控荊楚之地。把曹朋派來，就是為了對付我……哼哼，這老兒未免也太小瞧了我，以為區區一個曹朋，就能讓我束手無策嗎？」

諸葛亮想了想，卻道：「我倒是覺得曹操未必要鯨吞荊南，否則以他的兵力，大可以親自督戰，掃蕩荊南，何必要曹朋前來。曹朋都督荊南軍事，只是一個幌子，為牽制主公而來。曹操所要做的，是要橫掃江夏，以威懾江東，令孫權不敢輕易動兵。待他占領了江夏，安撫了孫權之後，便可以集中兵力，征伐長沙。而主公那時候再無援兵，恐難以抵擋住曹操的兵馬……」

「這個……」劉備聽聞，心裡頓時咯登一下。

諸葛亮說的這種可能，非常大！

如果真的讓曹操攻占了江夏，那孫權還敢不敢出兵援助自己，真就是兩可之間。

「孔明，那我當如何？」

諸葛亮想了想，沉聲道：「聯吳抗曹，不能改變。只是，主公而今也不可以將所有的希望，都寄託於孫權身上，須另謀出路，以防萬一。亮準備立刻前往江東，遊說孫權，力爭他出兵相助。與此同時，主公還須設法與劉璋取得聯繫。」

「孔明要往江東？」劉備一聽，立刻急了，連忙搖頭道：「不行不行，那實在是太危險了。而今江東態度不明，萬一發生變故，豈不是自投羅網？此事斷然不可，我不能允許……若孫權真的不肯出兵相助，那我就憑藉這荊南之地，與曹操決一死戰。孔明你若是到江東……不行，我絕不同意！」

諸葛亮心中頗有些感動。他正色道：「主公，且聽我一言。長沙、武陵兩地，看似廣袤，然則人口稀少，物資匱乏，不足以持。五溪蠻人而今雖跟隨主公，但卻不可以信。五溪蠻人反覆無常，多次歸降漢室，又多次造反作亂。今主公以重金厚利將之收買，焉知他日曹操許以更大利益時，五溪蠻人會倒戈相向？荊南，只可暫時落腳，而不足以為根基。而今曹操雖拉攏江東，但相信江東也有那明眼人，焉能看不穿其中奧妙？所差者，只是一個外力。」

「亮去江東，有驚無險，就算不能讓孫權出兵，也能安然而回……倒是主公在長沙，須多加小心。曹朋都督荊南軍事，絕不可以掉以輕心，此人狡詐多謀，且頗知人心，手段甚是高明。所以主公最好是不要輕易與其衝突，盡量拉攏泊羅淵江東兵馬，也可以分擔壓力。」

「另外，亮記得當年主公出世，幽州牧便是而今劉季玉之父，劉焉。此亦為師生情誼，何不派人前往成都，與那劉璋多多往來？說不定，還能有意外的收穫……」

劉備是在黃巾之亂時出世，正逢幽州之亂，劉焉徵兵。

說起來，劉備和劉焉還真見過，並得到過劉焉的稱讚。只不過後來劉備離開幽州，征戰四方，再也沒有和劉焉聯繫過。黃巾之亂結束後，劉焉因功而調離幽州，出任益州牧。這段師生情誼，也就隨之斷去。而今劉焉已經亡故，劉璋和劉備甚至沒有見過面，更無半點交集。但兩人同為漢室宗親，也能拉扯上關係。

諸葛亮的意思非常明白：長沙若可以守，務必要堅守！但是，如果不可以守，就前往西川避難。若有可能，把劉璋也捲進來，同樣能分擔劉備的壓力。

西川天府之國，兵強馬壯，人口眾多。若是劉璋出兵相助，曹操也必然會有所顧慮……

到不得已時，甚至可以把長沙獻出去。畢竟劉璋雖說闇弱昏庸，但是對荊州卻一直虎視眈眈。

劉備還是不捨，可耐不住諸葛亮的勸說，只得答應下來。

離別時，他拉著諸葛亮的手，忍不住落下兩行眼淚：「孔明此去江東，若事不可違，早些歸來，莫要讓備等得太久。」

諸葛亮深吸一口氣，躬身一揖，「主公休要牽掛，亮必儘早返回。」

《孫子兵法》有云：上兵伐謀，次而伐交，再次伐兵。

兩方交戰，從來都不是一件簡單的事情，其中牽扯到經濟、外交、文化等方方面面。歷史上很多戰爭，並不是說兩邊召集起兵馬，而後一哄而上，廝殺慘烈……那是流氓打架，不是兩國交兵。

戰爭包括了太多的因素。

一般而言，能不打，是盡量不打。

戰爭之前，會有各種各樣的準備，包括徵集兵馬、訓練兵馬、外交聯絡、糧草輜重的籌集……

曹朋非常清楚，接下來的事情沒有那麼簡單。

曹操讓他都督荊南軍事，卻是以牽制為主。主戰場不在荊南四郡，而是位於江夏。也就是說，曹朋手中可以調動的兵馬不會太多，同時還要兼顧盡量避免與汨羅淵江東兵馬衝突。

這其中的牽連，實在是太多了！關係複雜，難以用言語解說清楚……

曹朋不可能像在涼州時那樣，敵我分明、毫無顧忌的進行攻擊。這也是曹操對他的一次考驗，一次全方位的考驗。所以，當曹朋接到任命之後，並沒有急於出發，而是在樊城逗留了整整三天，聯絡各方人士。

他從各部人馬之中，討要了四千人。加上八百陌刀兵，以及五百飛駝兵，共五千三百人。

盔甲兵械全部進行了更換，同時又從曹操的手裡，硬生生挖來了三百架八牛弩，以及十萬枝曹公矢。糧草輜重則不需要他費心，自有江陵方面供應。可是這曹公矢、八牛弩，還有一槍三劍箭，可是少有的大殺器，特別是八牛弩，自舞陰揚威以後，立刻得到了曹操的重視。

此次夏侯惇進駐南郡，共帶來了一千具八牛弩，全都是剛剛送抵過來。

曹朋是好說歹說，才從曹操手裡要來了三百具，可稱得上是費盡了口舌。有時候想想，曹朋真覺得有些不划算……這八牛弩是他提供思路，他老婆黃月英一手創出，怎麼一下子就變成了曹操所有？智慧財產權！尼瑪，這年月沒有智慧財產權的保護，絕對是一個悲劇！

至於那十萬枝曹公矢，同樣費力不少。

曹操到最後實在是受不了曹朋這般無休止的討要，一怒之下讓他立刻出發，不許繼續滯留樊城。

就這樣，曹朋心不甘情不願的離開了樊城，帶領人馬，浩浩蕩蕩向武陵出發。

這一路上，時常可見兵馬調動的痕跡。寬敞的大路上，不時會有曹軍的蹤跡……大戰將臨的氣息很濃，也讓曹朋感到有些緊張。

途經編縣時，曹朋突然想起了一件事。他讓黃忠率領兵馬繼續前進，自己卻領著一百親隨，在張松和法正的陪同之下，來到了編縣縣城。

「咦，怎麼不見蔣縣長？」

當編縣長慌慌張張跑出來拜見曹朋的時候，曹朋意外的發現，竟然不是他熟悉的蔣琬蔣公琰，而是一個陌生的中年男子。

「大都督所言，可是蔣公琰？」

「正是。」

那新任的編縣縣長，是一個陌生人。不過他的名字聽上去倒是有些耳熟，名叫蔡陽。

此蔡陽，不是曹操帳下那個蔡陽，而是之前曾被文聘提起過的枝江縣縣長蔡陽，蔡氏族人。

蔡陽連忙道：「蔣公琰在年初是因貪墨而被罷免了官職，而今由卑職接手。」

蔣琬，貪墨？

曹朋不禁一怔。

「他而今在何處？」

「尚在家中，不過聽說，過些時日，要返回老家零陵。」

曹朋想了想，立刻道：「帶我前去。」

蔡陽不敢怠慢，連忙在前面領路。

不多時，一行人便來到城西頭一處簡陋的宅院門口。蔡陽剛要叫人去叩門，卻被曹朋擺手攔住。曹朋跳下獅虎獸，邁步走到門前，輕輕拍擊了幾下門環。

片刻後，就聽院中傳來腳步聲，一個清朧的聲音道：「誰在叩門？」

說著話，房門打開，蔣琬身著一襲青色長袍出現在曹朋的面前。

當蔣琬看清楚門外站立的曹朋時，不由得微微一怔，臉上露出一抹詫異之色，「曹公子？怎麼是你？」

這是個極其僻靜的小院子，看上去也非常簡陋。院中有兩棵樹，枝椏上已長滿了嫩芽。

蔣琬一襲青衫，帶著濃濃的書卷氣。兩、三個月不見，人好像清瘦了不少，不過精神似乎不錯。見到曹朋，蔣琬先是一怔，旋即便恢復了平靜之狀。

人常說，無欲則剛！

以前，蔣琬希望能在仕途上有所作為，對曹朋自然恭敬；可現在不同了，他得罪了人，被罷了官，那份心情也隨之淡漠了許多。原來，前些時日張允途經編縣，蔣琬在接待上顯得有些薄了。但用蔣琬的話說，他的行文完全合乎禮法，只是張允有心勒索，而他不願相從。

張允貪錢，這在荊州並不是一個秘密。以往他不管到哪兒去，都會有大筆的收益，如今雖然不如往昔那般當權，可地位猶在。更何況他和蔡瑁休戚與共，而蔡瑁依舊擔當著水軍大都督的職務，被曹操所重，張允自然也就透著張狂之氣，絲毫沒有半點的收斂跡象。

蔣琬不願低頭，自然惹怒了張允。

別看張允的權力不比從前，但是卻沒人願意得罪。荊州人會看在往昔情分上不予理睬，而曹氏將領則因為與己無關，更不會隨意去得罪張允，畢竟在張允身後，還有個蔡瑁。曹操目前對蔡瑁很看重，又何必為了一個小小縣令，得罪張允？

於是，新任南郡太守劉先，便罷了蔣琬的官職。

「這個……下官確實不知啊。」

蔡陽一聽，頓時急了。他看得出來曹朋是專程來找蔣琬，而且對蔣琬也非常欣賞。蔣琬被罷了官，而自己又接替蔣琬當上了編縣長，萬一曹朋誤會這裡面有他搞的手腳，他日後的日子必然不好過。

蔡瑁再牛，能牛得過曹朋？

那是曹操的族姪，是曹操的心腹！他官拜橫野將軍、都督荊南……看上去似乎比蔡瑁低一頭，可誰都知道，如果曹朋真的殺了蔡瑁，曹操也不會太過於怪罪。蔡夫人若在襄陽，尚可憑藉劉琮和曹朋的師生關係求情，可是蔡夫人已經走了，蔡氏家族也比不得當年。

蔡陽至今猶記得，夫人離開襄陽之前，曾把蔡氏族人召集一起。

「蔡氏而今，今不如昔。我此去滎陽，能幫襯的事情也會越來越少。爾等日後，當謹慎小心，莫要太過招搖，免得招惹了不該招惹的人物，引來殺身之禍。」

什麼顧及不得？

說穿了，蔡夫人就是告訴蔡氏族人：你們的事情，我不會再管了。我雖然是蔡家的人，但是為了蔡家，我已經付出了太多。而今我要為我的孩子著想，所以以後絕不會再與蔡氏聯繫。

蔡夫人是個聰明的女人，頗懂得揣摩人心。

如今她的處境如何？她非常清楚。

死乞白賴的搭上了曹朋的路子，對他母子而言，無疑是有了一個保證。可如果她再與蔡氏藕斷絲連，恐怕曹朋也不會高興。任何人都不會喜歡自己照顧的人別有所顧。更何況，蔡夫人以妙齡而入劉表家中，從某種程度上來說，已付出太多。

蔡陽道：「不瞞公子，陽本是枝江縣長。去歲公子追擊劉逆，五溪蠻人奇襲虎牙山，若非文聘將軍及時增援，陽險些喪命。那之後，陽頗有些膽寒，於是便與德珪言，希望能離開枝江。正好編縣出缺，族兄便把陽調派此地。公琰的事情，確實和陽沒有半點關係。」

蔡陽是個很清楚自己斤兩的人，若是在治世，他可以做一個守成的縣令，雖然不會有太大的成就，但慢慢的打熬資歷，也能做個千石官員。

問題是，如今亂世，枝江又地處南郡和武陵交界。雖說後來文聘和王威分別駐紮夷道和夷陵，枝江已經安全許多，可是畢竟地形複雜，時常會有五溪蠻出沒。蔡陽在猶豫了很久之後，還是決定儘快調離枝江，以免發生危險。

曹朋並沒有問罪的意思，可是看蔡陽慘白的臉色，卻忍不住樂了。

沒等他開口，蔣琬道：「蔡縣長確實與此事無關。此乃卑職不通人情世故，以至於惹來災禍……蔡縣長來到編縣後，對卑職也頗為照顧，甚至還想要征辟卑職，只是卑職自覺才疏學淺，所以……請公子勿怪，蔡縣長的確是個好人。至少他來編縣月餘，也使得編縣穩定許多。」

是個好人，卻沒有說他是不是能人。

曹朋沒想到蔣琬居然會為蔡陽說話，不由得輕輕點頭。

而蔡陽呢，則露出了感激的笑容，朝著蔣琬偷偷拱手，以示感謝。

「蔡縣長不必驚慌，某奉命都督荊南，編縣並非我治下。此劉太守的事情，某怎可能越權處置呢？

倒是蔡縣長對公琰的關照，某萬分感激。他日若有機會，你我不妨共謀一醉……夫人離開的時候，還派人與我說，請我多多關照蔡氏族人。」

呼！蔡陽這才長出了一口氣。

他見曹朋說話雖然客套，但卻頗有疏遠之意，心知曹朋是有事情找蔣琬。心裡面不禁有些羨慕，但蔡陽還是拱手告辭，離開了蔣琬家中。

「公琰，欲歸鄉乎？」

「啊，正是。」

「呵呵，襄陽居大不易，歸鄉倒也不錯。只是公琰一身才學，就打算這麼埋沒，抑或別有打算？」

蔣琬猶豫了一下，片刻後抬頭苦笑道：「不瞞公子，我有一好友，名費禕，乃江夏郡人氏。早年間他隨伯父費觀前往西川，得劉益州所重。琬自知才疏學淺，又得罪了權貴，日後怕也難有作為。所以準備歸鄉休息些時日，便前往成都投奔費禕……不想公子卻突然駕臨寒舍。」

這就對了！

記得蔣琬歷史上原來是劉璋的人，後來劉備入蜀，才歸降的劉備。

費禕，好像也是《出師表》裡面的人物吧……

蔣琬倒是個至誠君子，沒有用謊話來敷衍。這說明他內心裡還是有些期盼，至少在見到曹朋之後，又多了些希望。

西川雖好，終究偏於一隅，若能在中原有所作為，蔣琬當然不願前往西川。曹朋來到，明顯是來找他，蔣琬心裡面很清楚，這也許是他的一個機會。

兩人在庭院中坐下，曹朋開門見山道：「我此次奉命，都督荊南。公琰乃湘鄉人，荊南也是公琰故鄉。故而我專程前來，希望公琰能助我，還荊南一方平靜。」

蔣琬一聽，頓時笑了。

「敢不從命？」

在歷史上，蔣琬成名也是在蜀漢中後期。

而如今的蔣琬，並非歷史上那個蜀漢的重臣。他一無名，二無錢，三無權，四無資歷，想要出人頭地，並非一樁易事。反觀曹朋，則是朝中大臣，二十六歲已官拜橫野將軍，前途無量。若能跟隨，對蔣琬而言，也是一件好事。

況且蔣琬的老家在零陵，也是荊南治下。雖說曹朋是駐守武陵，與零陵有一郡之隔，但相較而言，不算遠，也算得上是衣錦還鄉。

曹朋準備了好多的說辭，想要讓蔣琬跟隨自己，可沒想到他幾乎未費什麼口舌，蔣琬就答應下來，卻讓他不知道該如何往下說了。愣了一下之後，曹朋突然哈哈大笑，站起身來拉著蔣琬的手，「既然如此，請公琰隨我一同啟程。」

蔣琬二話不說，立刻回屋取了行囊，便隨著曹朋，離開了編縣。

離去之前，曹朋又讓人通知了那位蔡陽縣長，好生勉勵一番，讓他莫有什麼顧慮。蔡陽感激萬分，領著編縣的縉紳們，一直把曹朋等人送出城外，目送一行人踏著落日餘暉，漸行漸遠。

「公琰此去，必飛黃騰達。所以說，這塞翁失馬，焉知非福?禍兮福所倚，福兮禍所伏……爾等日後，還要謹記於心才是。」

蔡陽發出了一聲感慨，立刻引得眾人連連讚賞。

曹朋等人的身影已消失於地平線。蔡陽在城門口又駐足片刻，這才略顯失落的領著眾人返回縣城。

都督荊南，自然少不得要掌控軍權。

曹賊

十二章 荊南

當曹朋抵達江陵的時候，已經大致上瞭解了他手中的力量。

曹操共調撥了八校人馬，聽候曹朋差遣。

其中，武陵太守賴恭執掌一校人馬，約三千人，駐守武陵郡治臨沅縣；軍師祭酒、尚書令、監荊南軍事荀彧，執掌一校，四千人，駐守作唐。同時荀彧擔負洞庭水軍的防務，防禦汨羅淵江東兵馬。而且，他還掌控著輜重糧草的調撥，從江陵調撥而來的輜重須先經荀彧之手，而後分派各地。

這兩校人馬，基本上是被他人掌控制，曹朋調撥起來並不容易。

除此二人外，夷陵王威一校、夷道文聘一校，保護曹朋側翼，讓他無須為西面之敵而擔心。同時，這兩校人馬，同時又擔負著護衛南郡、監視五溪蠻的責任，雖聽命曹朋，卻也不可輕動。

也就是說，曹朋手中只剩下四校人馬。

曹朋自己手裡有六千兵馬，可為一校。另外三校，曹操確實費了不少心思，他將龐德自烏林、魏延從章山調至荊南，此二人各領一校，共兵馬一萬人；剩下的一校，則由曹朋自行委任。

曹朋在考慮了一下之後，便命黃忠獨領一校。

由於荊南地形的限制，重裝騎兵難以發揮作用，所以曹朋在抵達作唐之後，又和荀彧商議了一番。由荀彧出面向曹操提出請求，將豹騎調至臨沅，由黃忠統領。黃忠本就是虎豹騎副都督，雖說之前統領的是虎騎，可是對豹騎的戰法也不算陌生，更不需要去進行磨合。

而這四千豹騎，也是荊南唯一的一支騎軍。

荀彧一開始顯得有些猶豫，但在曹朋勸說之下，他最終同意下來。別看他之前對曹朋不滿，但那只是一些小恩怨，算不得大問題。荀諶之死，說穿了和曹朋並無關係。雖說那射殺荀諶的八牛弩是曹朋所創，可當時曹朋不在舞陰，如何能怪罪曹朋？準確的說，這是荀諶的命！如果他不是要輔佐劉備，如果他不是要攻取舞陰，也就不可能死在舞陰城下。

荀彧之前也只是小小的為難曹朋而已。就本心而言，荀彧依舊重視曹朋，依舊非常賞識……

荀彧和鄧稷關係很好，得曹朋的關照，潁川福紙樓裡也有他的股份，每年收益頗多。他本就是個清廉的人，從不收取賄賂，性子又豪爽，花錢頗為大方……家中以詩書而著稱，雖有家產，卻要顧及整個家族，也不可能給他太多的月例。如此一來，荀彧手頭也時常緊張。

他又好買書，特別是看到那些孤本、絕本、珍本，可謂不惜代價。家中人口又多，還養著食客。如此一來，若沒點額外的收入，荀彧過的日子還真就緊巴。

所以，為難過了之後，荀彧對待曹朋一如從前。

曹朋也就放下心來，向荀彧打聽道：「但不知，其他兵馬何時抵達？」

「文長和令明已經接到了通知，想必現在已經自駐地開拔。估摸著，用不了多久，他二人就會抵達……不過，丞相已調走了公明，接替令明駐防烏林。而今咱們與劉備沅水相峙，不知你如何打算？」

曹朋想了想，沉聲道：「我擬命文長駐守零陽，而令明則接掌沅南。」

「那你要把都督府，設於何處？」

「這個……」曹朋詫異的看了荀彧一眼，有些不太明白他的意思。

既然都督荊南，我自然應該把都督府設在武陵郡的郡治臨沅，難道還有問題？

荀彧笑道：「伯謙此人，不是個心胸寬廣的……丞相任他為武陵太守，更多是希望藉他的名望，安撫武陵民心。阿福你若設都督府於臨沅，萬一被他誤會是監視，豈不是有許多麻煩？反正，你又不指望他手中那一校兵馬。以我之見，倒不如派一人前往軍中，而後另擇一地，設立都督府。」

「派誰？」曹朋先是一怔，旋即腦海中浮現出一人，連忙道：「軍師，我倒是有一個人選，正好適合監軍。」

「誰？」

「我記得，賴伯謙是零陵人……此次我在來的路上，招攬了一位賢士，正好也是零陵人，與賴恭同鄉。不如我讓此人為軍中長史，賴恭想來也不會有太大的意見。只是擇何地開府？」

既然曹朋有了主意，荀彧也就不再多問。他微微一笑，沉聲道：「漢壽，如何？」

提起漢壽，想來許多人不會陌生。

不過，大部分人知道漢壽，是源於三國時那位義薄雲天的關二爺『漢壽亭侯』的爵位封號。

漢壽的歷史很悠久，早在西漢年間便有設置，名為索縣。後東漢陽嘉三年，也就是西元一三四年，改名為漢壽。這裡北臨洞庭，境內有沅水和澧水穿行，直入江海，水上交通頗為便利。

只是曹朋有點不明白，荀彧為何讓他在漢壽設立都督府？

看到曹朋臉上的迷茫之色，荀彧一笑，沉聲道：「阿福以為，丞相讓你都督荊南，只為劉備嗎？」

「難道不是？」

「當然！」

荀彧深吸一口氣，和曹朋並肩而行，登上作唐城牆。

身後有護衛隨行保護，卻間距甚遠，根本聽不到他二人的談話內容。至於其他人，更無法接近兩人，也使得他二人的談話極為安全和方便。

手扶作唐城垛，舉目向東眺望，久久不語。半晌後，荀彧輕聲道：「丞相伐江東之心，猶未停止。」

「啊？」

「你莫誤會，丞相並非要現在征伐。只是，江東不定，何來一統之說？更不要說這中興二字……不過，丞相也知道，而今非征伐之良機。正如你所說，水軍未成，更無擅水戰之將，征伐江東必然困難。江東之地勢複雜，猶勝於荊楚，若不能一戰功成，勢必勞民傷財，耗費甚巨，所以丞相也是非常謹慎。」

「奪取荊南，丞相有兩個用意。一是希望藉荊南之地勢練兵，以便於將來攻伐江東時，可以避免這地勢地形之問題；其二呢，則是想要訓練水軍，為水軍尋一練兵之所……呵呵，阿福現在可知，丞相之用意嗎？」

曹朋張大了嘴巴，一下子反應不過來。半晌後，他點點頭，看著荀彧道：「軍師，你的意思是，丞相要罷免蔡瑁？」

「只是早晚而已。」

對於荀彧的這個回答，曹朋倒不覺得奇怪。

水軍於曹操來說，有著極其重要的意義。他斷然不會把十幾萬，乃至幾十萬水軍，全都交給蔡瑁。且不說蔡瑁的能力如何，單只忠誠二字，就過不了關，曹操又怎可能把水軍給他？

見曹朋反應過來，荀彧低聲道：「丞相的意思，是讓洞庭水軍從荊州水軍脫離出來。此前水軍後撤，丞相已安排副都督杜伯侯從荊州水軍中抽離出兩萬人，屯紮洞庭。名義上，是抵禦泊羅淵江東水軍，實際上是另起爐灶，藉洞庭之便利，仿效江東柴桑水軍操演訓練。一方面，讓蔡瑁牽制江東水軍，消耗荊州水軍之力量；另一方面，讓杜伯侯訓練水軍，待時機成熟，可順勢東進，直抵江東。這件事，你知我知，且不可為其他人知曉。」

曹朋明白了！

曹操這是在建立自家水軍班底啊……

雖然在東陵島有一支水軍，可成立時間太短，根基太薄弱。周倉的水軍以東陵島為中心，憑藉徐州的支援，可以縱橫江水下游，堵住大江的入海口。可如果憑藉東陵島水軍征伐江東，卻有些不太實際。而蔡瑁控制荊州水軍兼指揮作戰，又不讓曹操放心，於是藉口讓杜畿休整，從荊州水軍中抽調精銳，在洞庭湖休養生息，操演水軍，這就等同於曹操建立了一支自己的水軍。

杜畿，曾是曹朋的部曲。蔡瑁肯定會不爽他在軍中分權柄，可是又無法拒絕。

如今杜畿走了，而且是返回他老上司的部下，蔡瑁非但不會覺察，甚至會非常高興。而泊羅淵的江東水軍，又恰恰給了曹操一個藉口……如此說來，曹操的安排，著實非常的周全。

曹朋暗自讚嘆，讚嘆曹操的縝密。

同時，他也明白了荀彧讓他把都督府設立在漢壽的用意。

漢壽位於洞庭、零陽、作唐、沅南中間，又緊鄰臨沅，的確是一個最好的選擇。

「如此，我就把都督府，設立於漢壽。」

「甚好！」

荀彧見曹朋已經明白了，便不再贅言，「在作唐歇息一夜，明日出發吧……我已命人在漢壽安排，你先到臨沅，見過賴恭之後，再去漢壽。待三日後令明和文長抵達，再一同前往沅南。」

曹操讓曹朋都督荊南，等同於軍政盡歸曹朋。

可問題是，曹朋雖然有過獨當一面的經歷，但畢竟年輕。而他此次的對手，也不同從前。雖說不是和劉備第一次交鋒，但是如今的劉備與當初在南陽時的劉備，又不能同日而語……

有荀彧幫襯著，對曹朋而言，絕對是一件好事。

曹操五大謀主當中，荀彧的能力絕對不可小覷。當初他投奔曹操的時候，曹操以『吾之子房』來稱讚荀彧。雖然大多數時候，荀彧表現得並不出色，但實際上最不可或缺的便是荀彧。

畢竟，荀彧的眼界、謀略和大局觀，都是翹楚。即便是郭嘉與荀彧相比，也有所不如。

曹朋覺得，能得荀彧幫襯，對他而言也是一個極好的機會。所以，他並不覺得受人牽制，反而心裡面暗自開懷。

建安十三年開春以來，大江之上，一下子變得熱鬧起來。

往來於江水兩岸的船隻不斷，有曹操的使者，有劉備的使者，甚至還包括了遠在益州的使者。

劉璋在得了大司徒之位後，立刻變得意氣風發。

也許在他看來，在即將發生的一場大戰中，不能沒有益州的聲音，於是派人前往江東，並送給孫權三百壯士……嗯，至少在信中，劉璋是這麼說。

不過，當孫權看到那三百『壯士』之後，差點哭了！所謂壯士，大概是二十年前吧……一個個都兩鬢斑白，看上去瘦弱不堪，最年輕的也在四十靠上，最年長的竟然快到了六十歲。這是『壯士』，還是『老爺』啊？

史書記載，劉璋贈江東三百叟兵。

重點，就在那個『叟』上，一群老卒……

可孫權還不能拒絕，甚至要為這三百『叟兵』付出不小的代價。金銀財寶不用說了，禮尚往來嘛。孫權還不得不捏著鼻子，尊劉璋一聲『大司徒』，只是這心裡快要把劉璋的祖宗十八代操一個遍。這廝不該當官，倒是做個生意人，必然賺得盆滿缽滿。

荀衍來了！鍾繇來了！徐宣來了！陳群來了……在短短的時間裡，北方名士一個個來到江東，令江東世族不禁有些惶恐。

而益州派來的使者也非比等閒，乃川中四大家之一的黃權，亦是名聲響亮。

相比之下，劉備的使者就顯得有些聲名不顯——諸葛亮，一個年不過三旬的青年，雖說在劉備帳下地位顯赫，但是和荀衍、鍾繇等人相比，明顯差了一個檔次。自然，所受到的招待也比不得其他人……

吳郡，成了群英彙聚之地。

一個個陰謀，一次次唇槍舌劍，雖沒有刀光劍影，可是在背後隱藏的殺機，猶勝於疆場搏殺。

孫權被各方使者騷擾得頭疼腦脹。

夜幕悄然降臨，孫權回到了府邸。他坐在一張剛打製而成的大椅上，輕輕拍擊額頭。

與歷史上的赤壁之戰不同，曹操此次征伐荊楚，並沒有流露出對江東的野心。相反，曹操表現出了足夠的善意，又是封官拜爵，又是賞賜金銀，更不說求婚聯姻，讓孫權受寵若驚。

同樣，也正是這個原因，使得江東相對穩定。

武將沒有那種危機感，文臣們也沒有談及投降之事。雙方表現得非常平靜，大都是在一旁觀察，觀察局勢的變化。

當然了，以張昭為代表的江東世族，似乎更傾向於曹操，希望孫權能與曹氏和平相處，而不是劍拔弩張。武將們，以程普、黃蓋等老臣為主，依然堅持聯劉抗曹，但並沒有如歷史上那般，和張昭等人形成對立。他們的理由倒也非常明確：脣亡齒寒……

只是，面對曹操數十萬大軍的威脅，程普等人也不敢明確表示要出兵協助劉備。

畢竟曹操並沒有說要攻打江東，甚至在面對江東的挑釁時，曹操下令水軍後撤，保持足夠的克制。如果在這種情況下，孫權執意出兵，他所要面臨的不僅僅是曹操的報復，還有江東世族的反彈。

東漢世家林立，雖然還未形成南北朝的門閥形態，但在政治上，卻占據著舉足輕重的地位。

當大半個江東都認為，應該堅守江東、有條件的支援劉備，但若說要大張旗鼓的出兵相助，卻又無人贊成。

孫權也拿捏不定主意，在日間被吵得焦頭爛額之後，回到府邸，依舊感到那莫名的壓力……

「主公，馬達先生求見。」

「啊，快請！」

孫權忙起身吩咐，不一會兒的工夫，就見一名黑衣男子邁步走進大廳。

這男子一副鷹視狼顧的模樣，面頰瘦削，稜角分明，透出一股剛毅之色。只是那張臉上，卻是傷痕累累，讓人不敢正視。他上前拱手行禮，「馬達深夜打攪，還望主公見諒。」

「仲子休要多禮，快快請坐。」

這馬達的年紀，比孫權大一些，約三旬出頭。說話時，有很重的河內口音，顯示出他來自於北方。

仲子，是他的表字。至於其中的涵義，卻無人知曉。

此人起於豫章，為豫章太守顧雍所舉薦。年紀雖不大，但沉穩幹練，思路敏捷。同時，為人也很低調，很少於眾人面前表示自己的主意，以至於大多數時候，人們會忽視此人的存在。

但對於孫權而言，這位馬仲子先生，胸懷乾坤，是一個了不得的人物。

「主公，還在為曹、劉之事而煩惱？」

「嗯！」孫權輕輕拍著額頭，苦笑道：「子敬、子瑜，堅決要求出兵協助劉備，言脣亡齒寒，若劉備亡，則江東危矣。可是子布等人卻說，曹操奉天子以令諸侯，所做並無過錯；而今他持大義之名，征伐荊楚，並未窺視江東，若此時出兵，則江東不據大義之名，將帶來滔天的禍事。」

「我亦明白子敬和子瑜之想法，我亦有心出兵。但江東兵馬，長於水戰……荊楚之地，山川密布，貿然登陸而作戰，弄個不好就會惹來麻煩。仲子，你以為如何？」

孫權是個很有決斷的人，也很少在他人面前露出這種為難之色。

他不是不清楚曹操的打算，可是卻找不到一個合適的解決辦法。曹操根本就不和他發生衝突，甚至有退避三舍的趨勢。曹操的兵馬不入江東境內，也就讓孫權找不到一個合適的藉口。

同時，孫權也很清楚自己的優劣。

若是水戰，他未必會懼怕曹操。可一旦發生陸戰，那江東的兵馬不僅是有人數上的劣勢，更比不得北方大軍挾幽州大勝之威風，士氣高漲。這種情況下，他是出兵，還是不出兵呢？

出兵，未必有用；不出兵，卻早晚必死。

孫權糾結的原因，也就在於此……

馬達呵呵笑了，笑聲帶著一絲詭譎。

「達在豫章時，曾聞孫會稽臨終託孤時，有『內事不決問張昭，外事不決問周瑜』的言語。今吳侯難以決斷，何不派人請教周都督？他執掌江東水軍，想必最清楚這其中的深淺吧。」

「這個……」孫權露出了猶豫之色。

他其實早就想到了周瑜，可是又拿不定主意是否該派人詢問。

周瑜，與孫策親密，記住是孫策，而非孫氏。他和孫策乃總角之交，而且一同起事，並肩作戰，在江東有著很高的威望。而孫權是從孫策的手中接過了吳侯的位子，偏偏孫策還有個兒子。而且，周瑜和孫策是連襟，也就使得周瑜和孫權之間不可避免的有了一絲隔閡。

孫紹一天天的在長大，漸漸有乃父之風。

雖說孫策已故去近十載，而孫權的位子也日益穩固。可是孫策的影響力，依舊不可忽視……特別是程普那些老將軍，每每提起孫策，總是帶著懷念之色。

這也是孫權把孫紹牢牢圈禁在富春的一個主要原因。孫權當然不希望有朝一日，自己的位子被孫紹拿走。孫紹得乃父餘蔭，江東又有周瑜這樣的靠山，終究對孫權是一大威脅。本來，孫紹在孫權的壓制下，已漸漸被人遺忘，可不想曹操突然前來江東，要把女兒嫁給孫紹！

這也就使得孫權立刻緊張起來。

同時，被壓制了八年的孫紹，再一次出現在大家的視線當中。

孫權是個很腹黑的人，手段也極其狠辣。當年陸遜和顧氏聯姻，令孫策頗有些緊張，正是孫權出招，試圖毒殺顧氏女，並透過陸遜的堂姐陸績，挑撥顧、陸兩家的關係，破壞江東世族間的聯繫。不成想，眼看著大功告成時，卻被曹朋無意間撞壞。後來是顧、陸兩家交出了私兵，才使得孫權穩下心來。只不過，由此就可以看出，孫權是一個為達目的不擇手段之人。
如果孫紹沒有被世人關注，孫權不介意設法除掉孫紹。
但也正是當年的一點心慈手軟，使得他現在再想動手，就變得極為困難。如今孫紹不僅僅是被江東世族關注，還有程普等老臣重視。同時，吳國太前往富春，也在很大程度上令孫權不敢輕舉妄動。
周瑜……周瑜！
孫權猶豫良久，「既然如此，那就麻煩仲子，往柴桑一趟。」
「此達分內之事。」
「仲子，你說曹操請求聯姻，我是否當同意？」
馬達眼中閃過一抹詫異，「吳侯，您又為何要拒絕呢？」
「這個……」
馬達笑道：「孫紹乃孫會稽之子，更是吳侯從子。而今正是江東關鍵之時，也正是他為孫氏效力、為吳侯分憂之時。達以為，方今之天下，乃群雄並起，頗與當年戰國相似。吳侯何不令紹公子前往許都完婚，如此一來，更可以向曹操表明立場，獲取更多準備的時間呢？」
把孫紹，送往許都？
孫權眼睛驀的一亮，看著馬達，突然笑了。
說是成親，倒不如說是當質子。這樣一來，孫紹離開了江東，會進一步削弱孫策當年留下來的影響力。同時於孫權而言，也就等於解決了一個心腹之患。程普他們就算要支持孫紹，又如何支持？難不成，他們還要跑去許都？沒有了孫紹，孫權的地位也將更加穩固。
「仲子所言極是。」孫權面露喜悅之色，表示贊同。
「不過，劉備那邊，又當如何解決？」

如果周瑜要出兵，那我是不是該答應下來？

馬達笑道：「此主公之決斷，達不宜多言。不過出兵與否並不重要，重要的是，主公當怎樣從這件事情上謀取更多的利益。劉備雖說要讓出桂陽，然則桂陽非他劉備可以決斷，要知道他雖占據了長沙，但根基並不穩固。主公要得桂陽，最好是師出有名……不知主公以為如何？」

兩人商議結束之後，馬達告辭離去，卻讓孫權再無半點睏意。

從馬達的話語中，他聽出了一絲玄妙。

要名正言順的拿到桂陽，無論劉備勝負，皆可立於不敗之地。

他可以透過桂陽，暗中資助劉備抵禦曹操，同時加強江東的力量，以防止未來曹操的征伐。

馬達是不贊成出兵的！但是他卻贊成給予劉備一定的幫助，令劉備牽制住曹操兵馬……

嗯，應該就是這個意思！馬達剛才的那一番話語中所隱藏的意思，大致上就應該如此。不過，該如何進行，還需要一個更加詳盡的計畫。

孫權閉上了眼睛，片刻之後，突然披衣而起，走出臥房。

「來人！」

「喏！」

「請子敬前來，我有要事，與之商議。」

【曹賊　第二部卷八　老將怒威野望　完】

狂狷文庫018

曹賊(第二部) 08-老將怒威野望

出版者■典藏閣
作　者■庚新（風回）　繪　者■超合金叉雞飯
總編輯■歐綾纖
製作團隊■不思議工作室
郵撥帳號■50017206采舍國際有限公司（郵撥購買，請另付一成郵資）
台灣出版中心■新北市中和區中山路2段366巷10號10樓
電　話■(02)2248-7896　傳　真■(02)2248-7758
物流中心■新北市中和區中山路2段366巷10號3樓
電　話■(02)8245-8786　傳　真■(02)8245-8718
ISBN■978-986-271-388-4
出版日期■2013年8月
全球華文國際市場總代理／采舍國際
地　址■新北市中和區中山路2段366巷10號3樓
電　話■(02)8245-8786　傳　真■(02)8245-8718
新絲路網路書店
地　址■新北市中和區中山路2段366巷10號10樓
網　址■www.silkbook.com
電　話■(02)8245-9896
傳　真■(02)8245-8819

曹賊. 第二部 / 庚新作. — 初版. — 新北市：
華文網，2013.01-
冊；　公分. --(狂狷文庫系列)
ISBN 978-986-271-358-7(第6冊：平裝). --
ISBN 978-986-271-372-3(第7冊：平裝)
ISBN 978-986-271-388-4(第8冊：平裝)
857.7　　101024773

☞您在什麼地方購買本書？☜

1. 便利商店（ ________市／縣）：☐7-11　☐全家　☐萊爾富　☐其他__________

2. 網路書店：☐新絲路　☐博客來　☐金石堂　☐其他__________

3. 書店（ ________市／縣）：☐金石堂　☐誠品　☐安利美特animate　☐其他____

姓名：__________地址：______________________________

聯絡電話：______________　電子郵箱：______________________

您的性別：☐男　☐女　　您的生日：西元__________年__________月________

（請務必填妥基本資料，以利贈品寄送）

您的職業：☐上班族　☐學生　☐服務業　☐軍警公教　☐資訊業　☐娛樂相關產

☐自由業　☐其他____________

您的學歷：☐高中（含高中以下）　☐專科、大學　☐研究所以上

☞購買前☜

您從何處得知本書：☐逛書店　☐網路廣告（網站：______________）　☐親友

（可複選）　☐出版書訊　☐銷售人員推薦　☐其他______________

本書吸引您的原因：☐書名很好　☐封面精美　☐書腰文字　☐封底文字　☐欣賞

（可複選）　☐喜歡畫家　☐價格合理　☐題材有趣　☐廣告印象深刻

☐其他____________________

☞購買後☜

您滿意的部份：☐書名　☐封面　☐故事內容　☐版面編排　☐價格　☐贈品

（可複選）　☐其他

不滿意的部份：☐書名　☐封面　☐故事內容　☐版面編排　☐價格　☐贈品

（可複選）　☐其他

您對本書以及典藏閣的建議______________________________

____

____

✌未來您是否願意收到相關書訊？☐是　☐否

✎感謝您寶貴的意

印刷品

請貼
3.5元
郵票

235 新北市中和區中山路二段366巷10號10樓

華文網出版集團　收

（典藏閣－不思議工作室）